獅口虎橋
獄中手稿（二）
私藏銅選・汪精衛批註陶淵明集

書評讚譽

僅只一人的事跡和資料，卻足以讓我們跳脫傳統視野，
對近代中國的歷史經驗得到嶄新的認識。

美國聖邁可學院歷史學系榮譽退休教授　王克文

這套歷史文獻，見證了一個民族主義與和平主義
的信仰者，在天翻地覆的大時代裡，曲折離奇
的救亡經驗。它是認識汪精衛，也是理解這個時代
特質不可或缺的材料。

前東海大學文學院院長　丘為君

非歷史學家左湊右湊的「證據」，它是一手資料，
研究近代史的人都要看這套書不可！

《春秋》雜誌撰稿人、歷史學者　李龍鑣

為華文世界和大中華文化圈的利益計，
這套書值得我們一讀。

著名傳媒人　陶傑

過往對汪精衛的歷史評論，多數淪為政治鬥爭的宣傳工具，有失真實。汪精衛一生：有才有情，有得有失，有勇有謀，有功有過。記載任何歷史人物必須正反並陳，並以《人民史觀》為標準。基此原則，汪精衛的歷史定位，有必要重新檢視，客觀定論，一切從這套書起。

歷史學者　潘邦正

這套書非常適合歷史研究者閱讀，這無須多言，更重要的是，書中呈現的不只是政治家的汪精衛，還是一個活生生的人，有笑、有淚、有感情、有情趣。

文獻學博士　梁基永

從學術嚴謹的角度來看這套書，有百分之二百的價值。

東華大學歷史學系副教授　許育銘

這套書最重要的意義在於讓一個歷史人物可以在應該有的位置，讓他的著作可以被重視、被閱讀、被理解，讓我們更貼近歷史，還原真相。

國立臺灣師範大學歷史學系教授　陳登武

研究汪精衛不可或缺的資料！

三聯書店出版經理　梁偉基

這六冊巨著是研究汪精衛近年來罕見的重要
史料，還原了一個真的汪精衛。

《亞洲週刊》記者　黃宇翔

這套書為我們提供了研究汪精衛的珍貴資料，
包括自傳草稿、私人書信、政治論述
詩詞手稿、生活點滴、至親回憶等，其中有不少是從未面世
的。閱讀這套書可以讓我們確切瞭解他的人生態度、
感情世界、政治思想、詩詞造詣，
從而重新認識他的本來面目。

珠海學院文學與社會科學院院長　鄧昭祺

不管對有年紀或是年輕的人來說，
閱讀這套書都是很好的吸收與體會。

時報文化董事長　趙政岷

汪精衛與現代中國系列叢書 10

獅口虎橋

獄中手稿（二）

龍榆生

私藏詞選・汪精衛批註陶淵明集

汪精衛與現代中國系列叢書 10

獅口虎橋 獄中手稿（二）龍榆生

私藏詞選・汪精衛批註陶淵明集

Prison Writings by Members of the Wang Jingwei Regime II

國家圖書館出版品預行編目(CIP)資料

獅口虎橋獄中手稿 = Prison writings by members of the Wang Jingwei regime / 何重嘉執行主編. -- 初版. -- 新北市：華漢電腦排版有限公司, 2024.07
冊；　公分. --(汪精衛與現代中國系列叢書；10)

ISBN 978-626-98466-0-3（全套：平裝）

830.86　　113007955

執行主編 — 何重嘉

編　　輯 — 朱安培

設計製作 — 八荒製作 EIGHT CORNERS PRODUCTIONS, LLC

台灣出版 — 華漢電腦排版有限公司

地　　址 — 新北市板橋區明德街一巷12號二樓

電　　話 — 02-29656730

傳　　真 — 02-29656776

電子信箱 — huahan.huahan@msa.hinet.net

初版一刷：2024年7月

ISBN：978-626-98466-0-3（全套：平裝）

定價：NT$2500（四冊不分售）

本著作台灣地區繁體中文版，由八荒圖書授權華漢電腦排版有限公司獨家出版。

代理經銷：白象文化事業有限公司

地址：401 台中市東區和平街228巷44號

電話：04-22208589

eightcornersbooks.com | wangjingwei.org

汪精衛紀念託管會獻給何孟恆與汪文惺

目錄

前言

先生之學蓋出於王陽明而遠紹孟軻氏，
此心此志歷四五十年如一日，由烈以進於恆，
舉凡世人所顧惜之毀譽得失一切置之度外，
雖多經挫抑，終且賷志以逝其仁心悲願，
固當亙萬古而炳若日星也。

龍榆生

龍榆生兒子龍英材提供

代序｜陳登武

「青史憑誰定是非」？

影響我們評價歷史人物的因素很多，但一般人似乎不一定注意到。

「青史憑誰定是非」是林則徐的詩句，也是他畢生無限的感慨。

道光廿三年（1843），中英鴉片戰爭之後三年，南京條約換約後，朝廷首先釋放和林則徐一起充軍新疆的鄧廷楨。鄧廷楨啓行前，林則徐贈詩說：「白頭到此同休戚，青史憑誰定是非」？說的是他在鴉片戰爭之後被充軍謫貶，他認為是遭到誣陷的往事，但他相信歷史不一定是誰說了算。

「青史憑誰定是非」？評價歷史人物，的確不容易。對於林則徐而言，他感到滿腹委屈，可說是真情流露。如今他已得到極為崇高的民族英雄的封號，歷史應該給他公道了。但是琦善呢？那個去接他的位子，繼續與英國周旋的官員呢？因為他「主和」以及批評林則徐的態度，早已成為世人唾罵的「漢奸」、「賣國賊」。過去許多教科書命題時，甚至會出現：「請敘述琦善賣國之經過」，類似這樣充滿價值判斷的題目。問題是：這樣就把是非說清楚了嗎？

找一個代罪羔羊，為民族屈辱的歷史，承擔起所有的責任，遠比深自檢討反省，徹底覺悟，還要承認與西方世界的落差，來得容易多了！偏偏歷史是非不是那麼容易就說的清楚。學者兼外交官蔣廷黻檢討琦善的表現，認為他在軍事方面，「無可稱讚，亦無可責備」。但是在外交方面，「他實在是遠超時人。因為他審查中外強弱的形勢和權衡厲害的輕重，遠在時人之上」，他還說林則徐「於中外的形勢實不及琦善那樣的明白」，這個評論恐怕還是比較中肯的。

把林則徐說成「忠臣」，琦善是「奸臣」，這種簡便的「忠奸二分法」，就是影響我們評價歷史人物的其中一個障礙 。

有人說一部二十四史不過是爭奪政權的歷史，「成者為王、敗者為寇」，被視為千古不變的定律。大多數人讀史都知道「成王敗寇」的原理，卻未必願意以此原則仔細檢驗對於歷史人物的評價。例如說：既然許多人都同意這條準則，也就是同意它會造成評價歷史人物的干擾。可是，「亡國者就是暴君」，卻又時時籠罩在人們的記憶裡。「紂王」就是最典型的「亡國暴君」。正因為他是「暴君」，所以得到「亡國」的歷史命運。

但是「紂王」真有如史書所描寫的那麼壞嗎？

其實古代就已經有很多人不相信了。譬如，孔子弟子子貢就說：「紂之不善，不如是之甚也！是以君子惡居下流，天下之惡皆歸焉」。荀子評論桀紂也說：「身死國亡，為天下大僇，後世言惡則必稽焉」。對於商周之間的史事，孟子也說：「盡信書，則不如無書，吾於武成，取二三策而已矣」。由此可知，「成王敗寇」是深深影響我們對歷史人物評價的另一個重要原因。

還有一個容易產生影響歷史人物評價的思想，就是民族主義的情感。

從民族主義的立場出發，就會產生許多道德的罪名。譬如說：將某些人視為漢奸、走狗，就是帶有濃烈民族主義立場的評價。美國歷史家小施勒辛格（Arthur M. Schlesinger）說：「陷於狂熱的人們總是要把『高尚的謊言』與現實混為一談。民族主義對世界的敗壞就是一個發人深思的例子」。他對於民族主義對歷史書寫產生的影響，有相當強烈的批判。

帶著民族主義的情感檢驗歷史人物或事件，於是凡合於民族主義精神者，就是好人、好朝代；凡悖離民族主義精神者，就是壞人、壞朝代。類似的思維就呈現在各種教科書中。

但這些都符合歷史事實嗎？真正歷史學研究的答案可能未必都如此！

還有一個影響歷史人物評價的因素，就是因為時間或者空間而產生的距離感。何以言之？其實就是個人的主觀態度和政治壓力所造成的恐懼。

人們對於距離近的人，特別是同時代的人，容易帶著個人情感或立場，評斷某個人物；好惡的感受也比較強。同時，對於這種距離當下較「近」的人的評價，也比較容易引起不同意見。因為人人心中都有一把尺，再加上錯綜複雜的政治因素，也會影響人們對當下人物看法的分歧。但是，當評價一個更久遠的歷史人物時，這項因素的影響力就會遞減。

同樣的問題，因為空間所產生的距離感，也會造成影響。譬如：台灣學界對於歐洲或者美國某個歷史人物的評價，比較不會引起太多分歧的看法。如果有，大致也比較可以讓問題回到屬於學理的客觀討論。但如果對於台灣歷史人物的評價，可能又會很容易引起不同意見。這是空間的距離所產生的個人主觀意識。

以上所有影響我們評價歷史人物的因素，尤其適用於近代中國歷史人物，因為受到更多這些因素的影響，而使得許多歷史落入迷團，不易看的清楚，當事人固然無由為自己講話；即使相關親屬家人，也往往只能噤聲不語。其中對於汪精衛和他身邊的人的評價，尤其受到這些因素的影響，使得許多史實迄今仍在重重雲霧之中，想要撥開雲霧，就需要仰賴更多史料作理性的分析與討論。

《獅口虎橋獄中手稿》正是這樣一本具有史料價值與意義的書籍。

本書彙集了汪精衛女婿何孟恆所收藏的汪政權相關人物未刊文稿。這些文稿，無論是詩詞選讀、謄抄或創作，抑或文集眉批，其中或表心境、或舒情懷、或藏幽思、或有寄託、或含微言，均可以作為第一手史料研究，具有極高史料價值。

試舉一例說明：本書第二冊有汪精衛讀《陶淵明集》的眉批，其中有「讀陶詩」，似為總論其觀點：

陶淵明詩高出古今，讀其詩者慕其人，因之其出處亦加詳寫。以愚論之，淵明於劉裕初平桓玄之際，欣然有用世之志，《乙巳歲三月為建威參軍使都經錢溪》詩云：「晨夕看山川，事事悉如昔」；又云：「眷彼品物存，義風都未隔」。趙泉山謂：「此詩大旨，在慶遇安帝克復大業，不失故物也」，斯言得之。及其見裕，充鄙夫之心，患得患失，無所不至，始決然棄去，抗節以終，讀史述〈夷齊〉、〈箕子〉兩首，心事最為明白。五臣以下所論皆知其一，未知其二。即全謝山之推崇宋武，亦有所偏也，因作此詩：

寄奴人中龍，崛起自布衣。伯仲視劉季，功更在攘夷。嗟哉大道隱，天下遂為私。坐令耿介士，棄之忽如遺。參軍始一作，彭澤終言歸。豈為恥折腰？恥與素心違。世無管夷吾，左衽良可悲！若無魯仲連，何以張國維？

讀史者或應知道陶淵明本身就是一個特殊的歷史人物，他的詩歌「類多悼國、傷時、感諷之語」（此亦借趙泉山語），汪精衛選擇批注其詩文，當亦有所寄託。其不同意諸家解說，乃至失望於全祖望之偏袒劉裕，似皆深有感觸而發，此段眉批顯然透露不少深刻訊息；其所作詩歌，更隱含微言。倘「夷」即指日本，則寄奴（即劉裕）暗指何人？就躍然紙上，不言而喻。那麼這段文字對於想瞭解汪精衛思想或心路歷程之人而言，自然值得細究，當然有很高的史料價值。

從歷史學的觀點說，本書最重要的意義即在此。即便是選取某若干詩詞，僅僅加以抄寫、謄錄，或都有其深意。讀者倘能不以成敗論英雄，取其一二讀之，亦當有所體會，自然能走入不同的歷史世界。對於有興趣研究這段歷史的學者而言，更不能不重視此一史料之價值。

陳登武，台灣師範大學歷史研究所博士。國立台灣師範大學歷史學系教授、文學院前院長，現任中國法制史學會理事長。專攻中國法制史、中國中古史、唐代文學與法律。著有《地獄·法律·人間秩序：中古中國宗教、社會與國家》等。

導讀｜黎智豐

1945 年 11 月至 1947 年 10 月期間，國民政府組織特別法庭以「漢奸」罪名起訴超過 30,000 人，其中被判死刑或無期徒刑者則超過 1,000 人[1]。歷史洪流只會如此把每一個人約化為數字，但是我們應該緊記他們都是有血有肉的人，而且有很多受刑者更是社會各界的翹楚精英。不論古今，我們仍見證著政治風波不斷發生，而政治犯在牢獄之中的筆墨往往最能揭示容易被人遺忘的真相。

本書集結了 1945 年中日戰爭結束後，在南京老虎橋和蘇州獅口監獄中所寫的手稿作品。一眾作者因與汪精衛政權相關而遭受監禁，主張和平運動的各界精英獄中相見，並在艱難時刻撰作酬答書信、詩詞作品，乃至發表文論見解、編纂私人選集。如此種種，獄中發憤，必蘊真情。如今讀者幸從何孟恆先生珍藏，得見一眾作者的獄中手稿，可以從中窺見大時代下的部分寫實記錄。

根據《何孟恆雲煙散憶》[2]回憶錄形容老虎橋監獄的情形，其親身經驗相信最能作為讀者閱讀本書的情境想像，其言：

> 要排遣此中歲月，最有效的莫如讀書。於是整座老虎橋監獄的氣氛變得彷如黌宮，到處都是讀書聲。尤其是日落黃昏之時，低聲吟哦，高聲朗誦，內容遍及古今中外，諸子百家，駢散文章，詩詞歌賦，無不包涵。獄中讀書，本屬常見，沒有甚麼特別，可是偌大的一座監牢，一時充滿讀書人士，想來這種情形以前未曾有過，以後怕也未必會再出現罷。

1 孟國祥、程堂發，《懲治漢奸工作概述》，《民國檔案》1994年第2期：1945年11月至1947年10月，各省市法院審判漢奸結案25155件，判處死刑369人，無期徒刑979人，有期徒刑13570人，罰款14人。楊天石，《伸張國法的歷史嚴懲——抗戰勝利後對漢奸的審判》，《人民法院報》2015年9月11日：至1946年10月，國民政府共起訴漢奸30185人，其中判處死刑者369人，判處無期徒刑者979人，有期徒刑者13570人。至1947年底，起訴人數增至30828人，科刑人數增至15391人。此外，由於中共解放區也同時進行了大量的懲奸活動，因此實際受到審判和懲處的漢奸，大大超過此數。

2 關於何孟恆獄中經歷，詳細請參看汪精衛紀念託管會編，《何孟恆雲煙散憶》增訂本（台北：華漢出版，2024年）第十八章〈樊籠〉。

以上所見雖然未必就是史上唯一，同時今日所見僅為何孟恆所藏的極少部分，相信仍有大量創作已不復見，但也堪謂孕育「監獄文學」的奇觀。監獄嚴酷的環境下，文學作品不僅是受刑者在牢籠中的心聲吶喊，而對於汪政權下抱有「和平自強」理想的眾人來說，更是在壓迫環境下堅定情志的體現。無論讀者抱持何種歷史詮釋的觀點，也應該聆聽在強權下近乎失聲的獄中迴響，相信這種多元的歷史材料有助我們更為公允地作出歷史判斷。

《獅口虎橋獄中手稿》是次單行出版，即在2019年《叢書》版本[3]的基礎上再作補充，包括增補周作人《老虎橋襍詩》、韋乃綸《拘幽吟草》等內容，並且分為四冊刊行。以下淺述說明其特點與價值，以供大眾讀者參考：

第一冊

第一冊所載為詞學家龍榆生贈予何孟恆的《倚聲學》手稿，其中分為「悲壯之音」與「悽婉之音」兩大部分，主要內容為討論詞牌體式的變體，以及填詞相關注意事項。《倚聲學》草稿的刊行，不單有助我們理解龍榆生與汪精衛家族的關係，或是龍榆生在獄中創作的艱難，更能讓研究者進一步認知龍榆生詞學觀點的變化。歷來龍榆生詞學理論研究，大多以《倚聲學》指稱龍榆生於1961年應上海戲劇學院之邀開課的《詞學十講》講稿，此一講稿的副題即為「倚聲學」。然而，早在1946年身處蘇州獅子口監獄，龍榆生已有取名「倚聲學」的著作，並且期望作為詞家與創製新體歌詞者的參考讀物。

若然把《倚聲學》手稿與《詞學十講》作簡單對照，大體可與《詞學十講》的第四講「論句度長短與表情關係」當中「鬱勃激越的曲調」與「流麗和婉的

3 2019年由汪精衛紀念託管會編，時報文化出版《汪精衛與現代中國》，系列有《汪精衛詩詞新編》、《汪精衛生平與理念》、《汪精衛南社詩話》、《汪精衛政治論述》，《獅口虎橋獄中寫作》，和《何孟恆雲煙散憶》，首度公開諸多親筆手稿。

曲調」兩部分相應，強調詞體結構與情感表達之關係。相對於龍榆生 1933 年開始創刊的《詞學季刊》、《同聲月刊》，以及 1961 年代表晚年大成的《詞學十講》講稿，《倚聲學》手稿的刊行或能填補龍榆生詞學理論建構之過程，誠為理解二十世紀現代詞學的重要文獻。

值得注意的是，龍榆生在獄中依然堅持詞學理論的建構，並非僅為排解苦悶，聊作詞論。龍榆生於 1942 年的《真知學報》撰文提出「創製富有新思想、新題材、而能表現我國國民性之歌詞」、「促成新國樂之建樹，而完成繼往開來之大業」，其詞學研究之目的可謂「聲詞救國」，以期借助詞體當中音樂與文學的雙重感染力，成就再造新國樂的宏願。故此，讀者在閱讀龍榆生《倚聲學》手稿之時，亦宜在此脈絡下理解獄中詞論手稿的政治意義。

第二冊

第二冊所載為龍榆生分別為何孟恆、汪文惺選錄的《天風集》、《明月集》及其續篇，並有汪精衛與龍榆生批註的《靖節先生集》札記等。讀者或知汪精衛自幼好讀陶淵明集，頗有心得，既慕其山林之樂，又稱其志節之高，此均可以汪詩為證。然而，若想重回汪精衛的閱讀情境，則不能不從朱筆批註版本《靖節先生集》發端。

本冊所收《靖節先生集》不單有汪精衛、龍榆生兩位的批註，亦有何孟恆的註文補記，有助讀者還原汪精衛閱讀陶淵明集的感悟，體會汪氏所言「古今詩人，有博厚高明氣象者，唯陶公一人」之推崇，並得批註當中閱讀汪氏和詩，得見尚友古人的酬和。此外，龍榆生批註之於《靖節先生集》多有校訂，讀者在感受汪精衛的閱讀情境同時，也能注意兩人在討論陶詩時的治學嚴謹。

至於《天風集》、《明月集》及其續篇，讀者可以視之為龍榆生的私人選集，以作何孟恆、汪文惺的贈禮。龍榆生《唐宋名家詞選》被譽為「近世選本之冠」，其選篇之眼光足可信賴。《天風集》所選主要為宋代作品，作為何孟恆三十三歲的生日禮物，此一選本之對象及目的明確，或可視作龍榆生選予後輩精讀之作，讀者亦宜參考。《明月集》則以「清」之風格選歷代詞賦，以贈汪文惺，又得陳璧君新筆手錄，字體端正清晰，旁記標明平仄，便於初學者入門閱讀。上述私人選集兼具入門與精選的意義，相較公開刊印的選集更具情味，其價值之於今日讀者亦不可低估。

第三冊

第三冊所載為陳璧君在獄中撰寫的詩詞、書信，並有陳璧君抄錄汪精衛的五部詩詞集。陳璧君與汪精衛的夫妻感情深厚素為人知，此於汪詩多有所見，然陳璧君詩作則較少受注意。本冊所收〈懷四兄亦有自感〉一詩有云：

映雪囊螢願已賒，書生本色漫堪誇。

情深太傅過秦論，志切留侯博浪沙。

動靜久乖禪定味，推敲難得隔年花。

相逢何事悲搖落，如此良宵浣物華。

此詩深刻地表達了她對丈夫汪精衛（四兄）的思念，又對當時形勢抒發感慨之情。不單以張良、賈誼的典故讚揚汪精衛的情志，身在危難之中對其政治抱負表示支持，亦在感慨人生的無常的同時保持希望。除此以外，陳璧君手稿當中亦見「萬里長空浣物華」或「萬里長空著月華」的詩句修訂，從此窺見陳璧君在獄中創作過程的珍貴記錄。

陳璧君也把數冊汪精衛詩詞稿贈予後人及親友，以廣汪精衛詩詞的流傳。值得注意的是，陳璧君在被捕後被判無期徒刑，身處獄中極為虛弱，然其持續抄寫汪精衛詩詞足見其堅毅之心。對於今日讀者及研究者，陳璧君所抄汪詩則提供多個對校版本，有助理解汪精衛詩詞的不同面貌，尤其在後來刊印本良莠不齊，甚或收錄並非汪精衛的作品，更見陳璧君抄本的文獻價值。

第四冊

第四冊所載為因參與「和平運動」而入獄的各界重要人物之詩文作品，其中周作人《老虎橋襍詩》、韋乃綸《拘幽吟草》等更為此次再作補充，而大部分手稿均在是次出版計劃首次收錄。除了龍榆生、周作人、江亢虎、陳璧君等著名人物，亦有其他南京國民政府時期的重要官員，如擔任立法院長兼上海市長的陳公博、擔任財政廳長的汪宗準、擔任高等法院院長的張孝琳、擔任教育廳長的章賦瀏等；以及頗有學術貢獻與藝術成就的各界專家，如身為生物學家的吳元滌、崑曲研究專業的高齊賢等，均值得讀者多作留意。

本冊除了眾人自撰詩詞，亦有謄錄前人作品，甚或界於兩者之間的詩詞改寫，以抒發各人在獄中的情感與交流。舉例而言，南京市長周學昌謄抄清代詩人吳雯「清宵珠斗望闌干」詩句，又改吳雯另一詩作以贈何孟恒，其云：

紅發東園梅，綠破西津柳。莫論眼前事，且酌花下酒。

氷魚不計錢，江橘嫩香手。風土致不惡，桑圃好為友。

昨夜春又寒，不知山雨驟。君家嶺南山，番禺在其右。

豫州種菜蔬。蓮落收蒲藕，故鄉好歲月。情景豈相負。

每到春雁來，還憶虎牢否？

此詩最後一句「還憶橫汾否？」改成「還憶虎牢否？」以貼合南京老虎橋監獄的情境，並且借作前人詩作訴說結友與惜別之情。讀者可以從相關詩作細味，眾人在獄中互勉共渡，又復不忘國事之志，將能躍然於紙上。

《獅口虎橋獄中手稿》不僅是對 1945 年以後那段動盪時期的文學作品，更是一組為我們呈現時代側面的珍貴歷史文獻，反映了整個時代的複雜與多樣。監獄文學大多具有顯著反映真實的特性，主要是因為多由親身經歷囚禁的作者創作。這些作品直接反映了作者在特定歷史時期的生活狀況和內心感受。由於作者們身處特殊的環境，他們的作品通常帶有強烈的真實感，使得讀者能夠更加深刻地體會到當時的社會環境和個人處境。這種文學作品不僅是對個人經歷的記錄，也反映了那個時代的廣闊背景。

對於文學、歷史的研究者而言，本書出版已經清晰地把相關材料公諸於世，後續研究則必俟來者進一步發掘，以還原時代之真貌。至於對大眾讀者而論，我相信透過閱讀這些獄中手稿，我們不僅能夠看到個體的苦難與堅持，更能深刻體會整個社會的發展脈絡。雖然這些手稿只是由少數人在艱難的環境下創作而成，而且可能只是當時 30,000 位受刑者極小部分的聲音，但這些手稿對於我們理解和認識民國歷史依然具有重大意義。

但願這些作品讓我們記住，歷史敘述背後的每一個故事都是某些人的真實經歷，他們的聲音值得我們細心聆聽、深入思考。

黎智豐，香港中文大學中國語言及文學系哲學博士，國科會人文社會科學研究中心國際訪問學人。專門研究先秦時期的古代文獻及其思想，曾於香港多間大專院校任教中國語文相關課程，現時繼續於網上舉辦文言、文化推廣課程。

編輯前言

1945 年，日本投降，主張和平運動的汪精衛國民政府於 8 月 16 日宣告解散。戰後，一眾汪政權人物被冠上「漢奸」罪名入獄，分別被囚禁於南京老虎橋監獄與蘇州獅子口監獄。何孟恆作為女婿，亦與陳璧君在廣東一同被禁，並於老虎橋監獄服刑。兩年半後，何氏獲釋，同囚的眾人撰詩為他送行，出獄後，他又前往獅子口監獄探望陳璧君，並帶出了她與龍榆生等作品。

2019 年汪精衛紀念託管會與時報文化發行《汪精衛與現代中國》系列叢書[1]，其中一冊為《獅口虎橋獄中寫作》，把何孟恆珍藏已久的獄中手稿整理出版，俾汪政權諸人戰後的罕有紀錄得以存續，也讓讀者能更完整認識民國史。2024 年本會在以往書籍基礎上，作進一步的增訂、補充，並彙編為《獅口虎橋獄中手稿》全四冊，不單收錄過往未有之手稿，更搜羅出獄中諸君的生平背景，兩相比照下，令讀者得覩中日戰爭落幕後鮮為人知的獄中文學。

《獅口虎橋獄中手稿》第一、二冊為詞學大家龍榆生的作品，龍氏曾為汪家擔任家庭教師，何孟恆與陳璧君被扣押期間，便曾帶上了龍氏所編的《唐宋名家詞選》，「每日背誦一些來打發日子」[2]。首二冊之龍氏作品，乃贈予何孟恆、汪文悜夫婦學習詞學所用，其緣由於何氏回憶錄《雲煙散憶》中亦有記述：

1 系列還有《汪精衛生平與理念》、《汪精衛政治論述》、《汪精衛詩詞新編》、《汪精衛南社詩話》和《何孟恆雲煙散憶》，首度公開諸多親筆手稿。2023年後系列續由八荒圖書陸續出版增訂版單行本，並加入新著《我書如我師——汪文悜日記》。

2 見《何孟恆雲煙散憶》增訂本，頁212。

同一時期囚於蘇州獅子口監獄的詞人龍沐勛榆生，是朱彊邨[3]的弟子，吟詠之餘，有《倚聲學》二冊，又選宋詞為《天風》、《明月》諸集，媽媽在蘇州特地請同囚難友細心抄錄，到現在還珍重收藏着。[4]

本書為第二冊，收錄龍榆生手書〈革命之決心〉、書信〈呈章孤桐先生〉，另外還有為何孟恆慶生而輯錄的宋代詞選《天風集》、《天風集續》，以及龍氏挑選，陳璧君手書贈女兒汪文惺生日之《明月集》、《明月集續》及《明月集再續》。書末附錄《靖節先生集》全書掃描，上有汪文惺過錄父親汪精衛以及龍榆生之批註。以下就本書的編輯凡例，略加說明：

一、部份手跡難以辨認，特別附設釋文供讀者閱覽，文字一律依據原稿謄錄，如有未能辨識的字，皆以□標示，冀日後有識之士辨正。

二、本書所載《靖節先生集》旨在展示汪精衛與龍榆生的批註，故凡有他們批註的書頁，皆放大顯示。

三、詞選集依四張手稿一頁的方式排列，內容整理如下表：

《天風集》宋詞	薛邦邁手書	載書頁 7–53
《天風集續》長調	張廣生題名，陳曾壽手書	載書頁 54–92
《明月集》短句	龍榆生題記，陳璧君手書	載書頁 93–121
《明月集續》	陳璧君手書，薛邦邁旁註	載書頁 122–142
《明月集再續》	張寄澤題名，陳璧君手書	載書頁 143–175

3 即朱祖謀（1857–1931），又號彊村，浙江歸安人，曾出任廣東學政，汪精衛亦是其門生，其工於詞曲，與況周頤、王鵬運、鄭文焯合稱為「清末四大家」。

4 何孟恆獄中經歷，詳細請參看汪精衛紀念託管會編，《何孟恆雲煙散憶》增訂本第十八章〈樊籠〉，頁233。

龍榆生（1902-1966）

龍榆生先生紀念網站

龍榆生，名沐勛，號忍寒居士，江蘇萬載人，二十世紀最負盛名的詞學大師之一。

龍氏國學根基深厚，曾隨中國近代著名語言文字學家黃侃（1886-1935）學習音韻，並拜廈門大學國文系著名詩人陳衍（1856-1937）為師。1928 年龍榆生在上海暨南大學任教，結識清末詩學泰斗朱祖謀（1857-1931），兩人於詞學上交流緊密，1931 年朱氏因病垂危，逐把生平校詞所用之雙硯傳授給龍榆生，此後龍氏專研詞學，被視作朱祖謀的嫡派傳人[1]，也因此與同為朱氏門生的汪精衛（1883-1944）繫上關係。

1902 年汪精衛應考廣州府試第一，成為時任廣東學政的朱祖謀門生[2]，朱氏逝世以後，龍榆生與汪氏就其喪葬事宜往來書信[3]，二人自始建立深厚的同門情誼。龍氏先後在中山大學、中央大學、上海音樂學院等校任教，亦曾在上海創

1　龍榆生的學詞經歷與成就，詳細請參看「龍榆生先生紀念網站」（longyusheng.org）。

2　〈一代詞宗朱彊村〉，《南華日報》（香港），1935年9月21日，版11。

3　見〈雙照樓遺札〉，《同聲月刊》1945年第4卷第3期，頁43–46。

辦《詞學季刊》，風行全國，乃當時詞家交流研究成果的唯一學術性刊物，深受學界重視。

1940 年，汪精衛成立南京政府初期，曾以朋友之名邀龍榆生去南京就職，龍氏起先拒絕，後來還是赴寧擔任立法院立法委員一職，並一度兼任立法院院長陳公博（1892-1946）私人秘書半年。龍榆生到南京之後，對現實政治感到失望，但從汪精衛詞作〈虞美人〉「夜深案牘明燈火，擱筆淒然我」中，體會到汪氏之苦楚與「我不入獄，誰入地獄」之心境[4]，於是仍決定留下來追隨汪氏，卻堅持不參加任何政治會議，全心投入文化教育事業，他曾出任中央大學中文系主任兼教授、南京文物保管委員會主任委員。

汪先生輓聯　龍沐勛

其心皎然。如日月經天。照臨東土。

棄我去者。有瘡痍滿體。苦念吾民。

1940 年 12 月，龍榆生在汪精衛資助下創辦《同聲月刊》，提倡創新聲、復詩教，冀月刊可於「普濟含靈」、「東亞和平」、「力挽狂瀾」、「重振雅音」、「繼往開來」此五方面上起重要作用，其於創刊號寫道：

> 然則同聲月刊，所以聯聲氣之雅，期詩教之中興也，所以通上下之情，致中華於至治也。所以廣至仁之化，進世界於大同也。[5]

龍榆生望能以聲樂建設國人精神[6]，以此推動汪精衛之和平運動。1944 年又擔任《求是》月刊之社長，亦曾為汪宅家庭教師，教授汪氏大女兒汪文惺（1914-2015）國文。

4　見龍榆生，〈陳璧君手抄本雙照樓詩詞稿跋〉，《雙照樓詩詞稿》（1945年陳璧君獄中手抄贈端木愷本，台北：東吳大學圖書館藏影本）。

5　見〈同聲月刊緣起〉，《同聲月刊》1940年創刊號，頁1–4。

6　汪精衛亦曾提倡整理國故，以舊體詩之創作振作民族之精神，其以文學救國之理論見《汪精衛南社詩話》（台北：華漢出版，2024年）。

汪、龍二人交情深厚，文學上亦多有交流，汪精衛還都南京以後，時時手寫詩詞創作寄予龍氏，如〈辛巳除夕寄榆生〉[7]，龍氏為中央大學中文系選輯《基本國文》課文時，特地節錄歷代哀國之作，如辛棄疾、顧炎武等亡國之文，亦加入汪精衛所寫的獄中詩作及〈滿江紅〉、〈憶舊遊〉等[8]。至汪氏逝世以後，龍榆生著《梅花山謁汪先生墓文》及《汪先生輓聯》來悼念[9]，更擔任汪主席遺訓編纂委員會常務委員，為《雙照樓詩詞藁》增補校對，又於《同聲月刊》追懷汪氏：

> 每念數載以還，深宵昧旦，吟興偶發，輒飛箋相示，賞音契合，既感先生年來用心之苦，未嘗不躍然以喜，悄焉以悲也。青簡尚新，而其人已亡。孤燈恍然，如見顏色，而國家興亡之痛，從容文酒之歡，夢影前塵，直同天上矣。[10]

1946年，龍榆生以「文化漢奸」罪被判有期徒刑十二年，褫奪公權十年，1947年經複判以後，改處徒刑五年，監禁在蘇州獅子口監獄，全部財產除酌留家屬必需生活費外沒收[11]。監獄期間，龍氏還以五紙拼合手書汪精衛所作的〈革命之決心〉，以此敬頌其恆久不變的德行。1948年龍氏獲批暫時出獄就醫，1966年病逝。

---

7 全詩收錄在《汪精衛詩詞彙編》上冊（台北：華漢出版，2024年），頁126，手稿則見下冊，頁279–281。

8 汪精衛詩詞作品全文收錄在《汪精衛詩詞彙編》上冊，手稿見下冊。

9 分別見《同聲月刊》1945年第4卷第3期，頁68；《求是》1944年第1卷第7號，頁40。

10 見〈雙照樓詩詞未刊稿〉，《同聲月刊》第4卷第3號，頁1–13。

11 見〈偽立委龍沐勳改處徒刑五年〉，《益世報》（上海），1947年9月17日，版2。

汪先生從事革命時作此大戴諸民報
予三十年後始獲讀之既取以教授大
學諸生復隱括其意為長短句題曰
薪釜歌播之樂府冀德之烈與恒深入
乎人心四時迭運藉摩力以恢張大業
而拯吾民族於萬丈深淵 先生見而喜
之以為頗能約言其旨趣 先生之學蓋

手書

〈革命之決心〉手書並識

龍榆生獄中手書汪精衛年輕時所寫的〈革命之決心〉以贈陳璧君。原文作於1910年2月，兩個月後，汪精衛在企圖行刺清攝政王前，在衣服內縫入此篇文章。龍榆生題識（見圖10-11）：

汪先生從事革命時作此文，載諸民報。予三十年後始獲讀之，既取以教授大學諸生，復隱括其意為長短句題曰：薪釜歌，播之樂府，冀德之烈與恆深入乎人心，因時迭運，藉羣力以恢張大業，而拯吾民族於萬丈深淵。先生見而喜之，為頗能約言其旨趣。先生之學蓋出於王陽明而遠紹孟軻氏，此心此志歷四五十年如一日，由烈以進於恆，舉凡世人所顧惜之毀譽得失一切置之度外，雖多經挫抑，終且賚志以逝其仁心悲願，固當亙萬古而炳若日星也。先生晚歲有詩云：心似勞薪漸作灰，身如破釜重教爨。歲闌展誦感慨萬端，書此奉冰如先生，藉致新年之敬所望一本先生之恆德，忍受熬煎之至苦，終見蒸發熱力以成飯而飽吾民也。中華民國三十六年十二月三十一日龍沐勛謹識於吳門獅子口獄中。

又題：歷盡冰霜勇更沉，待扶新葉掃重陰。青青長是思貞德，挾取春風助歗吟。

三十七年元旦，寫奉冰如先生。忍寒居士籜記於吳門

汪先生從事革命時作此文載諸民報予三十年後始獲讀之既取以教授大學諸生復隱括其意為長短句題曰薪釜歌播之樂府冀德之烈與恆深入乎人心因時迭運藉羣力以恢張大業而拯吾民族於萬丈深淵先生見而喜之以為頗能約言其旨趣先生之學蓋出於王陽明而遠紹孟軻氏此心此志歷四五十年如一日由烈以進於恆舉凡世人所顧惜之毀譽得失一切置之度外雖多經挫抑終且賚志以逝其仁心悲願固當亙萬古而炳若日星也先生晚歲有詩云心似勞薪漸作灰身如破釜重教爨歲闌展誦感慨萬端書此以奉冰如先生藉致新年之敬所望一本先生之恆德忍受熬煎之至苦終見蒸發熱力以成飯而飽吾民也中華民國三十六年十二月三十一日龍沐勛謹識於吳門獅子口獄中

1（鈐印：忍闇、龍氏無逸）

革命之決心

吾黨之士關於革命之決心為文以論之者廣矣顧吾以為既欲以此為吾人之決心則其言不可以不近而所守者不可以不約也因約言於左

革命之決心之所由起其在於吾人惻隱之心乎孟子有言人皆有不忍人之心今人乍見孺子將入於井皆有怵惕惻隱之心非所以納交於孺子之父母也非要譽於鄉黨朋友也非惡其聲而然也韓愈有言蹈水火者之求免於人也不惟其父兄子弟之慈愛然後呼而望之也將有介於其側者雖其所憎怨苟不至乎欲其死者則將大聲疾呼而望其仁之也彼介於其側者聞其聲而見其事不惟其父兄子弟之慈愛然後往而全之也雖其所憎怨苟不至乎欲其死者則將狂奔盡氣濡手足焦毛髮救之而不辭也若是者何哉其勢誠急而其情誠可悲也嗚呼人之所以為人者在於此矣惻隱之心至純潔也無所為而為之者也此之謂仁為惻隱之心所迫雖

2

狂奔盡氣濡手足焦毛髮救之而不辭此之謂勇仁與勇盡人所同具也至於乍見之而後動心介於其側而後往而全之者非謂耳目所不及即可恝然置之也以無所感故無所動耳是以能充其惻隱之心者耳目所不及而思慮及之焉思慮之所及舉天下之疾苦顛連而無告者一一繫諸其心若耳聞而目覩是則其怵惕惻隱之心無時而不存而狂奔盡氣濡手足焦毛髮而救之之志亦無時而不存皇皇而憂之昧昧而思之焦然無一息之安其將危扶顛蓋出於情之不容已以不如是不足以釋其憂思也然雖如是其遂足以釋其憂思乎天下之疾苦顛連而無告者其數無窮則吾躬之憂患亦與為無窮君子敢於以渺然之身任天下之重鞠躬盡瘁死而後已者要皆為此惻隱之心所迫而使之然耳

吾人之決心於革命孰非由惻隱之心所發者人必不忍其同類之死亡屈辱而歷史之所紀父老之所傳亡國之慘在人耳目此追觀往而生惻隱者也人心醉而未由醒之溺而未由清之目擊蚩蚩之民

3

卒苦憔悴為人踐踏乃無異於牛馬草芥顧身受者莫能自脫坐視者不知所救此無現在而生惻隱者也由既往以至現在其每況愈下已如此矣由現在以推將來其將如水之益深火之益烈蹶抑窮則變變則通剝極而復蹶此思將來而生惻隱者也蹙之不逮民之無援使人陷於沈憂之中而不能自拔由此鬱積以成革命之決心是故其決心至單純也至堅凝也心之所向無堅不摧有一日之閒暇則旁皇如無所歸有頃刻之逸樂則蹴踖而不安其居所藉以袪憂煩而致寧靜者惟勞身焦思以力行其所志而已此無他惻隱之心能使人宅於憂患而於安樂去之若將浼者也

孟子有言富貴不能淫貧賤不能移威武不能屈夫能此者無他道焉充實其惻隱之心而已苟其心懸懸於天下之疾苦顛連而無告者則身處富貴適使其蹴踖不寧之心為之滋甚至於貧賤則天下之所同也天下之人既不自拔於貧賤吾一人又何擇焉若夫威武能屈天下之懦者而不能屈天下之仁者蓋仁者必有勇於情所不能忍者必不恕然也欲行其心之所安雖

4

萬死而不辭是故至激烈之手段惟至和平之心事者能為之至剛毅之節操惟至寬裕之度量者能有之由惻隱之心而生之勇氣能使威武為之屈詎有屈於威武者乎是故能保其惻隱之心者則貞固之節入水火而不渝必不於生死去就之際有所遲回以玷其生平也雖然淫於富貴移於貧賤屈於威武者惟小人之所為耳卓犖之士克自振拔常不為其羈所吾今乃於富貴貧賤威武之外更有一事焉厥為名譽無賢無愚咸眈於是雖以仲尼猶謂君子疾沒世而名不稱三代以下惟恐不好名則幾等於口頭禪矣夫名者實之賓名非有累於人也然而於本原之地而有好名之念其未得之也患得之既得之也患失之苟患失之無所不至以名之不已屬因而夜敗者有之矣甚則因而變節者亦有之矣尤甚者以爭名之故君子之相伐甚於小人之相殘壞植敗羣於今為烈名之為累有若是也然求其本亦由於未擴充其惻隱之心而已誠使惻隱之心而能擴充則好名之念未有不為之摧滅者余小子

5

不敏嘗服膺於王陽明之言每讀其答聶文蔚書未嘗不為之歎息也夫聶子之言曰與其盡信於天下不若真信於一人道固自在學亦自在天下信之不為多一人信之不為少其信道之篤已可謂舉世非之力行而不惑者矣而陽明之意則以為有大不得已者存乎其間而非以計人之信不信蓋以生民之困苦荼毒莫非疾痛之切於吾身所以見善不啻若己出見惡不啻若己入視民之饑溺猶己之饑溺而一夫不獲若己推而納諸溝中者非故為是以蘄天下之信己也務致其良知求自慊而已矣夫如是其所以天下非之力行而不惑者初非有所執拗而為之良由疾痛迫切雖欲已之而自有所不容已此所以為至誠也使人能以此心為心則求自慊之不暇而好名之念無自而生矣天下信之喜其志之得行而已無與也天下非之終必蘄其志之得行於己亦無與也悠悠之毀譽寧有所輕重於毫末耶

夫富貴貧賤可以移人之情者也威武雖不能移人之情而以力服人能使人不得不從者也至於名譽其得之之樂有甚於

6

富貴失之之苦有甚於貧賤而其具有能
左右人心恋之力則又過於威武前三者為常
人所不能免後者則雖高材之士亦或不能
免然使一旦能擴充其惻隱之心者則此四
者不撥而自去而其心乃純一而不雜矣夫
純潔者必有勇所謂無欲則剛也惻隱之心
迫於內則仁以為己任雖殺身而不辭斯
義理之勇而非血氣之勇也義理之勇其
可見者有二
一曰不畏死　人情莫不樂生而惡死以生之
有可戀也若夫為惻隱之心所迫則接於目
充於耳者皆顛連無告者之憂傷憔悴之
色與其呻吟之聲既不忍於旁觀又不能
拯之出於水火吾何為生於此世乎則彌覺
生之可厭而未見其可戀也夫以生為可厭
則其不畏死無難矣然人情莫不戀其所親
吾人於此豈獨無所感乎顧天下人之愛其親
孰不吾若吾不忍舍吾親而父母不相見兄弟
妻子離散者盈天下皆是也吾其能一一使之
不舍其親乎吾於家庭之際至難言也然而
天下之人其遭際之難同於我或什百千萬
於我者則又何限吾其能以自私乎思此而
愛親之心擴而合於愛同胞之心而死志決

7

矣自以力之微無以致其愛於同胞又無以
致其愛於親也以一死絕其愛焉而於其將
死固未忘同胞又未忘其親也於此知愛親
之心與愛同胞之心實為一物而無間於公
私即純然惻隱之心是也
二曰不憚煩　志於革命者以死為究竟斯
固然矣然一死未足以塞責故未死者之
責任不可以不盡也常人樂生而惡死哲
人反之則惡生而樂死其所以惡生而樂
死者以憚煩故耳世之昏濁甚矣陽明
有言後世良知之學不明天下之人用
其私智以相比軋人各有心而偏瑣僻陋
之見狡偽陰邪之術至於不可勝說外假
仁義之名而內以行其自私自利之實詭辭
以阿俗矯行以干譽掩人之善而襲以為己
長許人之私而竊以為己直忿以相勝而猶
謂之徇義險以相傾而猶謂之嫉惡妒賢
忌能而猶自以為公是非恣情縱欲而猶
自以為同好惡相陵相賊自其一家骨肉
之親已不能無爾我勝負之意彼此藩籬
之形而況於天下之大民物之衆又何能一
體而視之則亦無怪紛紛籍籍而禍亂相
尋於無窮矣人情之險巇若此孤潔之士

8

憤世嫉俗不能一朝居往往絕人逃世同
其身於死灰槁木甚者或因以自殺其
次則險詖之士擇老子之術以柔制剛以
靜制動顛倒一世之人而巧於自全又其
次則為鄉愿同流合污閹然以媚於世夫
老氏之徒與鄉愿皆習知人之情偽以巧
立於不敗之地其為自私自利無足論至
於絕人逃世者迹則高矣然推其用心由
於憚煩是亦自私自利也而自私自利之
見所由生在於未充其惻隱之心而已使能
充其惻隱之心者則必不為一己計而為衆
人計目擊天下之紛紛籍籍禍亂相尋
人所避之惟恐不及者挺然以一身當其
際而無所卻即令所接者無所往而非傾
險之人所處者無所往而非陰鬱之境而
其至誠惻怛之意初不由之而少間憂
患雖深不改其度事變之來不失其
守陽明所謂言語正到快意時截然能
忍默意氣正到發揚時翕然能收斂憤
怒嗜欲正到騰沸時廓然能消化非天
下之大勇者不能蓋觀於克伐怨欲不行
可以知其所守之固此所以能應萬變而
不窮也

9

是故不畏死之勇德之烈者也不憚煩
之勇德之貞者也二者之用各有所宜
譬之炊米為飯盛之以釜爇之以薪薪
之始燃其光熊熊轉瞬之間即成煨燼
然體質雖滅而熱力漲發成飯之要素
也釜之為用水不能蝕火不能鎔水火交
煎逼曾不少變其質以至於成飯其熬煎
之苦至矣斯亦成飯之要素也嗚呼革命
黨人將以身為薪乎抑以身為釜乎亦
各就其性之所近者以各盡所能而已革命
之成果譬則飯也待革命以蘇其困之四
萬萬人譬則啼饑而待哺者也革命
黨人以身為薪或以身為釜合而炊飯
俾飯之熟請四萬萬人共饗之
汪先生從事革命時作此文載諸民報
予三十年後始獲讀之既取以教授大
學諸生復檃括其意為長短句題曰
薪釜歌播之樂府冀德之烈與恒深入
乎人心目時迭運藉摩力以恢張大業
而拯吾民族於萬丈深淵 先生見而喜
之以為頗能約言其旨趣 先生之學蓋
出於王陽明而遠紹孟軻氏此心此志歷
四五十年如一日由烈以進於恒舉凡世人所

10

顧惜之毀譽得失一切置之度外雖多經
挫抑終且賚志以逝其仁心悲願固當亘
萬古而炳若日星也 先生晚歲有詩云
心似勞薪漸作灰身如破釜重教爨歲
闌展誦感慨萬端書此以奉
冰如先生藉致新年之敬所望一本 先
生之恒德忍受熬煎之至苦終見蒸發
熱力以成飯而飽吾民也
中華民國三十六年十二月三十一日龍沐勛
謹識於吳門獅子口獄中

11 （鈐印：龍沐勛印 ）

詞選

何孟恒三十三歲生日時，陳璧君請龍榆生選了王安石等宋代文人所寫之詞編輯為《天風集》、《天風集續》，由薛邦邁、陳曾壽書寫，送給何孟恒作為生日禮物。龍榆生還挑選了歷代詞賦、《雙照樓詩詞藁》和王夫之的作品，並由陳璧君抄寫而成《明月集》、《明月集續》及《明月集再續》三本詞集。

天風集

薛邦邁手書，共一八六頁。

薛邦邁，無錫人，畢業於中央大學機械科，汪精衛南京國民政府成立後，歷任教育部薦任督學、中央大學工學院副教授及國立第一職業學校校長，戰後被判有期徒刑五年，褫奪公權五年。

此忍寒居士所選宋詞無錫
薛邦邁君所寫呈
文傑兄三十三歲壽

001（鈐印：璧君）

天風集
宋
王安石 字介甫臨川人有臨川先生歌曲
桂枝香
登臨送目正故國晚秋天氣初肅千里
澄江似練翠峰如簇征歸帆去棹斜陽裏
背西風酒旗斜矗彩舟雲淡星河鷺起
畫圖難足 念往昔繁華競逐歎門外

002（鈐印：孟恒、陳璧君印）

樓頭悲恨相續千古憑高對此漫嗟榮
辱六朝舊事隨流水但寒煙衰草凝綠
至今商女時時猶唱後庭遺曲

千秋歲引

別館寒砧孤城畫角一派秋聲入寥廓
東歸燕從海上去南來雁向沙頭落楚
臺風庾樓月宛如昨　無奈被些名利
縛無奈被他情擔閣可惜風流總閒却

003

當初漫留華表語而今誤我秦樓約夢
闌時酒醒後思量着

張昇　字杲卿韓城人

離亭宴

一帶江山如畫風物向秋瀟洒水浸碧
天何處斷霽色冷光相射蓼嶼荻花洲
掩映竹籬茅舍　雲際客帆高掛烟外
酒旗低亞多少六朝興廢事盡入漁樵

浸

004

閒話悵望倚層樓寒日無言西下

柳永　字耆卿初名三變崇安人有樂章集

雨霖鈴

寒蟬淒切對長亭晚驟雨初歇都門帳
飲無緒方留戀處蘭舟催發執手相看
淚眼竟無語凝噎念去去千里煙波暮
靄沈沈楚天闊　多情自古傷離別更
那堪冷落清秋節今宵酒醒何處楊柳

淋

005

岸曉風殘月此去經年應是良辰好景
虛設便縱有千種風情更與何人說

夜半樂

凍雲黯淡天氣扁舟一葉乘興離江渚
渡萬壑千巖越溪深處怒濤漸息樵風
乍起更聞商旅相呼片帆高舉泛畫鷁
翩翩過南浦　望中酒旆閃閃一簇煙
村數行霜樹殘日下漁人鳴榔歸去敗

006

荷零落衰楊掩映岸邊兩兩三三浣紗
遊女避行客含羞笑相語　到此因念
繡閣輕拋浪萍難駐歎後約丁寧竟何
據慘離懷空恨歲晚歸期阻凝淚眼杳
杳神京路斷鴻聲遠長天暮

滿江紅

暮雨初收長川靜征帆夜落臨島嶼蓼
煙疏淡葦風蕭索幾許漁人飛短艇盡

007

將燈火歸村落遣行客當此念回程傷
漂泊　桐江好煙漠漠波似染山如削
遶嚴陵灘畔鷺飛魚躍遊宦區區成底
事平生況有雲泉約歸去來一曲仲宣
吟從軍樂

八聲甘州

對瀟瀟暮雨灑江天一番洗清秋漸霜
風淒緊關河冷落殘照當樓是處紅衰

008

綠減苒苒物華休惟有長江水無語東
流　不忍登高臨遠望故鄉渺邈歸思
難收歎年來蹤跡何事苦淹留想佳人
妝樓顒望誤幾回天際識歸舟爭知我
倚闌干處正恁凝愁

迷神引

一葉扁舟輕帆捲暫泊楚江南岸孤城
暮角引胡笳怨水茫茫平沙雁旋驚散

009

煙斂寒林簇畫屏展天際遙山小黛眉
淺　舊賞輕拋到此成遊宦覺客程勞
年光晚異鄉風物忍蕭索當愁眼帝城
賒秦樓阻旅魂亂芳草連空闊殘照滿
佳人無消息斷雲遠

蘇　軾字子瞻眉山人有東坡樂府

水龍吟

次韻章質夫楊花詞

010

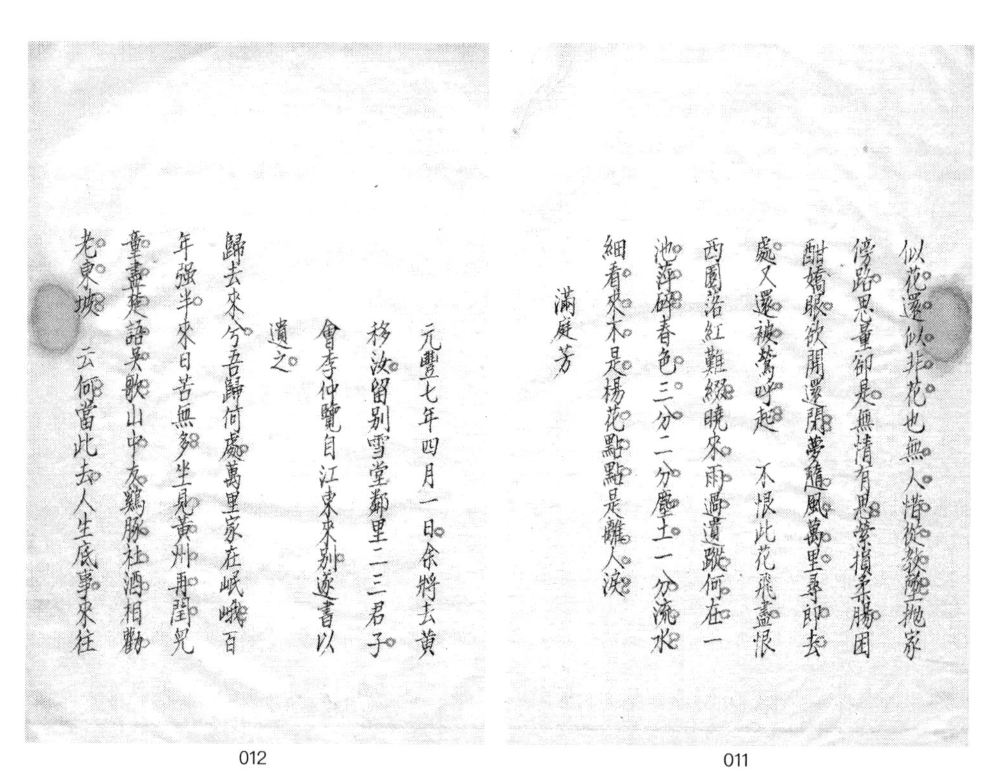
似花還似非花也無人惜從教墜拋家
傍路思量卻是無情有思縈損柔腸困
酣嬌眼欲開還閉夢隨風萬里尋郎去
處又還被鶯呼起　不恨此花飛盡恨
西園落紅難綴曉來雨過遺蹤何在一
池萍碎春色三分二分塵土一分流水
細看來不是楊花點點是離人淚
滿庭芳

011

元豐七年四月一日余將去黃
移汝留別雪堂鄰里二三君子
會李仲覽自江東來別遂書以
遺之
歸去來兮吾歸何處萬里家在岷峨百
年強半來日苦無多坐見黃州再閏兒
童盡楚語吳歌山中友雞豚社酒相勸
老東坡　云何當此去人生底事來往

012

如梭待閑看秋風洛水清波好在堂前
細柳應念我莫剪柔柯仍傳語江南父
老時與曬漁蓑
又
有王長官者棄官黃州三十三
年黃人謂之王先生因送陳慥
來過余因為賦此
三十三年今誰存者算秖君與長江凜

013

然蒼檜霜幹苦難雙聞道司州古縣雲
溪上竹塢松窗江南岸不因送子寧肯
過吾邦　摐摐疏雨過風林舞破煙蓋
雲幢願持此邀君一飲空缸居士先生
老矣真夢裏相對殘缸歌聲斷行人未
起船鼓已逢逢
水調歌頭
黃州快哉亭贈張偓佺

014

落日繡簾捲亭下水連空知君為我新
作窗户濕青紅長記平山堂上攲枕江
南煙雨杳杳没孤鴻認得醉翁語山色
有無中　一千頃都鏡淨倒碧峯忽然
浪起掀舞一葉白頭翁堪笑蘭臺公子
未解莊生天籟剛道有雌雄一點浩然
氣千里快哉風

又

丙辰中秋歡飲達旦大醉作此
篇兼懷子由

明月幾時有把酒問青天不知天上宮
闕今夕是何年我欲乘風歸去唯恐瓊
樓玉宇高處不勝寒起舞弄清影何似
在人間　轉朱閣低綺户照無眠不應
有恨何事長向別時圓人有悲歡離合
月有陰晴圓缺此事古難全但願人長

久千里共嬋娟

念奴嬌

赤壁懷古

大江東去浪淘盡千古風流人物故壘
西邊人道是三國周郎赤壁亂石崩雲
驚濤裂岸捲起千堆雪江山如畫一時
多少豪傑　遥想公瑾當年小喬初嫁
了雄姿英發羽扇綸巾談笑間强虜灰
飛煙滅故國神遊多情應笑我早生華
髮人間如夢一樽還酹江月

永遇樂

孫巨源以八月十五日離海州
坐別於景疎樓上既而與余會
於潤州至楚州乃別余以十一
月十五日至海州與太守會於
景疎樓上作此詞以寄巨源

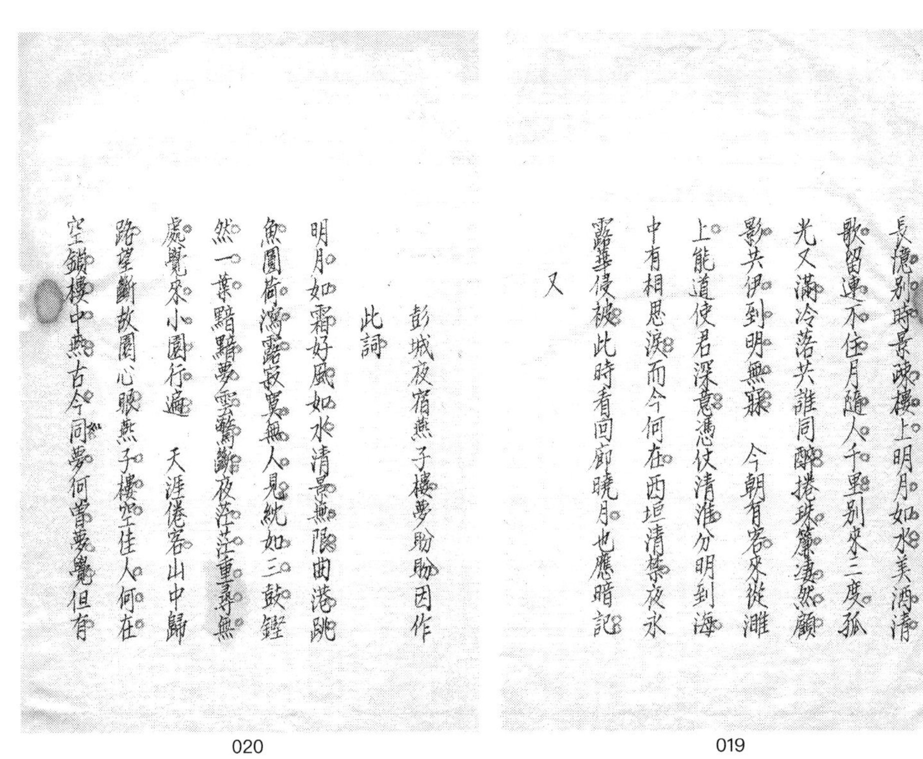
長憶別時景疎樓上明月如水美酒清
歌留連不住月隨人千里別來三度孤
光又滿冷落共誰同醉捲珠簾淒然顧
影共伊到明無寐　今朝有客來從濉
上能道使君深意憑仗清淮分明到海
中有相思淚而今何在西垣清禁夜永
露華侵被此時看回廊曉月也應暗記

又

019

彭城夜宿燕子樓夢盼盼因作
此詞
明月如霜好風如水清景無限曲港跳
魚圓荷瀉露寂寞無人見紞如三鼓鏗
然一葉黯黯夢雲驚斷夜茫茫重尋無
處覺來小園行遍　天涯倦客山中歸
路望斷故園心眼燕子樓空佳人何在
空鎖樓中燕古今同夢何曾夢覺但有

020

舊歡新怨異時對黃樓夜景為余浩歎

八聲甘州
寄參寥子
有情風萬里捲潮來無情送潮歸問錢
塘江上西興浦口幾度斜暉不用思量
今古俯仰昔人非誰似東坡老白首忘
機　記取西湖西畔正春山好處空翠
煙霏算詩人相得如我與君稀約它年

021

東還海道願謝公雅志莫相違西州路
不應回首為我沾衣

洞仙歌
余七歲時見眉州老尼姓朱忘
其名年九十歲自言嘗隨其師
入蜀主孟昶宮中一日大熱蜀
主與花蕊夫人夜納涼摩訶池
上作一詞朱具能記之今四十

022

年朱已死久矣人無知此詞者
但記其首兩句暇日尋味豈洞
仙歌令乎乃為足之云
冰肌玉骨自清涼無汗水殿風來暗香
滿繡簾開一點明月窺人人未寢欹枕
釵橫鬢亂　起來攜素手庭户無聲時
見疏星渡河漢試問夜如何夜已三更
金波淡玉繩低轉但屈指西風幾時來

023

又不道流年暗中偷換
賀新郎
乳燕飛華屋悄無人桐陰轉午晚涼新
浴手弄生綃白團扇扇手一時似玉漸
困倚孤眠清熟簾外誰來推繡户枉教
人夢斷瑶臺曲又卻是風敲竹　石榴
半吐紅巾蹙待浮花浪蕊都盡伴君幽
獨濃艷一枝細看取芳心千重似束又

024

恐被秋風驚綠若待得君來向此花前
對酒不忍觸共粉淚兩簌簌
哨遍
陶淵明賦歸去來有其詞而無其
聲余既治東坡築雪堂於上人
俱笑其陋獨鄱陽董毅夫過而
悦之有卜隣之意乃取歸去來
詞稍加檃括使就聲律以遺毅

025

夫使家僮歌之時相從於東坡
釋耒而和之扣牛角而為之節
不亦樂乎
為米折腰因酒棄家口體交相累歸去
來誰不遣君歸覺從前皆非今是露未
晞征夫指予歸路門前笑語喧童稚嗟
舊菊都荒新松暗老吾年今已如此但
小窗容膝閉柴扉策杖看孤雲暮鴻飛

026

雲出無心鳥倦知還本非有意　噫歸
去來兮我今忘我兼忘世親戚無浪語
琴書中有真味步翠麓崎嶇泛溪窈窕
涓涓暗谷流春水觀草木欣榮幽人自
感吾生行且休矣念寓形宇內復幾時
不自覺皇皇欲何之委吾心去留誰計
神仙知在何處富貴非吾志但知臨水
登山嘯詠自引壺觴自醉此生天命更

027

何疑且乘流遇坎還止

秦　觀字太虛一字少游高郵人有
淮海詞

滿庭芳

山抹微雲天黏衰草畫角聲斷譙門暫
停征棹聊共引離尊多少蓬萊舊事空
回首煙靄紛紛斜陽外寒鴉數點流水
繞孤村　消魂當此際香囊暗解羅帶
輕分謾贏得青樓薄倖名存此去何時

028

見也襟袖上空染啼痕傷情處高城望
斷燈火已黃昏

又

紅蓼花繁黃蘆葉亂夜深玉露初零霽
天空闊雲淡楚江清獨棹孤篷小艇悠
悠過煙渚沙汀金鉤細絲綸慢捲牽動
一潭星　時時橫短笛清風皓月相與
忘形任人笑生涯泛梗飄萍飲罷不妨

029

醉臥塵勞事有耳誰聽江風靜日高未
起枕上酒微醒

又

晚色雲開春隨人意驟雨纔過還晴高
臺芳榭飛燕蹴紅英舞困榆錢自落秋
千外綠水橋平東風裏朱門映柳低按
小秦箏　多情行樂處珠鈿翠蓋玉轡
紅纓漸酒空金榼花困蓬瀛豆蔻梢頭

030

舊恨十年夢屈指堪驚憑闌久疏煙淡
日寂寞下蕪城

八六子

倚危亭恨如芳草萋萋剗盡還生念柳
外青驄別後水邊紅袂分時愴然暗驚
無端天與娉婷夜月一簾幽夢春風
十里柔情怎奈向歡娛漸隨流水素絃
聲斷翠綃香減那堪片片飛花弄晚濛

031

濛殘雨籠晴正銷凝黃鸝又啼數聲

望海潮

洛陽懷古

梅英疎淡冰澌溶洩東風暗換年華金
谷俊游銅駝巷陌新晴細履平沙長記
誤隨車正絮翻蝶舞芳思交加柳下桃
蹊亂分春色到人家　西園夜飲鳴笳
有華燈礙月飛蓋妨花蘭苑未空行人

032

漸老重來是事堪嗟煙瞑酒旗斜但倚
樓極目時見棲鴉無奈歸心暗隨流水
到天涯

千秋歲

謫虔州日作

水邊沙外城郭春寒退花影亂鶯聲碎
飄零疏酒盞離別寬衣帶人不見碧雲
暮合空相對　憶昔西池會鵷鷺同飛

033

蓋攜手處今誰在日邊清夢斷鏡裏朱
顏改春去也飛紅萬點愁如海

黃庭堅　字魯直　分寧人　有山谷琴趣
外篇

水調歌頭

瑤草一何碧春入武陵溪溪上桃花無
數枝上有黃鸝我欲穿花尋路直入白
雲深處浩氣展虹蜺祇恐花深裏紅露
溼人衣　坐玉石倚玉枕拂金徽謫仙

034

何處無人伴我白螺杯我為靈芝仙艸
不為絳脣丹臉長嘯亦何為醉舞下山
去明月逐人歸
張　耒字文潛淮陰人有宛丘集詞
風流子
亭皋木葉下重陽近又是搗衣秋奈愁
入庾腸老侵潘鬢謾簪黄菊花也應羞
楚天晚白蘋煙盡處紅蓼水邊頭芳草

035

有情夕陽無語雁横南浦人倚西樓
玉容知安否香箋共錦字兩處悠悠空
恨碧雲離合青鳥沈浮向風前懊惱芳
心一點寸眉兩葉禁甚閒愁情到不堪
言處分付東流
晁補之字无咎鉅野人有晁氏琴趣
外篇
摸魚兒
東皋寓居

036

買陂塘旋栽楊柳依稀淮岸江浦東皋
嘉雨新痕漲沙觜鷺來鷗聚堪愛處最
好是一川夜月光流渚無人獨舞任翠
幄張天柔茵藉地酒盡未能去　青綾
被莫憶金閨故步儒冠曾把身誤弓刀
千騎成何事荒了邵平瓜圃君試覷滿
青鏡星星鬢影今如許功名浪語便似
得班超封侯萬里歸計恐遲暮

037

迷神引
貶玉溪對江山作
黯黯青山紅日暮浩浩大江東注餘霞
散綺向煙波路使人愁長安遠在何處
幾點漁燈小迷近塢一片客帆低傍前
浦　暗想平生自悔儒冠誤覺阮途窮
歸心阻斷魂素月一千里傷平楚怪竹
枝歌聲聲怨為誰苦猿鳥一時啼驚島

038

嶼燭暗不成眠聽津鼓

洞仙歌

泗州中秋作

青煙冪處碧海飛天鏡永夜闌階卧桂
影露凉時零亂多少寒螿神京遠惟有
藍橋路近　水晶簾不下雲母屏開冷
浸佳人淡脂粉待都將許多明付與金
尊投曉共流霞傾盡更攜取胡床上南

039

樓看玉做人間素秋千頃

水龍吟

次韻林聖予惜春

問春何苦怱怱帶風伴雨如馳驟幽葩
細萼小園低檻壅培未就吹盡繁紅占
春長久不如垂柳算春長不老人愁春
老愁只是人間有　春恨十常八九忍
輕孤芳醪經口那知自是桃花結子不

040

因春瘦世上功名老來風味春歸時候
最多情猶有尊前青眼相逢依舊

李之儀字端叔無棣人有姑溪詞

謝池春

殘寒消盡疏雨過清明後花徑斂餘紅
風沼縈新皺乳燕穿庭戶飛絮沾襟袖
正佳時仍晚晝著人滋味真箇濃如酒
頻移帶眼空只恁厭厭瘦不見又思

041

量見了還依舊為問頻相見何似長相
守天不老人未偶且將此恨分付庭前
柳

賀鑄字方回山陰人有東山樂府

小梅花

城下路凄風露今人犁田古人墓岸頭
沙帶蒹葭漫漫昔時流水今人家黃埃
赤日長安道倦客無漿馬無草開函關

042

掩函關千古如何不見一人閑　六國
擾三秦掃初謂商山遺四老馳單車致
緘書裂荷焚芰接武曳長裾高流端得
酒中趣深入醉鄉安穩處生忘形死忘
名誰論二豪初不數劉伶

水調歌頭

南國本瀟灑六代浸豪奢臺城遊冶襞
牋能賦屬宮娃雲觀登臨清夏璧月留

043

連長夜吟醉送年華回首飛鴛瓦卻羨
井中蛙　訪烏衣成白社不容車舊時
王謝堂前雙燕過誰家樓外河橫斗挂
淮上潮平霜下檣影落寒沙商女篷窗
罅猶唱後庭花

六公令

夢雲蕭散簾捲畫堂曉殘薰畫燭隱映
綺席金壺倒塵送行轡香衣醉指長安

044

道波平天渺蘭舟欲上回首離愁滿芳
草　已恨歸期不早枉負狂年少無奈
風月多情此去應相笑心記新聲縹緲
翻是相思調明年春好抄宛溪楊柳依舊
青青為誰好

天香

煙絡橫林山沈遠照邐迤黃昏鐘鼓燭
映簾櫳蛩催機杼共苦清秋風露不眠

045

思婦齊應和幾聲砧杵驚動天涯倦客
駸駸歲華行暮　當年酒狂自負謂東
君以春相付流浪征驂北道客檣南浦
幽恨無人晤語賴明月曾知舊遊處好
伴雲來還將夢去

石州引

薄雨收寒斜照弄晴春意空闊長亭柳
色才黃遠客一枝先折煙橫水際映帶

046

幾點歸鴻東風消盡龍沙雪猶記出關
來恰而今時節　將發畫樓芳酒紅淚
清歌頓成輕別回首經年杳杳音塵都
絕欲知方寸共有幾許清愁芭蕉不展
丁香結望斷一天涯兩厭厭風月

六州歌頭

少年俠氣交結五都雄肝膽洞毛髮聳
立談中死生同一諾千金重推翹勇矜

047

豪縱輕蓋擁聯飛鞚斗城東轟飲酒壚
春色浮寒甕吸海垂虹閒呼鷹嗾犬白
羽摘雕弓狡穴俄空樂匆匆　似黃粱
夢辭丹鳳明月共漾孤篷官冗從懷倥
傯落塵籠簿書叢鶡弁如雲眾供粗用
忽奇功笳鼓動漁陽弄思悲翁不請長
纓繫取天驕種劍吼西風恨登山臨水
手寄七絃桐目送歸鴻

048

周邦彥　字美成錢塘人有清真集

蘭陵王

柳陰直煙裏絲絲弄碧隋堤上曾見幾
番拂水飄綿送行色登臨望故國誰識
京華倦客長亭路年去歲來應折柔條
過千尺　閒尋舊蹤跡又酒趁哀絃鐙
照離席梨花榆火催寒食愁一箭風快
半篙波暖回頭迢遞便數驛望人在天

049

北　淒惻恨堆積漸別浦縈迴津堠岑
寂斜陽冉冉春無極念月榭攜手露橋
聞笛沈思前事似夢裏淚暗滴

六醜

薔薇謝後作

正單衣試酒悵客裏光陰虛擲願春暫
留春歸如過翼一去無跡為問家何在
夜來風雨葬楚宮傾國釵鈿墮處遺香

050

澤亂點桃蹊輕翻柳陌多情為誰追惜
但蜂媒蝶使時叩窗隔　東園岑寂漸
蒙籠暗碧靜繞珍叢底成嘆息長條故
惹行客似牽衣待話別情無極殘英小
強簪巾幘終不似一朵釵頭顫裊向人
欹側漂流處莫趁潮汐恐斷紅尚有相
思字何由見得

051

滿庭芳

夏日溧水無想山作

風老鶯雛雨肥梅子午陰嘉樹清圓地
卑山近衣潤費爐煙人靜烏鳶自樂小
橋外新綠濺濺凭闌久黃蘆苦竹疑泛
九江船　年年如社燕飄流瀚海來寄
修椽且莫思身外長近尊前憔悴江南
倦客不堪聽急管繁絃歌筵畔先安枕
簟容我醉時眠

052

拜星月慢

夜色催更清塵收露小曲幽坊月暗竹
檻燈窗識秋娘庭院笑相遇似覺瓊枝
玉樹相倚暖日明霞光爛水盼蘭情總
平生稀見　畫圖中舊識春風面誰知
道自到瑤臺畔眷戀雨潤雲溫苦驚風
吹散念荒寒寄宿無人館重門閉敗壁
秋蟲歎怎奈向一縷相思隔溪山不斷

053

瑞鶴仙

悄郊原帶郭行路永客去車塵漠漠斜
陽映山落斂餘紅猶戀孤城闌角凌波
步弱過短亭何用素約有流鶯勸我重
解繡鞍緩引春酌　不記歸時早暮上
馬誰扶醒眠朱閣驚飆動幕扶殘醉繞
紅藥歎西園已是花深無地東風何事
又惡任流光過卻猶喜洞天自樂

054

浪淘沙慢

曉陰重霜凋岸草霧隱城堞南陌脂車
待發東門帳飲乍闋正拂面垂楊堪攬
結掩紅淚玉手親折念漢浦離鴻去何
許經時信音絕　情切望中地遠天闊
向露冷風清無人處耿耿寒漏咽嗟萬
事難忘唯是輕別翠尊未竭憑斷雲留
取西樓殘月　羅帶光銷紋衾疊連環

055

解舊香頓歇怨歌永瓊壺敲盡缺恨春
去不與人期弄夜色空餘滿地梨花雪

西河

金陵懷古

佳麗地南朝盛事誰記山圍故國繞清
江髻鬟對起怒濤寂寞打孤城風檣遙
度天際　斷崖樹猶倒倚莫愁艇子曾
繫空餘舊跡鬱蒼蒼霧沉半壘夜深月

056

過女牆來傷心東望淮水　酒旗戲鼓
甚處市想依稀王謝鄰里燕子不知何
世入尋常巷陌人家相對如說興亡斜
陽裏

渡江雲

晴嵐低楚甸暖回雁翼陣勢起平沙驟
驚春在眼借問何時委曲到山家塗香
暈色盛粉飾爭作妍華千萬絲陌頭楊

057

柳漸漸可藏鴉　堪嗟清江東注畫舸
西流指長安日下愁宴闌風翻旗尾潮
濺烏紗今宵正對初弦月傍水驛深艤
蒹葭沈恨處但時時自剔燈花

葉夢得　字少蘊吳縣人有石林詞

賀新郎

睡起流鶯語掩蒼苔房櫳向晚亂紅無
數吹盡殘花無人見惟有垂楊自舞漸

058

暖靄初回輕暑寶扇重尋明月影暗塵
侵上有乘鸞女驚舊恨遽如許　江南
夢斷橫江渚浪黏天葡萄漲綠半空煙
雨無限樓前滄波意誰采蘋花寄取但
悵望蘭舟容與萬里雲帆何時到送孤
鴻目斷千山阻誰為我唱金縷

趙　佶　宋神宗子廟號徽宗

燕山亭

059

北行見杏花

裁翦冰綃輕疊數重淡著燕脂勻注新
樣靚妝豔溢香融羞殺蕊珠宮女易得
凋零更多少無情風雨愁苦閒院落淒
涼幾番春暮　憑寄離恨重重這雙燕
何曾會人言語天遙地遠萬水千山知
他故宮何處怎不思量除夢裏有時曾
去無據和夢也新來不做

060

徐　伸

二郎神

悶來彈鵲又攪碎一簾花影漫試著春
衫還思纖手熏徹金猊燼冷動是愁端
如何向但怪得新來多病嗟舊日沈腰
如今潘鬢怎堪臨鏡　重省別時淚溼
羅衣猶凝料為我厭厭日高慵起長託
春醒未醒雁足不來馬蹄難駐門掩一

061

庭芳景空佇立盡日闌干倚遍晝長人
靜

李　玉

賀新郎

篆縷消金鼎醉沈沈庭陰轉午畫堂人
靜芳草王孫知何處惟有楊花糝徑漸
玉枕騰騰春醒簾外殘紅春已透鎮無
聊殢酒厭厭病雲鬢亂未忺整　江南

062

舊事休重省偏天涯尋消問息斷鴻難
倩月滿西樓憑欄久依舊歸期未定又
只恐瓶沈金井嘶騎不來銀燭暗枉教
人立盡梧桐影誰伴我對鸞鏡

廖世英

燭影搖紅

題安陸浮雲樓

靄靄春空畫樓森聳凌雲渚紫薇登覽

063

最關情絕妙誇能賦惆悵相思遲暮記
當日朱闌共語塞鴻難問岸柳何窮別
愁紛絮　催促年光舊來流水知何處
斷腸何必更殘陽極目傷平楚晚霽波
聲帶雨悄無人舟橫野渡數峯江上芳
草天涯參差煙樹

查荎

透碧霄

064

檥蘭舟十分端是載離愁練波送遠屏
山遮斷此去難留相從爭奈心期久要
屢變霜秋歎人生杳似萍浮又翻成輕
別都將深恨付與東流　想斜陽影裏
寒煙明處雙槳去悠悠愛渚梅幽香動
須采掇倩纖柔豔歌粲發誰傳餘韻來
說仙游念故人留此遐州但春風老後
秋月圓時獨倚江樓

065

魯逸仲

南浦

風悲畫角聽單于三弄落譙門投宿駸
駸征騎飛雪滿孤村酒市漸闌燈火正
敲窗亂葉舞紛紛送數聲驚雁乍離煙
水嘹唳度寒雲　好在半朧淡月到如
今無處不消魂故國梅花歸夢愁損綠
羅裙為問暗香閒豔也相思萬點付啼

066

瘦算琴屏應是兩眉餘恨倚黃昏
岳　飛字鵬舉湯陰人
怒髮衝冠憑闌處瀟瀟雨歇擡望眼仰
天長嘯壯懷激烈三十功名塵與土八
千里路雲和月莫等閒白了少年頭空
悲切　靖康恥猶未雪臣子憾何時滅
駕長車踏破賀蘭山缺壯志飢餐胡虜
肉笑談渴飲匈奴血待從頭收拾舊山

067

河朝天闕
張孝祥字安國歷陽人有于湖詞
念奴嬌
過洞庭
洞庭青草近中秋更無一點風色玉界
瓊田三萬頃著我扁舟一葉素月分輝
明河共影表裡俱澄澈悠然心會妙處
難與君說　應念嶺表經年孤光自照

068

肝膽皆冰雪短髮蕭疏襟袖冷穩泛滄
溟空闊盡吸西江細斟北斗萬象為賓
客叩舷獨嘯不知今夕何夕
六州歌頭
長淮望斷關塞莽然平征塵暗霜風勁
悄邊聲黯消凝追想當年事殆天數非
人力洙泗上絃歌地亦羶腥隔水氈鄉
落日牛羊下區脫縱橫看名王宵獵騎

069

火一川明笳鼓悲鳴遣人驚　念腰間
箭匣中劍空埃蠹竟何成時易失心徒
壯歲將零渺神京干羽方懷遠靜烽燧
且休兵冠蓋使紛馳騖若為情聞道中
原遺老常南望翠葆霓旌使行人到此
忠憤氣填膺有淚如傾
李清照字易安濟南人格非女有漱
玉詞
壺中天慢

070

蕭條庭院又斜風細雨重門須閉寵柳
嬌花寒食近種種惱人天氣險韻詩成
扶頭酒醒別是閒滋味征鴻過盡萬千
心事難寄　樓上幾日春寒簾垂四面
玉闌干慵倚被冷香消新夢覺不許愁
人不起清露晨流新桐初引多少游春
意日高烟歛更看今日晴未

聲聲慢

071

尋尋覓覓冷冷清清悽悽慘慘切切乍
暖還寒時候最難將息三杯兩盞淡酒
怎敵他曉來風急雁過也正傷心卻是
舊時相識　滿地黃花堆積憔悴損如
今有誰堪摘守著窗兒獨自怎生得黑
梧桐更兼細雨到黃昏點點滴滴這次
第怎一箇愁字了得

鳳凰臺上憶吹簫

072

香冷金猊被翻紅浪起來慵自梳頭任
寶奩塵滿日上簾鉤生怕離懷別苦多
少事欲說還休新來瘦非關病酒不是
悲秋　休休者回去也千萬遍陽關也
則難留念武陵人遠煙鎖秦樓惟有樓
前流水應念我終日凝眸凝眸處從今
又添一段新愁

永遇樂

073

落日鎔金暮雲合璧人在何處染柳煙
濃吹梅笛怨春意知幾許元宵佳節融
和天氣次第豈無風雨來相召香車寶
馬謝他酒朋詩侶　中州盛日閨門多
暇記得偏重三五鋪翠冠兒撚金雪柳
簇帶爭濟楚如今蕉萃風鬟霜鬢怕見
夜間出去不知〔如〕向簾兒底下聽人笑語

俞國寶　臨川人

074

風入松

一春長費買花錢日日醉湖邊玉驄慣
識西湖路驕嘶過沽酒樓前紅杏香中
歌舞綠楊影裏秋千　暖風十里麗人
天花壓鬢雲偏畫船載得春歸去餘情
付湖水湖煙明日重扶殘醉來尋陌上
花鈿

韓元吉　字无咎許昌人有南澗詩餘

075

六州歌頭

東風著意先上小桃枝紅粉膩嬌如醉
倚朱扉記年時隱映新妝面臨水岸春
將半雲日暖斜橋轉夾城西草軟莎平
跋馬垂楊渡玉勒爭嘶認蛾眉凝笑臉
薄拂燕脂繡户曾窺恨依依　共攜手
處香如霧紅隨步怨春遲消瘦損憑誰
問只花知淚空垂舊日堂前燕和煙雨

076

又雙飛人自老春長好夢佳期前度劉
郎幾許風流地花也應悲但茫茫暮靄
目斷武陵溪往事難追

袁去華　字宣卿

瑞鶴仙

郊原初過雨見數葉零亂風定猶舞斜
陽掛深樹映濃愁淺黛遙山眉嫵來時
舊路尚巖花嬌黃半吐到而今惟有溪

077

橈

邊流水見人如故　無語鄭重深靜下
馬還尋舊曾題處無聊倦旅傷離恨最
愁苦縱收香藏鏡他年重到人面桃花
在否念沈沈小閣幽窗有時夢去

劍器近

夜來雨賴倩得東風吹住海棠正妖饒
處且留取悄庭户試細聽鶯聲燕語分
明共人愁緒怕春去　佳樹翠陰初轉

078

午重簾未捲乍睡起寂寞看風絮偷彈
清淚寄煙波見江頭故人為言憔悴如
許彩箋無數去却寒暄到了渾無定據
斷腸落日千山暮

安公子

弱柳千絲縷嫩黃勻徧鶯啼處寒入羅
衣春尚淺過一番風雨問燕子來時綠
水橋邊路曾畫樓見箇人人否料靜掩

079

雲窗塵滿哀絃危柱　庾信愁如許為
誰都著眉端聚獨立東風彈淚眼寄煙
波東去念永晝春閒人倦如何度閒傍
枕百囀黃鸝語喚覺來厭厭殘照依然
花塢

陸　淞字子逸號雪溪山陰人

瑞鶴仙

臉霞紅印枕睡覺來冠兒還是不整屏

080

間麝煤冷但眉峰壓翠淚珠彈粉堂深
晝永燕交飛風簾露井恨無人說與相
思近日帶圍寬盡　重省殘燈朱幌淡
月紗窗那時風景陽臺路迥雲雨夢便
無準待歸來先指花梢教看欲把心期
細問問因循過了青春怎生意穩

劉　過字改之太和人有龍洲詞

賀新郎

081

老去相如倦向文君說似而今怎生消
遣衣袂京塵曾染處空有香紅尚軟料
彼此魂消腸斷一枕新涼眠客舍聽梧
桐疏雨秋風顫燈暈冷記初見　樓低
不放珠簾捲晚妝殘翠鈿狼籍淚痕凝
臉人道愁來須殢酒無奈愁深酒淺但
託意焦琴紈扇莫鼓琵琶江上曲怕荻
花楓葉俱淒怨雲萬疊寸心遠

082

張元幹字仲宗長樂人有蘆川詞

賀新郎

寄李伯紀丞相

曳杖危樓去斗垂天滄波萬頃月流煙
渚掃盡浮雲風不定未放扁舟夜渡宿
雁落寒蘆深處悵望關河空弔影正人
間鼻息鳴鼉鼓誰伴我醉中舞　十年
一夢揚州路倚高寒愁生故國氣吞驕

083

虜要斬樓蘭三尺劍遺恨琵琶舊語謾
暗澀銅華塵土喚取謫仙平章看過苕
溪尚許垂綸否風浩蕩欲飛舉

又

送胡邦銓待制赴新州

夢繞神州路悵秋風連營畫角故宮離
黍底事崑崙傾砥柱九地黃流亂注聚
萬落千村狐兔天意從來高難問況人

084

情老易悲難訴更南浦送君去　涼生
岸柳催殘暑耿斜河疏星淡月斷雲微
度萬里江山知何處回首對床夜語雁
不到書成誰與目盡青天懷今古肯兒
曹恩怨相爾汝舉大白聽金縷

石州慢

己酉秋吳興舟中

雨急雲飛瞥然驚散暮天涼月誰家疏

085

柳低迷幾點流螢明滅夜帆風駛滿湖
煙水蒼茫菰蒲零亂秋聲咽夢斷酒醒
時倚危檣清絕　心折長庚光怒群盜
縱橫
逆胡猖獗欲挽天河一洗中原膏血兩
宮何處塞垣祇隔長江唾壺空擊悲歌
缺萬里想龍沙泣孤臣吳越

水調歌頭

舉手釣鼇客削迹種瓜侯重來吳會三

086

伏行見五湖秋耳畔風波搖蕩身外功
名飄忽何路射旄頭孤負男兒志悵望
故園愁　夢中原揮老淚遍南州元龍
湖海豪氣百尺卧高樓短髮霜黏兩鬢
清夜盆傾一雨喜聽瓦鳴溝猶存壯心
在付與百川流

陳亮字同甫永康人有龍川詞

水龍吟

鬧花深處層樓畫簾半捲東風軟春歸
翠陌平莎茸嫩垂楊金淺遲日催花淡
雲閣雨輕寒輕暖恨芳菲世界遊人未
賞都付與鶯和燕　寂寞憑高念遠向
南樓一聲歸雁金釵鬬草青絲勒馬風
流雲散羅綬分香翠綃封淚幾多幽怨
正銷魂又是疏煙淡月子規聲斷

崔與之字菊坡番禺人

水調歌頭

帥蜀作

萬里雲間戍立馬劍門關亂山極目無
際直北是長安人苦百年塗炭鬼哭三
邊鋒鏑天道久應還手寫留屯奏炯炯
寸心丹　對清燈搔白首漏聲殘老來
勳業未就妨卻一身閑蒲澗清泉白石
梅嶺綠陰青子怪我舊盟寒烽火平安

後（夜）歸夢繞家山

辛棄疾字幼安歷城人徙居鉛山有
稼軒長短句

賀新郎

賦琵琶

鳳尾龍香撥自開元霓裳曲罷幾番風
月最苦潯陽江頭客畫舸亭亭待發記
出塞黃雲堆雪馬上離愁三萬里望昭
陽宮殿孤鴻沒絃解語恨難說　遼陽

驛使音塵絕。瑣窗寒。輕攏慢撚。淚珠盈
睫。推手含情還卻手。一抹梁州哀徹。千
古事。雲飛煙滅。賀老定場無消息。想沉
香亭北繁華歇。彈到此。為嗚咽。

又

別茂嘉十二弟。鵜鴂杜鵑實兩
種。見離騷補注。

綠樹聽鵜鴂。更那堪鷓鴣聲住。杜鵑聲

091

切。啼到春歸無尋處。苦恨芳菲都歇。算
未抵人間離別。馬上琵琶關塞黑。更長
門翠輦辭金闕。看燕燕。送歸妾。　將軍
百戰身名裂。向河梁回頭萬里。故人長
絕。易水蕭蕭西風冷。滿座衣冠似雪。正
壯士悲歌未徹。啼鳥還知如許恨。料不
啼清淚長啼血。誰共我。醉明月。

又

092

邑中園亭。僕皆為賦此詞。一日
獨坐停雲。水聲山色。競來相娛。
意溪山欲援例者。遂作數語。庶
幾彷彿淵明思親友之意云。

甚矣吾衰矣。悵平生交遊。零落只今餘
幾。白髮空垂三千丈。一笑人間萬事。問
何物能令公喜。我見青山多嫵媚。料青
山見我應如是。情與貌。略相似。　一尊

093

搔首東窗裏。想淵明停雲詩就。此時風
味。江左沉酣求名者。豈識濁醪妙理。回
首叫雲飛風起。不恨古人吾不見。恨古人
不見吾狂耳。知我者。二三子。

念奴嬌

書東流村壁

野塘花落。又匆匆過了。清明時節。剗地
東風欺客夢。一枕雲屏寒怯。曲岸持觴

094

垂楊繫馬此地曾輕別樓空人去舊遊
飛燕能說　閒追綺陌東頭行人曾見
簾底纖纖月舊恨春江流不斷新恨雲
山千疊料得明朝尊前重見鏡裏花難
折也應驚問近來多少華髮

水調歌頭

盟鷗

帶湖吾甚愛千丈翠奩開先生杖屨無

095

事一日走千回凡我同盟鷗鷺今日既
盟之後來往莫相猜白鶴在何處嘗試
與偕來　破青萍排翠藻立蒼苔窺魚
笑汝癡計不解舉吾盃廢沼荒丘疇昔
明月清風此夜人世幾歡哀東岸綠陰
少楊柳更須栽

又

醉吟

096

四坐且勿語聽我醉中吟池塘春草未
歇高樹變鳴禽鴻雁初飛江上蟋蟀還
來牀下時序百年心誰要卿料理山水
有清音　歡多少歌長短酒淺深而今
已不如昔後定不如今閑處直須行樂
良夜更教秉燭高會惜分陰白髮短如
許黃菊倩誰簪

滿江紅

097

家住江南又過了清明寒食花徑裏一
番風雨一番狼藉紅粉暗隨流水去園
林漸覺清陰密算年年落盡刺桐花寒
無力　庭院靜空相憶無處說閑愁極
怕流鶯乳燕得知消息尺素如今何處
也綵雲依舊無蹤跡謾教人羞去上層
樓平蕪碧

又

098

敲碎離愁紗窗外風搖翠竹人去後吹
簫聲斷倚樓人獨滿眼不堪三月暮舉
頭已覺千山綠但試把一紙寄來書從
頭讀　相思字空盈幅相思意何時足
滴羅襟點點淚珠盈掬芳草不迷行客
路垂楊只礙離人目最苦是立盡月黃
昏欄干曲

又

099

江行簡楊濟翁周顯先

過眼溪山怪都似舊時曾識還記得夢
中行遍江南江北佳處徑須攜杖去能
消幾兩平生屐笑塵勞三十九年非長
為客　吳楚地東南坼英雄事曹劉敵
被西風吹盡了無塵跡樓觀甫成人已
去旌旗未卷頭先白歎人生哀樂轉相
尋今猶昔

100

又

風捲庭梧黃葉墜新涼如洗一笑折秋
英同賞弄香挼蕊天遠難窮休久望樓
高欲下還重倚拚一襟寂寞淚彈秋無
人會　今古恨沉荒壘悲歡事隨流水
想登樓青鬢未堪憔悴極目煙橫山數
點孤舟月淡人千里對嬋娟從此話離
愁金尊裡

101

木蘭花慢

滁州送范倅

老來情味減對別酒怯流年況屈指中
秋十分好月不照人圓無情水都不管
共西風只管送歸船秋晚蒓鱸江上夜
深兒女燈前　征衫便好去朝天玉殿
正思賢想夜半承明留教視草卻遣籌
邊長安故人問我道愁腸殢酒只依然

102

目斷秋宵落雁醉來時響空弦

水龍吟

登建康賞心亭

楚天千里清秋水隨天去秋無際遙岑
遠目獻愁供恨玉簪螺髻落日樓頭斷
鴻聲裏江南游子把吳鉤看了欄干拍
徧無人會登臨意　休說鱸魚堪膾儘
西風季鷹歸未求田問舍怕應羞見劉

103

郎才氣可惜流年憂愁風雨樹猶如此
倩何人喚取紅巾翠袖揾英雄淚

又

甲辰歲壽韓南澗尚書

渡江天馬南來幾人真是經綸手長安
父老新亭風景可憐依舊夷甫諸人神
州沉陸幾曾回首算平戎萬里功名本
是真儒事公知否　況有文章山斗對

104

桐陰滿庭清晝當年墮地而今試看風
雲奔走綠野風煙平泉草木東山歌酒
待他年整頓乾坤事了為先生壽

又

題雨巖巖類今所畫觀音普陀

巖中有泉飛出如風雨聲

普陀大士虛空翠巖誰記飛來處蜂房
萬點似穿如礙玲瓏窗戶石髓千年已

105

垂未落嶙峋冰柱有怒濤聲遠落花香
在人疑是桃源路　又說春雷鼻息是
臥龍彎環如許不然應是洞庭張樂湘
靈來去我意長松倒生陰壑細吟風雨
竟茫茫未曉只應白髮是開山祖

又

過南澗雙溪樓

舉頭西北浮雲倚天萬里須長劍人言

106

此地夜深長見斗牛光焰我覺山高潭
空水冷月明星淡待燃犀下看凭欄卻
怕風雷怒魚龍慘　峽東蒼江對起過
危樓欲飛還斂元龍老矣不妨高臥冰
壺涼簟千古興亡百年悲笑一時登覽
問何人又卸片帆沙岸繫斜陽纜

摸魚兒

淳熙己亥自湖北漕移湖南同

107

官王正之置酒小山亭為賦

更能消幾番風雨匆匆春又歸去惜春
長怕花開早何況落紅無數春且住見
說道天涯芳草無歸路怨春不語算只
有殷勤畫簷蛛網盡日惹飛絮　長門
事準擬佳期又誤蛾眉曾有人妒千金
縱買相如賦脉脉此情誰訴君莫舞君
不見玉環飛燕皆塵土閑愁最苦休去

108

倚危欄斜陽正在煙柳斷腸處

永遇樂

京口北固亭懷古

千古江山英雄無覓孫仲謀處舞榭歌
臺風流總被雨打風吹去斜陽草樹尋
常巷陌人道寄奴曾住想當年金戈鐵
馬氣吞萬里如虎　元嘉草草封狼居
胥贏得倉皇北顧四十三年望中猶記

109

烽火揚州路可堪回首佛貍祠下一片
神鴉社鼓憑誰問廉頗老矣尚能飯否

瑞鶴仙

賦梅

雁霜寒透幕正護月雲輕嫩冰猶薄溪
奩照梳掠想含香弄粉豔妝難學玉肌
瘦弱更重重龍綃襯著倚東風一笑嫣
然轉盼萬花羞落　寂寞家山何在雪

110

後園林水邊樓閣瑤池舊約鱗鴻更仗
誰托粉蝶兒只解尋桃覓柳開遍南枝
未覺但傷心冷落黃昏數聲畫角

八聲甘州

夜讀李廣傳不能寐因念晁楚
老楊民瞻約同居山間戲用李
廣事賦以寄之

故將軍飲罷夜歸來長亭解雕鞍恨灞

111

陵醉尉匆匆未識桃李無言射虎山橫
一騎裂石響驚弦落魄封侯事歲晚田
園　誰向桑麻杜曲要短衣匹馬移住
南山看風流慷慨談笑過殘年漢開邊
功名萬里甚當時健者也曾閑紗窗外
斜風細雨一陣輕寒

漢宮春

立春

112

春已歸來看美人頭上裊裊春幡無端
風雨未肯收盡餘寒年時燕子料今宵
夢到西園渾未辦黃柑薦酒更傳青韭
堆盤　卻笑東風從此便薰梅染柳更
沒些閑閑時又來鏡裏轉變朱顏清愁
不斷問何人會解連環生怕見花開花
落朝來塞雁先還

祝英臺近

113

晚春

寶釵分桃葉渡煙柳暗南浦怕上層樓
十日九風雨斷腸點點飛紅都無人管
更誰勸流鶯聲住　鬢邊覷試把花卜
歸期才簪又重數羅帳燈昏哽咽夢中
語是他春帶愁來春歸何處卻不解帶
將愁去

康與之字伯可

114

洞仙歌

荷風

若耶溪路別岸花無數欲斂嬌紅向人
語與綠荷相倚恨回首西風波淼淼三
十六陂煙雨　新妝明照水汀渚生香
不嫁東風被誰誤遣踟躕騷客意千里
綿綿仙浪遠何處淩波微步想南浦潮
生畫橈歸正月曉風清斷腸凝竚

115

盧祖皋字申之永嘉人有蒲江詞

倦尋芳

春思

香泥壘燕密葉巢鶯春晴寒淺花徑風
柔著地舞茵紅軟鬥草煙欺羅袂薄鞦
韆影落春游倦醉歸來記寶帳歌慵錦
屏春暖　別來悵光陰容易還又荼蘼
牡丹開遍妒恨疏狂那更柳花盈酌鴻

116

羽難憑芳信短長安猶近歸期遠倚危
樓但鎮日繡簾高捲

姜夔字堯章鄱陽人有白石道人
歌曲

慶宮春

紹熙辛亥除夕予別石湖歸吳
興雪後夜過垂虹嘗賦詩云笠
澤茫茫雁影微玉峰重疊護雲
衣長橋寂寞春寒夜只有詩人

117

一舸歸後五年冬復與俞商卿
張平甫銛朴翁自封禺同載詣
梁溪道經吳淞山寒天迥雪浪
四合中夕相呼步垂虹星斗下
垂錯雜漁火朔吹凜凜卮酒不
能支朴翁以衾自纏猶相與行
吟因賦此闋蓋過旬塗藁乃定
朴翁咎予無益然意所耽不能

118

自己也平甫商卿朴翁皆工於
詩所出奇詭予亦強追逐之此
行既歸各得五十餘解
雙槳蓴波一蓑松雨暮愁漸滿空闊呼
我盟鷗翩翩欲下背人還過木末那回
歸去蕩雲雪孤舟夜發傷心重見依約
眉山黛痕低壓　采香徑裏春寒老子
婆娑自歌誰答垂虹西望飄然引去此

119

興平生難遏酒醒波遠政凝想明璫素
韈如今安在唯有闌干伴人一霎

齊天樂

丙辰歲與張功父會飲張達可
之堂聞屋壁間蟋蟀有聲功父
約予同賦以授歌者功父先成
辭甚美予徘徊茉莉花間仰見
秋月頓起幽思尋亦得此蟋蟀

120

中都呼為促織善鬭好事者或
以二三十萬錢致一枚鏤象齒
為樓觀以貯之
庾郎先自吟愁賦淒淒更聞私語露溼
銅鋪苔侵石井都是曾聽伊處哀音似
訴正思婦無眠起尋機杼曲曲屏山夜
涼獨自甚情緒　西窗又吹暗雨為誰
頻斷續相和砧杵候館迎秋離宮弔月

121

別有傷心無數豳詩漫與笑籬落呼燈
世間兒女寫入琴絲一聲聲更苦　宣政
間有
士大夫製
蟋蟀吟

念奴嬌

予客武陵湖北憲治在馬古城
野水喬木參天予與二三友日
蕩舟其間薄荷花而飲意象幽
閒不類人境秋水且涸荷葉出

122

地尋丈因列坐其下上不見日
清風徐來綠雲自動間於疏處
窺見遊人畫船亦一樂也朅來
吳興數得相羊荷花中又夜泛
西湖光景奇絕故以此句寫之
鬧紅一舸記來時嘗與鴛鴦為侶三十
六陂人未到水佩風裳無數翠葉吹涼
玉容銷酒更灑菰蒲雨嫣然搖動冷香

123

飛上詩句　日暮青蓋亭亭情人不見
爭忍凌波去只恐舞衣寒易落愁入西
風南浦高柳垂陰老魚吹浪留我花間
住田田多少幾回沙際歸路

法曲獻仙音

張彥功官舍在鐵冶嶺上即昔
之教坊使宅高齋下瞰湖山光
景奇絕予數過之為賦此

124

虛閣籠寒小簾通月暮色偏憐高處樹
隔離宮水平馳道湖山盡入尊前柰楚
客淹留久砧聲帶愁去　屢回顧過秋
風未成歸計誰念我重見冷楓紅舞喚
起淡妝人問逋仙今在何許象筆鸞牋
甚而今不道秀句怕平生幽恨化作沙
邊煙雨

琵琶仙

125

吳都賦云户藏烟浦家具畫船
唯吳興為然春遊之盛未能過
也己酉歲予與蕭時父載酒南
郭感遇成歌

雙槳來時有人似舊曲桃根桃葉歌扇
輕約飛花蛾眉正奇絕春漸遠汀洲自
綠更添了幾聲啼鴂十里揚州三生杜
牧前事休說　又還是宮燭分烟奈愁

126

裹忽忽換時節都把一襟芳思與空階
榆莢千萬縷藏鴉細柳為玉樽起舞回
雪想見西出陽關故人初別

玲瓏四犯

越中歲暮聞簫鼓感懷

疊鼓夜寒垂燈春淺匆匆時事如許倦
遊歡意少俛仰悲今古江淹又吟恨賦
記當時送君南浦萬里乾坤百年身世
歎

127

唯有此情苦　揚州柳垂官路有輕盈
換馬端正窺戶酒醒明月下夢逐潮聲
去文章信美知何用謾贏得天涯羈旅
教說與春來要尋花伴侶

探春慢

予自孩幼從先人宦于古沔女
須因嫁焉中去復來幾二十年
豈惟姊弟之愛沔之父老兒女

128

子亦莫不予愛也丙午冬千巖
老人約予過苕霅歲晚乘濤載
雪而下顧念依依殆不能去作
此曲別鄭次皋辛克清姚剛中
諸君

衰草愁煙亂鴉送日風沙回旋平野拂
雪金鞭欺寒茸帽還記章臺走馬誰念
漂零久謾贏得幽懷難寫故人清沔相

129

逢小窗閑共情話　長恨離多會少重
訪問竹西珠淚盈把雁磧波平漁汀人
散老去不堪遊冶無奈苕溪月又照我
扁舟東下甚日歸來梅花零亂春夜

八歸

湘中送胡德華

芳蓮墜粉疏桐吹綠庭院暗雨乍歇無
端抱影銷魂處還見篠牆螢暗蘚階蛩

130

切送客重尋西去路問水面琵琶誰撥最
可惜一片江山總付與啼鴂　長恨相
從未款而今何事又對西風離別渚寒
煙淡棹移人遠縹緲行舟如葉想文君
望久倚竹愁生步羅襪歸來後翠尊雙
飲下了珠簾玲瓏閒看月

揚州慢

淳熙丙申至日余過維揚夜雪

131

初霽薺麥彌望入其城則四顧
蕭條寒水自碧暮色漸起戍角
悲吟予懷愴然感慨今昔因自
度此曲千巖老人以為有黍離
之悲也

淮左名都竹西佳處解鞍少駐初程過
春風十里盡薺麥青青自胡馬窺江去
後廢池喬木猶厭言兵漸黃昏清角吹

132

寒都在空城　杜郎俊賞算而今重到
須驚縱荳蔻詞工青樓夢好難賦深情
二十四橋仍在波心蕩冷月無聲念橋
邊紅藥年年知為誰生

長亭怨慢

予頗喜自製曲初率意為長短
句然後協以律故前後闋多不
同桓大司馬云昔年種柳依依

133

漢南今看搖落淒愴江潭樹猶
如此人何以堪此語予深愛之

漸吹盡枝頭香絮是處人家綠深門戶
遠浦縈回暮帆零亂向何許閱人多矣
誰得似長亭樹樹若有情時不會得青
青如此　日暮望高城不見只見亂山
無數韋郎去也怎忘得玉環分付第一
是早早歸來怕紅萼無人為主算只有

134

并刀難剪離愁千縷

暗香

辛亥之冬予載雪詣石湖止既月授簡索句且徵新聲作此兩曲石湖把玩不已使工妓隸習之音節諧婉乃名之曰暗香疏影

舊時月色算幾番照我梅邊吹笛喚起

135

玉人不管清寒與攀摘何遜而今漸老都忘却春風詞筆但怪得竹外疏花香冷入瑤席　江國正寂寂歎寄與路遙夜雪初積翠尊易泣紅萼無言耿相憶長記曾攜手處千樹壓西湖寒碧又片片吹盡也幾時見得

疏影

苔枝綴玉有翠禽小小枝上同宿客裏

136

相逢籬角黃昏無言自倚修竹昭君不慣胡沙遠但暗憶江南江北想佩環月夜歸來化作此花幽獨　猶記深宮舊事那人正睡裏飛近蛾綠莫似春風不管盈盈早與安排金屋還教一片隨波去又卻怨玉龍哀曲等恁時重覓幽香已入小窗橫幅

翠樓吟

137

淳熙丙午冬武昌安遠樓成與劉去非諸友落之度曲見志予去武昌十年故人有泊舟鸚鵡洲者聞小姬歌此詞問之頗能道其事還吳為予言之興懷昔遊且傷今之離索也

月冷龍沙塵清虎落今年漢酺初賜新翻胡部曲聽氈幕元戎歌吹層樓高峙

138

看檻曲縈紅簷牙飛翠人姝麗粉香吹
下夜寒風細　此地宜有詞仙擁素雲
黃鶴與君遊戲玉梯凝望久歎芳草萋
萋千里天涯情味仗酒祓清愁花消英
氣西山外晚來還捲一簾秋霽

張　鎡字功父循王俊後人有南湖
詩餘

滿庭芳

促織兒

139

月洗高梧露溥幽草寶釵樓外秋深土
花沿翠螢火墜墻陰靜聽寒聲斷續微
韻轉淒咽悲沈爭求侶殷勤勸織促破
曉機心　兒時曾記得呼燈灌穴斂步
隨音任滿身花影猶自追尋攜向華堂
戲鬥亭臺小籠巧妝金今休說從渠牀
下涼夜伴孤吟

史達祖字邦卿汴人有梅溪詞

140

雙雙燕

詠燕

過春社了度簾幕中間去年塵冷差池
欲住試入舊巢相並還相雕梁藻井又
軟語商量不定飄然快拂花梢翠尾分
開紅影　芳徑芹泥雨潤愛貼地爭飛
競誇輕俊紅樓歸晚看足柳昏花暝應
自棲香正穩便忘了天涯芳信愁損翠

141

黛雙蛾日日畫欄獨憑

劉克莊字潛夫莆田人有後邨別調

沁園春

夢方孚若

何處相逢登寶釵樓訪銅雀臺喚廚人
所就東溟鯨膾圉人呈罷西極龍媒天
下英雄使君與操餘子誰堪共酒杯車
千乘載燕南代北劍客奇才　飲酣鼻

142

息如雷誰信被晨雞催喚回歎年光過
盡功名未立書生老矣機會方來使李
將軍遇高皇帝萬户侯何足道哉推衣
起但淒涼感舊慷慨生哀

滿江紅

金甲琱戈記當日轅門初立磨盾鼻一
揮千紙龍蛇猶濕鐵馬曉嘶營壁冷樓
船夜渡風濤急有誰憐猿臂故將軍無

143

功級　平戎策從軍作零落盡慵收拾
把茶經香傳時時溫習生怕客談榆塞
事且教兒誦花間集歎臣之壯也不如
人今何及

賀新郎

端午

深院榴花吐畫簾開練衣紈扇午風清
暑兒女紛紛誇結束新樣釵符艾虎早

144

已有游人觀渡老大逢場慵作戲任陌
頭年少爭旗鼓溪雨急浪花舞　靈均
標致高如許憶生平既紉蘭佩更懷椒
醑誰信騷魂千載後浪底垂涎角黍又
說是蛟饞龍怒把似而今醒到了料當
年醉死差無苦聊一笑弔千古

又

九日

145

湛湛長空黑更那堪斜風細雨亂愁如
織老眼平生空四海賴有高樓百尺看
浩蕩千崖秋色白髮書生神州淚盡淒
涼不向牛山滴追往事去無迹　少年
自負凌雲筆到而今春華落盡滿懷蕭
瑟常恨世人新意少愛說南朝狂客把
破帽年年拈出若對黃花孤負酒怕黃
花也笑人岑寂鴻北去日西匿

146

趙希邁 字端行永嘉人

八聲甘州

竹西懷古

羡雲飛萬里一番秋一番攪離懷向隋
隄躍馬前時柳色今日蒿萊錦纜殘香
在否枉被白鷗猜千古揚州夢一覺庭
槐 歌吹竹西難問拚菊邊醉着吟寄
天涯任紅樓蹤跡茅屋染蒼苔幾傷心

147

橋外片月趁夜潮流恨入秦淮潮回處
引西風恨又渡江來

方岳 字巨山祁門人有秋崖樂府

水調歌頭

平山堂用東坡韻

秋雨一何碧山色倚晴空江南江北愁
思分付酒螺紅蘆葉蓬舟千里菰菜蓴
羹一夢無語寄歸鴻醉眼渺河洛回首

148

夕陽中 蘋洲外山欲暝斂眉峯人間
俯仰陳迹歎息兩仙翁不見當時楊柳
只是從前煙雨磨滅幾英雄天地一孤
嘯匹馬又西風

吳文英 字君特四明人有夢窗甲乙
丙丁集

祝英臺近

春日客龜溪游廢園

采幽香巡古苑竹冷翠微路鬬草溪根

149

沙印小蓮步自憐雙鬢清霜一年寒食
又身在雲山深處 晝閒度因甚天也
慳春輕陰便成雨綠暗長亭歸夢趁風
絮有情花影闌干鶯聲門徑解留我霎
時凝竚

風入松

聽風聽雨過清明愁草瘞花銘樓前綠
暗分攜路一絲柳一寸柔情料峭春寒

150

中酒文加曉夢啼鶯　西園日日掃林
亭依舊賞新晴黃蜂頻撲秋千索有當
時纖手香凝惆悵雙鴛不到幽階一夜
苔生

八聲甘州

靈巖陪庾幕諸公游

渺空煙四遠是何年青天墜長星幻蒼
崖雲樹名娃金屋殘霸宮城箭徑酸風

151

射眼膩水染花腥時靸雙鴛響廊葉秋
聲　宮裏吳王沉醉倩五湖倦客獨釣
醒醒問蒼波無語華髮奈山青水涵空
闌干高處送亂鴉斜日落漁汀連呼酒
上琴臺去秋與雲平

宴清都

連理海棠

繡幄鴛鴦柱紅情密膩雲低護秦樹芳

152

根兼倚花梢鈿合錦屏人妒東風睡足
交枝正夢枕瑤釵燕股障灩蠟滿照歡
叢嫠蟾冷落羞度　人間萬感幽單華
清慣浴春盎風露連鬟並暖同心共結
向承恩處憑誰為歌長恨暗殿鎖秋燈
夜語敘舊期不負春盟紅朝翠暮

三姝媚

過都城舊居有感

153

湖山經醉慣漬春衫啼痕酒痕無限又
客長安歎斷襟零袂涴塵誰浣紫曲門
荒沿敗井風搖青蔓對語東鄰猶是曾
巢謝堂雙燕　春夢人間須斷但怪得
當年夢緣能短繡屋秦箏傍海棠偏愛
夜深開宴舞歇歌沉花未減紅顏先變
竚久河橋欲去斜陽淚滿

賀新郎

154

陪履齋先生滄浪看梅

喬木生雲氣訪中興英雄陳迹暗追前
事戰艦東風慳借便夢斷神州故里旋
小築吳宮閒地華表月明歸夜鶴歎當
時花竹今如此枝上露濺清淚 遨頭
小簇行春隊步蒼苔尋幽別墅問梅開
未重唱梅邊新度曲催發寒梢凍蕊此
心與東君同意後不如今今非昔兩無

155

言相對滄浪水懷此恨寄殘醉

西河

陪鶴林先生登花園

春乍霽清漣畫舫融洩螺雲萬疊暗凝
愁黛蛾照水漫將西子比西湖溪邊人
更多麗 步危徑攀豔蕊掬霞到手紅
碎青蛇細折小迴廊去天半咫畫欄入
暮起東風棋聲吹下人世 海棠藉雨

156

半繡地殘寒退初卸羅綺除酒消春何
計向沙頭更續殘陽一醉雙玉杯和流
花洗

黃孝邁字德文號雪舟

湘春夜月

近清明翠禽枝上消魂可惜一片清歌
都付與黃昏欲共柳花低訴怕柳花輕
薄不解傷春奈楚鄉旅宿柔情別緒誰

157

與溫存 空樽夜泣青山不語殘月當
門翠玉樓前惟是有一波湘水搖蕩湘
雲天長夢短問甚時重見桃根者次第
算人間沒箇并刀剪斷心上愁痕

李演

賀新郎

多景樓落成

笛叫東風起弄尊前楊花小扇燕毛初

158

嶸萬點淮峯孤角外驚下斜陽似綺又
婉娩一番春意歌舞相繚愁自猶捲長
波一洗人間世空熱我醉時耳 綠蕪
冷葉瓜州市最憐予洞簫聲盡闌干獨
倚落落東南天一角誰護山河半里問
人在玉關歸未老矣青山鐙火客撫佳
期漫灑新亭淚歌哽咽事如水
劉辰翁 字會孟廬陵人有須溪詞

159

蘭陵王
丙子送春
送春去春去人間無路秋千外芳草連
天誰遣風沙暗南浦依依甚意緒漫憶
海門飛絮亂鴉過斗轉城荒不見來時
試燈處 春去誰最苦但箭雁沉邊梁
燕無主杜鵑聲裏長門暮想玉樹凋土
淚盤如露咸陽送客屢回顧斜日未能

160

度 春去尚來否正江令恨別庾信愁
賦蘇堤盡日風和雨歎神游故國花記
前度人生流落顧孺子共夜語
寶鼎現
紅妝春騎踏月影竿旗穿市望不盡樓
臺歌舞習習香塵蓮步底簫聲斷約彩
鸞歸去未怕金吾呵醉甚輦路喧闐且
止聽得念奴歌起 父老猶記宣和事

161

抱銅仙清淚如水還轉盼沙河多麗滉
漾明光連邸第簾影凍散紅光成綺月
浸葡萄十里看往來神仙才子肯把菱
花撲碎 腸斷竹馬兒童空見說三千
樂指等多時春不歸來到春時欲睡又
說向燈前擁髻暗滴鮫珠墜便當日親
見霓裳天上人間夢裏
摸魚兒

162

酒邊留同年徐雲屋
怎知他春歸何處相逢且盡尊杯少年
娟娟天涯恨長結西湖煙柳休回首但
細雨斷橋憔悴人歸後東風似舊問前
度桃花劉郎能記花復認郎否　君且
住草草留君翦韭前宵正恁時候深杯
欲共歌聲滑翻溼春衫半袖空眉皺看
白髮尊前已似人人有臨分把手歎一

163

笑論文清狂顧曲此會幾時又
周　密字公謹濟南人寓居吳興有
草窗詞
一萼紅
登蓬萊閣有感
步深幽正雲黃天淡雪意未全休鑑曲
寒沙茂林煙草俛仰今古悠悠歲華晚
飄零漸遠誰念我同載五湖舟磴古松
斜崖陰苔老一片清愁　回首天涯歸

164

夢幾魂飛西浦淚灑東州故國山川故
園心眼還似王粲登樓最負他秦鬟妝
鏡好江山何事此時遊為喚狂吟老監
共賦銷憂
曲游春
禁煙湖上薄游施中山賦詞甚
佳余因次其韻蓋平時游舫至
午後則盡入裏湖抵暮始出斷

165

橋小住而歸非習於游者不知
也故中山亟擊節余閒卻半湖
春色之句謂能道人之所未云
禁苑東風外颺暖絲晴絮春思如織燕
約鶯期惱芳情偏在翠深紅隙漠漠香
塵隔沸十里亂絃叢笛看畫船盡入西
泠閒卻半湖春色　柳陌新煙凝碧映
簾底宮眉堤上游勒輕暝籠寒怕梨雲

166

夢冷杏香愁霧歌管酬寒食奈蝶怨良
宵岑寂正滿湖碎月搖花怎生去得

高陽臺

寄越中諸友

小雨分江殘寒迷浦春容淺入蒹葭雪
霽空城燕歸何處人家夢魂欲渡蒼茫
去怕夢輕還被愁遮感流年夜汐東還
冷照西斜　萋萋望極王孫草認雲中

167

煙樹鷗外春沙白髮青山可憐相對蒼
華歸鴻自趁潮回去笑倦遊猶是天涯
問東風先到垂楊先到梅花

探芳信

西泠春感

步晴晝向水院維舟津亭喚酒歎劉郎
重到依依漫懷舊東風空結丁香怨花
與人俱瘦甚淒涼暗草沿池冷苔侵甃

168

橋外晚風驟正香雪隨波淺煙迷岫
廢苑塵梁如今燕來否翠雲零落空堤
冷往事休回首最銷魂一片斜陽戀柳

大聖樂

東園餞春

嬌綠迷雲倦紅顰曉嫩晴芳樹漸午陰
簾影移香燕語夢回千點碧桃吹雨冷
落錦衾人歸後記前度蘭橈停翠浦凭

169

闌久漫凝竚鳳翹慵聽金縷　留春問
誰最苦奈花自無言鶯自語對畫樓殘
照東風吹遠天涯何許怕折露條愁輕
別更煙暝長亭啼杜宇垂楊晚但羅袖
暗沾飛絮

蔣　捷字勝欲宜興人有竹山詞

賀新郎

夢冷黃金屋歎秦箏斜鴻陣裏素絃塵

170

攙化作嬌鶯飛歸去猶認紗窗舊綠正
過雨荊桃如菽此恨難平君知否似瓊
臺湧起彈棊局消瘦影嫌明燭 鴛樓
碎瀉東西玉問芳踪何時再展翠釵難
卜待把宮眉橫雲樣描上生綃畫幅怕
不是新來妝束綵扇紅牙今都在恨無
人解聽開元曲空掩袖倚寒竹

張 炎字叔夏西秦人僑居杭州有
山中白雲詞

171

高陽臺

西湖春感

接葉巢鶯平波捲絮斷橋斜日歸船能
幾番游看花又是明年東風且伴薔薇
住到薔薇春已堪憐更淒然萬綠西泠
一抹寒烟 當年燕子知何處但苔深
韋曲草暗斜川見說新愁如今也到鷗
邊無心再續笙歌夢掩重門淺醉閒眠

172

莫開簾怕見飛花怕聽啼鵑

壺中天

夜渡古黃河與沈堯道曾子敬
同賦

揚舲萬里笑當年底事中分南北須信
平生無夢到卻向而今遊歷老柳關河
斜陽古道風定波猶直野人驚問泛槎
何處仙客 迎面落葉蕭蕭水流沙共

173

遠都無行跡衰草淒迷秋更綠惟有閒
鷗獨立浪挾天浮山邀雲去銀浦橫空
碧扣舷歌斷海蟾飛上孤白

八聲甘州

辛卯歲沈秋江同余北歸秋江
處杭余處越越歲秋江來訪寂
寞賭語數日又復別去賦此餞
行並寄曾心傳秋江名堯道

174

記玉關踏雪事清游寒氣脆貂裘遍枯
林古道長河飲馬此意悠悠短夢依然
江表老淚灑西州一字無題處落葉都
愁 載取白雲歸去問誰留楚珮弄影
中洲折蘆花贈遠零落一身秋向尋常
野橋流水待招來不是舊沙鷗空懷感
有斜陽處卻怕登樓

175

憶舊游

登越中蓬萊閣

問蓬萊何處風月依然萬里江清休說
神仙事便神仙縱有即是閑人笑我幾
番醉醒石磴掃松陰甚狂客難招采芳
難贈且自微吟 俯仰成陳迹數百年
誰在闌檻孤憑海日生殘夜看臥龍和
夢飛入秋冥還聽水聲東去山冷不生
雲正極目空寒蕭蕭漢柏愁茂陵

176

新雁過妝樓

己巳菊月寓溧江上聞雁因動
眷令之感

遍插茱萸人何處客裏頓嬾攜壺雁影
涵秋絕似暮雨相呼料得曾留堤上月
舊家伴侶有書無謾愁余數聲怨抑翻
致無書 誰識飄零萬里更可憐倦翼
同此江湖飲啄關心知是逆旅何如陶

177

潛漫存菊逕最堪羨松風陶隱居沙汀
冷棲寒枝不似烟水寒蘆

解連環

孤雁

楚江空晚悵離群萬里恍驚然散自顧
影欲下寒塘正沙淨草枯水平天遠寫
不成書只寄得相思一點歎因循誤了
殘氈擁雪故人心眼 誰憐旅愁荏苒

178

謾長門夜悄錦箏彈怨想伴侶猶宿蘆
花也曾念春前去程應轉暮雨相呼怕
驀地玉關重見未羞他雙燕歸來畫簾
半捲

渡江雲

山陰久客一再逢春回憶西杭
渺然愁思

山空天入海倚樓望極風急暮潮初一

179

簾鳩外雨幾處閒田隔水動春鋤新烟禁
柳想如今綠到西湖猶記得當年深隱
門掩兩三株　愁余荒洲古漵斷梗疏
萍更漂流何處空自覺圍羞帶減影怯
燈孤常疑即見桃花面甚近來翻笑無
書書縱遠如何夢也都無

王沂孫字聖與號中仙會稽人有碧
山樂府

齊天樂

180

蟬

一襟餘恨宮魂斷年年翠陰庭樹乍咽
涼柯還移暗葉重把離愁深訴西窗過
雨怪瑤珮流空玉箏調柱鏡暗妝殘為
誰嬌鬢尚如許　銅仙鉛淚似洗歎移
盤去遠難貯零露病翼驚秋枯形閱世
消得斜陽幾度餘音更苦甚獨抱清高商
頓成淒楚漫想薰風柳絲千萬縷

181

水龍吟

落葉

曉霜初著青林望中故國淒涼早蕭蕭
漸積紛紛擁砌門荒徑悄渭水風生洞
庭波起幾番秋杪想重崖半沒千峯盡
出山中路無人到　前度題紅杳杳溯
宮溝暗流空遶啼螿未歇飛鴻欲過此
時懷抱亂影翻窗碎聲敲砌愁人多少

182

望吾廬甚處只應今夜滿庭誰掃

高陽臺

殘雪庭陰輕寒簾影霏霏玉管春葭小帖金泥不知春在誰家相思一夜窗前夢奈箇人水隔天遮但淒然滿樹幽香滿地橫斜　江南自是離愁苦況游驄古道歸雁平沙怎得銀牋殷勤與說年華如今處處生芳草縱凭高不見天涯

183

更消他幾度東風幾度飛花

又

淺萼梅酸新溝水綠初晴節序暄妍獨立雕闌誰憐枉度華年朝朝準擬清明近料燕翎須寄吟牋又爭知一字相思不到吟邊　雙蛾不拂青鸞冷任花陰寂寂掩戶閑眠屢卜佳期無憑卻恨金錢何人寄與天涯信趁東風急整歸鞭

184

幾飄零滿院楊花猶是春前

文天祥字宋瑞吉水人

滿江紅

和王昭儀夷山驛題壁韻

燕子樓中又捱過幾番秋色相思處青春如夢乘鸞仙闕肌玉暗銷衣帶緩淚珠斜透花鈿側最無端蕉影上窗紗青燈歇　曲池冷高臺滅人間事何堪說

185

向南陽阡上滿襟清血世態便如翻覆手妾身元是分明月笑樂昌一段好風流菱花缺

徐君寶妻岳州人被掠至杭其主者數欲犯之輒以計脫主者強焉告曰俟祭先夫然後為君婦主者許諾乃焚香再拜題詞壁上投池中死

滿庭芳

漢上繁華江南人物尚遺宣政風流綠

186

窗朱户十里爛銀鈎一旦刀兵齊舉旌
旗擁百萬貔貅長驅入歌樓舞榭風捲
落花愁 清平三百載典章人物掃地
都休幸此身未北猶客南州破鏡徐郎
何在空惆悵相見無由從今後斷魂千
里夜夜岳陽樓

187（完）

天風集續

張廣生題，陳曾壽書，共一五二頁 。

張廣生，江蘇如皋人，汪精衛南京政府成立後，任江蘇省青少年團副司令、清鄉辦事處秘書、青運指導委員會副主任，戰後被判處有期徒刑五年，褫奪公權五年。

陳曾壽（1878–1949）字仁先，自號蒼虬，湖北蘄水（今浠水）人，光緒二十九年（1903）進士，曾官至清廣東道監察御史，1930 年應溥儀聘赴天津，為皇后婉容師傅，後任滿洲國執政秘書、近事服務處長、內廷局長等職，1937 年為陵廟事務觸怒日人罷官，遷居北京，曾撰有《蒼虬閣詩》《舊月簃詞》。

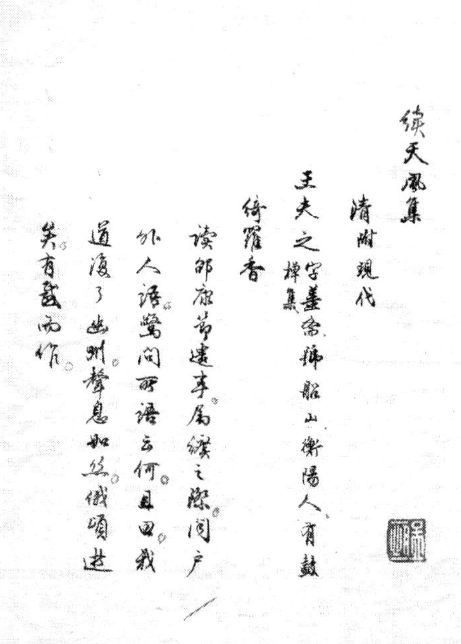
續天風集
清附現代
王夫之字薑齋稱船山衡陽人有鼓棹集
綺羅香
讀邵康節遺事屬纊之際聞户外人語驚問所語云何且曰我道復了幽州聲息如絲俄頃逝矣有感而作

001（鈐印：孟恆）

流水平橋一聲杜宇，早怕離腸春暮。楊柳梧桐，庭夢了無尋處，拚午醉日移花梢。香散閒風吹芳樹，到更殘月落西風華冷，迷胡蝶忘歸路。　閒心一絲別墨（欲）機銀河水，仙槎遠渡，萬里關愁長怨迷離煙霧。任老眼月寒幽，爲更無人夜前低訴君知否，腸字雲沈，雜寫傷心句

屈大均　詞　號翁山　番禺人　有道援堂

002

紫萸香慢

送雁

恨沙蓬偏隨人轉，更憐霧柳難青。問征鴻南向，幾時暖返，故庭正有無邊烟雪。與鮮飆千里，送度長城，向華門少栖，白首牧羝人，正海上手攜李卿。　秋聲宿塞還驚，愁裏月不分明。又哀笳四起，衣砧斷續，終夜傷情。跨羊小兒爭射，總能

003

到白蘋汀，便長天遠，排人字，逆風飛去。毛羽隨雲飄零，盡寄未成

長亭怨

與李天生冬夜宿雁門關作

記燒燭雁門高處，積雪封城，凍雲迷路。添盡香煤，紫貂相擁夜深語。苦寒如許，難和爾淒涼句。一片望鄉愁，飲不醉壚頭驢乳。　無處問長城舊主，但見武靈

004

遺墓。沙飛視蕭亂穿向，草中狐兔，那能使口北關南，更重作并州門戶。且莫吊沙場，收拾秦弓歸去

今釋　俗姓金名堡，明亡爲丹霞寺僧，號澹歸，有徧行堂詞

風流子

上元風雨

東皇不解事，顛風雨吹轉海門潮。看燈火光微，心灰風蠟，笙歌聲咽，淚滿鮫綃

005

吾無恙，一爐焚柏子，七盌度松濤。明月尋人，已埋空谷；暗塵隨馬，要折星橋。東皋田畔路，當年夢，爲有金屋藏嬌。不見漆燈續燄，惹節生苗，綠翠繞珠圍寸。陰難駐鏡，鳴漏聲杯土，誰澆向取門前流水夜〻朝〻。

吳偉業 號駿公，太倉人，有梅邨詞。

賀新郎

006

病中有感

萬事催華髮，論龔生天年竟夭，高名難沒。吾病難將醫藥治，耿〻胸中熱血，待灑向西風殘月。剖卻心肝今置地，問華佗解我腸千結。追往恨，倍淒咽。　故人慷慨多奇節，爲當年沉吟不斷，草間偷活。艾灸眉頭瓜噴鼻，今日須難決絕，早患苦重來千疊。脫屣妻孥非易事，竟一

007

錢不值何須說。人世事，幾完缺。

吳兆騫 字漢槎，吳江人，有秋笳詞。

念奴嬌

家信至有感

牧羝沙磧，待風鬟喚作雨工行雨。不是垂虹亭子上，休盼綠楊煙縷。白葦燒殘，黃榆吹落，也算相思樹。空題裂帛，迢〻南北誰據。　消受水驛山程，鐙昏被冷，

008

夢裏偏叨兒女。心腸英雄淚，抵死偏縈繞。錦字閨中，瑤枝海上，辛苦隨窮戍。柴車冰雪，七香金犢何處。

顧貞觀 字華峯，號梁汾，無錫人，有彈指詞。

金縷曲二首

寄吳漢槎

季子平安否，便歸來平生萬事，那堪回首。行路悠〻誰慰藉，母老家貧子幼。記

009

不起從前杯酒魑魅搏人應見慣料輸
他覆雨翻雲手冰與雪周旋久淚痕
莫滴牛衣透數天涯依然骨肉幾家能
穀比似紅顏多薄命更不如今還有只
絕塞苦寒難受廿載包胥承一諾盼烏
頭馬角終相救置此札兄懷袖
我亦飄零久十年來深恩負盡死生師
友宿昔齊名非忝竊試看杜陵消瘦曾

010

不減夜郎僝僽薄命長辭知己別問人
生到此淒涼否千萬恨為君剖　兄生
辛未吾丁丑共些時冰霜摧折早衰蒲
柳詞賦從今須少作留取心魂相守但
願得河清人壽歸日急翻行戍藁把空
名料理傳身後言不盡觀頓首

石州慢

御河為漕艘所阻

011

一月長河奈阻崎嶇玉京程隔滿身風
露殘宵誰問扣舷孤客不如歸去泥教
錦纜牙檣釣徒莫負秋江碧何事訪支
機快乘槎蹤跡　淒絕無端鬨徧戰壘
遠屯郵亭驛壘只浮錢於宮柳如曾相
識琵琶響斷那須月夜回船曲終始下
青衫滴曉鏡猶看有幾莖堪織

曹貞吉　字升六安邱人有珂雪詞

012

留客住

鷓鴣

瘴雲苦徧五溪沙明水碧聲聲不斷只
勸行人休去行人今古如織正復何事
關卿頻寄語空祠廟驛傳征衫濕透馬
蹄難駐　風更雨一發中原杳無望處
萬里炎荒遮莫摧殘毛羽記否越王臺
殿宮女如花祇今惟賸汝子規聲續想

013

江深月黑低頭處
朱彝尊字錫鬯號竹垞秀水人有曝書亭詞
高陽臺
吳江葉元禮少日過流虹橋有女子在樓上見而慕之竟至病死氣方絕適元禮復過其門女之母以女臨終之言告葉葉入哭女目始瞑友人為作傳余紀

014

之以詞
橋影流虹湖光映雪翠簾不捲春深一寸橫波斷腸人在樓陰游絲不繫羊車住倩何人傳語青禽最難禁倚遍雕闌夢遍羅衾　重來已是朝雲散悵明珠佩冷紫玉煙沈前度桃花依然開遍江潯鍾情怕到相思路盼長堤草盡紅心動愁吟碧落黃泉兩處誰尋

015

百字令
度居庸關
崇墉積翠望關門一綫似將樓堞瘦馬登登愁徑滑何況新霜時候畫鼓無聲朱旗卷盡惟剩蕭蕭柳薄寒漸甚征袍明日添又　誰放十萬黃巾丸泥不閉直入車箱口十二園陵風雨暗響遍哀鴻離獸舊事驚心長塗望眼寂寞閒

016

亭堠當年鎖鑰董龍真是雞狗
水龍吟
謁張子房祠
當年博浪金椎惜乎不中秦皇帝咸陽大索下邳亡命全身非易縱漢當興使韓成在肯臣劉季算論功三傑封留萬戶都未是平生意　遺廟彭城故里有蒼苔斷碑橫地千盤驛路滿山楓葉一

017

滄橫水滄海人爲地橋石苔古牆空閑
帳簾簾白蝶經過聲滿向斜陽裏

陳維崧 字其年宜興人有迦陵詞

夏初臨

本意

中酒心情拆綿時節瞢騰剛送春歸一
畝池塘綠陰濃觸簾衣柳花攪亂晴暉
更畫梁玉剪交飛販茶船重挑筍人忙

018

山市成圍　驀然卻想三十年前銅駝
恨積金谷人稀劃殘竹粉舊愁寫向闌
西惆悵移時鎮無聊掐損薔薇許誰知
細柳新蒲都付鵑啼

摸魚子

聽白生琵琶

是誰家本師絕藝檀槽搊得如許半彎
邏逤無情物惹我傷今弔古君何苦君

019

不見青衫已是人遲暮江東煙樹縱不
聽琵琶也應難覓珠淚曾乾處　淒然
也似聽秋宵愁訴鐙前一對兒女忽然
涼瓦颯然飛千載老狐人語渾無據君
不見澄心結綺皆塵土兩家后主爲一
兩三聲也曾聽得撇撇卻報宮去

厲鶚 字太鴻錢唐人有樊榭山房詞

齊天樂

020

吳山望隔江霽雪

瘦筇如喚登臨去江平雪晴風小濕粉
樓臺釅寒城闕不見春紅吹到微茫越
嶠但半沍雲根半消沙草爲問鷗邊而
今可有晉時棹　清愁幾番自遣故人
稀笑語相憶多少寂寂寥寥朝朝暮暮
吟得梅花俱惱將花插帽向第一峰
頭倚空長嘯忽展斜陽玉龍天際繞

021

百字令

丁酉清明

春光老去，恨年年、心事春殘猶發。永日
空閨聽燕語，折盡柳長短，卻看天青
祗似草，最覺萬般嬾情，情門巷落花畢
又吹滿　離想煙月萬時，楊簾處市慣
逐嬉春伴，一自笑桃人去，後幾葉碧雲
渫濺亂擲榆錢，細壓桐乳，尚惹游絲黏

022

此中何處，那堪天遠山遠

玉漏遲

永康病中夜雨愁懷

舊游成山，償驚風夢雨，意長織短病，與
秋草葉葉，碧梧聲顫，煙鼓山城暗數更
穿入溪雲千片，燈暈翦似實愁戀陵
心眼　少年不負吟邊，幾閱常光陰，試
香池饑，歎境消磨盡付，砌蟲微歎寒子

023

閒情棄置何地，煙林疏散懷幽遠，骨
清曉喧楓岸

百字令

月夜過七里瀧，光景奇絕，戲此
調，幾令羣山皆響

秋光冷夜，向桐江為客，當年高踞風露
皆非人世，有自出船頭吹，竹笑穎出山
一星在水，鶴夢驚重續，嫋嫋音遙去西巖

024

漁父初宿　心境涉社，沈埋清狂不見
佳致形容獨寐寐，冷螢三四點穿過前
灣第屋林淨藏煙，舉危陽月帆影搖空
綠隨風飄蕩，留雲還臥深谷

憶舊游

辛丑九月既望，風日清寒，喚艇
自西堤橋沿秦亭法華灣洄以
達於河渚。時秋蘆作花，遠近縞

025

目田々
目田堂諸峯蒼然如出積雪之
上蒼以秋雪名不虛也乃偕僧
揚帆仰眺日帷閑櫓聲掠波往
來使人絕去俗營競所在向
晚宿西溪田舍以長短句紀之
邀溪冰雲去楮幻風來山翦秋眉一片
爲秋意是誰裁雪人在蘆荻蒼天庭
愁多少飄作瑩也然正滿淑蒼花涵隨

026

野色行到禪扉 忘機情無語坐雁底
焚香叢外絃誦又送蕭蕭響遠平沙霜
信吹上僧衣憑高一聲彈指天地入斜
暉已斷隔塵喧門前弄月漁舡隔

齊天樂

秋聲館賦秋聲

簟涼鐙暗眠遲趁清商試雲催落破竹
空廊枯蓮殘渚不辨聲來何葉相飄又

027

接老吹入瀟郎一簫愁鍛已是離鼓中
宵無用怨離別 除難還更切切玉窗
挑錦燈驚響檐鐵漏斷高城鐘踏歸寺
遠送涼潮鳴咽微吟斷怯訴離豆花開
雨篩時節獨自開門滿庭都是月

八歸

隱几山樓賦夕陽

初翻雁背捏微雉堞高枝半掛微暈銷

028

彩

灘最是紫樓青嵐常亂波紅燕遠山青
襯不覺長亭歸斷漸照去難收擬將隱想
故苑燕青雖雖滿地弄金粉 何況春
游自歇花愁多少只惱黃昏偏近冷和
帆落晚迷茄趁更翠殘煙斜引瑤雕闌
倚編雲色消物也應染無言蒙煙中客
罷下御西樓相思人老悲

韓士銓 字心銀 銀山人 有銅絃詞

029

水調歌頭

再次盛成

偶爾共命鳥都是可憐蟲淚與秋河相
似點點注天東十載樓中新婦九載天
涯夫婿首白也如蓬美慧病裏心緒
別離中　詠春蠶憐夏雁泣秋螢獨見
珠圍翠繞含笑坐春風回首十分消瘦
爲我乃番磨折辛苦念渠儂誰知千里

030

調寄一萼紅

左　輔字仲甫陽湖人有念宛齋詞

南湖

題琵琶亭

潯陽江上恰三更霜月共潮生斷岸高
低白家漁火一星星何處離聲刺耳搖
琵琶千載尚空亭是江湖倦客飄零商
婦於此傷情　且自移船相近繞回

031

闌百折覓愁魂歸是無家絕倦萬里去
江城一例蒼茫弔古白荻花楓葉又傷
心只琵琶響斷魚龍寂寞不曾醒

張惠言字皋文武進人有茗柯詞

木蘭花慢

楊花

儘飄零盡了誰人解當花看正風避重
簾雨迴深幕雲護輕幡尋他一春伴侶

032

只斷紅相識夕陽間未忍無聲委地將
低重又飛還　疎狂情性算淒涼耐得
到春闌但月地和梅花天伴雪合稱清
寒收將十分春恨做一天愁影繞雲山
看取青青池畔淚痕點點凝斑

水調歌頭五首錄三

春日賦示楊生子枝

百年復幾許慷慨一何多子爲我楚舞

033

築我為子高歌招手海邊鷗鳥看我胸
中雲夢蔕芥近如何楚越等閒耳肝膽
有風波　生平事天付与且婆娑幾人
塵外相視一笑醒顏酡看到浮雲過了
又恐堂堂歲月一擲去如梭勸子且秉
燭為駐好春過
今日非昨日明日復何如朅來真悔何
事不讀十年書為問東風吹老幾度楓

034

江蘭徑千里轉平蕪寂寞斜陽外渺渺
正愁予　千古意君知否只斯須名山
料理身後也算古人愚一夜庭前綠遍
三月雨中紅透天地入吾廬容易衆芳
歇莫聽子規呼
長鑱白木柄斸破一庭寒三枝兩枝生
綠位置小窗前要使花顏四面和著草
心千朵向我十分妍何必蘭與菊生意

035

總欣然　曉來風夜來雨晚來煙是他
釀就春色又斷送流年便欲誅茅江上
只怕空林衰草憔悴不堪憐歌罷且更
酌与子繞花間
張　琦　字翰風惠言弟有立山詞
南浦
驚回殘夢又起來清夜正三更花影一
枝枝瘦明月滿中庭道是江南綠陌都

036

依然小閣倚銀屏恨海棠已老心期難
誰問何處是高城　忽記當時歡聚到
花時長此託香醪別恨而今誰訴渠邊
不肯醒簾外依依香夢算東風吹到鬢
時便向鴛衾無處啼鵑又作斷腸聲
張景祁字韻梅錢塘人有新蘅詞
秋霽
基隆秋感

037

鱷島浮螺痛莫思胡塵海外吹落鎖甲
煙銷大旗雲捲蔚藍自驚老幕合閃咽喉
鶴俯見羅睺況軍樂念衛霜旗是誰家
國步壯麗閑　遙憶故壘氣帆凌霄月
華當天空想橫槊卷西風空鴟陳黑青
林閑悉急樓託的計未成情味恐最斷
魂處惟見暮靄神州暮山銜照數聲哀
角

038

周濟字保緒荊溪人有止菴詞

渡江雲

楊花

春風真解事等閑吹遍數無短長亭一
星星是恨直送春歸替了落花聲憑闌
極目蕩春波萬種春情應笑人舂糧幾
許便要數征程　冥冥車輪落日散綺
餘霞漸都迷幻景問收向紅窗畫篋可

039

算飄零只有浮萍好奈蓬葉東指
弱水盈盈休更惜秋風吹老蓴羹

周之琦字穉圭祥符人有金梁夢月詞

瑞鶴仙

四月六日出都小憩蘆溝橋偶
述

柳絲征袂綰試錦羽初程玉驄嬌懶
街佩聲遠向天邊回首故人如面藤陰

040

翠暖但憐得琴書夢短有游蜂知我心
期剛是過紅曾見　還看珠巢題字墨
暈初乾酒痕微漬晴雲自展春已在蟬
橋畔問柔波一樣仙源流下否底人間
校瀲畢竟春色塵香蕭瀟漫浣

項鴻祚字蓮生仁和人有憶雲詞

八聲甘州

黃葉樓賦夕陽

041

累斜紅飄出晚晴天相看特淒然悠思
〻只是橫催雁陣低照鷗眠林外山眉
斂黛遙遙草芊〻一夜蒼涼意都付樊
川 灞關秦宮何處送幾聲畫角吹老
華年便歎游子好到此難論遙倚江樓
玉人凝望帶西風帆影為窗前愁無限
送黃昏地新月籠燈
水龍吟

042

秋聲

西風已是難禁如何又著芭蕉雨冷〻
晴趁斷〻續聲聲〻忽任使做疎砧高
城斷鼓和成淒楚想亭皋木葉洞庭波
遠渾不見愁來處 此際頻驚倦旅夜
初長殘夢阻酒醒自歎邊鴻自喚蜀
鵑誰譯莫便傷心可憐秋到無聲更苦
滿空江剩有黃蘆萬頃捲離魂去

043

玉漏遲

冬夜聞南鄰笙歌達曙

病多歡意淺空籌素被伴人懷抱卷曲
誰家繡幄錦堂歌發一片歡娛月冷
燈影衣香烘暖蠟漏短漏去卻在者邊
庭院 沈郎瘦已經年更攜拂水紅賦
情難遣纔是無眠醒到笛幃簫倦聽尺
銀屏笑語早簷角驚烏啼亂蹴夢遠聲

044

聲咽鐘鼓斷
龔自珍更名鞏祚字璱人仁和人有
定盦詞

南浦

端陽前一日伯恬填詞題壁
上淒魂夢絕予亦繼聲

荻笛蘆花天涯香靄〻愁人獨去遠
殘夢魂飛〻不到天盡東頭燈檣空郵
古戍一樓煙壁然詩句不信黃塵消不

045

惹酒粉搓脂情緒　嘆年切莫回頭怕
回頭還見高城只孤城裏正端端香車
過多少青紅兒女吟情太苦爭奈先冀
手華溪一勒還君君萬閑換了江關詞
賦

陳　澧字蘭甫番禺人原籍江寧有
憶江南館詞

齊天樂

十八灘舟中夜雨

倦游諳盡江湖味孤舟又眠秋雨碎點
飄鐙繁聲落枕鄉夢更無尋處幽蛩不
語只斷葦荒蘆亂流嗚咽一夜蕭蕭惱
人最是繞堤樹　清吟此時正苦漸空
生竹簟秋意如許古驛更長荒灘漏急
算低天涯情緒何銷又誤望庾嶺模糊
煙雲無數鏡裏明朝霜幾縷

許宗衡字海秋上元人有玉井山館
詩餘

047

046

中興樂

初秋同人登毗盧寺凌雲閣依
李德潤瓊瑤集韻

繞樓一帶蔚蘿播西風翠翠攢堵眼前
秦色垂楊垂楊芳花容易如霜雁群亡
幾時飛到高城遠樹亂堞斜陽　十字
冠劍獨昂蒼古來事事堪傷猩猩誰問
何況錢塘蘭門山影落落如秋光無端

孤負闌干倚遍風物蒼涼

蔣春霖字鹿潭江陰人有水雲樓詞

木蘭花慢

江行晚過北固山

泊秦淮雨霽又鐙火送歸船正樹擁雲
昏星垂野闊暝色浮天蘆邊夜潮驟起
暈波心月影盪江圓夢醒誰歌楚些泠
泠霜激哀弦　嬋娟不語對愁眠往事

049

048

恨難捐看蒼〻南徐蒼〻北固如此山
川鈎連更無鐵鎖任排空檣櫓自回旋
寂寞魚龍睡穩傷心付與秋煙

一萼紅

牆角小梅未春忽發因憶南園
萬枝摧殘不勝哀吟成識彩亮
淒然

短牆陰怪東風未到春色已深〻壓雪

050

橋依舊難從管紅萼閒情誰繪漫惆悵
天寒袖薄喚玉笛吹怨入空林烽火連
江河山滿眼那處登臨　回首東園庭
院騰鐵分流水鐵枝空苔冷雨空壇斜
陽香未還睡笳鼓沈〻待銷老華鬢小
劫洗冰淚相窺說傷心只怕南枝開遍
後簡人爲

揚州慢

051

癸丑十一月二十七日賊趨京
口報官軍收揚州

野幕巢烏旗門噪鵲譙樓吹斷笳聲過
滄桑一霎又舊日蕪城怕雙燕歸來恨
晚斜陽頹閣不忍重登但紅橋風雨梅
花開落空營　劫灰到處便遺民見慣
都驚問障扇遮塵圍棋賭墅可奈蒼生
月黑流螢何處西風黯鬼火星〻更傷

052

心南望隔江無數峰青

臺城路

金麗生自金陵圍城出爲述沙
洲避雨光景感賦此解

驚飛燕子魂無定荒洲墜如殘葉樹影
疑人鴞聲幻鬼欹側春冰途滑橫雲萬
疊又雨聲穿沙亂鳴金鐵似引宵程隔
溪燐火乍明滅　江間奔浪怒湧斷笳

053

時隱隱相和嗚咽歸渡舟危空村草徑
一飯蘆中淒絕孤城窮結滕蘿綢繆鴻
怨啼夜月險夢愁題杜鵑枝上血

渡江雲

燕臺將遠阻隔十年感事懷人
書寄王午橋李閑生諸友

春風燕市酒旗亭嬉醉華屋帽插香晴
塵隨馬去笑擲絲鞭摩笛傍宮牆添鷺

054

別後問可勞添種垂楊但醉滑哀婦曲
破橋橋從斜陽 堤傍秋生淮底窮冷
闌泥縱青衫無意換了二分明月一角
滄桑雁去殺寄相思淚莫更說天寶淒
涼殘夢醒長安落葉啼螢

臺城路

易成寄高寄泉

萬千心事西窗雨闌干背燈敲徧當撫

055

驚沙呈空大野馬足閑河同殘鴉愁數
點閑春去秋來多鴻雁巨鄴華顛昔
時顏色夢中見 青衫鋏淚似洗斷笳
明月哀語殺吹怨古石散臺怨風咽築
酒攤哀歌難遣靈華亂卷萬葉梢者柳
故人青眼霧隱孤城夕陽山外遠

琵琶仙

五湖之志久矣羈縱江北者不

056

得去歲乙丑偕婉君泛舟黃橋
步見燈水蒼念鄉土譜白石自
度曲一章以箋簇按之婉君曾
經喪亂歌聲甚哀

天際歸舟悔輕與故園梅花的約歸雁
啼人驚簇沙洲共漂泊空來城東風又
急問誰發沈腰愁前一舸青琴乘海載
雪聊共斟酌 更休怨傷別傷春怕垂

057

老心事漸非昨，猶指十年幽恨，換蕭蕭
眉鬢。今夜冷蓬窗，倦倚西月，明殘題桃
標。怎奈銀甲秋彈，暗回清角。

張維屏 字南山，番禺人，有聽天寮吟

滿江紅

道經廣陵

水冶山搖，遠望見綠楊城郭，閒角步簫，
船燈舫畫，擁珠翠，空裹環花，隨雨散夢

058

中彩吹和瀟灑。剗雷塘、幾個草根螢光
如昨。迷樓外、刀兵惡，青樓上，煙花落。
歎錦帆樓閣，陽蕭索，但頹垣常浮綠。
檐底須十萬，騎黃鶴過平山一句，醉翁
泉清涼葉。

譚獻 字仲修，仁和人，有復堂詞

金縷曲

江干待潮

059

又指雄亭梅，總是素消，憔悴病翼無非
故。華緣天涯浮來補，誰道王孫遲暮。腸
斷是雲樓微雨，雲水荒荒人草草，轉秋
翁。誰化傷心語，行不得，總難住。今朝
潮打江頭路，近蓬窗，岸花自發，向人依
舞。裙衩芙蓉寒旋卷，趁水流年輕負。漸
慣了、單衣羈旅。信是窮途安穩，字殘懷才
華猶受風塵誤。當不得，便須去。

060

一萼紅

吳山

黯慈燈，看青青一片，輕淺認眉山。花落
樓頭，翠蛾陌上，春色還似當年。翠苔畔
買容醉卧，聽謳笑風勸，蠻歌千一曲琴
絃十三。算柱原是人間。細數總成纖
夢，款都迷蹤跡，只有留連。故換紅羊，巢
空紫燕，香塵步步，回檀佛消受雲飛雨

061

撥似胡蝶翔繞處闌干不分中年别時
直恁萬它

渡江雲

大觀亭同陽湖趙敘甫江夏部

賦

大江流日夜空亭浪捲千里起愁心閒
年年不語我安能空總霎好登臨春牆
顛裏憐處時人兩雄豪澤不似故山

062

顏色鷺鷥共沈吟　消沈六朝裙殺百
戰旌旗付漁樵高枕何處有殘陽細柳
繁島平林釣磯都亦要編年看斷雲飛
過荒瀾天未暮樓前只是陰陰

俞　樾字蔭甫號曲園德清人有春在堂詞錄

金縷曲

次女繡孫倚此調落花詞書懷
悵有云歎年華都付愁中老余

063

謂少年人不宜作此因廣其意
亦成一闋

花信匆匆度笑春來費賸一醉綠陰如
許算紫千紅飄零老盡付東風送去更
不問埋香何處那笑癡兒真癡絕矣
華容悲傷心如春去也耶難駐　浮生
大抵無非容漫滿迷鳴鳩亂燕殘花飛
絮畢竟韶華何曾老休道春歸太遽看

064

歲歲未顏雅故家亦清光疏踪苦坐花
陰未覺斜陽暮濕綠篁綴春信

盛昱字伯熙滿洲宗室有鬱華閣詞

八聲甘州

送伯愚都護之烏里雅蘇臺

驀橫吹意外玉龍哀烏里雅蘇臺看黃
沙飛幕縱橫萬里攬轡初來莫但訪碑
荒磧（同人屬拓闕特勤碑）爾是勒銘才直到烏梁

065

海暮蒼重開　六載碧山丹闕細商量
出處拔來萬葉愴茫今別後茅巷一身
埋綠葉時自春一壑秦夢君千騎雪蹀
〻君夢來一枝柳梢扶上巖苔
文廷式字道希號芸閣萍鄉人有雲
起軒詞鈔
邁陂塘
惜春
任啼鵑苦催春去春城依舊如畫年〻

066

芳草樓門路換御王孫驄馬慈恩何處
絮亂只繫又過空臺似殘陽欲下好飛
羨西園玉綺滿引東風共遊夜　瓊樓
迴踏月纖詞錦帕銅仙鉛淚休滴旗紅
不及庭除綠付與深鶯清語翠舞靡慵
驚蹤春初今日從業拾雕鞍暫卸縱行
過天涯夢魂慣處程總度亭樹
八聲甘州

067

送志伯愚侍郎赴烏里雅蘇臺
參贊大臣之任
响霜飆趁甲動邊聲烽火徹甘泉有六
轡奇策上擒胡略欲鬱濤蟬一枕黃騰
短夢〻醒卻依然萬里出西道坐嘯清
邊　策馬凍雲陰裏譜胡笳一闋淒斷
哀弦看居庸關外依舊草連天東回首
淒煙喬木閑神州今日是何年逸堪慰

068

男兒四十不算華顛
祝英臺近
翦鮫綃傳燕語遮〻碧雲暮愁坐春陽
春到更無緒園林紅紫千〻枝成狼藉
但休怨遲春風雨　謝橋路十載重行
鈿車驚心度遊誤玉佩塵生此恨奈何
許倚樓極目天涯天涯最容莫祗有濛
〻飛絮

069

翠樓吟

歲暮江湖百憂如擣驚時排悶己
寫之以辭

石馬沉煙銀鳧蔽海驚殘哀筑誰和擡
亭沽酒處看天幅風檣蛾舸亢龍高卧
便冷眼丹霄難忘青鎖真無那冷灰寒寒
拚笑談江左一奇能下聊城箭不如
呵手識拈楊柔菅鳩相未穩更休說山

070

唐清深沉吟令泰祇拂紋星空歎烏花
飛清輝墜岸寒煙蒲數星漁火

水龍吟

落花飛絮茫茫古來多少愁人意遊絲
颺隙驚飆樓底晴楊人世一夢醒來趁
看明鏡二毛生矣宵簫罷酒笑茶寮
南都未稱平生志　歎是長安依舊二
十年紅塵裹無言獨對青燈一點神

071

遊天際海水浮空空中樓閣著意蒼
翠袖驂鸞何去層霄回首又西風起

永遇樂

秋草

夜日幽州燕高堂安秋思何限傷雁高
鳴鹿盡窺一片飛蓬捲西風萬里嬌
沙越漢先到輸雞何醉但蒼然平原目
極玉關消息初斷　千年祇有明妃冢

072

上長是青青未深聞道胡兒祁連無過
波落茄聲怨風霜頓改關河時昔汗馬
功名今殘驚心是南山射虎歲華易晚

賀新郎

剗攬西洲曲有佳人高樓窈窕靚妝幽
獨樓上暮雲千萬疊樓底暮波如縠
漾羅袂芳時目采采芙蓉愁日暮又天
涯芳草江南綠看罨罨文鴛浴　倚兒

073

料理裙腰幅道常圓近日寬恐眉峯長
盧欲歸明璫銷寄遠將歸又還重來須
不惹陳嬌金屋一笑長門辭賦琴聲怨君
王已失芳華至今此意更躑躅

憶舊遊

秋雁 庚子八月作

悵霜飛榆塞月冷楓江萬里淒清無限
淒涼意便數聲長笛難寫深情望極雲

074

羅浮鄉夢斷聽回驚貝龍臺荒園望
樓迴還盡飄零 極目自來去歛市朝
易被風雨多經天涯無消息問誰裁尺
帛寄與青冥遠想橫汾簫鼓蘭蕭崗芳
聲又日落天空平沙列幕邊馬嗚

黃遵憲字公度嘉應人有人境廬
詞

漫漫

題潘蘭史羅浮紀遊圖

075

羅浮睡了試召鶴呼龍憑誰喚醒塵
夢丹灶暗留黑殘月冷欲問移家仙井
何處覓風鬟霧鬢林底獨立蒼茫高唱
萬峯峯頂 荒徑蓬蒿半隱青金谷無
人樓角飛穗花樓倚遍看到雲昏花暝
回首海波如鏡忽露出飛來舊又幾
風雨會難作他人仙境
梁鼎芬字節庵番禺人有欵紅樓詞

076

臺城路

乙酉六月二十四日為荷花生
日越八日姚檗甫丈約雲閣與
余往南河泊看荷花各得詞一
首時余將出都矣

片雲吹墜游仙影涼風一池初定秋意
蕭疏花枝嬌態別有幽懷誰省斜陽正
永看水際盈盈素衣齊整絕似吳蓮娃影

077

辭亂蔭到煙艇　詞人酒夢方醒愛芳
華未歇攜手相偕夜月微明窗窗細下
路垂今番光景紅香自領任漂泊江潭
不曾淒冷只是相思淚痕苔滿徑

李綺青字藻父　詞草閣詞　人有桂風蘇水

水龍吟

木棉

暖風吹徧蠻花波天更產英雄樹笑雲

078

一角斷霞十里火珠齊吐挟繡無功還
丹有術離倚芳譜想高標移潑赤心向
日擎一萼浴江濤　閱花叢亡無標而
年年東君作主江山依舊劉郎不返夕
陽飛墜萬點還遮楓燒已是剎那高峯
西棲容太淺嬌然開滿小虹橋路

王鵬運字佑霞自號半塘僧鶩諸桂人有半塘定稿

長亭怨慢

079

亭皋木葉下紛紛又見秋光老
薊門多少天涯淪落意未忍秋
士獨清魂此已卯四月初寄
易秋風又逐搖落古所謂樹猶
如此者豈歌哀郢用石帝仙自
製腔以寫懷抱
合吹起愁心千疊寂寞亭皋誠空時節
搖落佳時庾郎雜緒點凄切寫懷添歷

080

還迢睬冥冥數人老薊門秋柱斷霞
鴻天末　愁絕萬宮滿欄曲多恐怨紅
飄波見恩產征前車暮觸辭說是甚
風吹綠成團翠陌上玉驄嘶越但總因
長空冷翠凄燈明滅

百字令

登陽臺山絕頂望明陵

望遙縱目萬川原繡錯如接襟袖指點

081

十三陵樹劃天壽低迷如阜一宴滄桑
四山風雨王氣鎖沈久清曉金案老松
難化龍飢　惟有沙草微花留根緣古
滾滾迤牆古野老也知人世換尚說山
靈呵守平壁蒼涼亂雲合留欲醉無多
酒出山回望夕陽裡戀高岫

三姝媚

次珊讀玉人思夫人不言賦有

082

感於外結者而內結腸先結心
而後結口之語賦詞實知聊復
從辭亦盡吾之旨也

蘼蕪春思遠采芳聲愁始鬢痕深鈿簪
命憐花倚東風羅袖淚珠偷洒瞑入西
園容易又林會群變那得相思付與青
額自隨蓬轉　惆悵羅衾約通便夢陽
慵行塵思迴戀芳意迴環認鸞櫳錦字

083

斷腸纖縷縷之絲之　拼鼻花香　心殘篆
漫想影翻壓月話春歡滿

沁園春

島佛祭詩艷傳千古八百年來
未有爲詞修祀事者今年辛峯
來京度歲偶觸之案雅援一時
因於除夕陳詞以祭謂此迎神
而以送神之曲屬吾弟焉

084

詞海春前醉海一杯淑氣輸之念百年
影笑誰知家者千秋流灑是有人兮芸
角撐腸清空入骨底事窮人獨坐詩空
中語閑緣情識影藂鬱然絕　玉梅冷
綴苔枝似笑索吟魂還不支歎春江花
月競傳宮體望山雲雨枉託微詞最愛
文章膽識事業清絕商影入破時長安
陌上喧闐篇數言狼何至

085

沈曾植字子培號寐叟嘉興人有曼
陀羅寱詞

高陽臺

借月瀟愁殘 大渺夢碧城十二星移摧
響咽來遲閣霞細風微中庭離樹成紅豆
那宜心鴉鵲先知拚醉他廊底秋心弦
上秋思 蔣季葉影閣舞地剩花殘淚
芳櫻最熱然羅黃同心有情天高憐麻
荒雨夢峽陶雲映吾神娥程姐臨枝說

086

芳風莫胃花夢斷纖眉

鄭文焯字叔問號大鶴山人有樵
風樂府

安公子

急雨驚鳴夜轉眼樓風葉彷如酒閒戶
青山應不去萬塵漸屏畫換眼底衰紅
彼翠供愁寄寂冷落半夜吟邊地心酒
醒無寐恰恰東畫題罷 到此沈沈夜
為誰清淚如鉛濤夢想銅駝那異地送

087

西園平島離去治國千一雲花開滿室
夢啼雪帝妻魂他萬歲空有鶴解道光
手雇誅

慶春宮

同歸夜棄秋晚敘意

壽月凉階暮煙衛苑成翁愁鎖薇城殘
雁閣山空墅庭戶斷腸今夜同聽幾闌
急雨萬葉戰風濤自驚怨秋身世翻羨

088

飛柏裕舒先零 行前去國心情實翔
淒涼淚燭縱橫語老中原驚魔滿目翔
風都作邊聲夢沈雲海索窮寞魚龍來
醒後心詞究如此江南哀獻無名

永遇樂

春夜夢暖梅感懷因題

江驛迢迢片曉枕上春事如許乾坤晴
霄低樓頭冰懷斷東風主枝南枝北眠

089

看搖落不為寒蛩啼住攬遺芳瑤琨滿
挹覺來孰識今古　空堂酒醒微燭消
息講起故山風雨玉砌雕闌傷心還見
繫馬郎園楊人間空有曉空一曲誰信
陽沙煙語總凄涼南樓殘篇送春魚雁

況周儀字夔笙號槎人有蕙風詞

水龍吟

鮮鮮只在街南樹深不管人斷續凄涼

090

和俳更長漏短鼓人無寐燈燼花殘香
消篆冷情然驚起出簾櫳試望半殘
月更堪聽外林　愁入陣雲天末費
商音無端凄咽絲撥短牀懷空付號
沙萬里莫謾傷心亂山更在杜鵑聲裏
宵啼鳥見我空階獨立下青衫淚

萬武慢

宋粮同甫

091

愁入雲邊空愁露重紅燭淚濕人依枝
高樓楊柳思往難回凄咽不成清夢風際
斷時過遍天街但聞更點杜鵑人回首
少年豪俊玉容難覓　漫作出百緒凄
涼凄涼惟有夜冷月閒庭院珠簾繡幕
可有人聽聽也可曾腸斷總御塞鴻遠
萬城烏棲人驚慣料南枝明日應減紅
香一半

092

曲玉管

憶先山房游

雨禁春柔重園夕照高前幾日驚鴻影
不道瓊簫吹徹凄語平生總冷落　香
香蘚翠落落柔波碧城往事總難尋問
訊空山可有無限傷情作錦瑟　換老
垂楊只帶橫天涯無媛那知儂家相思
春來苦恨青青帶腰緊抵兩分消黯然

093

檢青衫紅淚，夕陽衰草，滿目江山，不見故城。

朱祖謀　字古微，歸安人，晚歲更名孝臧，別號漚尹，有彊邨叢書。

聲〻慢

辛丑十一月十九日，味聃賦落葉詞見示，感和

鳴螿頹堞，吹蝶空枝，飄蓬人意相憐。一片離魂，斜陽搖夢成煙。香溝舊題紅處，

094

拚禁花憔悴年〻。寒信急，又神宮淒奏，分付哀蟬。　終古巢鸞無分，正飛霜金井，拋斷纏綿。起舞迴風，纔知恩怨無端。天陰洞庭波闊，夜沉〻、流恨湘弦。搖落事，向空山休問杜鵑。

燭影搖紅

晚春過黃公度人境廬話舊

春暝鉤簾，柳條西北輕雲蔽。博勞千囀

095

不成晴，煙約游絲墜。狼藉繁櫻剗地。傍樓陰、東風又起。千紅沉損，鵯鵊聲中，殘陽誰繫。　容易消凝，楚蘭多少傷心事。等閒尋到酒邊來，滴〻滄洲淚。袖手危闌獨倚。翠蓬翻、冥〻海氣。魚龍風惡，半折芳馨，愁心難寄。

摸魚子

梅州送春時將攀下故人三月

096

綠沙壺

近黃昏悄無風雨，靈春殘陽了無〻。柔柳夷桃過，贏得錦殘情調，休重憶。問百五韶光，醞造愁多少，新聲宮笑有拆。鋪池臺迷綠夢，藏紫綴半殘鶯。　添波語飄送紅英，最好西園沈恨先歸天涯。別有鷓鴣闌意，嗟是杜鵑解道，歸去早何不待倩旁人共柔腸老。消凝滿把愁重

097

燭畔當綠成陰矣，誰與玉山倒
金縷曲
甲戌寄王瘦山秦晦鳴
斗柄危樓揭，望中原、盤雕沒處，青山一
髮。還被西風吹塵黯，卷入關榆悴葉。尚
遮定、浮雲明滅。烽火十三屏前照，照亞
闌和是誰家月。邊鴻語，正嗚咽。　微聞
殿角吾雷發，繞雕醒、十洲殘夢，桑田望

098

闌街石冤禽空石，填渤眼秋鯨鱗甲莫
道是昆池初劫盡，舊鎔丹常事，怕蒼
黃桂魄共工折天外，倚翻花裂
[illegible]
香港秋晚懷公度
滄波教愁逝，潮撐燈、迴風葉黏衫袖
驚秋客，枕酒醒，傍燈語塵眼，重開鬱懷
萬無霧飐，天香花木，海年樓臺，冰東漫

099

舞喚癡龍，直視蓬萊，多少紅桑此換
箬笠閑行年，真剎珠屋，不信秋江離穩
智鯨身手綃，方綃細大，搖蕩日照千山
翻墨盛炭，又西風鶴唳，驚節鞭引百折
濤來
洞仙歌
丁未九日
無名秋病已三年，此淵但買黃震作重

100

九亦知非吾土，強攜登樓閑望到殘殘
斜陽時候。浮雲千萬態，迴指長安郤
是江湖。釣竿手來，擺倒西風故國霜多
怕明日黃花開處，闌暢好秋光，落誰家
有獨客，徘徊濕高襟袖
瑞龍吟
和夢窗韻
市橋西，還是郊柳，吹綠春波，明練芳塵

101

舊閒情々黃昏細雨淋殘日將 滿儲
簫管易暮翻清潤陰襟須織烏衣怯
殘寒故宮夢醒春陰明晚 拋遺芳華
前事過江人老行雲天遠鶗鴂未休衰
蘭敗蕊賓鴻萬紅痛綠今夕愁無岸不
論到西窗燭炬南鄰鐘斷坐閱殘香卷
誤人眠素情飛漸殺憐絲未風懶窗付
與無嫌哀草辟恨收拾最惱樓塔帆片

102

金縷曲
井上新桐植又年矣閒無覺挨
之而願留此手植前朝樹也行
語梅石念指以為端
手植前朝樹嘗雲廊斜陽一角閒人無
語念向西鄰斤斧底剪其猱攏教取看
盡三亭莖如許念今日離披銀林畔聞環
根皆傍攏門否一葉々戰風雨 蟪蛄

103

三兩啼相訴說盡來紅樓翠暖吟秋語
重到地翻喜遠天雲樓風去遠靈所算
輕澤程錦無土眠坐流陰澤事闌幾步
空根幹牢培護照此意醉清醑
洞仙歌
過玉泉山
殘新勝情惜不成遊計滿島西風背城
越念滄江一臥白櫻重來渾未信來春

104

離々如此 玉樓天半剝離霧煙消
盡西山眉黛翠何處更認霜三兩樓臺
衰柳外斜陽殘照還肯為誰人住坐時
只嗚咽昆池石鱗荒水
齊天樂
乙酉九日陳彥庸招集江樓
年々消受新亭淚江山未無才思成灰
空鄉罕旅堞多離幾話何地霜飄四

105

起蓬鶯雁聲聲書念無章光搖怨缺一
篙相屬纔無味　紫樓誰分信來未陽
湖海空靜今幾許明日黃花清泉白鐵
楓嶼滄波人事芙蓉度鴉雲西北浮雲
夢遠醒醉若亂飛閑不難雅命儔

高陽臺

除夕聞先宅守歲

葉裏關心　梅枝雙照燈光催換夭涯

106

腸迷離忘恨紅入鐙花當時風雨聯床
地付冷吟閒醉消他更休提衣帶鳴韁
列炬飛鴻　驚心廿十明朝年華易頭
老屋庭綃屯煙醉倚屠蘇寧知肝肺槎
枒千戈滿目驚生事雞河遠休語寧家
卻因依北斗闌干灑半京華

麦孟華字孺博號蛻庵人有蛻庵詞

六醜

107

除夕

又閏年芳歲快玉漏韶華陰挪曉隙醮
空歎人年事悤憐剗抱墮夢墮樓堞蹺
蛤蜊荻葉寄佳會霧異闌翻著然趣殘
夕鐙火沈沈羅空向寥落常踊影生憐
況闌歸歛會芳汎沈陽　白鷗相識笑
鷺江儔空易樂松花冷酒未得銅駝夢
斷消息倩兔闌點望浮雲西北唐蘇病

108

被愁無力洞醒朱明鏡明鐵朝怕換鹿
時顏色林穩散儔馬嘶攬燭夜闌倚枕
看驚燭幢幢燼碧

梁啟超字卓如一字任公新會人

金縷曲

丁未五月偽國橋渡東渡卻寄

滬上諸子

瀚海飄流慕怎到來依依難認庭家庭

109

院悄有多時，芳倚在一例，差池燕翦相
對，向斜陽傳語殷勤，訴盡愁懷，可訴算與
亡已慣，因害見魂魄漂泊淚成線　故巢
似與人，偏戀最多情，殷勤迎墮落，流花
々新自眠勤銜來，獨啄重啣紅糝穗，又
生怕垂簾不卷，十二曲闌無痕々隔蓬
山何處窺人面，休更閱帰濃
燕　澗守逐叔新念人有似倩詞

110

六醜
木棉謝後作
正朱華照處，帶翠氣參差樓閣，般春更
高，無風花自落，一夢非非，過眼多紅艷
古來歌舞，想輕紅落青山哭歸鵑啼
忘淚斷香綿，燃殘雨滴，頓然遊城郭
尚憶々日蓋識霸天籠　川鸞欲亂算
恨根留託於有離影恨，何處著此枝又

111

闌犀雁似依々，念它慈莫苦紛芳　韶好
柳夢初醒，得知道一樣天涯化怨到頭
漂泊山中事多付　樹葉笑數子當戀西
園類無陽未覺
風入松
丁卯重九
人生重九且為歡，濃酒欲何言，佳辰憐
異間居覺總然，想今古，登臨懷密燈濃

112

寬
多事吾廬俯仰常覺　菊花全不厭來
顧一步一回看，白頭親友垂々老，亭前
閑心來日難收，望京瑩依訴離拜笑限
江山
張紉田　一作秉田，字毫動，錢塘人
有幽磨雲府
燭影搖紅
晚春遣雨感懷
輕煖輕寒淺々萬愁損樓燕東風照歸

113

絲楊華雜李和天遠半鏡流紅泥稀蕩
愁心傷春倦眼數聲寂戶紛飄殘響一
眉新怨　寒燕空驚少年曾預西園宴
酒光銷盡雨聲中此恨誰遣寄與林
禽又變綠塵香薔薇春晚懶懶睡起滿
日花梢無人庭院

趙　熙　字堯生榮縣人有香宋詞

三姝媚

114

下平羌峽

漆燈秋澹霧出平羌山光水光盡近
綠邊青觀小灘篝火夕陽禁柁雁聲高
空聞勸了江湖情緒半無大渡黃鶴鴿
家海半省社　前渡嘉郡東也指竹里
龍泓酒鄉鷗樹一夜天西想茶薺千翠
空直印樓斷塔古精詩思在烏尤山下
淡淡青衫懷火寺鐘正打

115

甘州

李　猷

任西風吹老富朝人黃花十分秋自江
程換了斜陽瘦馬青樹龍游倚夢今昔
半月蘇葉滿蒹丘一笠青山亂蜀家僧
樓　次第登臨近也記去年此際汐水
西流閒夜星醉君中酒看異鄉今宵
雁群擲雨頻碧雲紅葉識卿愁清鐘動

116

惜餘春

有無窮事來自神州

夏敬觀　字劍丞新建人有吷庵詞

摸魚兒

渡垂虹柳絲飄盡輕陰低覆城蔽流鶯
去低煙花主迎挽高枝千囀喜迎晚鶯
十里朱樓簾幕東西春花叢錦轉有陽
夢池亭猶時舊俎酒醒更腸斷　殘山
色將向吳姬畫扇青紅闌櫻棗髮東風

117

那解憐芳草惟賸夕陽一片影舞伴攜
素手奈草晴侶離筵羅衣疏換看幽
雪寧雲慢妝嬌枝今日幾人換
陳曾壽字仁先號蒼虬蘄水人有舊
月簃詞
八聲甘州
十月過湖廬晚菊尚餘數種幽
媚可憐
想陶來叢墨肯華年空花覷幽姿賸青

118

雲鬟暈殘妝百態仍自矜持休更錯認
比瘦惆悵易安詞潔白清秋去九難離
知
家是簃柯籬葉任飄零逝水不憶
東籬早芳心素抱翻怯向佳節看饞寒
蹤蹤容劉第一自今雅好猶對平生恨
他淒涼了莫又低眉
惜黃花慢
園菊久萎冬至日忽放二花漫

119

空中金粟燦然喜成此闋
容徑郁菲許採籬東見疏日寶紫別經
小劫拈過一笑原來寶相不是秋妝金
環飄散三生劉白添續續一縷斜陽淺晴
香紺擬數點窗晚舊菁　相看漫惜疏
縞箒紫積棒老獨殿遠芳別崴嘉瑞帶
閑鵬瘦未然入道冠壓眉長漸風捲地
出閑閑遞情付蝶夢底颸夢未央雪中

120

霧字燦煌
八聲甘州
甲子八月二十七日雷峯塔圮
塔中所藏陀羅尼寶篋印
經造時為乙亥八月宋藝祖
開寶八年距今九百五十餘年
矣千載神龍一係傳去劫魔
深莫護金剛了朽牌昭照影如

121

嵯峨閣、城半擁秋水空遺蛻
、龍身賸殘斜陽奮殘痕於鶴
劃。我同情仲昔識此閣聊寄懸

哀

鎮殘山風雨耐千年何心依津梁界霸
圖衰歇跪沈風雷如此鐵塔一柱大千
震動彈指失全勢何限恆河數難挽懸
臨　想泰湖倉皇眠佛朝、暮、題尺

122

神光忽殘全心事羅襄禮空王漫等閒
擎天勢了任古空樓陣出花、泛今古
憑誰發領美古鉢陽

齊天樂

和彊邨

百年走死嵩何無國依處城牲別荒淚
國亭諸態涌盡處ゝ前朝雜滅危雲草
叠劃織夢凄迷飛程天闌樣危空夾鬱

123

情寒夜回誰說　蓬萊島事晴檣更置
風激蕩旌搖銀闌本願香空破光月流
塔笑寬翁癡絕枯枰坐閣拼一樣怒漂
爛柯殘劫自憐三生佛前心字結

呂碧城字聖因旌德人有信芳集

汨羅怨

過故都作

翠拱屏峰紅邐宮牆猶見舊時天府傷

124

心事賞還眼波凝消得幾年更佇憑斜
陽門巷烏衣燕、影番來去猶為空雕
出斂香楊修古　閑話南朝往事誰譴
清遊採香殘步漢宮傳蠟秦鏡閑星一
例禾黍無據但江城零亂歌絃哀入黃
陵風雨還怕說花落新亭鷓鴣啼苦

徐樹錚字又錚蕭縣人有碧夢庵詞

懷塵遊

125

題西山紀游圖為翁先生作

正蹊萬桂午曲路通涼佛寺江南夢遠

認沙雪黃霜歸十萬漏裡春移做人塵

閒遊雲青綠滿岸繡閣驚老西湖雲遠

渭水幽恨難添　傳驗送斜照還碎玉

最憐滄桑精藍舊影空繼歸料得香詩

攖棖何處漏薊門鐵叢燈稜稜雨晴花

龕惆細嫌秋風驚回照鶴秋睡酣

126

葉恭綽字譽虎番禺人有遐庵詞

渡江雲

浮公滬海上寄詞依韻和之

大江流日夜佳人空谷千里寄愁心頹

波空極目一瞬中原藏日白雲深迷空

蟄棲僊遊入瀛寰情吟蕩樓流擣天涯

漫嗽雁不成音　幽懷老華費殺古剎

簫聲誰揚引世深慮夢想松風解叢藏

127

月閒機星辰時夜雲迷佇陽銀河遙睇

商參時方遠　琴韻韻杳將情深水情情

石州慢

中秋夜湖寓即遙遠月蝕時星

歸家冷萬象沉寥蕭森幽隱魑

非人境余呼若堂千人石雲破

月來箇鮮葉目林際搖時鐵串

珠雞為懷乃按此調以寄吾聲

128

倒用方回原韻

秋氣浣山商音換悲與天闊萬人巖

桂攀修夢遠寒橋都折瓊樓新晴恐照

破碎河山傷心遠語闌園節端洞玉川

吟剩枯腸吹雪　影蒙風亭萬葉浚海

珠生寄懷深新恨逝晉濤越綱千絲綫

結金消冤氣算有墮粉零香清霄雪伴

蟬辭絕怕半鏡重圓無端時餘月

129

是日日本奉
訊尚沁園

木蘭花慢 竹山體

夢中得首三句因足成之第是
春寒倚遊之作也

漸驚春又去，過燕草，瘦花謝，怯驚夢，渾
醉鳩拜桃，巧蝶翻，伶傳鶯情，亦楓雪色
歎人生學得，幾度成，影迴風，笑空游
絲藤他倚程　丁寧劉緒難奉享思說

130

下他生便不轉迴腸，回千絲細結愁，問
問程遙遙，相望寄語，怕情多傷別，緒難
名第一陽關唱，你前塵只雲英
注：能字叶新韻字，據樂譜為人有
援照樵集詞

綺羅香

冰如有美洲之行，賦此送之

月色輕黃，花陰淺墨，綿綿春深庭戶，自
下重簾，不放漸絲飛去，擋今宵緊謀西

131

窗掛明日，銷魂南浦，最憐他光如鏡前
依依也識別離苦　蒼茫煙水萬里，將
把他鄉風物，自得情緒，枕底低眉空好
夢，閑鷗鷺萬海上，翻日生時是江東暮
雲，低雲正情，之梅子初黃，小樓春雨

齊天樂

過鴨爾加松放居

蘇藍不被纖雲染，輕飄樓臺秋異遠岫

132

如煙平沙似雪，人與白鷗同放，漁歌晚
唱，看一樣湖魚，鈎絲微漾，殘日將照
之新月已東上　冷波淡處相向，似依
依繪出，萬日情懷，草徑金葉，松圍老
只有青山，無意據風，低烟傳，島萊搖門
塵出，蛛網蓬蓬，蕭蕭，說歸宮自响

吾華盛頓寓所，寓居近西城
門岸，晚飯後無事，步遊西城門一日，大
醉，徑諸城下，索居告回，此西城門也
墨藍詢島萊擋門，大笑而去，余過鴨

133

余加松方氏姊君撰故
居想不自勝做用此詞

金縷曲

嘯侶偕山醉踏幽深洗，雜蝶粉黃搖
暝攬漪清輝瀲灩，霞身在翠桃花頂，正
瑞色澄空相映漢，漢殘燈闌漸漬擁千
鬟，一水明鏡照，取驚飛剗。桃源
不在雲間境，在人間，林鶴音好，花龍群
都君看葉門春風入幕，甲黃芭寄遊且

134

枝下老叢纏柄難得飯館萬户坐頤春
光輝灣泥渠飲影一曲水泉醒

憶舊遊

落葉

數藏林心事付與東風，一往悽清蒼跟
滿迷意余驚飄不發，微他青萍已分去
潮僕漸回沙又重經有出水根空翠空
枝老同訴飄零　天心正擾落算菊芳

135

菊秀不是春榮，搖搖蕭蕭，素客從棄換
了秋顏嫩英輝伴得落紅飛去，得水有餘
發儂藥暮天空水霧，進邐千萬程

邁陂塘

二十九年十一月一日晚飯時
家人忽以杯酒相屬，問之，始知
為五年前余為賊所斫不死而
設也，因賦此詞

136

數等閒春秋換了，鏡前雙鬢非故，難
滿得餘生在，縱識得生更苦，休重溯算
剩骨傷痕，未是傷心處。涌圍求游閣樓
首長呼支顛跌，望家國竟何補。鴻飛
意若有金丸在，體憐儺，猛騰毛羽，撐寰
心力回天地，未覺道途修阻，君試數，有
多少故人無作江湖去中捱瑞，雖強
葉枝頭霜風獨戰，裡似誰那許

137

龍沐勛字籜公萬載人有忍寒詞

水調歌頭二首

辛巳中秋金陵北極閣下作

坐擁一螺翠銀河看飾波冰輪皎皎初
上鏡面好山河只見林端篩影淡著俛
近小景老子自婆娑雅宜南覷相子
且高歌　莫學超環瑤碎奈情何藤蘿
攀向高處蘿蘿撥空柯俯仰百年身世

138

忽吸乾坤清氣吞腹備觴端絕勝南樓
檢點眼穴誰多

可惜不可即流影照南情嫦娥冉冉來
下生色羅圖屏誰看婷婷漂素入谷穿
林相媚歷亂撒環英玉樹繁銀滿目眩
苦難名　恍然見清波遠特嫋嫋浴天
風露初垂下界耀魚更萬戶光搖木杪
積水亦橫荇藻冷浸一潭星腳用永蘇

139

夕肝膽與傾情

木蘭花慢

丙戌吳門初夏作

快哀絃羅梅蔫瀝水問功名奈塵浮
天醒漢西地誰護花衣袂迷氣燈照蔭
向英臺夢醒幾家鳥啼一枝新桐濺綠
半輪殘月揚輝　支離瘦影自相依歲
雲勤莫難使為伊憔悴憐花心事祇有

140

春知依回小窗短榻記空王夢逝片雲
飛隱乃歸生無處休論茶子須彌

141

附錄

憂月簃詞選序　陳曾壽

花間春殘倚聽綠陰蟲聲秋床驟聞涼
雨盡鶯魂於劃鏤迴幽緒於闌悰縹渺
千生溫涼一念於斯時也欲拈韻語苦
詩律之拘嚴欲敘長言奈柔情之斷續
非其選擬神光低細布事微待撓抑之
聲曲赴響抗之節其惟詞乎余素不甚

143

142

懷雅好倚聲閒來移心曼吟自遣而合
今選本徵得異同酸鹹之品嗜好攸殊
丹素之分是非在茲一也區派別有多
門戶之見移位置有嚴升降之殊並則
悅其瑕珠遞混票為二也篆取別裁者
必審聆式之篇未諧幽響者每滯罔象
之索旨則案指不孀乎異味適口惟饜
乎常羞三也網羅期乎備整盛惑雅黃

144

乎均平則江河只當其一勺涓滴或重
乎千流前則裁錄多篇或權權衡闕豐
乎蓋收混海所好四也具茲四異趣向
自殊蓋偏嗜如謹乎叢例而適己但撫
至芬芬香也雖然此不必泥之於人斯
有異同之別即驗之於己亦有先後之
歧為窮寵之哀易錯於傳篆代識之疑
於積於中年情以境遷境以時易故有

145

好欲而終厭初昧而晚覺要歸之韻淡
耳好陶潛沱之里錯心彩兒般有者適
而今孫居久而綜新舊者生遊滿拟
左桂湘潭之文杜老檻遊雲開稍江闊
之內慟身世之相符即波瀾之莫二是
以誦青兒之詞痛先逝於塞雁披碧山
之集動啼咽於哀蟬湘雲水目極傷
心蜀鳥吳花淚零別緒憑恨三更驚四

146

身之尚在婦媚千里間隔告以何年為
赤意所徵言能精魂之程識凡在渝倫
尤為獨賞如飲量人而悅食言皆俾饗
後兆蘊霞於初筵奏離鸞於藂尔謂秋
何形鶯耳孫吉國至宜吳義夫奏雅辭
廟表至揮淚宮嬌扶醉寫銅煙至忠懷
國能雖儒生之飛論排璧藏之遠言夫
出其辭意安有厲與人老有心何妻國

147

士緯彼哀思柔至擬逸借酒杯以澆塊
壘援琴引以遣幽憂不亦可乎又吳學
章譜婉弱半挽帶之言庀玉宗工闊入
櫻蘇之諳同人象於至名降鶴所好道
謂至字之珠璣篇之瓊玖擇而精斯
為大藏夫角枕錦衾詩人獨里摘佩投
襟騷客殊情曾不背於國風何遺論於
憑撰為哉樵摩為工部僅為雅頌託闡

148

情志屬下柔至其室江煙很寒怨楊花
殘月曉風銷魂柳岸斯絕世之風神固
雅裁所不廢也他若南山秋頌奴媚平
章若更炫才華身殊遠譏至遊者孩豪
月之沙先隱居班者謂姓名之難誤謂
為瀟灑翻近文辭夫秋聲溢感曾何餘
於謾國揚雅有二究何解於蔡新南園
作記惟在珍惜於放翁亦閣集竄園而

149

原情於商隱雖同靜女之琦芳終異清
人之化娥娥棲以下深宜澤未滅人不
廢言決於小道綜此數端自標微尚敢
將福袁曾闓宏旨未得顯陳學鈍禍之
達邸聊彰溫贊同伊蒿之贈言一歸遠
眺不覺惘悵之發小苑光景都化相思
之淚芳蘺之至蘂爭風綿綿而且訴日
月不居將息而與之終古也

150

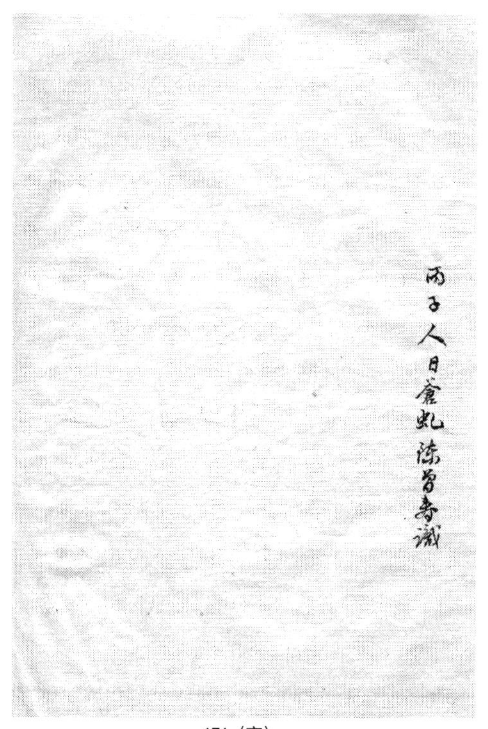
丙子人日蒼虬陳曾壽識

151（完）

明月集

陳璧君手書贈女兒汪文惺生日，龍榆生題記，附薛邦邁補錄兩首，共一〇七頁。龍榆生題記謄錄如下：

余既選錄唐五代宋金人詞若干首，存江郎隔千里，兮共明月之義，題曰《明月集》，復加以標識以便初習倚聲者，適值仲蘊二姊生日，太夫人見而手寫一冊寄之余，往歲獲侍先生談藝恒謂文以清為主，於詞則特喜白石，亦惟其清也。故其詩云，文章有萬變，導源惟一清；又云明月有大度，於物無不容；又云嗟哉素娥聖且慈。天下之至清而無所不照者，莫如明月，其贊美之者至矣。　蘊姊素為父母所鍾愛，又與　孟恆兄同嗜詞學，伉儷唱隨，太夫人恒顧而樂之，雖各在一方，而母氏聖慈，視愛女如明月之珠余親見？

太夫人呵凍寫此，令人感動，知　蘊姊恆兄珍視此冊，當益思所以慰母慈，不僅擷取芳興之詞筆而已也。

中華民國三十五年十二月二十八日

忍寒居士題記
時在吳門獅子口監獄

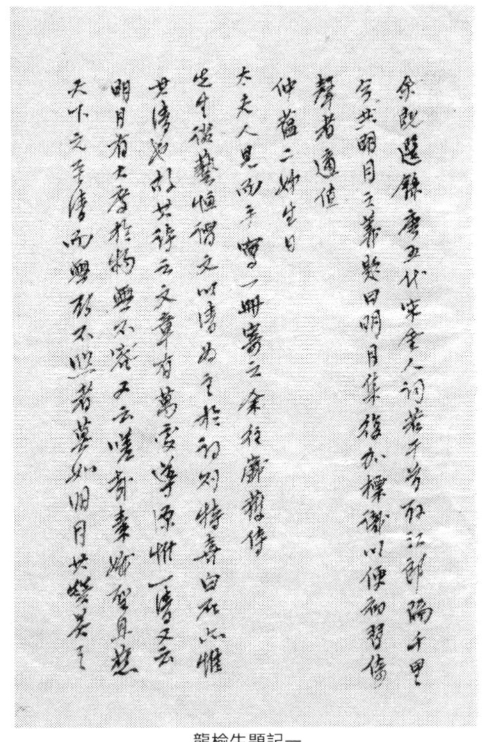

余既選錄唐五代宋金人詞若干首取江郎隔千里
兮共明月之義題曰明月集復加標識以便初習倚
聲者適值
仲蘊二姊生日
太夫人見而手寫一冊寄之余往歲獲侍
先生談藝恒謂文以清為主於詞則特喜白石亦惟
其清也故其詩云文章有萬變導源惟一清又云
明月有大度於物無不容又云嗟哉素娥聖且慈
天下之至清而無所不照者莫如明月其贊美之者至

龍榆生題記一

《明月集》凡例

龍榆生題記二（鈐印：忍寒校讀）

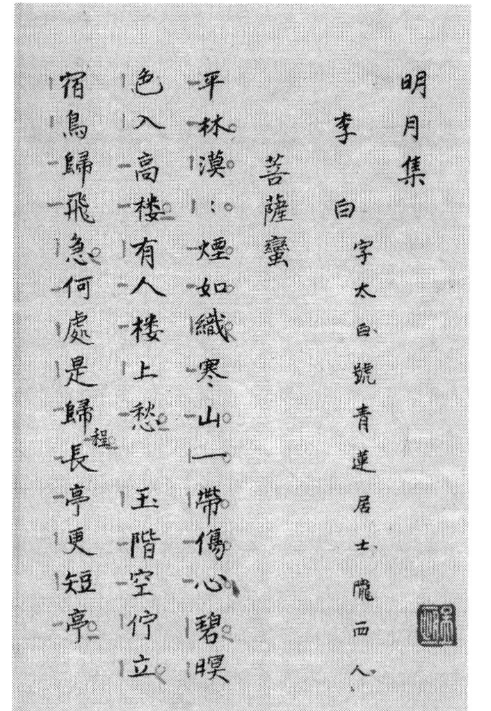
明月集

李白　字太白號青蓮居士隴西人

菩薩蠻

平林漠：煙如織寒山一帶傷心碧暝色入高楼有人楼上愁玉階空佇立宿鳥歸飛急何處是歸程長亭更短亭

001

凡例

詞之小令上承絕句下開慢曲，欲通詩詞之郵，宜先致力於此前集所采，即以小令為限。

詞以情真、語摯、聲韻諧婉為主，凡粉飾過量及僻澀之體暫從割愛。

詞韻平入獨用，上去同用，茲於右側用線筆標識，—表平聲韻，／上去聲韻，＼表入聲韻，左側線筆— 表平聲，｜表仄聲。

張志和 字子同號玄真子金華人

漁歌子

西塞山前白鷺飛桃花流水鱖魚肥青箬笠綠蓑衣斜風細雨不須歸

韋應物 京兆人官蘇州刺史

調笑令

002

河漢河漢曉挂秋城漫漫愁人起望相思塞北江南別離離別離別河漢雖同路絕

劉禹錫 字夢得中山人

憶江南

春去也多謝洛城人弱柳從風疑舉袂

003

叢蘭裛露似霑巾獨坐亦含嚬

温庭筠 本名岐字飛卿太原人

更漏子

玉爐香紅燭淚偏照畫堂秋思眉翠薄鬢雲殘夜長衾枕寒梧桐樹三更雨不道離情更苦一葉葉一聲聲空階滴

004

到明 更正 誤

夢江南

梳洗罷獨倚望江樓過盡千帆皆不是斜暉脈脈水悠悠腸斷白蘋洲

韋莊 字端已杜陵人

浣溪沙二首

005

惆悵夢餘山月斜
孤燈照壁背紅紗
小樓高閣謝娘家
暗想玉容何所似
一枝春雪凍梅花
滿身香霧簇朝霞
夜〻相思更漏殘
傷心明月凭欄干
想君思我錦衾寒
咫尺畫堂深似海
憶來唯把舊書看
幾時攜手入長安

006

荷葉杯

記得那年花下
深夜
初識謝娘時
水堂西面畫簾垂
攜手暗相期
惆悵曉鶯殘月
相別
從此隔音塵
如今俱是異鄉人
相見更無因

天仙子

007

蟾影霜華夜不分
天外鴻聲枕上聞
繡衾香冷懶重薰
人寂〻
葉紛〻
纔睡依前夢君見

女冠子

四月十七
正是去年今日
別君時
忍淚佯低面
含羞半斂眉
不知魂已斷
空有夢相隨
除卻天邊月
沒人知

008

小重山

一閉昭陽春又春
夜寒宮漏永
夢君恩
臥思陳事暗消魂
羅衣溼
紅袂有啼痕
歌吹隔重閽
遶庭芳艸綠
倚長門
萬般惆悵向誰論
顒情立
宮殿欲黃昏

009

顧敻 蜀人

訴衷情

永夜抛人何處去。絶來音。香閣掩眉歛
月將沈。爭忍不相尋。怨孤衾。換我心。為
你心。始知相憶深。

鹿虔扆 蜀人

010

臨江仙

金鏁重門荒苑靜。綺窗愁對秋空。翠華
一去寂無蹤。玉樓歌吹。聲斷已隨風。
煙月不知人事改。夜闌還照深宮。藕花
相向野塘中。暗傷亡國。清露泣香紅。

聲誤風

011

李璟 字伯玉。徐州人。南唐中主。

攤破浣溪沙 二首

菡萏香銷翠葉殘。西風愁起綠波間。還
與韶光共顦顇。不堪看。細雨夢回雞
塞遠。小樓吹徹玉笙寒。多少淚珠何限
恨。倚闌干。

012

手卷真珠上玉鉤。依前春恨鎖重樓。風
裏落花誰是主。思悠悠。青鳥不傳雲
外信。丁香空結雨中愁。回首淥波三峽
暮。接天長。流

李煜 字重光。璟第六子。南唐後主。

相見歡 二首

013

林花謝了春紅太匆匆無奈朝來寒雨
晚來風
燕支淚相留醉幾時重自是
人生長恨水長東
無言獨上西樓月如鈎寂寞梧桐深院
鎖清秋
翦不斷理還亂是離愁別是
一般滋味在心頭

014

浣溪沙
轉燭飄蓬一夢歸欲尋陳跡悵人非天
教心願與身違待月池臺空逝水蔭
花樓閣漫斜暉登臨不惜更沾衣

清平樂
別來春半觸目愁腸斷砌下落梅如雪

015

亂拂了一身還滿
雁來音信無憑路
遙歸夢難成離恨恰如春草更行更遠
還生

浪淘沙 二首
簾外雨潺潺春意闌珊羅衾不耐五更
寒夢裏不知身是客一晌貪歡
獨自

016

莫憑欄無限江山別時容易見時難流
水落花春去也天上人間
往事只堪哀對景難排秋風庭院蘚侵
階一桁珠簾閒不卷終日誰來
金劍
已沈埋壯氣蒿萊晚涼天淨月華開想
得玉樓瑤殿影空照秦淮

017

虞美人 二首

風回小院庭蕪綠柳眼春相續凭闌半
日獨無言依舊竹聲新月似當年笙
歌未散尊罍在池面冰初解燭明香暗
畫深滿鬢清雪殘思難禁　畫下脫樓
春花秋月何時了往事知多少小樓昨

018

夜又東風故國不堪回首月明中雕
闌玉砌應猶在只是朱顏改問君能有
幾多愁恰似一江春水向東流

馮延巳 字正中廣陵人有陽春集

鵲踏枝

蕭索清秋珠淚墜枕簟微涼展轉渾無

019

寐殘酒欲醒中夜起月明如練天如水
階下寒聲嗁絡緯庭樹金風悄悄重
門閉可惜舊歡攜手地思量一夕成憔
悴

采桑子

華前失卻遊春侶獨自尋芳滿目悲涼

020

縱有笙歌亦斷腸林間戲蝶簾間燕
各自雙雙忍更思量綠樹青苔半夕陽

謁金門

風乍起吹縐一池春水閒引鴛鴦香徑
裏手挼紅杏蕊鬬鴨闌干獨倚碧玉
搔頭斜墜終日望君君不至舉頭聞鵲

021

喜

歸自謠

何處笛終夜夢魂情脉：：竹風閒雨寒
窓滴離人數歲無消息今頭白不眠
特地重相憶

范仲淹 字希文吳縣人

022

漁家傲

塞上秋來風景異衡陽雁去無留意四
面邊聲連角起千嶂裏長烟落日孤城
閉濁酒一杯家萬里燕然未勒歸無
羌管悠：霜滿地人不寐將軍白髮征
夫淚 無下脫計

023

蘇幕遮

碧雲天黃葉地秋色連波波上寒煙翠
山映斜陽天接水芳草無情更在斜陽
外黯鄉魂追旅思夜：除非好夢留
人住明月高樓休獨倚酒入愁腸化作
相思淚 睡誤住

024

御街行

紛：墜葉飄香砌夜寂靜寒聲碎真珠
簾捲玉樓空天淡銀河垂地年：今夜
月華如練長是人千里愁腸已斷無
由醉酒未到先成淚殘燈明滅枕頭欹
諳盡孤眠滋味都來此事眉間心上無

025

計相迴避

晏殊 字同叔，臨川人，有珠玉詞

浣溪沙 二首

一曲新詞酒一杯，去年天氣舊池臺，夕陽西下幾時回。無可奈何花落去，似曾相識燕歸來，小園香徑獨徘徊。

026

一向年光有限身，等閒離別易銷魂，酒筵歌席莫辭頻。滿目山河空念遠，落花風雨更傷春，不如憐取眼前人。

木蘭花

綠楊芳草長亭路，年少拋人容易去。樓頭殘夢五更鐘，花底離愁三月雨。無

027

情不似多情苦，一寸還成千萬縷。天涯地角有窮時，只有相思無盡處。

踏莎行

小徑紅稀，芳郊綠遍，高樓樹色陰陰見。春風不解禁楊花，濛濛亂撲行人面。翠葉藏鶯，朱簾隔燕，鑪香靜逐游絲轉。

028

一場愁夢酒醒時，斜陽卻照深深院。

宋祁 字子京，安陸人

木蘭花

東城漸覺風光好，縠皺波紋迎客棹。綠楊煙外曉雲輕，紅杏枝頭春意鬧。浮生長恨歡娛少，肯愛千金輕一笑。為君

029

持酒勸斜陽且去花間畱晚照 向誤去

歐陽修 字永叔 廬陵人 有六一詞

蝶戀花 二首

庭院深：深幾許柳楊堆煙簾幕無重
數玉勒雕鞍游冶處樓高不見章台路
雨橫風狂三月暮門掩黃昏無計畱

030

春住淚眼問花花不語亂紅飛過鞦韆
去
幾日行雲何處去忘了歸來不道春將
暮百草千花寒食路香車繫在誰家樹
淚眼倚樓頻獨語雙燕來時陌上相
逢否撩亂春愁如柳絮依依夢裏無尋

031

處

臨江仙

柳外輕雷池上雨雨聲滴碎荷聲小樓
西角斷虹明闌干倚處待得月華生
燕子飛來窺畫棟玉鉤垂下簾旌涼波
不動簟紋平水精雙枕傍有墮釵橫

032

浪淘沙

把酒祝東風且共從容垂楊紫陌洛城
東總是當時攜手處游編芳叢聚散
苦息：此恨無窮今年勝去年紅可惜
明年花更好知與誰同 今年下脫花

柳永 字耆卿初名三變樂安人有樂章集

033

蝶戀花

佇倚危樓風細細望極春愁黯黯生天
際草色煙光殘照裏無言誰會憑闌意
擬把踈狂圖一醉對酒當歌彈樂還
無味衣帶漸寬終不悔為消伊得人憔
悴
強誤彈

034

晏幾道 字叔原 殊幼子 有小山詞

臨江仙

夢後樓台高鎖酒醒簾幕低垂去年春
恨卻來時落花人獨立微雨燕雙飛
記得小蘋初見兩重心字羅衣琵琶絃
上說相思當時明月在曾照彩雲歸

035

鷓鴣天 四首

彩袖般殷捧玉鍾當年拚卻醉顏紅舞
低楊柳樓心月歌盡桃花扇底風從
別後憶相逢幾回魂夢與君同今宵賸
把銀釭照猶恐相逢是夢中 般下勤
守得蓮開結伴遊約開萍葉上蘭舟來

036

時浦口雲隨棹采罷江邊月滿樓花
不語水空流年年判得為花愁明朝萬
一西風勁爭奈朱顏不耐秋
小令尊前見玉簫銀燈一曲太妖嬈歌
中醉倒誰能恨唱罷歸來酒未消春
悄悄夜迢迢碧雲天共楚宮遙夢魂慣

037

淂無拘檢又踏楊花過謝橋
十里樓台倚翠微百花深處杜鵑啼殷
勤自與行人語不似流鶯取次飛驚
夢覺弄晴時聲〻只道不如歸天涯豈
是無歸意爭奈歸期未可期

生查子

038

墜雨已辭雲流水難歸浦遺恨幾時休
心抵秋蓮苦忍淚不能歌試託哀絃
語絃語願相逢知有相逢否

阮郎歸

天邊金掌露成霜雲隨雁字長綠杯紅
袖趁重陽人情似故鄉蘭佩紫菊簪

039

黃般勤理舊狂欲將沈醉換悲涼清歌
莫斷腸

蘇軾 字子瞻號東坡居士眉山人有
東坡樂府

卜算子

黃州定惠院寓居作

缺月挂疎桐漏斷人初靜誰見人獨往

040

來縹緲孤鴻影驚起卻回頭有恨無
人省揀盡寒枝不肯飛寂寞沙洲冷
誰見下脫幽 棲誤飛

臨江仙

夜飲東坡醒復醉歸來彷彿三更家童
鼻息已雷鳴敲門都不應倚杖聽江聲

041

長恨此身非我有何時忘卻營營夜闌風靜縠紋平小舟從此逝江海寄餘生

江城子

乙卯正月二十日夜記夢

十年生活兩茫茫不思量自難忘千里

042

孤墳無處話淒涼縱使相逢應不識塵滿面鬢如霜夜來幽夢忽還鄉小軒窗正梳妝相顧無言惟有淚千行料得年年腸斷處明月夜小松岡

死誤活

西江月

三過平山堂下半生彈指聲中十年不

043

見老仙翁壁上龍蛇飛動欲弔文章太守仍歌楊柳春風休言萬事轉頭空未轉頭時似夢

弔

浣溪沙

遊蘄水清泉寺寺臨蘭溪溪水西流

044

山下蘭芽淺浸溪松間沙路淨無泥蕭蕭暮雨子規啼誰道人生無再少門前流水尚能西休將白髮唱黃雞

定風波

三月三日沙湖道中遇雨雨具先去同行皆狼狽予獨不覺已

045

而遂行晴故作此
莫聽穿林打葉聲何防吟嘯且徐行竹
杖芒鞋輕勝馬誰怕一蓑烟雨任平生
料峭春風吹酒醒微冷山頭斜照卻
相迎回首看來蕭瑟處歸去也無風雨
也無晴

046

秦觀 字少游一字太虛高郵人有淮海詞
阮郎歸
湘天風雨破寒初深沈庭院虛麗吹罷
小單于迢〻清夜徂鄉夢斷旅魂孤
崢嶸歲又除衡陽猶有雁傳書郴陽和
雁無
麗下脫譙

047

浣溪沙
漠〻輕寒上小樓曉陰無賴似窮秋淡
烟流水畫屏幽自在飛花輕似夢無
邊絲雨細如愁寶簾閒挂小銀鉤
晁補之 字无咎鉅人有晁氏[illegible]琴趣外篇
鉅下脫野
憶少年

048

別歷下
無窮官柳無情畫舸無根行客南山尚
相送只高城人隔罨畫園林溪紺碧
算重來盡成陳迹劉郎鬢如此況桃花
顏色
鹽角兒

049

亳社觀梅

開時似雪謝時似雪花中奇絕香非在蕊香非在萼骨中香徹占溪風留溪月堪羞損小桃如血直饒更疎〻淡〻終有一般情別

李之儀　字端叔無棣人有姑溪詞

050

卜算子

我住長江頭君住長江尾日〻思君不見君共飲長江水此水幾時休此恨何時已只願君心似我心定不負相思意

周邦彥　字美成錢塘人有清真集

051

蘇幕遮

燎沈香消溽暑鳥雀呼晴侵曉窺簷語葉上初陽乾宿雨水面清圓一一風荷舉故鄉遙何日去家住吳門久作長安旅五月漁郎相憶否小楫輕舟夢入芙蓉浦

052

木蘭花

桃溪不作從容住秋藕絕來無續處當時相候赤闌橋今日獨尋黃葉路煙中列岫青無數雁背夕陽紅欲暮人如風後入江雲情似雨餘沾地絮

少年遊

053

并刀如水吳鹽勝雪纖指破新橙錦幄
初溫獸香不斷相對坐調笙　低聲問
向誰行宿城上已三更馬滑霜濃不、休
去直是少人行　不、下脫如
蝶戀花
月皎驚烏棲不定更漏將闌轆轤牽金

054

井喚起兩眸清炯〻淚花落枕紅棉冷
執手霜風吹鬢影去意徊徨別語愁
難聽樓上欄干橫斗柄露寒人遠雞相
應
夜游宮
葉下斜陽照水捲輕浪沉〻千里橋上

055

酸風射眸子立多時看黃昏燈火市
古屋寒窗底聽幾片井桐飛墜不戀單
衾再三起有誰知為蕭娘書一紙
賀鑄　字方回山陰人有東山樂府
思越人
重過閶門萬事非同來何事不同歸梧

056

桐半死清霜後頭白鴛鴦失伴飛原
上草露初晞舊棲新壠兩依〻空林臥
聽南窗雨誰復挑燈夜補衣
生查子
西津海鶻舟徑渡滄江雨雙艣本無情
鴉軋如人語　揮金陌上郎化石山

057

頭婦何物繫君心三歲扶床女
踏莎行
楊柳回塘鴛鴦別浦綠萍漲斷蓮舟路
斷無蜂蝶慕幽香紅衣脫盡芳心苦
返照迎潮行雲帶雨依依似與騷人
語當年不肯嫁春風無端卻被秋風誤

058

減字浣溪沙
五首
落日逢迎朱雀街共乘青舫渡秦淮笑
拈飛絮罥金釵洞戶華燈歸別館碧
梧紅葉掩蕭齋願隨明月入君懷
樓角紅銷一縷霞澹黃楊柳帶棲鴉玉
人和月折梅花笑燃粉香歸繡戶更

059

垂羅幕護窗紗東風寒似夜來些
閑把琵琶舊譜尋四絃聲怨卻沉吟燕
飛人靜畫堂深欹枕有時成雨夢隔簾
無處說春心一從燈夜到如今闕連
煙柳春梢蘸暈黃井闌風綽小桃香覺
時簾幕又斜陽望處定無千里眼斷

060

來能有幾回腸少年禁取恁淒涼
鼓動城頭啼暝鴉過雲時送雨些些嫩
涼如水逗窗紗弄影西窗侵戶月分香
東畔拂牆花此時相望抵天涯
青玉案
凌波不過橫塘路但目送芳塵去錦瑟

061

華年誰與度。月橋花榭，瑣窗朱戶，只有春知處。碧雲冉冉蘅皋暮，綵筆新題斷腸句。試問閒愁都幾許，一川煙草，滿城風絮，梅子黃時雨。

葉夢得 字少蘊，吳縣人，有石林詞。

臨江仙

062

與客湖上飲歸

不見跳魚翻曲港，湖邊特地經過。蕭蕭疏雨亂風荷，微雲吹盡散，明月墮平波。白酒一杯還徑醉，歸來散髮婆娑，無人能唱采菱歌。小窗敧枕簟，檐影挂星河。

063

虞美人

雨後同幹譽才卿置酒來禽花下作。

落花已作風前舞，又送黃昏雨。曉來庭院半殘紅，惟有游絲千丈裊晴空。殷勤花下同攜手，更盡杯中酒。美人不用斂蛾眉，我亦多情無奈酒闌時。

064

陳與義 字去非，號簡齋，葉縣人，有無住詞。

臨江仙

憶昔午橋橋上飲，坐中多是豪英。長溝流月去無聲。杏花疏影裏，吹笛到天明。二十餘年如一夢，此身雖在堪驚。閒

065

登小閣看新晴古今多少事漁唱起三更

李甲

憶王孫

萋萋芳草憶王孫柳外樓高空斷魂杜宇聲聲不忍聞欲黃昏雨打梨花深閉

066

門

岳飛 字鵬舉湯陰人

小重山

昨夜寒蛩不住鳴驚回千里夢已三更起來獨自遶階行人悄悄簾外月朧明白首為功名舊山松竹老阻歸程欲

067

將心事付瑤琴知音少絃斷有誰聽

張孝祥 字安國歷陽人有于湖詞

西江月

洞庭

問訊湖邊春色重來又是三年東風吹我過湖船楊柳絲絲拂面世路如今

068

已慣此心到處悠然寒光亭下水連天飛起沙鷗一片

浣溪沙

荊州約馬舉先登城樓觀塞

霜日明霄水蘸空鳴鞘聲裏繡旗紅澹煙衰草有無中萬里中原烽火北一

069

尊濁酒戍樓東酒闌揮淚向悲風

陸游　字務觀山陰人有放翁詞

卜算子　詠梅

驛外斷橋邊寂寞開無主已是黃昏獨自愁更著風和雨無意苦爭春一任

070

羣芳妒零落成泥碾作塵只有香如故

漁家傲　寄仲高

東望山陰何處是往來一萬三千里寫得家書空滿紙流清淚書回已是明年事寄語紅橋橋下水扁舟何日尋兄

071

弟行徧天涯真老矣愁無寐鬢絲幾縷茶煙裏

釵頭鳳

紅酥手黃藤酒滿城春色宮牆柳東風惡歡情薄一懷愁緒幾年離索錯錯錯春如舊人空瘦淚痕紅裛鮫綃透桃

072

花落閒池閣山盟雖在錦書難託莫莫莫

范成大　字致能吳郡人有石湖詞

醉落魄

棲烏飛絕絳河綠霧星明滅燒香曳簟眠清樾花影吹笙滿地淡黃月好風

073

碎竹聲如雪昭華三弄臨風咽鬢絲撩
亂綸巾折涼滿北窗休共軟紅說

眼兒媚

酣〻日腳紫煙浮妍暖試輕裘困人天
氣醉人花底午睡扶頭春慵恰似春
塘水一片縠紋愁溶〻洩〻東風無力

074

欲皺還休

李清照

自號易安居士濟南李格非女有漱玉詞

一翦梅

紅藕香殘玉簟秋輕解羅裳獨上蘭舟
雲中誰寄錦書來雁字回時月滿西樓
花自飄零水自流一種相思兩處閒

075

愁此情無計可消除纔下眉頭卻上心
頭

浣溪沙

髻子傷春懶更梳晚風庭院落梅初淡
雲來往月疎〻玉鴨熏爐閒瑞腦朱
櫻斗帳掩流蘇通犀還解辟寒無

076

醉花陰

薄霧濃雲愁永晝瑞腦消金獸佳節又
重陽玉枕紗廚半夜涼初透東籬把
酒黃昏後有暗香盈袖莫道不消魂簾
捲西風人比黃花瘦

如夢令

077

昨夜雨踈風驟濃睡不消殘酒試問捲
捲簾人卻道海棠依舊知否知否應是
綠肥紅瘦

朱淑真
自號幽棲居士海寧人有斷
腸詞

生查子

去年元年夜時花市灯如舊（晝）月上柳梢

078

人約黃昏後　今年元夜時　月與灯依
舊不見去年人　淚溼春衫袖　梢脫頭

謁金門

春已半觸目此情無限十二闌干閒倚
遍愁來天不管　好是風和日暖輸與
鶯ゝ燕ゝ滿院落花簾不捲斷腸芳草

079

遠

辛棄疾
字幼安歷城人後徙鉛山有
稼軒長短句

菩薩蠻

書江西造口壁

鬱孤台下清江水中間多少行人淚西
北是長安可憐無數山　青山遮不住

080

畢竟東流去江晚正愁余山深聞鷓鴣

破陣子

為陳同甫賦壯詞以寄之

醉裏挑灯看劍夢回吹角連營八百里
分麾下角五十絃翻塞外聲沙場秋點
兵　馬作的盧飛快弓如霹靂弦驚了

081

郤君王天下事羸得生前身後名可憐
白髮生
閒 誤角 白平聲

鷓鴣天 四首

陌上柔桑破嫩芽東鄰蠶種已生些平
岡細草鳴黃犢斜日寒林點暮鴉山
遠近路橫斜青旗沽酒有人家城中桃

082

李愁風雨春在溪頭薺菜花
撲面征塵去路遙香篝漸覺水沈銷山
無重數周遭碧花不知名分外嬌人
歷歷馬蕭蕭旌旗又過小紅橋愁邊剩
有相思句搖斷吟鞭碧玉梢

鵝湖歸病起作

083

枕簟溪堂冷欲秋斷雲依水晚來收紅
蓮相倚渾如醉白鳥無言定自愁書
咄咄且休休一丘一壑也風流不知筋
力衰多少但覺新來懶上樓

有客慨然談功名因追念少年
時事戲作

084

壯歲旌旗擁萬夫錦襜突騎渡江初燕
兵夜娖銀胡䩮漢箭朝飛金僕姑追
往事歎今吾春風不染白髭鬚卻將萬
字平戎策換得東家種樹書

青玉案
元夕

085

獨宿博山王氏菴

遶牀飢鼠，蝙蝠翻燈舞。屋上松風吹急雨，破紙窗間自語。平生塞北江南，歸來華髮蒼顏。布被秋宵夢覺，眼前萬里江山。

浪淘沙

087

東風夜放花千樹，更吹落，星如雨。寶馬雕車香滿路。鳳簫聲動，玉壺光轉，一夜魚龍舞。蛾兒雪柳黃金縷，笑語盈〻暗香去。眾裏尋他千百度，驀然回首，那人卻在，燈火闌珊處。

清平樂

086

建康中秋夜為呂潛叔賦

一輪秋影轉金波，飛鏡又重磨。把酒問姮娥：被白髮欺人奈何！乘風好去，長空萬里，直下看山河。斫去桂婆娑，人道是清光更多。

姜夔 字堯章，番陽人，有白石道人歌曲。

089

山寺夜半聞鐘

身世酒杯中，萬事皆空。古來三五個英雄，雨打風吹何處是？漢殿秦宮，夢入少年叢，歌舞匆〻。老僧夜半誤鳴鐘，驚起西窗眠不得，捲地西風。

太常引

088

小重山令

賦潭州紅梅

人繞湘臯月墜時斜橫花樹小浸愁漪一春幽事有誰知東風冷香遠茜裙歸鷗去昔遊非遙憐花可可夢依依九疑魂杳斷魂啼相思血都沁綠筠枝

090

雲誤魂

江梅引

丙辰之冬予留梁谿將詣淮而不得因夢思以述志

人間離別易多時見梅枝忽相思幾度小窗幽夢手同攜今夜夢中無覓處漫

091

裴回寒侵被尚未知溼紅恨墨淺封題寶箏空無雁飛俊游巷陌算空有古木斜暉舊約扁舟已成非歌罷淮南春草賦又萋萋漂零客淚滿衣

點絳脣

丁未冬過吳松作

092

燕雁無心太湖西畔隨雲去數峯清苦商略黃昏雨第四橋邊擬共天隨住今何許凭闌懷古殘柳參差舞

鷓鴣天

元夕有所夢

肥水東流無盡期當初不合種相思夢

093

中未比丹青見暗裏忽驚山鳥啼春
未綠鬢先絲人間別久不成悲誰教歲
歲紅蓮夜兩處沉吟各自知

踏莎行
自沔東來丁未元日至金陵江
上感夢而作

094

燕〻輕盈鶯〻嬌軟分明又向華胥見
夜長爭淂薄情知春初早被相思染
別後書辭別時針線離魂暗逐郎行遠
淮南皓月冷千山冥〻歸去無人管

李石　字知幾
臨江仙

095

煙柳疏〻人悄〻畫樓風外吹笙倚闌
聞喚小紅聲熏香臨欲睡玉漏已三更
坐待不來來又去一方明月中庭粉
牆東畔小橋橫起來花影下扇子撲流
螢

章良能

096

小重山
柳暗花明春事深小闌紅芍藥已抽簪
雨餘風軟碎鳴禽遲〻日猶帶一分陰
往事莫沉吟身閒時序好且登臨舊
遊無處不堪尋無尋處惟有少年心

劉過　字改之太和人有龍洲詞

097

唐多令

蘆葉滿汀洲寒沙帶淺流二十年重過
南樓柳下繫船猶未穩能幾日又中秋
黃鶴斷磯頭故人曾到不舊江山渾
是新愁欲買桂花同載酒終不似少年
游

098

劉克莊 字潛夫莆田人有後村別調

木蘭花

戲林推

年々躍馬長安市客舍似家々似寄青
錢換酒日無何紅燭呼盧宵不寐易
挑錦婦機中字難淂玉人心下事男兒

099

西北有神州莫滴水西橋畔淚

吳文英 字君特四明人有夢窗甲乙丙丁稿

鷓鴣天

化度寺作

池上紅衣伴倚闌棲鴉常帶夕陽還殷
雲度雨疏桐落明月生涼寶扇閒鄉

100

夢窗水天寬小窗愁黛淡秋山吳鴻好
為傳歸信楊柳閶門屋數間

唐多令

何處合成愁離人心上秋縱芭蕉不雨
也颼々都道晚涼天氣有明月怕登樓
年事夢中休花空煙水流燕辭歸客

101

尚淹留垂柳不縈裙帶住漫長是繫行
舟
氣下脫好
黃公紹
青玉案
年丶社日停針線愁怎忍見雙飛燕今
日江城春已半一身猶在亂山深處寂

102

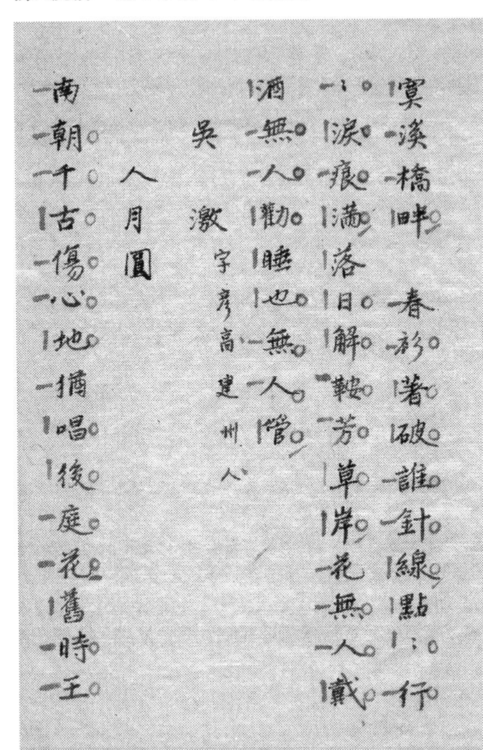
寞溪橋畔春衫著破誰針線點丶行
丶淚痕滿落日解鞍芳草岸花無人戴
酒無人勸醉也無人管
吳激 字彥高建州人
人月圓
南朝千古傷心地猶唱後庭花舊時王

103

謝堂前雙燕飛過誰家恍然在遇天
姿勝雪宮鬟堆鴉江州司馬青衫淚溼
同是天涯仙误天

104

補錄
李白
憶秦娥
簫聲咽秦娥夢斷秦樓月秦樓月年年
柳色灞陵傷別樂遊原上清秋節咸
陽古道音塵絕音塵絕西風殘照漢家

105 薛邦邁補錄一

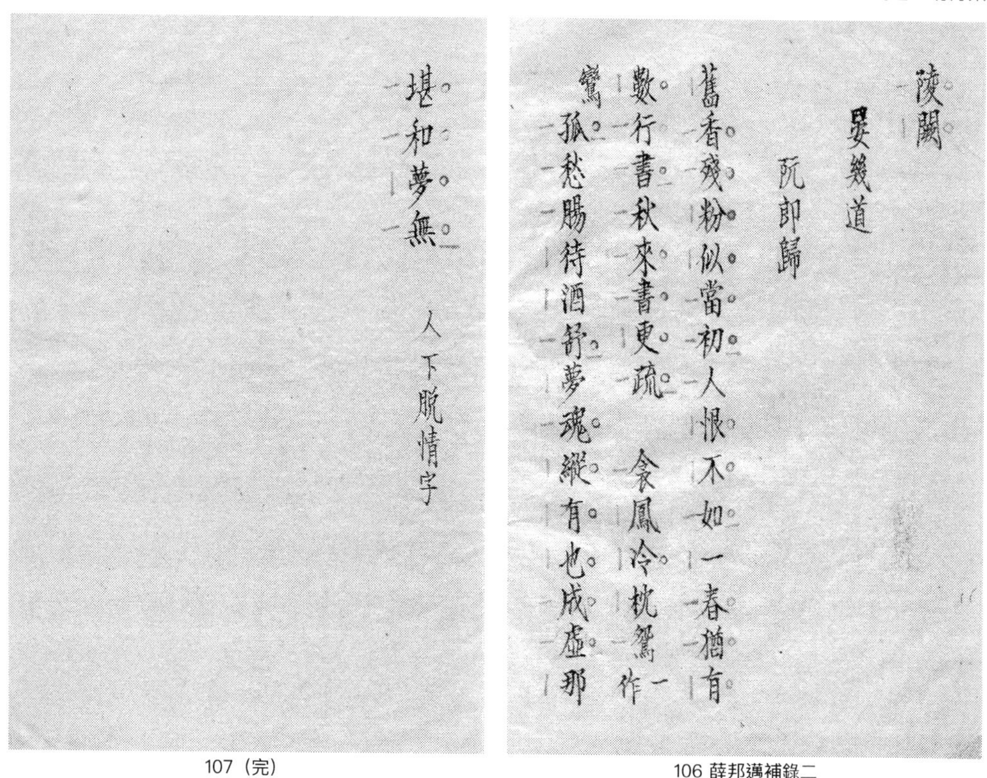
陵闕

晏幾道

阮郎歸

舊香殘粉似當初人情不如一春猶有數行書秋來書更疏衾鳳冷枕鴛一作鸞孤愁腸待酒舒夢魂縱有也成虛那堪和夢無

人下脫情字

107（完）

106 薛邦邁補錄二

明月集續

陳璧君手書，薛邦邁旁註，內附何孟恆手繪書籤，共七十九頁。

明月集續

王士正 字貽上、有衍波詞、

浣溪沙

北郭青溪一帶流。紅橋風物眼中秋。綠楊城郭是揚州。西望雷塘何處是。香魂零落使人愁。淡煙衰草舊迷樓。

001

白鳥朱荷引畫橈垂楊影裏見紅橋欲
尋往事已魂銷 遥指平山山外路斷
鴻無數水迢迢新愁分付廣陵潮
孔尚任
鷓鴣天
院靜廚寒睡起遲秣陵人老看花時城

002

連曉雨枯陵樹紅帶春潮壞殿基 傷
往事寫新詞客愁鄉夢亂如絲不知煙
水西村舍燕子今年宿傍誰 江誤紅
沈謙
浪淘沙
彈淚溼流光悶倚回廊屏間金鴨裊餘

003

香有限青春無限事不要思量只是
軟心腸驀地悲傷别時言語總荒唐寒
食清明都過了難道端陽
顧貞觀
南湘子
擣衣

004

嘹唳夜鴻鳴葉滿階除欲二更一派西
風吹不斷秋聲中有深閨萬里情 廊
上月華明廊下霜華結漸成今夜戍樓
歸夢裏分明人在回廊曲處迎
納蘭性德 字容若，有飲水詞
菩薩蠻

005

問君何事輕離別一年能幾團圓月楊
柳乍如絲故園春盡時 春歸歸未得
兩槳松花隔舊事逐寒潮 嗁鵑恨未消
晶簾一片傷心白雲鬟香霧成遙隔無
語問添衣桐陰月已西 西風鳴絡緯
不許愁人睡只是去年秋如何淚欲流

006

采桑子

誰翻樂府淒涼曲 風也蕭蕭 雨也蕭蕭
瘦盡灯花又一宵 不知何事縈懷抱
醒也無聊 醉也無聊 夢也何曾到謝橋
桃花羞作無情死 感激東風 吹落嬌紅
飛入閒窗伴懊儂 誰憐辛苦東陽瘦

007

也為春慵 不及芙蓉 一片幽情冷處濃
明月多情應笑我 笑我如今 孤負春心
獨自閒行獨自吟 近來怕說當時事
結徧蘭襟 月淺燈深 夢裏雲歸何處尋
而今纔道當時錯 心緒淒迷 紅淚偷垂
滿眼春風百事非 情知此後來無計

008

强說歡期 一別如斯 落盡梨花月又西

浣溪沙

誰道飄零不可憐 舊遊時節好花天 斷
腸人去自今年 一片暈紅疑著雨 幾
絲柔綠乍和煙 倩魂銷盡夕陽前
誰念西風獨自涼 蕭蕭黃葉閉疏窗 沈

009

思往事立殘陽被酒莫驚春睡重賭書
消得潑茶香當時祇道是尋常
腸斷斑騅去未還繡屏深鎖鳳簫寒一
春幽夢有無間　逗雨疏花濃淡改關
心芳草淺深難不成風雨轉摧殘
秋千索
或作撥香灰云答若自度曲

010

藥闌攜手銷魂侶爭不記看承人處除
向東風訴此情奈竟日春無語　悠揚
撲盡風前絮又百五韶光難住滿地梨
花似去年卻多了廉纖雨
蝶戀花
辛苦最憐天上月一昔如環昔昔都成

011

玦若似月輪終皎潔不辭冰雪為卿熱
無那塵緣容易絕燕子依然軟踏簾
鉤說唱罷秋墳愁未歇春叢認取雙棲
蝶
眼底風光留不住和暖和香又上雕鞍
去欲倩煙絲遮別路垂楊那是相思樹

012

惆悵玉顏成間阻何事東風不作繁
華主斷帶依然留乞句斑騅一繫無尋
處　雛誤騅
又到綠楊曾折處不語垂鞭踏徧清秋
路衰草連天無意緒雁聲遠向蕭關去
不恨天涯行役苦只恨西風吹夢成

013

今古明日客程還幾許霑衣況是新寒
雨
蕭瑟蘭成看老去為怕多情不作憐花
句閣淚倚花愁不語暗香飄盡知何處
重到舊時明月路袖口香寒心比秋
蓮苦休說生生花裏住惜花人去花無

014

主
今古河山無定據畫角聲中牧馬頻來
去滿目荒涼誰可語西風吹老丹楓樹
幽怨從前何處訴鐵馬金戈青塚黃
昏路一往情深深幾許深山夕照深秋
雨

015

臨江仙
寒柳
飛絮飛花何處是層冰積雪摧殘疏疏
一樹五更寒愛他明月好憔悴也相關
最是緐絲搖落後轉教人憶春山湔
裙夢斷續應難西風多少恨吹不散眉

016

彎
彭孫遹 字羨門有延露詞
柳梢青
何事沈吟小窗斜日立徧春陰翠袖天
寒青衫人老一樣傷心 十年舊事重
尋回首處山高水深兩點眉峯半分腰

017

帶憔悴而今

秦松齡

臨江仙

寒柳

向日風流今在否寒鴉宿處分明一灣
殘照太無情照他憔悴了依舊下高城

018

行處尚疑攀折盡西風客路頻驚楼
頭翠管已無聲紫騮渾不顧嘶過玉河
冰

毛奇齡

南柯子

淮西客舍得陳敬止書有寄

019

驛館吹蘆葉都亭舞柘枝相逢風雪滿
淮西記得去時殘燭照征衣 曲水東
流淺盤山北望迷長安書滿髯未稀又
是一年秋色到天涯 遠誤滿

朱彝尊 字錫鬯有曝書亭詞

桂殿秋

020

思往事渡江干青娥低映越山看共眠
一舸聽秋雨小簟輕衾各自寒 衾

賣花聲

雨花臺

衰柳白門灣潮打城還小長干接大長
干歌板酒旗零落盡剩有漁竿 秋草

021

六朝寒花雨空壇更無人處一憑闌燕
子斜陽來又去如此江山

臨江仙

菜甲齊門更欽柳緜欲起還沈一春閒
望費沈吟酒旗風着力花事雨驚心
巷窄猧兒不吠樓高燕子雛尋熏炉小

022

篆疊重衾綠陰猶未滿庭院已深深

陳維崧 字其年有陳檢讨词

虞美人

無聊笑撚花枝說處處鵑啼血好花須
映好樓台休傍秦關蜀棧戰場開 倚
樓寂寞添愁緒更對東風語好風休皺

023

戰旗紅早送鰣魚如雪過江東

嚴繩孫

雙調望江南

歌宛轉風日度江多柳帶結煙留淺黛
桃花如夢送橫波一覺嬾雲窩 曾幾
日輕扇掩纖羅白髮黃金雙計拙綠陰

024

青子一春過歸去意如何

沈豐垣

蝶戀花

纔得相逢春已暮眼際眉邊只是無情
緒怪底窺人鶯不語綠楊枝上微微雨
著意尋春春又去春在天涯人卻歸

025

何處一望青〻迷遠樹夕陽偏照長亭
路
沈岸登
浣溪沙
自在珠簾不上鈎篆煙微潤偪香篝薄
羅衫子疊春愁 乳燕寒深渾不語落

026

花風定也難收謝娘且莫倚西樓
厲鶚
眼兒媚
一寸橫波惹春留何止最宜秋妝殘粉
薄矜嚴消盡只有溫柔 當時底事悤
悤去悔不載扁舟分明記得吹花小徑

027

聽雨高樓
吳翌鳳
玉樓春
空園數日無芳信惻惻殘寒猶未定柳
邊絲雨燕歸遲花外小樓簾影靜憑
闌漸覺春光暝悵望碧天帆去盡滿隄

028

芳草不成歸斜日畫橋煙水冷
左輔
浪淘沙
曹溪驛折桃花一枝數日零落
裹花片投之涪江歌此送之
水輭櫓聲柔草綠芳洲碧桃幾樹隱紅

029

樓者是春山魂一片招入孤舟鄉夢不曾休惹甚閑愁忠州過了又涪州擲與巴江流到海切莫回頭

張惠言 字皋文，有茗柯詞

相見歡

年年負卻花期過春時只合安排愁緒

030

送春歸 梅花雪梨花月總相思自是春來不覺去偏知

李兆洛

菩薩蠻

簾前細裊沈煙紫隔簾柳絮飄香砌蛛縷戀殘魂搖搖更不禁 玉簫吹未徹

031

垂手還凝立不覺月痕西下簾霜滿衣

錢枚

風蝶令

好夢難重作春愁又一年東風吹起夜窗眠依舊初三月子不曾圓 曉霧凝香溼游絲惹恨牽桃花開近翠簾前花

032

外一重涼雨一重烟

周濟 字保緒，有止菴詞

蝶戀花

柳絮年年三月暮斷送鶯花十里湖邊路萬轉千回無落處隨儂只恁低低去 滿眼頹垣欹病樹縱有餘英不直封

033

姨妒煙裏黃沙遮不住河流日夜東南

注

絡緯嗁秋嗁不已一種秋聲萬種秋心

裏殘月似嫌人未起斜光直透羅幃底

喚起閒庭看露洗薄翠疏紅畢竟能

餘幾記得春光真似綺誰將片：隨流

034

水

唐多令

楊花

轉過赤闌橋縈簾故、飄共春魂一樣

難銷贏淂青蕪斜照裏人獨立燕雙拋

委地太無聊回頭見舞腰倩東風吹

035

上長條剛被游絲牽惹住渾不是畫檐

高

董士錫

江城子

丙寅里中作

寒風相送出層城曉霜凝畫輪輕轄內

036

鳥啼牆外少人行折盡垂楊千萬縷留

不住此時情　紅橋獨上數春星月華

生水天平鏡裏芙蓉應向臉邊明金雁

一雙飛過也空目斷遠山青

鵲橋仙

幾重煙水幾重簾幙認得雙：舊、時：燕：闌

037

干十二繞屏山都被那相思穿徧 歌
聲如許淚痕如許又是誰家庭院早知
見了便情深卻怎似不曾相見
誰知今夜簾垂風細翻做淚痕凝面隔
林嗁鳥兩三聲似悔把舊巢輕換 瑣
窗深掩花冠不整道是紅鸞緣法早知

038

見了又無言怎背地千思萬轉
承齡 字子久，有水蠶詞、
采桑子
永豐坊裏尋常見瘦削腰支雙燕來時
一剪東風萬柳絲 江南花事馮誰説
開到荼蘼莫綰相思如水春愁醉不知

039

潘德輿 字彥輔，有養一齋詞
蝶戀花
春暮寄景遂
百尺高楼春色暮不捲珠簾怕惹黏窗
絮只有惜春鸎解語隨風又入煙中樹
陌上尋芳羞獨去碧水紅橋盡是相

040

思處吹盡殘花須閉户黃昏漸有蕭蕭
雨
汪全德
唐多令
春水細紋生春雲綠未成趁東風第幾
山程溪上碧桃開又落嗁不住舊時鸎

041

來日是清明天涯節序更一年：飛
絮關情南國不歸春又晚逢社燕說飄
零
周之琦 字稚圭，有金梁夢月詞
踏莎行
勸客清尊催詩畫鼓酒痕不管衣襟污

042

玉笙誰與唱銷魂醉中只想瞢騰去
綺席頻邀高軒慣駐悶來卻覓棲鴉語
城頭一角晉陽山恠他青到無人處
思佳客
帕上新題閒舊題苦無佳句比紅兒生
憐桃萼初開日那信楊花有定時 人

043

悄：畫遲：般勤好夢託蛛絲繡幃金
鴨熏香坐說與春寒總不知
項鴻祚 字蓮生，有憶雲詞，
減字木蘭花
春夜聞隔牆歌吹聲
闌珊心緒醉倚綠琴相伴住一枕新愁

044

殘夜花香月滿樓 緐笙脆管吹淂錦
屏春夢遠只有垂楊不放秋千影過牆
清平樂
池上納涼
水天清話院靜人消夏蠟炬風搖簾不
下竹影半牆如畫 醉來扶上桃笙熟

桃笙竹簟也見吳都賦

045

薛邦邁旁註

羅扇子涼輕一霎荷塘過雨明朝便是
秋聲

臨江仙

擬南唐後主

亂紅穿地春無主宿寒猶戀屏幃夢中
何日是歸期玉台金屋空逐彩雲飛

046

煙月不知人事改夜深來照花枝薰爐
香燼漏聲遲闌珊灯火殘醉欲醒時

龔鞏祚 字璱人有定盦詞

定風波

燕子磯頭擪笛吹平明沈玉大王祠無
數蛾眉深院裏晏起曉霜江上阿誰知

047

山詭潮奔萬萬變當面身輕要喚鯉
魚騎驀地江妃催我去飛渡尊前說與
定何時

鵲踏枝

過人家廢園作

漠漠春蕪春不住藤刺牽衣礙卻行人

048

路偏是無情偏要舞濛濛撲面皆飛絮
繡院深沈誰是主一朵孤花牆角明
如許莫怨無人來折取花開不合陽春
暮

浪淘沙

書願

049

雲外起朱樓縹緲清幽笛聲叫破五湖
秋盤我圖書三萬軸同上蘭舟 鏡檻
與香篝雅澹溫柔替儂好好上簾鉤湖
水湖風涼不管看汝梳頭

卜算子

江上有高樓可似湖樓迴樓外文波曲

050

曲通不駐驚鴻影 蘋葉弄斜暉蘭蕊
彫明鏡剪畫秋花漠漠寒人臥江南病

沈傳桂

踏莎行

春晝作

細綠迷鴉疏紅醉蝶一腔愁情啼鶯說

051

東風吹淚過江城黃昏細雨孤燈滅
中酒心情嫩寒時節踏青人又銷魂別
碧煙如夢不開門門前千點梨花雪

吳承勳

唐多令

愁共水潺潺離人當暮餐況禁他杏子

052

衣單隔個窗兒同聽雨消不得是春寒
宮燕報平安音書比夢難景陽鐘可
似寒山奉帚平明花落盡閒殺了 好闌
干

潘曾瑋 字季玉 有玉洤詞

菩薩蠻

053

鄰家同戍遼陽。轉昨宵猶說瓜期緩。底
事苦淹留。憶君愁復愁。　香銷銀篆冷。
恨也無人省。夢影不分明。月華。何處清。
楊傳第　字聽臚、有汀鷺詩餘、

臨江仙

大風雨過馬當山、

054

雨驟風馳帆似舞。一舟輕度溪灣。人家
臨水有無間。紅豚吹浪立。沙鳥得魚閒。
絕代才人天亦喜。借他隻手回瀾。兩
令無復舊詞壇。馬當山下路。空見野雲
還。

蔣春霖　字鹿潭、有水雲樓詞、

055

浪淘沙

雲氣壓虛闌。青失遙山。雨絲風片一番
番。上巳清明都過了。只是春寒。　華發
已無端。何況華殘。飛來胡蝶又成團。明
日。朱樓人睡起。莫卷簾看。

柳梢青

056

芳草閒門。清明過了。酒滯香塵。白棟華
開。海棠華。落容易黃昏。　東風陣〻斜
曛。任倚徧紅闌未溫。一片。春愁漸吹。漸
起。卻似春雲。

踏莎行

癸丑三月賦

057

疊砌苔深遮窗松蜜無人小院纖塵隔
斜陽雙燕欲歸來卷簾錯放楊華入 密
蜨怨香遲鸎嫌語澀老紅吹盡春無力
東風一夜轉平蕪可憐愁滿江南北

虞美人

水晶簾卷澂濃霧夜靜涼生樹病來身

058

似瘦梧桐覺道一枝一葉怕秋風　銀
漢何日銷兵氣劍指寒星碎遠憑南斗
望京華忘却滿身清露在天涯

卜算子

燕子不曾來小院陰〻雨一角闌干聚
落花此是春歸處　彈淚別東風把酒

059

澆飛絮化了浮萍也是愁莫向天涯去

唐多令

楓老樹流丹蘆花吹又殘繫扁舟同倚
朱闌還似少年歌舞地聽落葉憶長安
哀角起重關霜深楚水寒背西風歸
雁聲酸一片石頭城上月渾怕照舊江

060

山

蔣敦復　字劍人，有芬陀利室詞

阮郎歸

玉驄人去畫樓西天涯芳草低落花情
願作香泥但隨郎馬蹏　新燕語舊鸎
啼小園蝴蝶飛春風昨夜解羅幃今朝

061

裊帶吹。

宋志沂 字詠春，有梅笛庵詞

夜行船

一片寒雲江上路。碎愁緒數聲柔櫓。隔岸鴉啼。遙邨鷄唱。也似喚人歸去。　卻憶多情臨別語。道珍重客程朝暮。昨夜。

062

樓頭。今宵篷底。明日不知何處。

江順詒 字秋珊，有願為明鏡室詞

浣溪沙

楊柳當門青倒垂。一雙蝴蝶向人飛。封侯夫壻幾時歸。　西子湖邊尋舊夢。東風陌上寄相思。一春心事沒人知。

063

王詒壽 字眉叔，有笙月詞

虞美人

石門夜泊

陌風中酒心情惡。往事思量著。琵琶聲斷小樓空。只有三更街鼓五更鐘。　溫香吟徧消魂句。誰作天涯侶。起來無語

064

倚篷窗。月墮幾層煙水白茫茫。

峭帆風裏眠難穩。紅颭孤燈影。不知今夜。夢如何。偏是春來夜短醒時多。　打篷幾陣瀟瀟雨。抵死將愁絮。羅衾偎徧枕函單。又是柁樓人語說輕寒。

清平樂

065

三更時候鐙暗衾兒皺月透瓊絲花影
瘦此際消魂知否 東風幾陣輕寒溫
香翠被重添管取明朝風峭屬郎休放
歸船

莊棫 字中白有蒿盦詞

菩薩蠻

066

曈曨紅日纔當午一鉤新月天邊吐相
去幾多時參差形影隨 深宵朱戶裏
環佩聲徐起儻許共徘徊羅幃可暫開

唐多令

鐙燄似凝脂紅心艸恐非羃煙煤一樣
迷離照得空庭都四徹原不藉蠟成堆

067

影隔便難知光留許眾窺也曾看鏡
裏蛾眉窗外北風冰正沍只微火轉淒
其

虞美人

懷魯仲實

悠悠客鬢生華髮十載音書絕枕函殘

068

夢醒微茫瞥見南飛鳥鵲不成行故
人識我詞中意說也先憔悴蓬萊方丈
不須游近日乘槎直到海西頭

馮煦 字夢華有蒙香室詞

南鄉子

一葉碧雲輕建業城西雨又晴換了羅

069

衣無氣力盈〻獨倚闌干聽晚鶯何
處是歸程脈〻斜陽滿舊汀雙燕不來
閒夢遠誰迎自戀蘋花任一生

徐燦

踏莎行

芳草纔芽梨花未雨春魂已作天涯絮

070

晶簾宛轉為誰垂金衣飛上櫻桃樹
故國茫〻扁舟何許夕陽一片江流去
碧雲猶疊舊河山月痕休到深〻處

唐多令

感懷

玉笛厲清秋紅蕉露未收晚香殘莫倚

071

高樓寒月多情憐遠客長伴我滯幽州
小苑入邊愁金戈滿舊游問五湖那
有扁舟夢裏江聲和淚咽頻灑向故園
流

金莊

清平樂

072

淒涼晚色絲雨和愁織夢到楚江行不
淂一片溼雲吹隔 年時曾憶城東杏
花點〻飛紅門外憑他寒食玉闌自有
春風

玉樓春

春曉

073

早烏嗁起銀蟾落錦帳春寒春意薄天涯路遠幾曾經莫怪夢中常是錯 起來小婢催梳掠拈著青絲心緒惡無情鏡子不憐人暗把紅顏都換卻

顧信芳

浣溪沙

074

一樹清陰倚粉牆雨餘小院澹斜陽笛聲捲柳似回腸 蟾影穿簾千點雪玉魂和夢一絲香殘燈無燄更淒涼

嫩綠新紅映碧池纖〻弱柳鬪腰支一枝紅恨寄相思 微雨燕歸春寂〻暖香花睡日遲〻小樓人嬾似游絲

075

莊盤珠

踏莎行

春柳

曉月離亭斜陽古渡有時遮斷行人路桃花作伴過清明誰家池館藏煙雨 拂岸千絲縈橋萬縷影隨流水何曾去笑他無計綰東風濛〻吹起漫江絮

076

菩薩蠻

春蘭

羣芳逞媚韶光裏一花秀影偏無比草綠不逢人空山忽見君 立驚遺世獨獨抱幽香宿春澹只如秋芳心不貯愁

077

關鍈 字秋芙、有夢影樓词、

南楼令

夢醒杏花叢。春寒淺閣鐘。近黃昏便起東風。已過今年三月半。卻只是雨濛濛。

小膽怯屏空。濃愁斂碧峯。好琴絃怎被塵蒙。算是。多情雙燕子。還肯。到舊房櫳。

079（完）

078

明月集再續

張寄澤署，陳璧君書，共一二九頁。張氏曾於汪政權內政部刊發的《縣政研究》登載文章。

明月集再續

王夫之 更漏子 薑齋瀟湘怨詞鼓棹集

斜月橫。疏星烱。不道秋宵真永。聲緩緩。滴泠泠。雙眸未易扃。霜葉墜。幽蟲絮。薄酒何曾得醉。天下事。少年心。分明點點深。

001（鈐印：孟恒）

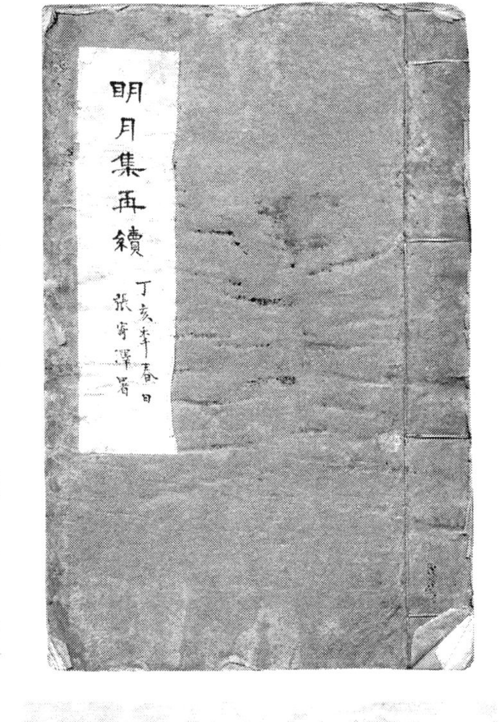

蝶戀花 衰柳

為問西風因底怨。百轉千回。苦要情絲斷。葉葉飄零都不管。回塘早似天涯遠。陣陣寒鴉飛影亂。總趁斜陽。誰肯還留戀。夢裏鵝黃拖錦綫。春光難借餘蟬喚。

003

青玉案 憶舊

桃花春水湘江渡。縱一艇。追追去。落日頳光搖遠浦。風中飛絮。雲中歸雁。盡指天涯路。故人知我年華暮。唱徹灞陵回首句。花落狂風春不住。如今更老。佳期逾杳。誰倩啼鵑訴。

002

屈大均 翁山騷屑詞

夢江南

悲落葉葉落落當春歲歲葉飛還有葉年年人去更無人紅帶淚痕新

悲落葉葉葉落斷期期縱使歸來花滿樹新枝不是舊時枝且逐水流遲

絕歸誤 斷期

004

今釋 澹歸徧行堂詞

小重山 得程周量民部詩卻寄

落落寒雲曉不流是誰能寄語竹窗幽遠懷如畫一天秋鐘徐歇獨自倚層樓

點點鬢霜稠十年山水夢未全收相期人在別峯頭閒鷗意煙雨又扁舟

005

余懷 無懷玉琴齋詞

青玉案

秋來夢繞秦淮路看天外鴻飛去帆影斜陽邀留步美人歌扇酒徒裘馬總是關情處

綠楊紅豆今遲暮盼斷家鄉霜滿戶陳苑梁臺狐與兔烏衣巷口杏花村畔一夜溪堂雨

006

趙執信 伸符飴山詩餘

浣溪沙 秋思

寒雨聲聲滴小窗清宵偏是到秋長愁人猶自滯江鄉

宿酒醒來難續夢孤衾薄處早驚霜此時爭道不思量

釵頭鳳 秋思

007

棲鴉絕唬螿切晚陰搖漾玲瓏月鄉山
路家園樹新秋風景幾番晴雨去去去
清歌咽春情叠醉紅雙眼頻生纈雲
朝暮人新故迷離歸夢一時難訴住住
住
屠文漪 連水蒓洲詞

008

采桑子
油雲散作空階雨小院虛涼煙柳風篁
不待深秋已斷腸穿簾燕子仍來去
未忍辭梁無限思量坐看牆陰轉夕陽
顧廣圻 千里思適齋詞
小重山 江鄭堂持畫蟬柳扇索題於時秋色也即景賦之丙子在揚州作

009

滯卻仙都欲蛻姿聲聲吟不斷助涼颸
總傷搖落少人知斜陽外淒絕最高枝
儂鬢況成絲聞聲還帶影怎禁待婆
娑殘柳共衰遲西風裏獨立又多時
陳克常 步良藤花館詩餘
點絳唇 秋隼

010

身小於鷹翛然飛出風塵上金眸玉掌
羽屬秋風響華嶽峯巔一露威神爽
回眸望蕭〻林莽凡鳥爭尋丈
陳廷焯 亦峯白雨齋詞存
蝶戀花 中宵不寐萬感交集賦蝶戀花一闋見者興嘗起無窮哀怨且養無限思厚也

011

采采芙蓉秋已暮。一夜西風吹折江頭
樹。欲寄相思憐尺素。雁聲淒斷衡陽浦。
贈我明珠還記否。試撥鵾絃更欲
從君訴。蝶雨。梨雲。渾莫據。夢魂長繞南
塘。路。

鷓鴣天

012

一夜西風古渡頭。紅蓮落盡使人愁。無
心再續西洲曲。有恨還登舴艋舟。殘
月墜。曉煙浮。一聲款乃入中流。豪懷。不。
肯。同。零。落。卻向滄波弄素秋。

楊恩壽 蓬海、坦園詞錄、

唐多令 舟過金陵、

013

柳色白門灣。春潮帶雨還。認六朝。畫裏
江山。金碧樓臺新點綴。高下出。翠微間。
日暮釀輕寒。香風動客衫。記年時。二
月。初三。草長鶯飛花正好。人載酒。過江
南。

吳振棫 宜甫 無腔村笛

014

鷓鴣天

獨自簾櫳獨自愁。此情誰與訴蟾鉤。人
間。一樣風和露。爭遣天涯箇易秋。 清
冷處。怕開眸。晚天花影曝衣樓。紅牆長
恁迢迢隔。不放銀河到地流。

姚詩雅 仲魚、景石齋詞畧、

015

鷓鴣天

三十年來夢乍醒箇中心事未分明風
吹柳絮絲難繫露滴荷珠淚暗傾 芳
草歇綠陰成何人知我此時情江城五
月梅花落多少離愁箇裏生

文廷式 道希雲起軒詞鈔

016

浣溪沙 旅情

畏路風波不自難繩牀聊借一宵安雞
鳴風雨曉光寒 秋草黃迷前日渡夕
陽紅入隔江山人生何事馬蹄閒

鷓鴣天 贈友

萬感中年不自由角聲吹徹古梁州荒

017

苔滿地成秋苑細雨輕寒閒小樓 詩
漫與酒新篘醉來世事一浮漚憑君莫
過荊高市滹水無情也解愁

蝶戀花

九十韶光如夢裏寸寸關河寸寸銷魂
地落日野田黃蝗起古槐叢荻搖深翠

018

惆悵玉簫催別意蕙些蘭騷未是傷
心事重疊淚痕緘錦字人生祇有情難
死

梁鼎芬 節庵款紅樓詞

卜算子

萬葉與千枝紅照花如海可惜車塵日

019

日來頃刻容顏改想像好芳時寂寞
閒庭外只好明年再踏春携酒同君待

蝶戀花 題荷花畫幅

又是闌干惆悵處酒醉初醒醒後還重
醉此意問花嬌不語日斜腸斷橫塘路
多感詞人心太苦儂自摧殘豈被西

020

風誤昨夜月明今夜雨浮生那得常如
故

浣溪沙 江船聽語

臥雨江邊聽水流當春風物似清秋可
知世事有沈浮酒盡得茶偏助醉鐙
殘繼燭豈能休無慘坐到四更頭

021

志銳 伯愚 窮塞微吟

柳梢青 烏城上元灯社

水戲魚龍錦江燈火璀璨雲霞月色依
然風情非舊人又天涯回首卄八年
華酒醒後寒烟暮笳九陌金蓮千門簫
鼓春在誰家

022

潘之博 若海 弱盦詞

木蘭花

畫簾隔斷游絲影寶鴨香微偎易冷秋
千院宇晝沈沈落盡百花風始定綠
陰一桁斜陽暝小雨疏疏妝晚景殘鶯
強囀兩三聲愁欲來時偏酒醒

023

黃人 摩西、摩西詞

南歌子 山塘即事

柳黛銷還展荷衣潑更香蘭舟先趁木
犀黃不信玉人遲暮轉清狂 歌透羅
雲軟情隨帶水長黃昏涼意喚飛觴親
點九華灯火補殘陽

024

譚獻 仲修、復堂詞

蝶戀花

樓外啼鶯依碧樹一片天風吹折柔條
去玉枕醒來追夢語中門便是長亭路
眼底芳春看已暮罷了新妝祗是鸞
羞舞慘綠衣裳年幾許爭禁風日爭禁

025

雨
庭院深深人悄悄埋怨鸚哥錯報韋郎
到壓鬢釵梁金鳳小低頭只是閑煩惱
花發江南年正少紅袖高樓爭抵還
鄉好遮斷行人西去道輕車願化車前
草 軀

026

玉頰妝臺人道瘦一日風塵一日同禁
受獨掩疏櫳如病酒卷簾又是黃昏後
六曲屏前攜素手戲說分襟真遣分
襟驟書扎平安知信否夢中顏色渾非
舊

成肇麐 肇麐、漱泉詞

027

南歌子

天上璚扉冷。人間玉簟秋。燕歸如客且遲留。好共亂山堆裏一登樓。宿酒醒猶困。疏香澹不收。離懷判得寄東流。可奈露莎煙芰向人愁。

鄭文焯 叔問、樵風樂府

028

玉樓春

梅花過了仍風雨。著意傷春天不許。西園詞酒去年同。別是一番惆悵處。一枝照水渾無語。日見花飛隨水去。斷紅還逐晚潮回。相映枝頭~~頭~~紅更苦。

謁金門

029

行不得。䮾地衰楊愁折。霜裂馬聲寒特特。雁飛關月黑。目斷浮雲西北。不忍思君顏色。昨日主人今日客。青山非故國。

麥孟華 孺博、蛻庵詞

030

蝶戀花

珠幌春星和夢數。夢不分明。便上斑騅去。芳草何曾遮得住。尊前便是天涯路。不怨玉容成間阻。只怕春深。容易花遲暮。送淚流波嗚咽語。斷紅珍重相思句。

王鵬運 佑霞、半塘定稿

031

御街行

澳洋山人有贈雁詞曹珂雪常和之春宵風雨歸鴻送聲亦擬作一解

小窗夜靜寒生處嘹唳征鴻度問誰憐爾苦隨陽珍重雲羅前路春波蒲稗鷺鷀鳧沒回首應輸與

驚寒往事休重訴空付瑟邊語此行定自雁峯回消息

032

嶺雲安否江湖滿地得歸儘好無處無風雨

南鄉子

斜月半朧明凍雨晴時淚未晴倦倚香篝溫別語愁聽鸚鵡催人說四更

此恨拚今生紅豆無根種不成數徧屏山

033

多少路青〻一片煙蕪是去程

鵲踏枝 和馮正中

斜日危欄凝佇久問訊花枝可是年時舊濃睡朝朝如中酒誰憐夢裏人消瘦

香閣簾櫳煙閣柳片雲氤氳不信尋常有休遣歌筵回舞袖好懷珍重春三

034

後

玉樓春

好山不入時人眼每向人家稀處見濃青一桁撥雲來沈恨萬端如霧散

山靈休笑緣終淺作計避人今未晚十年緇畫素衣塵雪鬢霜髯塵不染

035

旁註手書人佚名

況周頤夔笙蕙風詞

定風波

未問蘭因已惘然垂楊西北有情天水
月鏡花終幻迹贏得半生魂夢與纏緜
網户游絲渾是羂被池方錦豈無緣
為有相思能駐景消領逢春惆悵似當

036

年

減字浣溪沙

風雨高樓悄四圍殘燈黏壁淡無輝篆
煙猶裊舊屏幃　已忍寒欺羅袖薄斷
無春逐柳緜歸歸生深愁極一霑衣

馮幵君木回風堂詞

鷓鴣天

剛剛輕風到畫簷殘青春顛賴百花闌干紅萬紫渾無賴種得
幽蘭祇自看　羅帶淚酒秳寬參差吹罷倚闌干美人環
佩無消息暮雨空江生薄寒

037

張上龢　芷亭　吳淞烟語

菩薩蠻

戍旗亂捲村煙滅垂楊樹樹傷心碧落
日漢闕西暗塵催馬蹄　冶花紅欲泣
樓影嬌如雪故國滿芳菲惜君金縷衣

李宗禕次玉雙辛夷樓詞

菩薩蠻

038

西風掠地秋將半客程惟見昏鴉亂天
入大江流蒼茫一片愁　倚欄成獨望
涕泗危樓上早晚到長安　猶歌行路難

張祥齡子馥半篋秋詞

玉樓春

殘衾酒醒高樓暮冷淡斜陽閒閉户只

039

餞苦味似桃仁無復穠情裁柳絮從來宿粉棲香處煙冷風悽夢去分明人自、奴不歸來怎怪藍橋堤上路（悽下脫無）

楊調元　穌父　縣桐館詞

河傳

銷暑何處兩山間和雨和煙數椽暗風

040

送香溪路邊田田荷花紅隱船　便擬將家依翠窈境深悄幽思知多少嶺雲生谿月明冷冷九天鸞鶴音

王嘉詵　幼宜　藝庵詞

燕歸梁

別院文楸葉葉霜聽斷雁淒涼謝娘紅

041

淚溼秋光又檻外月昏黃　離多見說芙蓉老怕重緝舊時裳小屏一角是瀟湘向那處寄明璫

曹元忠　君直　樂府補亡

清平樂　施梅川水遥花暝一闋絕妙好詞存其半殘已春晚常州道中風景似之補成此解

042

水遥花暝隔岸炊烟冷十里垂楊搖嫩影宿酒和愁都醒　青山盡處州城白雲逗不分明驚起一羣沙鳥好風吹過鐘聲

龐樹柏　檗子　玉琤瑽館詞

浣溪沙　寒山寺題壁

043

幾曲吳波晚櫂移冷楓衰柳兩依依林
烏啼罷雁初飛虛閣殘鐘孤枕夢亂
山落月一船詩夜禪參到斷腸時 各
桂赤 伯華
臨江仙
落盡紅英萬點愁扳綠柳千條雲英消

044

息隔藍橋袖間今古淚心上往來潮
懊惱尋芳期誤更番懷遠詩敲靈風夢
雨自朝朝酒醒春色暮歌罷客魂消
吳昌綬 伯宛 松鄰遺集
虞美人
春歸未解人憔悴翻遣愁人醉和愁借

045

病且疎慵偏又江南天氣雨聲中煙
蕪滿目愁無際幾許傷春意舊時衣袂
舊東風苦被寒冰結淚不能紅
劉福姚 伯崇 忍庵詞
西江月
春餅龍團試罷夜香鵲尾燒殘南園芳

046

事嬾重看風冷梨花秋苑 夢裏沈沈
歌舞客中草草杯盤月明休怨北庭寒
海燕雙棲正暝
臨江仙
幻出玉樓瑶殿影輭紅回首依依冷吟
忘卻在天涯客愁隨雁盡鄉夢逐雲飛

047

呼酒玉梅同一醉冰霜那是寒時夜

深人在碧琉璃畫簾秋去早高樹月來

遲

玉樓春 和小山均

去年花底開春宴花好不知春有怨今

年春在病中過夢裏繞花千萬遍 酒

048

懷還似年時健爭奈酒闌人易散消愁

直到醉鄉深莫待聲聲啼鳥勸

好風良月應無價金盞深深消永夜驪

歌一曲醉中聽螺黛雙彎愁裏畫 今

宵酒醒紅牕下明日西風吹瘦馬雁邊

莫望寄書頻除卻相思無別語

049

徐珂 仲可天蘇閣詞

蝶戀花

山色當樓春更好得似眉痕總待郎歸

掃牆角碧雲猶縹緲天涯忍見蘼蕪草

啼聲鶗鴂殘庭院悄花已飄零莫遣游

蜂鬧遮斷征鞍西去道玉關楊柳青多

050

少

胡延 長木、苾芻詞館、

醉落魄 擬二隱

春寒小怯湘簾窄地風輕揭麝塵暗褪

香紅褶露井風桃愁重不堪折 箏調

雁柱情難說空庭一夜堆香雪年年柳

051

色傷輕別。草綠南園。蓋見粉黃蝶。

王景沂 義門、瀣碧詞、

浣溪沙

相見無緣續舊歡。月波吹水錦屏寒。昨宵清露溼紅蘭。別院花深魚鑰閉小樓香燼鴨爐閒。惜春。何必。是春殘。

052

芳草何曾管別離。飛紅。日。日上。簾。衣。天涯。只。在。畫。樓。西。幾綳斷雲疑杜。曲。一鉤殘月夢隋隄。無言。花。影。向。人。低。

陳昭常 簡持、棣花風館詞、

蝶戀花

自與笑桃人別後。遠水遙岑。嬾共花枝

053

鬥。孰遣眉梢情暗。逗。腰肢拚為東風瘦。金屋盈盈新鑄就。一點靈犀。早被鄉猜透。記否離亭斟別酒。蘼蕪山上還依舊。

袖口香寒心更苦。草綠南園。蛺蝶飛無數。落盡苔錢春又去。扇邊不管人眉嫵。

054

鷓鴣聲聲留不住。桃葉桃根。雙槳迎何處。綠葉。成。陰三月。暮。章臺。那。是。停。鞭。路。

廖仲愷 仲愷、雙清詞草、

青玉案 泉州道中紀見、

西風畫角悲征戍。人意也、消何處。一隊

055

滄江驚歲暮。歸帆數盡。日邊還未。又上
泉州路。河山夢覺成今古。騎鶴纏腰
幾人去。除却冬青無別樹。頹垣。斷井。荒
煙。蔓。草。悽切。城。烏。語。

黃金縷 抵安海感賦

五里長橋橫斷浦。不度還鄉只度離鄉

056

去。賸得山花憐少婦。上來椎髻圓如故。
冉冉斜陽原上暮。罌粟。淒迷。道是黃
金縷。綠旆紅旌招。展處。幾人。涕淚。悲。禾。
黍。

程頌萬 子大定巢詞

唐多令

057

五月已如秋。蠻天釀客愁。憶瀟瀟雨上
簾鉤。夢醒三更聞畫角。知此夕。客邊州。
別淚漬衾裯。溪泉未洗休。記畫眉人
在西樓。腸斷猛峒江上水。偏又是向東
流。

朱祖謀 古微彊邨語業

058

玉樓春 分和小山韻同半塘伯崇

目成已是斜陽暮。誰分合懽花下住。心
知明月有圓時。身似斷雲無定路。當
時不合多情過。風卷紅英隨水去。莫歎
單棲故相尋。夢裏已無攜手處。
少年不作消春計。孤負酒旗歌板地。好

059

天良夜杜鵑啼今日逢春須著意斜
陽煙柳迴腸事小雨蘭花千點淚等閒
尋到眼前來欲避春愁除是醉

浣溪沙

翠阜紅崖夾岸迎阻風滋味暫時生水
窗官燭淚縱橫禪悅新耽如有會酒

060

悲突起總無名長川孤月向誰明

鷓鴣天 二 廣元裕之宮體 八首錄

未必芳期未有期等閒蜂蝶劇嬌癡側
商小令翻新水卷地狂香發故枝風
雨裏苦禁持有人低唱比紅兒纔知滿
樹金鈴繫未省秋人落葉悲

061

歷劫相思信不磨親將雙帶綰香羅未
灰蠟苣拚成泪垂絕鵾絃忍罷歌休
躑躅已蹉跎珊瑚鞭擲折負恩多人間會
有相逢事奈此青春悵奈何

潘飛聲 蘭史說劍堂詞

清平樂 月夜坐梧桐庭院中秋影滿簾花陰如夢黯然賦此

062

不自知其消魂也

一庭香霧卷入紅簾去檀板玉簫無意
緒閒殺秋宵如許碧梧影落沈沈冷
螢飛照秋心欲向曲闌微步愁他滿地
花陰

潘承謀 省安瘦葉詞

063

虞美人 南歸舟中

四垂天影圓如笠。萬頃波平碧。幾曾淘盡古今愁。淘盡英雄只是水東流。
風檣細織鞾紋卷。寸寸柔腸轉。橫空無際雁行高。彈入箏雲隨夢逐江潮。

高旭 劍公 天梅遺集。

064

桃源憶故人 和無悶韻即答。

斜陽影裏傷心賦。默對天癡無語。淚濕暮雲春樹。重認分攜處。
東風無賴添愁緒。零落亂紅難數。落時猶自爭飛舞。青鳥休啣去。

陳曾壽 仁先舊月簃詞。

065

踏莎行 白堂看梅

石疊巒雲。廊棲素雪。銷愁庭院綦澀。院下脫苔
無人只有暮鐘來。定中微叩春消息。
冷霧分香。紺霞迷色。慵妝悄淚誰能惜。
一生長伴月黃昏。不知門外冷冷碧。

浣溪沙 孤山看梅。

066

心醉孤山幾樹霞。有闌干處有橫斜。幾回坐送年華。
似此風光惟強酒。無多涕淚一當花。笛聲何苦怨天涯。

虞美人

傾城士女長堤道。各有情懷好。夢中池館畫中人。為問連朝罷酒是何因。
東

067

風紅了西湖水濃蘸燕支淚輸他漁子
不知愁偏向落紅深處繫輕舟

臨江仙

梔子香寒微雨歇深深一院清涼花梢
斜月半侵牀鐙青疏鬢畔一點寫經香
已分今生從斷絕無又著思量千 無下脫端

068

生無恙是迴腸溫存涼簟好今夜未成
霜
修得南屏山下住四時花雨迷濛溪山
幽絕夢誰同人間閒夕照消得一雷峯
極目寥天沈雁影斷魂憑證疏鐘淡
雲來往月朦朧藕花風不斷三界佛香

069

中

浣溪沙 己未都門重過雲和主人

一片紅飄去不迴酒邊清管自生哀眼
明真見故人來我隔蓬山餘涕泣君
歌凝碧費低徊幾時花發舊池臺 浣

夏仁虎 蔚如歡盦詞

070

臨江仙

倚闌人似游絲嫺綠陰池館苔深迴文
消息更沈沈長門自慣不是惜黃金
春去春來成一夢憐渠饒舌春禽舊時
歡笑此時心落花風裏兜恨入羅襟

黃侃 季剛

071

小重山令　三月二十五日寒食游高座寺

馬腦岡頭石徑微。寂寥高座寺。掩禪扉。
種松幾度旋成圍。人何在。春物鎮芳菲。
青史事多違。梅陵留廟祀。也崔巍。野
棠如雪落還飛。南朝夢。一例付斜暉。

汪東　旭初

072

浣溪沙

悵想紅樓隔幾層。襟邊清淚漸成冰。闌
干敲徧倩誰譍。　四角香囊垂寶帳。兩
重輕幕護銀鐙。那時幽夢已無憑。

閔爾昌　葆之雷塘詞

清平樂

073

閒愁無據。芳草東門路。箏語喁喁牢憶
汝。翠羽寒蟬何處。　雁程可抵天長。吳
棉知耐初霜。衹恐江南秋老。懨懨瘦損
垂楊。蟾

洪汝闓　澤丞句廬詞

鷓鴣天

074

壁月瓊枝夜夜愁。過江人盡感山邱。纔
傳幕府開西邸。又見降幡出石頭。　殘
笛步。繡襦游。新亭涕淚恐難收。白門
柳。無人問。付與兒童說蔣侯。

汪兆鏞　憬吾雨屋深鐙詞

柳梢青

075

雨暗煙昏。故園何處。落花成茵。幾日離愁。閒拋遂譜。嬾拂箏壓。儘教燕去鶯嗔。休忘卻東風。舊因夢裏。還尋愁邊。獨寫。忍說殘春。

羅振常 子經徵聲集

浪淘沙

076

天際鳥飛還。極目層巒。更無人處獨憑闌。可惜鶯花三月暮。如此江山。春意已闌珊。夕照紅殷。子規啼歇百花殘。忍令朝朝明鏡裏。不改朱顏。

陳洵 述叔海綃詞

風入松 丁卯重九

077

人生重九且為歡。除酒欲何言。佳晨慣是閒居覺。悠然想。今古無端。幾處登臨。多事吾廬。俯仰常寬。菊花全不厭衰顏。一歲一回看。白頭親友垂垂盡。尊前問。心素應難。敗壁哀蛩休訴。雁聲無限江山。

078

龔元凱 佛平鷗影詞稿

臨江仙

不見谿橋煙斷處。蓼花紅上新枝。卻無風物異年時。暗霜人北客。微月雁南飛。年去年來雙鬢改。一蟬葉底先知。偶貪風露意遲遲。夢如流水輭。情共嬾雲

079

癡。

劉永濟 洪度

鷓鴣天

白渚青山叫水禽。遥峯返照入霜林。閑
來。始。覺。秋。容。好。靜對。還。教。畫。理。深。人
寂寂。日駸駸。與誰携酒此登臨。佳期暗

080

數重陽近。黄匊無花雁影沈。

浣溪沙 愛晚亭紅葉

自有空山絕代姿。碧波何事苦通辭。晚
烟殘照總堪思。塵鏡暗銷雙臉暈。襯
紅。猶。惜。舊。綃。衣。小亭風後立多時。 辭

鷓鴣天 滬瀆候船渡遼再寄內子

081

一晌藍雲曖夢深。夢中先自感秋心。最
難。排。遣。連。環。玉。無奈。銷。鎔。的。皪金。綦
縞。願。雪風吟。情緣心事兩難任。回頭。已。
是。人。千。里。何必。他。鄉。始。不。禁。

閒宵 在宵

臨江仙

082

昨夜西風又到。今朝小燕紛飛。望中愁
煞舊長堤。飄颻多落葉。迨遮是斜暉。
休道啼痕零亂。憑君認取羅衣。芳時。一。
餉。記。相。依。只憐。重。檢。點。事事。與。心。違。

俞陛雲 階青樂靜詞

浣溪沙

083

風皺柔懷水不如碧城消息近來疏嫩
涼人意倦妝梳 錦幄明燈鴛衾夢文
梁斜日燕窺書 瞢騰渾不信當初
五劇車聲隱若雷迎門花棒夜珠來脂
香薰透玉交杯 南部檀槽餘燈歇北
風裙帶峭寒閑謝橋微雪獨低回

084

莫向流萍記愛根侵階羅襪怨黃昏單
衾殘燭與溫存 風定流塵棲繡榻街
空斜月掩朱門穠花如水澹留痕 託

吳梅 瞿庵霜厓詞

鷓鴣天 彊村詞隱圖

晞髮行吟澤畔身舴棱回首幾重雲西

085

風鮭菜人無恙南國鶯花夢不春邛
竹杖穀皮巾水天閒話上彊村紫霞白
石知意渺青眼高謌自閑門 音

陳寶琛 伯潛弢庵詞

澹黃柳 詠新柳

回黃轉綠誰遣春消息入畫纖眉舒未

086

得寄語行人莫折留與千門作寒食
御河側青青自今昔乍裝點可憐色憶
當年重為靈和惜試念東風玉關遮斷
猶有羌兒怨笛

汪兆銘 精衛雙照樓集詞

浪淘沙 紅葉

087

江樹暮鴉翻千里漫漫斜陽如在有無間臨水也知顏色好只是將殘 秋色陌頭寒幽思無端西風來易去時難一夜杜鵑啼不住血滿關山

蝶戀花 冬日得國內友人書道時事甚悉悵然賦此

雨橫風狂朝復暮入夜清光耿耿還如

088

故抱得月明無可語念他憔悴風和雨天際遊絲無定處幾度飛來幾度仍飛去底事情深愁亦妒愁絲永絆情絲住

又

前聞展堂誦其中表文芸閣所為詞有一寸山河一寸傷心地之句未嘗不流連反覆感不絕於心近得雲起軒詞讀之則似

089

雪偃蒼松如畫裏一寸山河一寸傷心地浪嚙巖根危欲墜海風吹水都成淚夜涉冰澌尋故壘冷月荒荒照出當

已易為寸寸關河寸寸銷魂地顧二語意境各殊不能無割愛之憾余冬日渡遼所經行地劇目怵心不忍殫述爰就原句足成此闋點金之誚所不敢辭掠美之愆庶幾可免云爾

090

年事蒿塚老狐魂亦死髑髏奮擊酸風起

又 大連曉望

客裏登樓驚信美雪色連空初日還相媚玉水含輝清見底縞峯一一生霞綺水繞山橫仍一例昔日荒邱今日鮫

091

人市○無限樓臺朝靄裏○風光不管人憔
悴○

采桑子

人生何苦催頭白○知也無涯○憂也無涯○
且趁新晴看落霞○春光○釀○出○湖○山○美○
纔見開花○又見飛花○潦草東風亦可嗟○

092

行香子

矗矗平川○快雨初晴○棹扁舟一葉風輕○
烟消穹碧○雲斂遥青○看半○江○霞○烘素○月○
作徽○頳○圓波○如○鏡○疎林○倒○影、似蟾○宮○
桂影○縱○横○冥然○兀○坐○風露○泠○泠○儘月搖
心○波搖月○兩無聲○ 照○

093

浣溪沙

遠接青冥近畫闌○鷗飛渺渺不知還○陵
高彌覺碧波寬○玉宇鮮澄新雨後○翠
嵐○融○冶○夕○陽○間○果然人世有清安○

浣溪沙 過吳淞口、

小艇依然繫水門○門前落葉正紛紛○飢

094

鴉病雀不能言○衰柳鎮憐今日影○寒
潮苦覓舊時痕○靜中搖動寂中喧○

風蝶令 白海棠、

柔蔕和煙韡○幽花帶雪融○欲開還歛閟
芳容○得似蛸蠐微俛意惺忪○格濬光
彌豔○神清態轉穠○珠簾○不○約○晚○來○風○吹

095

起一庭香月照玲瓏

虞美人

空梁曾是營巢處零落年時侶天南地北幾經過到眼殘山賸水已無多夜深案牘明燈火閣筆淒然我故人熱血不空流挽作天河一為洗神州

096

又

庚辰重陽前三日方君璧妹在南京書肆中得滿城風雨近重陽圖蓋前歲旅居漢皐時懸之齋壁者為題二詞於其右

週遭風雨城如斗悽愴江潭柳昔時曾此見依依爭遣如今憔悴不成絲等閒歷了滄桑刼楓葉明於血卻憐畫筆太纏綿妝點山容水色似當年

097

秋來彫盡青山色我亦添頭白獨行踽踽已堪悲況是天荆地棘欲何歸閒門不作登高計也攬茱萸淚誰云壯士不生還看取築聲椎影滿人間

浣溪沙

廣州家園中作

英石岧岧俯畫闌觀音竹映小盆山餘

098

生還得故園看橄欖青於饑者面木棉紅似戰時瘢尚存一息未應閒

朝中措

重九日登北極閣讀元遺山詞至故國江山如畫醉來忘卻興亡悲不絕于心亦作一首

城樓百尺倚空蒼雁背正低翔滿地蕭蕭落葉黃花留住斜陽闌干拍遍心

099

頭塊壘眼底風光為問青山綠水能禁
幾度興亡

溥儒 新畬、萃錦園詞、

玉樓春 春晝高台晚眺、

驚沙連海邊關色夕照橫空雲路隔鶯
花一散不成春草滿天涯迷舊陌 蒼

100

茫愁望秦城北携恨登臨懷故國玉門
羌笛鎖春風處處青山行不得

袁思亮 伯夔

玉樓春 和倉虬與病樹同作

夢迴依舊閒庭院爛縵枝頭啼鳥換相
猜斤鷓鴣幾時休苦憶盟鷗前日伴 葬

101

春心裏愁難斷自嚼梅花和雪咽山重
水複隔知聞倚淚箋天教一見

葉恭綽 譽虎、遐庵詞

浣溪沙

寂寞簾櫳駐故香一春愁與落花長不
成將息祇淒涼 夢覺翠屏纔暮雨望

102

殘飛絮又斜陽如今只索不思量

南歌子

暗牖窺饑鼠空階咽斷蛩西風一夕捲
梧桐驚覺秋衾殘夢畫堂東 心事三
生石年華一杵鐘尘來明月正中峯照
徹蒲團香燼痕淚濃

103

虞美人 為徐公肅題精衛所書自作芙蓉詩

千花百草輸顏色。臨水渾珍惜。拒霜心事與誰言。悵惆芳菲裳佩尚當年。 對離金菊依然在。未覺秋容改。鏡中雙影。試沈吟。可信天涯情比昔時深。

陳方恪 彥通 鸞陂詞

104

點絳唇 書庚子行役詩後

嫣婉芳華。昭陽往事人爭道。驚傷窈窕。淚鞠長陵草。 甲帳丁年。去日愁中老。還祠廟。渾河秋杳。雁叫天山曉。

臨江仙

岸柳蕭颸蟲語斷。畫船雙槳空橫。迢迢

105

城上報三更。相看愁。欲絕。為我一調箏。 櫂轉波迴涼月墮。秋心暗警棲禽。江山清感十年情。消伊千。點淚。何必。問他生。

張茂炯 仲清 艮廬詞

鷓鴣天

106

一舸何年下五湖。吳楓終古夜啼烏。不知城郭人猶是。但覺江山景已殊。 溪積葑。野平蕪。水鄉隨處長萑蒲。磯頭臢有閒鷗鷺。識我煙波舊釣徒。山下脫河

邵章 伯褧 雲淙琴趣

虞美人 和重光

107

天涯草色回新綠。愁緒休重續。殿前鸚
鵡向誰言。聞說宮花零落已經年。南
朝佳麗風流在。游客雕鞍解。秦淮水暖
曲房深。夜半珠歌翠舞淚難禁。
朝昏鐘鼓無時了。舊寺棲霞少。哀禽枝
上慣呼風。催徧行人頭白。艣聲中。樓

108

船鐵鎖今何在。城上旌旗改。景陽宮井
不知愁。誰挽銀河到海更西流。
廖恩燾 懺庵。懺庵詞。

玉樓春 和心畬。

蓬萊仙島迷雲色。下界鐘聲半天隔。洪
崖棲處是花多。花落花閒空九陌。無

109

邊烟雨江南北。送盡征帆悲去國。暮鴉
終古咽垂楊。頭白長安歸不得。
梁廣照 長明。柳齋詞選。

鷓鴣天 贈李柳谿。

回首中原淚萬行。漢京聞已諱長楊。年
如蠟炬風前盡。心似芭蕉剝後傷。冬

110

至後日初長。就添一線亦尋常。多君為
賦黃昏句。催送江山付夕陽。
龍沐勛 榆生。風雨龍吟室詞。

鵲踏枝 半唐老人謂馮正中鵲踏枝十四闋鬱伊惝怳義兼比興爰盡和焉予客居無俚復和八章念亂懷人不自知其言之掩抑零亂也

111

斜掠雲鬟凝睇久宜面妝成綽約仍依
舊病起情懷如中酒帶圍省得新來瘦
折盡青青堤畔柳夢結多生未分今
生有懸淚風前沾翠袖忍寒留約黃昏
後
誰道儂家心久許盼到佳期一箭流光

112

去未恨枝頭鶯亂語思量總被嬋娟誤
自掩鏡鸞愁萬縷水闊天高漲斷蘭
舟路回首衆芳零落處拋殘紅淚君知
否
忽憶友人天際去 香山寄微之句 暗數征程未
遠傷遲暮夢裏相思爭識路朦朧月挂

113

江頭樹「醉折花枝還自語胡蝶翻飛知
到梁州否流水一分風後絮春心歷亂
歸何處
多事金風催晝短弱線拈鬮盼得番風
換院落淒涼人不管雁音兵氣連還斷
嘶過玉驄衰草岸哀角荒波彷彿通

114

霄漢獨坐黃昏誰是伴殷勤為祝清光
滿

楊圻 雲史江山萬里樓詞鈔

臨江仙 庚子西狩頤和園為聯軍居住游宴之所辛丑秋議和成寇退余入排雲殿見龍床不整涵具狼籍悲從中來其何能已咸豐庚申聯軍焚圓明園四十年中再見浩劫矣

115

一夜西風吹不住彫殘太液芙蓉雲房
水殿浸寒空夷歌處零落怨秋紅 數
凝碧池頭人散後寂寥水際簾櫳青娥
相向月明中夜闌深坐含淚說文宗

南鄉子

風雨過滿山涼海雲來去過長廊暗水

116

流花春澗急山堂夕捲幔玫瑰燃夜月

又

涼宵好望長河碧峯樓閣起夷歌峽裏
彈琴秋月出聽琴客暗捲山簾花雨濕

袁克文 豹岑龜厂詞

蝶戀花

117

吹上花枝還又住花外流鶯却被東風
妒花落不關春欲暮有情芳草情無樹
簾底車聲街陌路捲盡殘紅不捲愁
思去莫問飄零花與絮江山到眼今何
處

夏承燾 瞿禪

118

鷓鴣天 哀時

唾碧凝紅惜舊題廿年何事鬥雙眉生
憎寃鳥千般喚忍見風花一半飛遲
好夢負芳時鏡鸞釵燕罷相思重幃背
燭看殘局一倍春寒那得知

盧前 冀野 紅冰詞

119

淡黃柳 詠寒山限質職韻 寒

西樓一角猶弄傷心碧不見圖中驢背
客看到斜陽淡淡遥想倪迂舊顏色
朔風急殘鴉半天黑望村落晚煙直恨
鐘聲閣住疏林隙野寺歸來四橋回首
應有梅花信息

120

靳志 仲雲居易齋詩餘

點絳唇 題瀑布圖

本性空明泉清合在山中住紅塵相誤
流向人間去 逝者如斯日夜東南注
高寒處轉雷飛雨細認來時路

周岸登 道援蜀雅

121

踏莎行 和庚子秋詞滬尹韻

舊酒塵襟新歌障扇江湖十載經行遍
當筵禁得奈何聲試妝已自隨年變
笛裏驚魂花邊倦眼旗亭畫取興亡怨
過江涕泣滿青山無人說與當時燕

朱衣 居易清湖欸乃

122

虞美人

歸來慣踏苕溪草又送秋光老山花野
卉亂簪頭帶得一襟涼露倚西樓 樓
中昨夜人如玉顧影成幽獨斑騅嘶斷
幾時歸那更陌頭烟雨正淒迷

王蘭馨 將離集

123

鷓鴣天

九死癡魂賸一絲。東風。吹。上。綠。楊。枝。年
年化作長楊絮。飛遍城南君未知。思
宛轉。路參差。鳳樓迢遞燕應迷。梨花。簾。
外。濛濛。絮。正時、城。南。月。上。時。是。

俞因 季則婦學齋詞

124

清平樂 寄君木

金鳧煙直。月弄疏簾碧。湛湛明河天一
尺。苦憶他鄉今夕。 笛聲隱約誰家。夜
涼獨掩窗紗。一昔畫屏無寐。泪絲。彈。上。
秋花。

張祖銘 織雲琴風館詞

125

菩薩蠻 別思

柳絲低拂闌干綠。錦衾斜掩屏風曲。何
處繫離愁。楚雲天盡頭。 碧窗魂一縷。
杜宇淒涼語。別淚背人彈。杏花春晝寒。

羅莊 孟康初日樓稿

采桑子

126

海棠零落香紅謝。嬌鳥翻枝。一霎驚啼。
苦向深叢覓絳蕤。 綠窗人自成閒坐。
不似花時。睡起頻窺。遶樹攀條日幾回。

葉葉俞

浣溪沙 秋夜寄徵姊

如水新涼沁薄帷。依前圓月小樓西。夜

127

香燒罷翠簾垂　腰瘦不堪愁繫綰夢遥還賴酒扶持　天涯應更有逢時　禁

郭貞和　寄媗

清平樂　秋宵

夢回怯冷黯黯　秋宵永愛向顋邊留睡印淩亂雅鬟不整　搴幃月滿中庭悶来聞倚雲屏一樣燈前微醉銷凝不似

128

春醒

129（完）

書信

呈章孤桐先生

少小讀書緣鄉賢仰文山浩歌發正氣真可立懦頑深心瀾同識越謹誰能删當其生發時
事仍實餞賴士爲志國扶操術寧一端蹴子勤香耕江海二十年頗浪勵清操自甘晉宿盤
中歲遭寇亂斷痾歎浦灘義場直備諸戰大連大敗百里傷日蹙壯士幾生還神禍忽西
遍譏慟不可舉目嗟生不辰誰言一死難入口願重排忍令棄華間扶病入虎穴誰果無心肝
栖遲五載中魂夢何曾安赴奔憎漏長聽亦悲鬢斑何以慰我情清夜尚漫漫多士頹擊
覺亦每悲朝家相繼復相注信倘遠三韓志義且繼出秦斧今共事余任教西門深睹育群
國志士宋志英等慶以詩歌述懷密謀興復竟被日軍拘捕拷掠備至寇敗始獲釋回國歸韓
任軍漢城日報社並業大学講師最近赴滬金陵探予覲狀云太
接應重王師未酬心力殫居然荷天佑殊慶浦一丸卒土慶重光全甌缺復完未萬切達
耿耿親披丹圖國權離析誰言天宇寬寢成依蔓抄赫赫爲萬奸哀哀彼善良鄒鋸提倉
論羅章氣節更轉肆貪饕如云全作牘其法且百般嗟予被幽繫疾痛誰相關哀女含悲
辛相見淚暗潸相顧惟骨立相憐亦髓乾誰爲擎蒿鵝遠流詠養嬰嬰章長沙大悲激
文國然屏燭幽隱奮筆徐譏彈憂國拚切直騰口同悲酸進思元杜詩今古一長歎萬物語吐
氣藹藹將何觀客氣流稀拂若切陽明言陽明先生重修文山祠記略云氣節之與流而爲客氣文山
之謂其情戾粗鄙之氣以折其嫚嫉禍慾和士係於種族氏入於健訟人欲熾而天理滅而禍自
視以爲氣節頃誦慈氏書偶自忘衰瘵微命爲是惜所哀亂如環吞聲獻此辭賴湯鳴
風雲

呈章孤桐先生

章士釗（1882-1973），號孤桐，湖南善化人，留學日本、英國，曾任北京大學教授。南京大審期間曾擔任周佛海等人的辯護律師。

少小讀書傳，鄉賢仰文山，浩歌發正氣，真可立懦頑。深心溯句踐，越語誰能删，當其生聚時，事仇實靦顏，士苟志國族，操術寧一端。賤子勤舌耕，江海二十年，頗復勵清操，自甘苜蓿盤，中歲遘寇亂，卧痾歇浦灘，夷場且偷活。戰火連天殷，百里傷日蹙，壯士幾生還，旆旌忽西邁，號慟不可攀。自嗟生不辰，誰言一死難，八口顧童稚，忍令棄草間，扶病入虎穴，詎果無心肝。栖皇五載中，魂夢何曾安，起舞憎漏長，照水悲鬢斑，何以慰我情，清夜尚漫漫。多士隨警覺，亦每忘朝寒，相感復相泣，結納逮三韓，忠義且輩出，秦弓合共彎。（余任教白門灣，［從］游有韓國志士宋志英等屢以詩歌述懷，密謀興復，竟被日軍拘捕拷掠備至，寇敗始獲釋。頃聞歸韓任事漢城日報社兼某大學講師，最近來游金陵探予現狀云。）接應望王師，未辭心力殫，居然荷天佑，強虜消一丸，率土慶重光，金甌缺復完。來蘇切遺□，耿耿競披丹，團圞旋離析，誰言天宇寬。寢成瓜蔓抄，赫赫為肅奸，哀哀彼善良，鋃鐺捉入官，論罪審氣節，吏轉肆貪殘，如云金作贖，弄法且百般。嗟予被幽縶，疾痛誰相關，妻女含悲辛，相見淚暗潸，相顧惟骨立，相憐亦髓乾，誰為擊鳶鴞，淒涼詠素餐。諤諤章長沙，大悲激文瀾，然犀燭幽隱，奮筆發譏彈，憂國挢切直，騰口同悲酸。追思元杜詩，今古一長歎，萬物得吐氣，落落將何觀，客氣流矯拂，苦切陽明言。（陽明先生重修文山祠記畧云：氣節之弊，流而為客氣。又云：憑其憤戾粗鄙之氣，以行其媢嫉褊鷙之和，士流於矯拂，民入於健訟，人欲熾而天理滅，而猶自視以為氣節。）頃誦慈氏書，偶自忘衰孱，微命焉足惜，所哀亂如環，吞聲獻此辭，朝陽鳴鳳鸞。

札記

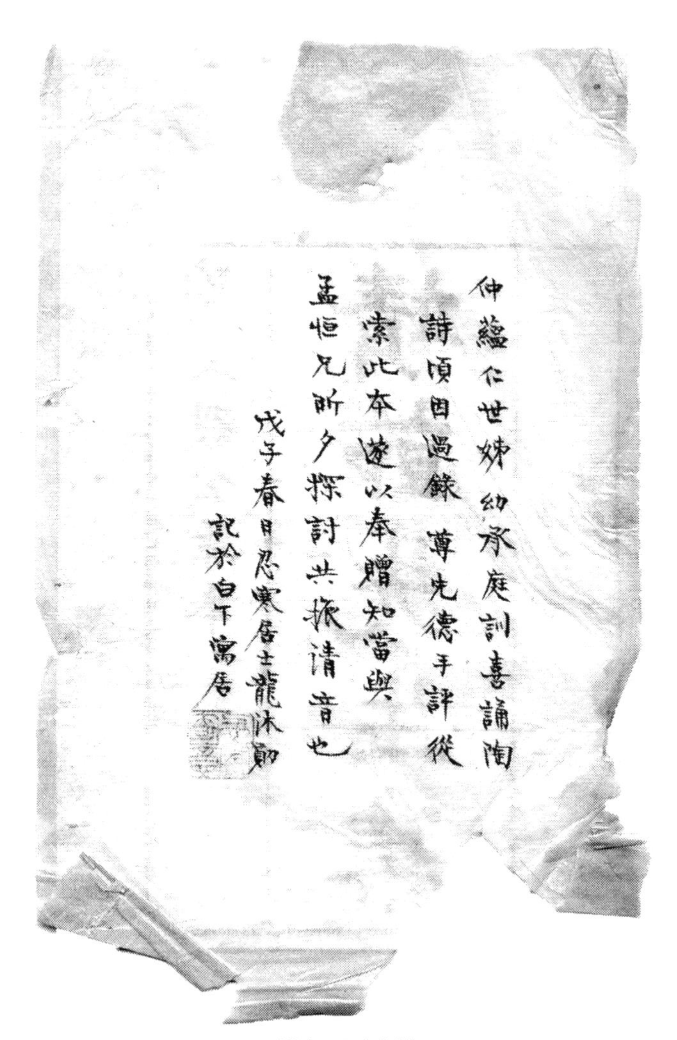
仲蘊仁世姊幼承庭訓喜誦陶
詩頃因過錄 尊先德手評從
索此本遂以奉贈知當與
孟恒兄昕夕探討共振清音也
戊子春日忍寒居士龍沐勛
記於白下寓居

（鈐印：忍寒寄義）

靖節先生集

汪精衛愛讀陶淵明詩，曾著詠陶詩作多首，如〈冰如以盧子樞所畫長卷見贈因題其後〉有「幼讀淵明詩，每作山林想」，〈讀陶詩〉則有「豈為恥折腰，恥與素心違」，前者傾慕陶淵明躬耕田園的恬淡生活，後者更是敬佩其志節可嘉。

據何孟恒說：「汪氏生平披讀陶集牘本，晚年殆遍，親將所見，朱筆批註於陶澍集注《靖節先生集》上，長女文惺後得龍榆生贈讀之《靖節先生集》，盡將先哲手批過錄一遍，至今尚存。」以下顯示的就是這本《靖節先生集》全部的掃描圖片，既彰顯汪精衛與龍榆生二人以文會友的深切交情，更傾注了汪氏畢生對陶詩的感悟。集中多為汪氏、龍氏批註，亦有少許何孟恒註文於上。

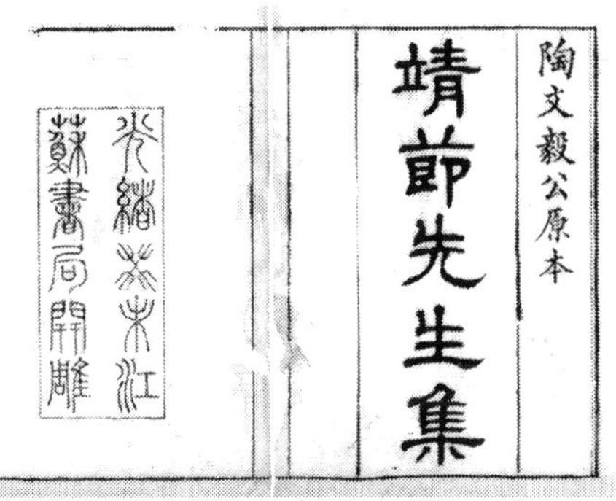
陶文毅公原本

靖節先生集

光緒癸未江蘇書局開雕

封面

海寧吳兔牀校刊湯東澗所注陶靖節集求遺像冠册首余偶於吳江王氏句山書屋見明人所摹歷代名賢像鈎得此幅又於吳興沈某所見龍眠居士蓮社圖真蹟手盤與此正同乃知此本得靖節真面目也聞石門方孏儒亦有摹本不知與此有異同否乾隆丙午秋日海鹽張燕昌書於烟波定

頁一

戢戢彭澤致美璿生八儒尚贊五柳自目賦辭歸來耻殉微禄息景衡宇含貞抱朴佃山食徵東籬采菊述酒之篇同工異曲

兔牀吳騫贊

頁二

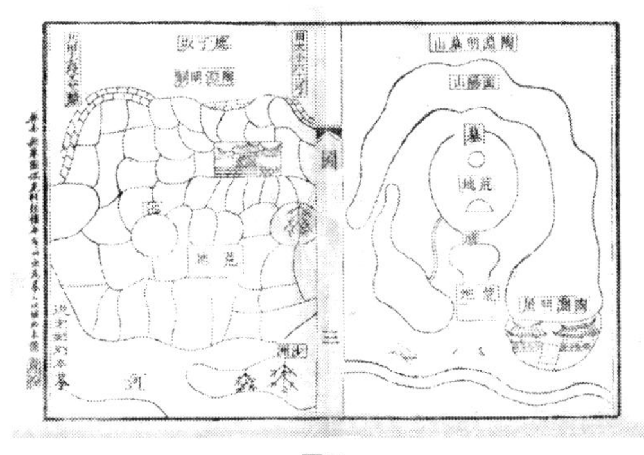
頁三

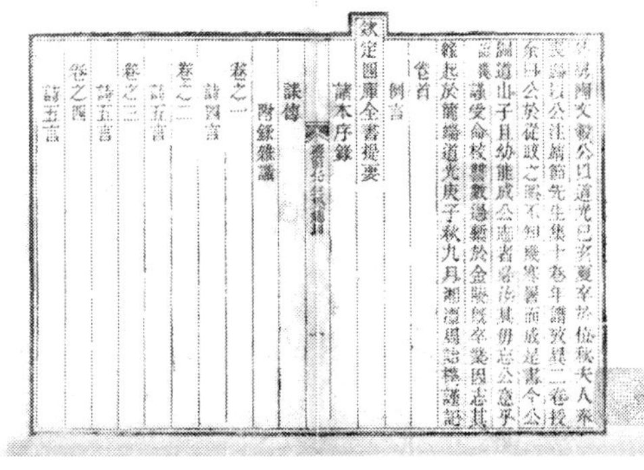
欽定四庫全書提要

卷首

例言

諸本序錄

誄傳

附錄雜識

卷之一

詩四言

卷之二

詩五言

卷之三

詩五言

卷之四

詩五言

總目一（鈐印：忍寒居士丙戌以後讀書記）

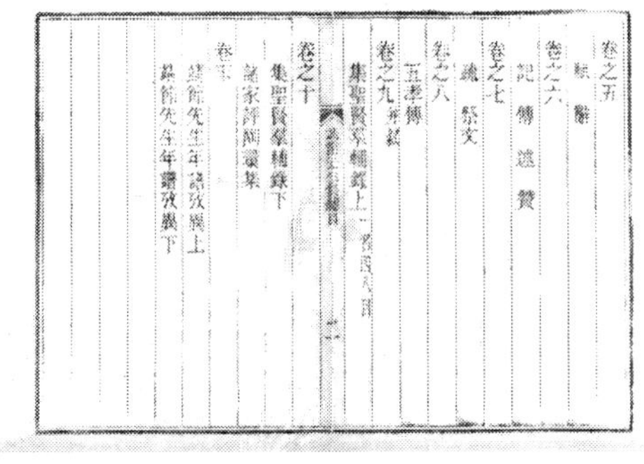
卷之五

賦 辭

卷之六

記 傳 述 贊

卷之七

疏 祭文

卷之八

五孝傳

卷之九

集聖賢羣輔錄上

卷之十

集聖賢羣輔錄下

諸家評陶彙集

卷末

靖節先生年譜攷異上

靖節先生年譜攷異下

總目二

余幸得見李公煥何孟春本，惜未見湯文清本

例言

是集據陽休之序錄及晁公武讀書志梁昭明所
編正集原止七卷又錄一卷爲八卷其五孝傳四
八目則休之所增當以別於正集文爲三卷合成
十卷是陽本也今諸本以五孝傳編於記傳之後
疏祭文之前則既違蕭編亦乖陽錄矣故特離而
出之庶昭明舊第猶可想像而得焉

是集宋葛公本今不可見世所傳者惟湯文清李
公煥何孟春三家最著湯止注詩頗爲簡要李何
稍繁然于意逆之處俱有發明故今所注雖博采
羣賢要以三家爲本

字句同異固由轉寫多訛亦半係愚臆妄改今參
取湯文清本李公煥本何孟春本焦弱侯本汲古
閣舊本毛晉綠君亭本何義門所校宣和本擇善
而存其義可兩存但云某本作某去取從違不敢
專輒

首陽易水之思精衛刑天之詠其惓惓於故君舊
國者情見乎辭述酒一篇湯東磵黄文煥十得六
七尚有庾詞隱語一經拈出疑滯胥通但注杜者
泥於每飯不忘君之言致多迂曲又爲前人所譏

例言頁一

此言甚當而注往往仍不能踐其言

故凡詞意本與時事無關諸說必欲搏撦附會者
則在所不取

知人論世厥資年譜王雪山吳斗南兩家皆有論
撰然皆未嘗細考出處之年又誤以上京爲京都
故于六載去還歸闕閡難通又不知其時鎮京口
者爲劉牢之徒有仕桓仕裕疑團轇轕今以晉宋
二書參互攷定疏通證明自不煩言而解

五孝傳四八目本係假託可以存而不論今於卷
首恭載四庫全書提要俾承學之士不致以贋爲
眞其四八目與正史間有同異仍爲注明者以究
係六朝人之書爲後世類書之祖足資考證也

昭明本卷首有傳即其所自爲先生傳也今諸本
皆載昭明傳然昭明實本沈約宋書晉書南史亦
皆踵宋書而作故今備錄三史其考正乖誤則具
年譜蓮社高賢傳雖小說然所傳已舊故旁及焉

何孟春毛晉於史傳之外又雜采隆聞軼事以爲
附錄蓋凡先生豹游觴詠之處無不動人流連慨
慕者今續得若干條並誌於後猶何毛之意云

詩無達詁古今善說詩者無過孟子小弁凱風北
山寥寥不過片言書然以解宋元以來詩話興而

頁二

詩道睽違竊影響彌騁不休其實皆與無關從
裁墨而已爾集自李公煥錄諸家總論於前斷是
例孟春王晉良驛秦增積益多參運加刊飾弥縫
專輸故於卷末彙集一編未能免俗聊復效顰焉
爾
道光歲次己亥春月　安化陶澍識

靖節先生集序　三

頁三

欽定四庫全書提要

陶淵明集八卷晉陶潛撰按北齊陽休之序錄
潛集行世凡三本一本八卷無序一本六卷有
序目而編比顛亂兼復闕少一本爲蕭統所撰
亦八卷而少五孝傳及四八目四八目即聖賢
羣輔錄也休之參合三本定爲十卷已非昭明
之舊又宋庠私記稱隋經籍志潛集九卷又云
梁有五卷錄一卷唐志作五卷庠時所行一爲
蕭統八卷本以文列詩前一爲陽休之十卷本
其他又數十本終不知何者爲是晚乃得江左
舊本次第最若倫貫今世所行即庠稱江左本
也然昭明太子去潛世近已不見五孝傳四八
目不以入集陽休之何由續得且五孝傳及四
八目所引尚書自相矛盾決不出於一手當必
依託之文休之誤信而增之以後諸本雖卷帙
多少次第先後各有不同其竄入僞作則同一
轍實自休之所編始庠私記但疑八儒三墨二
條之誤亦考之不審矣今四八目已經
睿鑒指示灼知其僞別著錄於子部類書而詳辨之
其五孝傳文義庸淺決非潛作既與四八目一

靖節先生全集提要　一

欽定四庫全書提要 頁一

時同出其僞亦不待言今並刪除惟編潛詩文
仍從昭明太子爲八卷雖梁時舊本今不可考
而黜僞存眞庶幾猶爲近古焉
聖賢羣輔錄二卷舊附載陶潛集中唐宋以來
相沿引用承譌踵謬莫悟其非迨以編錄遺書
始蒙
睿鑒高深斷爲僞託臣等仰承
聖誨詳悉推求乃知今本潛集爲北齊僕射陽休之
編休之序錄稱其集先有兩本一本六卷編比
顛亂兼復闕少蕭統所撰八卷又少五孝傳及
四八目今錄統所闕并序目等合爲十卷是五
孝傳及四八目實休之所增蕭統舊本無是也
統序稱愛其文故加搜校則八卷以外不應更
有佚篇其爲晚出僞書已無疑義且集中與子
儼等疏稱子夏言孔子四友而此錄四友乃爲
顏回子貢子路子張知五孝傳引孝乎惟孝友
於兄弟之文句皆從包咸知未見古文尚書
而此錄四岳一條乃引孔安國其出兩手尤自
顯然至書以聖賢羣輔錄爲名而營三恪鄭七
穆晉六卿魏四友以及仕莽之書林唐遵扳晉

靖節先生全集提要　二

之王義並列僞編名實相違理乖風教亦決非
潛之所爲昔宋庠校正斯集僅知三墨八儒二
條爲後人所竄入而全書之贗竟不與潛之受
誣已逾千載今逢右文　聖世得以辨別而表
章之使白璧無瑕流光奕葉是亦潛之至幸矣

靖節先生全集提要　三

頁三

頁二

靖節先生集諸本序錄

安化陶　澍編輯

梁昭明太子陶淵明集序曰夫自衒自媒者士女之醜行不忮不求者明達之用心是以聖人韜光賢人遯世其故何也含德之至莫踰於道親己之切無重於身故道存而身安道亡而身害處百齡之內居一世之中倏忽比之白駒寄遇謂之逆旅宜乎與大塊而盈虛隨中和而任放豈能戚戚勞於憂畏汲汲役於人間齊謳趙女之娛八珍九鼎之食結駟連騎之榮侈袂執圭之貴樂既樂矣憂

靖節先生集諸本序錄　一

亦隨之何倚伏之難量亦慶弔之相及智者賢人居之甚履薄冰愚夫貪士競之若洩尾閭玉之在山以見珍而終破蘭之生谷雖無人而自芳故莊周垂釣於濠伯成躬耕於野或貨海東之藥草或紡江南之落毛譬彼鵷鶵豈競鳶鴟之肉猶斯雜縣寓勞文仲之牲至于子常甯喜之倫蘇秦衛鞅之匹死之而不疑甘之而不悔主父偃言生不五鼎食死則五鼎烹卒如其言豈不痛哉又楚子觀周受折於孫滿霍侯驂乘禍起於負芒饕餮之徒其流甚衆唐堯四海之主而有汾陽之心子晉天

諸本序錄 頁一

昭明太子自是淵明知己

下之儲而有洛濱之志輕之若脫屣視之若鴻毛而況於他人乎是以至人達士因以晦迹或懷釐而謁帝或被褐而負薪鼓枻清潭棄機漢曲情不在於衆事寄衆事以忘情者也有疑陶淵明詩篇篇有酒吾觀其意不在酒亦寄酒爲迹者也其文章不羣辭采精拔跌宕昭彰獨超衆類抑揚爽朗莫之與京橫素波而傍流干青雲而直上語時事則指而可想論懷抱則曠而且眞加以貞志不休安道苦節不以躬耕爲恥不以無財爲病自非大賢篤志與道汙隆孰能如此乎余素愛其文不能

靖節先生集諸本序錄　二

釋手尚想其德恨不同時故加搜校粗爲區目白璧微瑕惟在閑情一賦揚雄所謂勸百而風一者卒無風諫何足搖其筆端惜哉無是可也并粗點定其傳編之於錄嘗謂有能觀淵明之文者馳競之情遣鄙吝之意祛貪夫可以廉懦夫可以立豈止仁義可蹈抑乃爵祿可辭不必旁遊太華遠求柱史此亦有助於風敎也

陽休之序錄曰余覽陶潛之文辭采雖未優而往往有奇絕異語放逸之致棲托仍高其集先有兩本行於世一本八卷無序一本六卷幷序目編比

頁二

顯亂兼後關少蕭統所撰八卷合序目誄傳而少
五孝傳及四八目然編錄有體次第可尋余頗賞
潛文以爲二本不足遺終按亡失今錄統所闕并
序目等合爲一帙十卷以遺好事君子
宋丞相私記曰右集按隋經籍志宋徵士陶潛集
九卷又云梁有五卷錄一卷唐志陶泉明集五卷
今官私所行本凡數種與二志不同有八卷者即
梁昭明太子所撰合序傳誄等在集前爲一卷正
集次之亡其錄有十卷者即陽僕射所撰[illegible]
按吳氏西齋錄
靖節先生集諸本序錄　三
有宋彭澤令陶潛集十卷疑即此也其序并昭明
舊序誄傳等合爲一卷或題曰第一或題曰第十
或不署於集端別分四八目自數表狀仕謝以下
爲第十卷然亦無錄余前後所得本僅數十家卒
不知何者爲是既後此本云出於江左舊書其次
第最若倫貫又五孝傳以下至四八目子注詳整
廣於他集惟闕後八儒三墨二條此似後人妄加
非陶公本意且四八目之末陶自爲識曰書籍所
載及故老所傳善惡聞於世者蓋盡於此即知其
後無餘事矣[illegible]

頁三

[illegible]故今不著輒刪存之以俟博聞
者斷乎宋庠私記
晁公武郡齋讀書志曰靖節先生集有數本七卷
者梁蕭統編以序傳顏延之誄載卷首十卷者北
齊陽休之編以五孝傳聖賢羣輔錄序傳誄分三
卷益之詩篇次差異按隋經籍志潛集九卷又云
梁有五卷錄一卷唐藝文志潛集五卷今本皆不
與二志同獨吳氏西齋目有潛集十卷疑即休之
本也休之本出宋庠家云江左舊書其次第最有
倫貫獨四八目後八儒三墨二條疑後人妄加
靖節先生集諸本序錄　四
陳思悅書集後曰梁鍾記室嶸評先生之詩爲古
今隱逸詩人之宗今觀其風致孤邁蹈厲淡源又
非晉宋間作者所能造也昭明太子舊所纂錄且
傳寫寖訛復多脫落後人雖加綜緝曾未見其完
正愚嘗採拾衆本以事讐校詩賦傳記贊述雜文
凡一百五十有一首治四八目上下二編重條理
編次爲一十卷近永嘉周仲章太守枉駕東論示
以宋朝宋丞相刊定之本於疑闕處甚有所稀其
陽僕射序錄宋丞相私記存於正集外以見前後
記錄之不同也時皇宋治平三年五月望日思悅

頁四

書
文獻通考經籍考序錄
陶靖節集
鼂氏曰晉陶淵明元亮也一名潛潯陽人蕭統云
淵明字元亮晉書云潛字元亮宋書云潛字淵明
或云字深明名元亮按集中孟嘉傳與祭妹文皆
自稱淵明當從之晉安帝末起爲州祭酒桓元篡
位淵明自解而歸州召主簿不就躬耕自資劉裕
起兵討元誅之爲鎮軍將軍淵明參其軍事未幾
遷建威參軍淵明見裕有異志乃求爲彭澤令去
靖節先生集諸本序錄　五
職潛少有高趣好讀書不求甚解著五柳先生傳
以自況世號靖節先生今集有數本七卷梁蕭統
編以序傳顏延之誄載卷首十卷者北齊陽休之
編以五孝傳聖賢羣輔錄序傳誄分三卷益之詩
篇次差異按隋經籍志潛集九卷又云梁有五卷
錄一卷唐藝文志潛集五卷今本皆不與二志同
獨吳氏西齋目有潛集十卷疑即休之本也休之
本出宋庠家云江左舊書其次第最有倫貫獨四
八目後八儒三墨二條疑後人妄加
東坡蘇氏曰吾於詩人無所好獨好淵明詩淵明

頁五

較之聊欲絃歌以為三徑之資云：為有高識

何止荊軻一首，且此首非陶詩之至者

詩不多然質而實綺癯而實腴自曹劉沈謝李杜諸人莫能及也

朱子語錄曰淵明詩人皆說平淡據某看他自豪放但豪放得來不覺耳其露出本相者是詠荊軻一篇平淡底人如何說得這樣言語出來

西山眞氏曰予聞近世之評詩者淵明之辭甚高而其指則出於莊老康節之辭若卑而其指則原於六經以余觀之淵明之學正自經術中來故形之於詩有不可揜榮木之憂逝水之歎也貧士之詠簞瓢之樂也飲酒末章有曰羲農去我久舉世少復眞汲汲魯中叟彌縫使其淳淵明之智及此豈元虛之士可望耶雖其遺榮辱一得喪眞有曠達之風細玩其辭時亦悲涼感慨非無意世事者或者徒知義熙以後不著年號爲恥事二姓之驗而不知其眷眷王室蓋有乃祖長沙公之心獨以力不得爲故肥遯以自絕食薇飲水之言銜木塡海之喻至深痛切顧讀者弗之察耳淵明之志若是又豈毀彝倫而外名敎者可以同日語乎

靖節年譜一卷　年譜辯證一卷　雜記一卷

陳氏曰吳郡吳仁傑斗南爲年譜張演季長辯證

頁六

深識確論

之又雜記晉賢論靖節語此蜀本也卷末有陽休之宋庠序錄私記又有治平三年思悅題稱永嘉不知何人也

靖節詩注四卷

宋端明殿學士番陽湯文淸公漢撰以述酒一篇爲晉恭帝哀詩蓋劉裕旣受禪使張偉以毒酒酖帝偉自飲而卒乃令兵人踰垣進藥帝不肯飲兵人以被掩殺之故哀帝詩託名述酒其自序云陶公詩精深高妙測之愈遠不可漫觀也不事異代之節與子房五世相韓之義同旣不爲狙擊震動之舉又時無漢祖者可託以行其志故每寄情於首陽易水之間又以荊軻繼二疏三良而發詠所謂拊已有深懷履運增慨然者讀之亦可以深悲其志也已平生危行言孫至述酒之作始直吐忠憤然猶亂以廋辭千載之下讀者不省爲何語是此翁所深致意者迄不得白於後世尤可以使人增欷而累歎也余竊窺見其旨因加箋釋以表暴其心事及他篇有可以發明者併著之又按詩中言本志少說固窮多夫惟忍於饑寒之苦而後能存節義之閑西山之所以有餓夫也世士貪榮祿

頁七

余未見原本，僅見景本及明萬曆休陽程氏翻刻本，景本以貴池劉氏玉海堂景宋叢書為最佳

事歟俟商高談名義自方於古人余未之信也
按靖節集昭明所撰八卷合序目傳誄而無五孝傳及四八目陽休之特取益之爲十卷隋經籍志陶集冣有五卷錄一卷蓋錄卽八卷中之目又別自單行其錄後亡故昭德讀書志只云七卷今昭明本休之本皆不得見余所見自李公煥以下凡十餘本卷數分併互有異同條繫如右

李公煥本

以梁昭明序及傳冠首次采集諸家評陶爲總論中分十卷前四卷詩五卷記辭傳述六卷賦七卷五孝傳畫贊八卷疏祭文九卷十卷聖賢羣輔錄末附錄顏延之誄陽休之序錄宋庠私記僧思悅書後無名氏記何孟春曰世傳李公煥本當是宋丞相所記江左舊書最有倫貫者又曰陶詩舊有注者宋則湯伯紀元則詹若麟輩而今不見其有傳者傳而刻者元則李公煥本而不見其能為述作家也

按明萬歷丁亥休陽程氏所梓卽李公煥本但卷端不標箋注二字亦不載廬陵後學李公煥

靖節先生集諸本序錄　八

頁八

余見原本

集錄其總論中無東坡不取穆生高一條而多朱晦菴二條陸象山二條魏鶴山一條不知程氏所見公煥本原是如此抑從別本增刪何燕泉本總論則諸條悉具

按公煥本分十卷蓋用休之例也然休之增入五孝傳四八目其卷當相似今若以八卷疏祭文移於七卷五孝傳前五孝傳退居八卷則昭文與休之編次俱可想像而得矣

又按公煥本標題稱箋注陶淵明集廬陵後學李公煥集錄而不載時代何燕泉以公煥為元人未知何據識以俟考

何孟春本

前四卷詩與李本同五卷賦辭六卷五柳先生傳孟府君傳五孝傳畫贊七卷述記疏祭文八卷九卷四八目十卷附錄顏延之誄昭明傳及序陽休之序錄宋庠私記僧思悅書後諸家總論

自記是集舊統陽休之輩或題陶淵明或題陶潛隋志作陶潛集唐志作陶泉明集以泉易淵唐爲神堯諱爾自趙宋來傳本題陶淵明集舂

靖節先生集諸本序錄　九

頁九

悉其序贊者名也從馬端臨經籍考稱靖節集
云集分卷數目諸家不同世傳李公煥本當是
宋丞相所記江左舊書所謂最備具者春今考
諸家移卷六賦二篇併入卷五移卷五五柳先
生傳孟府君傳同卷七傳贊爲卷六史述九章
移桃源記前加卷八與子儼等疏上爲卷七四
八目舊自甄表狀世需以下分之爲卷九卷十
今中分自聯句以下爲卷八卷九減舊一卷而
誄傳序銘記跋諸爲陶作洎先輩議論及陶有
不可附篇注下者錄次末簡用足十卷之數是

靖節先生集諸本序錄　十

雖少有更置而倫貫依舊尤覺得宜謹記於此
以備考焉正德戊寅陽月吉日燕泉何孟春子
元父記

按燕泉移置卷次自謂倫貫然昭明編錄原無
五孝傳四八目後人疑爲贋作今以五孝傳與
五柳先生傳孟府君傳同卷殊爲不倫也

汲古閣本

以昭明序冠卷首詩四卷惟無問來使一首餘
與諸本同五卷賦辭六卷記傳贊述七卷五
孝傳八卷疏祭文九卷十卷四八目十卷後以

頁十

陽休之序錄宋庠私記爲後序又別爲附錄二
卷上卷顏延之誄昭明傳吳仁傑年譜下卷曾
紘刑天說昭題之斜川辨諸家總論其年譜與
吳譜參本不同者數處足資考證

焦竑本

詩四卷惟歸田園居無江淹擬作一首餘與諸
本同五卷賦辭六卷記傳贊述七卷五孝傳
八卷疏祭文附錄顏延之誄昭明傳序無四八
目自敘言靖節先生徵家雅抱獨而成言昭明
太子手爲編序而傳之歲久顛爲後人所亂

靖節先生集諸本序錄　十一

其改竄者什居二三余疑其訛而絕無善本是
正頃友人偶以宋刻見遺無聖賢之目爲夫正
與昭明舊本脗合中與今本異者不啻數十處
凡舊所疑渙然冰釋此藝林之一快也吳君震
卿語余陶集得此幸不爲妄庸所汨投畫刻而
廣之余乃以授蕭卿而道其始末如此蕭卿名
汝紀新安人

按焦氏此本係宋刻然小注時引宋本作某豈
謂宋庠本耶又云八卷之數與昭明舊本合則
尤不然陽休之云蕭統所撰八卷合序目誄傳

頁十一

而少五孝傳及四八目宋庠私記云隋經籍志
宋徵士陶潛集九卷又云梁有五卷錄一卷唐
志陶泉明集五卷今官私所行本凡數種與二
志不同有八卷者即梁昭明太子所撰合序傳
誄等在集前爲一卷正集次之亡其錄晁氏昭
德讀書志云靖節先生集有數本七卷者梁蕭
統編以序傳顏延之誄載卷首是昭明所編陶
集正集止七卷并序目誄傳爲八卷後又以錄
別爲一卷故隋志云九卷亡其錄故仍爲八卷
錄即目宋晁所見八卷但有序傳誄不言目可

靖節先生集諸本序錄　十二

知也今焦本若去其卷七五孝傳庶有合於昭
明卷數耳

張溥漢魏百三名家本

通一卷以賦辭記畫贊五孝傳孟府君傳五
柳先生傳讀史述祭文詩爲次無四八目題詞
曰古來詠陶之作惟顏帶臣稱最相知謂其公
相子孫北窗高臥采菊以後題詩甲子志猶張
良思報韓龔勝恥事新也思深哉非淸臣孰能
爲此言乎吳幼淸亦云元亮述酒荊軻等作欲
爲漢相孔明而無其資嗚呼此亦知陶者其遭

頁十二

時何相似也君臣大義蒙難愈明仕則爲諸臣
不仕則爲元亮舍此則華歆傅亮攘袂勸進三
尺童子咸羞稱之此昔人所以高揭義塵而卑
許平仲也嘅士類子長之偶儕閔惜列宋玉之
好色告子似康成之誡書自祭若右軍之誓墓
孝贊補經傳記近史陶文雅兼衆體豈獨以詩
絕塵異西山云淵明之作宜自爲一編附三百
篇楚辭之後爲詩根本準則是最得之莫謂宋
人無知詩者也陶刻頗多而學者多善焦太史

靖節先生集諸本序錄　十三

所訂宋本故仍其篇

按張本字句悉用焦本但易其篇次耳

張爾公本

詩四卷刪四時一首謂氣格不似淵明又刪聯
句一首謂遂輒不足遂餘與諸本同五卷以記
辭傳述賦爲次六卷疏祭文其五孝傳四八目
悉刪不錄顏上書贊亦刪蕭其以養氣法然子
於陵仲子而極贊其至與聖賢所論相柄鑿故
併刪之

毛晉綠君亭本

以詩一百五十八章爲一卷文十七篇爲一卷

頁十三

余未見原本，僅見拜經樓翻刻本

四八目爲一卷詩之歸園田居江淹擬作問來
使四時聯句四八目之八儒三墨皆不載正集
月見雜附中其諸家之評論則前有總評章評
字句之異同則後有參疑詳焉

何焯校正本

云以宋宣和槧木板原本校對者按胡仔苕溪
漁隱叢話曰余家藏靖節文集乃宣和王寅王
仲良厚之知信陽日所刻字大尤便老眼字畫
乃學東坡書亦臻其妙殊爲可愛不知此板兵
火之餘今尚存否厚之有後序云陶集世行數

靖節先生集諸本序錄　十四

本互有舛謬今詳加審訂其本無二意不必俱
存如亂一作乱禮一作礼游一作遊余一作予
者復有字畫近似傳寫相襲失於考究如以庫
鈞爲庚鈞丙曼容爲丙曼客八及爲八友者凡
所改正二百二十有六義門所謂宣和本當即
此本也

以上諸本詩文並載其專說詩者所見亦有數
本

湯東礀本

自序陶公詩精深高妙測之愈遠不可漫觀也

頁十四

不事異代之節與子房五世相韓之義同旣不
爲狙擊震動之舉又時無漢祖者可託以行其
志故每寄情於首陽易水之間又以荆軻繼二
疏三良而發詠所謂撫己有深懷履運增慨然
讀之亦可以深悲其志也已先生危行遜言至
述酒之作始直吐忠憤然猶亂以廋詞千載之
下讀者不省爲何語是此翁所深致意者迄不
得白於後世尤可以使人增欷而累歎也余偶
窺見其指因加箋釋以表暴其心事及他篇有
可發明者亦併著之文字不多乃命繕寫模傳

靖節先生集諸本序錄　十五

與好古通微之士共商略焉又按詩中言本志
少說固窮多夫惟忍於飢寒之苦而後能存節
義之閑西山之所以有餓夫也世士貪榮祿事
豪侈而高談名義自方於古之人余未之信也
淳祐初元九月九日鄱陽湯漢敘書
吳騫跋曰南宋鄱陽湯文清公注陶靖節詩四
卷焉貴與文獻通考極稱之所謂述酒詩乃哀
零陵而作其微旨雖露於韓子蒼至文清反
覆研詩而發暢其說眞可謂彰善異代之知己
矣此書世鮮傳本歲辛丑吾友鮑君以文游吳

頁十五

門得之歸舟枉道過余小桐溪山館出以見示
楮墨精好古香襲人誠宋槧佳本也昔毛斧季
前輩晚年嘗以藏書售潘稼堂太史有宋刻陶
集斧季自題目下曰此集與世本夐然不同如
桃花源記聞之欣然規往非本作親往今
觀是集始知斧季之言爲不謬又擬古詩聞有
田子泰流俗本多譌作田子春惟此作子泰與
魏志符其他佳處尤不勝更僕數注中間有引
宋本者[illegible]據吳氏西齋書目及僧思悅陶詩
序以爲湯氏蓋指宋元獻刊定之本因勸子重

靖節先生集諸本序錄　十六

雕以公同好文清人品雅爲眞西山趙南泉諸
公所推尤明於易城復于隍其命亂也王伯厚
困學紀聞嘗取之餘詳宋史本傳乾隆五十年
歲次旃蒙大荒落小重陽日海昌吳騫識
按東磵本何孟春云今不見其全書此本乃吳
騫拜經樓以宋本重雕者惟詩四卷文但錄桃
花源記以有詩也錄歸去來辭以詩類也其歸
園田居江淹擬作及問來使晚唐人作舊誤入
者皆刪出附於集末又雜詩斷爲松標崖一首
亦附集末云東坡和陶無此篇

頁十六

余見原本

余同此意

黃文煥陶詩析義本
詩四卷與諸本同惟刪歸園田居江淹擬作及
四時詩而以桃花源詩列於卷末聯句之前蓋
用東坡本例也但不錄歸去來辭與湯異
吳瞻泰陶詩彙注本
以昭明傳吳仁傑王質兩家年譜冠首詩四卷
刪去歸園田居江淹擬作及問來使四時三首
而以桃花源詩列於卷末幷附讀史述九章謂
九章原不列詩集內然語以韻行與詩不甚遠
且九章之內發抒忠憤爲多尤淵明一生大節

靖節先生集諸本序錄　十七

正猶屈子之九歌也附於詩後似不嫌創云
蔣薰本
詩四卷與諸本同惟刪四時一首而以桃花源
詩列於卷末聯句之前歸去來辭幷讀史述九
章次其後焉
以上所見合十二本卷數之分併字句之同異
今皆擇善而從惟以五孝傳移爲第八卷使與
四八目相次後之覽者庶知前七卷雖非昭明
舊第然其編比大槩可想後三卷則陽休之附
益而眞贗亦無難辨識矣其未見諸本仍錄於

頁十七

余所見尚有明萬曆楊時偉本、清康熙詹夔錫本、清嘉慶温汝残本，後又見旌邑李文韓本莫友芝

定為縮刻汲古閣本，又見日本明治十九年刊本所據為明蔡汝賢本，後又見涵芬樓景印宋紹熙曾集本

毛氏有汲古閣本又有綠君亭本，皆與莫友芝所云不同，然則莫友芝所謂毛氏宋本或是第三種耶

此三語可

右

無名氏集後記曰靖節先生江左偉人世高其節先儒謂其最善任眞方其爲貧也則求爲縣令比不得志也則挂冠而歸此所以爲淵明設其詩文不工猶當敬愛況如渾金璞玉前賢固有定論耶僕近得先生集乃羣賢所校定者因鋟于木以傳不朽云紹興十年十一月日記何孟春曰淵明集後世傳本思悅書後有記者云不著名氏世本李公煥之所載者雖與

陳振孫直齋書錄解題靖節年譜一卷辨證一卷雜記一卷解題曰吳郡吳仁傑斗南爲年譜張縯季長辨證之又雜記昔賢論靖節語此蜀本也卷末有陽休之序錄宋庠私記又有治平三年思悅題稱永嘉不知何人也季長辨證本今未見

吳澄詹若麟淵明集補注序曰予嘗謂楚之屈大夫韓之張司徒漢之諸葛丞相晉之陶徵士是四君子者其制行也不同其遭時也不同而其心一也一者何明君臣之義而已欲爲韓而斃呂殄秦者子房也欲爲漢而誅曹殄魏者孔明也雖未能盡如其心焉然亦略得伸其志願矣靈均逆睹讒臣之喪國淵明坐視强臣之移國而俱莫如之何

靖節先生集諸本序錄　十八

頁十八

此數語可笑

也略伸志願者其事業見於世莫如之何者將沒世而莫之知則不得不託之空言以洩忠憤此子所以每讀屈辭陶詩而爲之流涕太息也屈子之辭非藉朱子之注人亦未能洞識其心陶子之詩悟者尤鮮其泊然沖淡而甘無爲者安命分也其慨然感發而欲有爲者表志願也近世惟東磵湯氏稍稍窺探其一二吾鄉詹若麟因湯所注而廣之考其時考其地原其序以推其志意於是屈陶二子之心粲然暴白於千載之下若麟之功蓋不減朱子也嗚呼陶子無昭烈之可輔以圖存無高皇之可倚以復讎無可以伸其志願而寓於詩使後之觀者又昧昧焉豈不重可悲也哉屈子不忍見楚之亡而先死陶子不幸見晉之亡而後死死之先後異爾易地則皆然其亦重可哀已夫何孟春曰若麟補注未見據吳此序其書必有可取

靖節先生集諸本序錄　十九

頁十九

靖節先生集　誄傳雜識

陶徵士誄　　顏延之

夫璿玉致美不為池隍之寶桂椒信芳而非園林之實豈其樂深而好遠哉蓋云殊性而已故無足而至者物之藉也隨踵而立者人之薄也若乃巢由之抗行夷皓之峻節故已父老堯禹錙銖周漢而緜世寖遠光靈不屬至使菁華隱沒芳流歇絕不亦惜乎雖今之作者人自為量而首路（[illegible]）同塵輟塗殊軌者多矣豈所以昭末景汎餘波乎（文選無乎字）有晉徵士尋陽陶淵明南嶽之幽居者也弱不好弄長實素心學非稱師文取指達在眾不失其寡處言愈見其默少而貧病（一作苦）居無僕妾井臼弗任藜菽不給母老子幼就養勤匱遠惟田生致親之議追（一作[illegible]）悟毛子捧檄之懷初辭州府三命後為彭澤令道不偶物棄官從好遂乃解體世紛結志區外定跡深棲於是乎遠（一作遂）灌畦鬻蔬為供魚菽之祭織絇緯蕭以充糧粒之費心好異書性樂酒德簡棄煩促就成省曠殆所謂國爵屏貴家人忘貧者與有詔徵著作郎稱疾不赴（一無赴字）春秋六十有三（文選作春秋若干）元嘉四年

靖節先生集　一

誄傳雜識 頁一

月日卒於尋陽縣柴桑里（一作之某里）近識悲悼遠士傷情冥默福應嗚呼淑貞夫實以誄華名由謚高苟允德義貴賤何算焉若其寬樂令終之美好廉克己之操有合謚典無愆前志故詢諸友好宜謚曰靖節徵士其辭曰物尚孤生人固介立豈伊時遘曷云世及嗟乎若士望古遙集韜此洪族蔑彼名級睦親之行至自非敦然諾之信重於布言廉深簡絜貞夷粹溫和而能峻博而不繁依世尚同詭時則異有一於此兩非默置豈若夫子因心違事（[illegible]）畏榮好古薄身厚志世霸虛禮州壤推風孝惟義養道必懷邦人之秉彝（[illegible]）不隘不恭爵同下士祿等上農度量難鈞進退可限長卿棄官稚賓自免子之悟之何悟之辯賦辭歸來高蹈獨善亦既超曠無適非心汲流舊巘葺宇家林晨煙暮藹春煦秋陰陳書輟卷置酒弦琴居備勤儉躬兼貧病人否其憂子然其命隱約就閑遷延辭聘非直也明是惟道性糾纆斡流冥漠報施孰云與仁實疑明智謂天蓋高胡諐斯義履信曷憑思順何寘年在中身疢維痁疾視化如歸臨凶若吉藥劑弗嘗禱祀非恤傃幽告終懷和長畢嗚

靖節先生集　二

頁二

淺之測陶公矣

呼哀哉敬述靖節式遵遺占存不願豐沒無求贍省訃卻賻輕哀薄斂遭壤以穿旋葬而窆嗚呼哀哉深心追往遠情逐化自爾介居及我多暇伊好之洽接閻鄰舍宵盤晝憩非舟非駕念昔宴私舉觴相誨獨正者危至方則閡哲人卷舒布在前載取鑒不遠吾規子佩爾實愀然中言而發違眾速尤迕風先蹷身才非實榮聲有歇叡音（叡一作徽）永矣誰箴余闕嗚呼哀哉仁焉而終智焉而斃黔婁既沒展禽亦逝其在先生同塵往世旌此靖節加彼康惠嗚呼哀哉

靖節先生集　三

宋書隱逸傳

陶潛字淵明或云淵明字元亮潯陽柴桑人也曾祖侃晉大司馬潛少有高趣嘗著五柳先生傳以自況（文載本集）時人謂之實錄親老家貧起為州祭酒不堪吏職少日自解歸州召主簿不就躬耕自資遂抱羸疾復為鎮軍建威參軍謂親朋曰聊欲弦歌以為三徑之資可乎執事者聞之以為彭澤令公田悉令種秫稻妻子固請種秔乃使二頃五十畝種秫五十畝種秔郡遣督郵至縣吏白應束帶見之潛歎曰我不能為五斗米折腰向鄉里小人

頁三

此猶程明道所謂目中有妓，心中無妓也，而淵明則自稱入鳥不駭，雜獸斯群

即日解印綬去職賦歸去來文載本集義熙末徵著作
佐郎不就江州刺史王宏欲識之不能致也潛嘗
往廬山宏令潛故人龐通之齎酒具於半道栗里
要之潛有脚疾使一門生二兒轝籃輿既至欣然
便共飲酌俄頃宏至亦無忤也先是顔延之爲劉
柳後軍功曹在潯陽與潛情欵後爲始安郡經過
日日造潛每往必酣飲致醉臨去留二萬錢與潛
潛悉送酒家稍就取酒嘗九月九日無酒出宅邊
菊叢中坐久值宏送酒即便就酌醉而後歸潛不
解音聲而蓄素琴一張無絃每有酒適輒撫弄以

靖節先生集　四

寄其意貴賤造之者有酒輒設潛若先醉便語客
我醉欲眠卿可去其眞率如此郡將候潛值其酒
熟取頭上葛巾漉酒畢還復著之潛弱年薄宦不
潔去就之跡自以曾祖晉世宰輔恥復屈身異代
自高祖王業漸隆不復肯仕所著文章皆題其年
月義熙以前則書晉氏年號自永初以來唯云甲
子而已與子書以言其志并爲訓戒與子疏載本集又爲
命子詩以貽之詩載本集潛元嘉四年卒時年六十三

陶淵明傳　　蕭統

陶淵明字元亮或云潛字淵明潯陽柴桑人也曾

以陶公胸襟言之，即曾祖非晉世輔，亦不樂仕，且尤不肯仕宋也

頁四

祖侃晉大司馬淵明少有高趣博學善屬文穎脫
不羣任眞自得嘗著五柳先生傳以自況時人謂
之實錄親老家貧起爲州祭酒不堪吏職少日自
解歸州召主簿不就躬耕自資遂抱羸疾江州刺
史檀道濟往候之偃臥瘠餒有日矣道濟謂曰賢
者處世天下無道則隱有道則至今子生文明之
世奈何自苦如此對曰潛也何敢望賢志不及也
道濟饋以粱肉麾而去之後爲鎭軍建威參軍謂
親朋曰聊欲絃歌以爲三徑之資可乎執事者聞
之以爲彭澤令不以家累自隨送一力給其子書

靖節先生集　五

曰汝旦夕之費自給爲難今遣此力助汝薪水之
勞此亦人子也可善遇之公田悉令吏種秫曰吾
常得醉於酒足矣妻子固請種秔乃使二頃五十
畝種秫五十畝種秔歲終會郡遣督郵至縣吏請
曰應束帶見之淵明歎曰我豈能爲五斗米折腰
向鄉里小兒即日解綬去職賦歸去來徵著作郎
不就江州刺史王宏欲識之不能致也淵明嘗往
廬山宏命淵明故人龐通之齎酒具於半道栗里
之間要之淵明有脚疾使一門生二兒舁籃輿既
至欣然便共飲酌俄頃宏至亦無忤也先是顔延

頁五

之爲劉柳後軍功曹在潯陽與淵明情欵後爲始
安郡經過潯陽日造淵明飲焉每往必酣飲致醉
宏欲要延之坐一作坐彌日不得延之臨去留二萬
錢與淵明淵明悉遣送酒家稍就取酒嘗九月九
日出宅邊菊叢中坐久之滿手把菊忽值宏送酒
至即便就酌醉而歸淵明不解音律而蓄無絃琴
一作無絃素琴一張每酒適輒撫弄以寄其意貴賤造之
者有酒輒設淵明若先醉便語客我醉欲眠卿可
去其眞率如此郡將常候之值其釀熟取頭上葛
巾漉酒漉畢還復著之時周續之入廬山事釋惠

靖節先生集　六

遠彭城劉遺民亦遁迹匡山淵明又不應徵命謂
之潯陽三隱後刺史檀韶苦請續之出州與學士
祖企謝景夷三人共在城北講禮加以讎校所住
公廨近於馬隊是故淵明示其詩云周生述孔業
祖謝響然臻馬隊非講肆校書亦已勤其妻翟氏
亦能安勤苦與其同志自以曾祖晉世宰輔恥復
屈身後代自宋高祖王業漸隆不復肯仕元嘉四
年將復徵命會卒時年六十三世號靖節先生

晉書隱逸傳

陶潛字元亮大司馬侃之曾孫也祖茂武昌太守

頁六

潛少懷高尙博學善屬文穎脫不羈任眞自得爲
鄕鄰之所貴嘗著五柳先生傳以自況時人謂之
實錄以親老家貧起爲州祭酒不堪吏職少日自
解歸州召主簿不就躬耕自資遂抱羸疾復爲鎭
軍建威參軍謂親朋曰聊欲絃歌以爲三徑之資
可乎執事者聞之以爲彭澤令在縣公田悉令種
秫穀曰令吾常醉於酒足矣妻子固請種秔乃使
一頃五十畝種秫五十畝種秔素簡貴不私事上
官郡遣督郵至縣吏白應束帶見之潛歎曰吾不
能爲五斗米折腰拳拳事鄕里小人邪義熙二年

靖節先生集　七

解印去縣乃賦歸去來頃之徵著作郎不就既絕
州郡覲謁其鄕親張野及周旋人羊松齡寵遵等
或有酒要之或要之共至酒坐雖不識主人亦欣
然無忤酣醉便反未嘗有所造詣所之唯至田舍
及廬山游觀而已刺史王宏以元熙中臨州甚欽
遲之後自造焉潛稱疾不見既而語人曰我性不
狎世因疾守閑幸非潔志慕聲豈敢以王公紆軫
爲榮邪夫謬以不賢此劉公幹所以招謗君子其
罪不細也宏每令人候之密知當往廬山乃遣其
故人龐通之等齎酒先於半道要之潛旣遇酒便

頁七

引酌野亭欣然忘進宏乃出與相見遂歡宴窮日
潛無履宏顧左右爲之造履左右請履度潛便於
坐申脚令度焉宏要之還州問其所乘答云素有
脚疾向乘籃輿亦足自反乃令一門生二兒共轝
之至州而言笑賞適不覺其有羨於華軒也宏後
欲見輒於林澤間候之至於酒米乏絕亦時相贍
其親朋好事或載酒肴而往潛亦無所辭焉每一
醉則大適融然又不營生業家務悉委之兒僕未
嘗有喜慍之色惟遇酒則飲時或無酒亦雅詠不
輟嘗言夏月虛閑高臥北窗之下淸風颯至自謂

靖節先生集　八

羲皇上人性不解音而畜素琴一張絃徽不具每
朋酒之會則撫而和之曰但識琴中趣何勞絃上
聲以宋元嘉中卒時年六十三所有文集并行於
世

南史隱逸傳

陶潛字淵明或云字深明名元亮潯陽柴桑人晉
大司馬侃之曾孫也少有高趣宅邊有五柳樹故
嘗著五柳先生傳蓋以自況時人謂之實錄親老
家貧起爲州祭酒不堪吏職少日自解而歸州召
主簿不就躬耕自資遂抱羸疾江州刺史檀道濟

頁八

往候之偃臥瘠餒有日矣道濟謂曰夫賢者處世
天下無道則隱有道則至今子生文明之世奈何
自苦如此對曰潛也何敢望賢志不及也道濟饋
以粱肉麾而去之後為鎮軍建威參軍謂親朋曰
聊欲絃歌以為三徑之資可乎執事者聞之以為
彭澤令不以家累自隨送一力給其子書曰汝旦
夕之費自給為難今遣此力助汝薪水之勞此亦
人子也可善遇之公田悉令吏種秫稻妻子固請
種粳乃使二頃五十畝種秫五十畝種粳郡遣督
郵至縣吏白應束帶見之潛歎曰我不能為五斗

靖節先生集　九

米折腰向鄉里小人即日解印綬去職賦歸去來
以遂其志義熙末徵為著作佐郎不就江州刺史
王宏欲識之不能致也潛嘗往廬山宏令潛故人
龐通之齎酒於半道栗里要之潛有腳疾使一門
生二兒舁籃輿及至欣然便共飲酌俄頃宏至亦
無忤也先是顏延之為劉柳後軍功曹在潯陽與
潛情款後為始安郡經過潛每往必酣飲致醉宏
欲要延之一坐彌日不得延之臨去留二萬錢與
潛潛悉送酒家稍就取酒嘗九月九日無酒出宅
邊菊叢中坐久之逢宏送酒至即便就酌醉而後

頁九

歸潛不解音聲而畜素琴一張每有酒適輒撫弄
以寄其意貴賤造之者有酒輒設潛若先醉便語
客我醉欲眠卿可去其真率如此郡將候潛逢其
酒熟取頭上葛巾漉酒畢還復著之潛弱年薄宦
不潔去就之迹自以曾祖晉世宰輔恥復屈身後
代自宋武帝王業漸隆不復肯仕所著文章皆題
其年月義熙以前明書晉氏年號自永初以來唯
云甲子而已與子書以言其志并為訓戒又為命
子詩以貽之元嘉四年將復徵命會卒世號靖節
先生其妻翟氏志趣亦同能安苦節夫耕於前妻

靖節先生集　十

鋤於後云

蓮社高賢傳

陶潛字淵明晉大司馬侃之曾孫少懷高尚著五
柳先生傳以自況時以為實錄初為建威參軍謂
親朋曰聊欲絃歌為三徑之資執事者聞之以為
彭澤令郡遣督郵至縣吏白應束帶見之潛歎曰
吾不能為五斗米折腰拳拳事鄉里小兒耶解印
去縣乃賦歸去來及宋受禪自以晉世宰輔之後
恥復屈身異代居潯陽柴桑與周續之劉遺民並
不應辟命世號潯陽三隱嘗言夏月虛閒高臥北

頁十

妙哉

妙哉

窗之下清風颯至自謂羲皇上人性不解音畜素
琴一張絃徽不具每朋酒之會則撫而叩之曰但
識琴中趣何勞絃上聲常往來廬山使一門生二
兒舁籃輿以行時遠法師與諸賢結蓮社以書招
淵明淵明曰若許飲則往許之遂造焉忽攢眉而
去宋元嘉四年卒世號靖節先生

附錄雜識

晉中興書載顏延之為始安郡道經尋陽常飲
淵明舍自晨達昏及淵明卒延之為誄極其思
致

靖節先生集　十一

續晉陽秋云江州刺史王宏造淵明無履宏從
人脫履以給之宏語左右為彭澤作履左右請
履度淵明於眾坐伸腳及履至著而不疑
廬山記遠法師居廬阜三十餘年影不出山跡
不入俗送客過虎溪虎輒鳴號昔陶元亮居栗
里山南陸修靜亦有道之士遠師嘗送此二人
與語道合不覺過之因相與大笑今世傳三笑
圖
廬阜雜記遠師結白蓮社以書招淵明陶曰弟
子嗜酒若許飲即往矣遠許之遂造焉因勉令

頁十一

妙哉

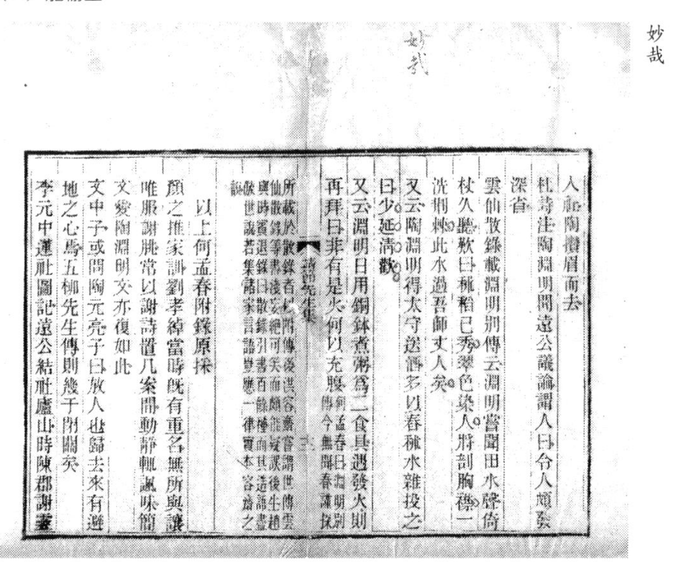

入社陶攢眉而去

杜詩注陶淵明聞遠公議論謂人曰令人頗發深省

雲仙散錄載淵明別傳云淵明嘗聞田水聲倚杖久聽歎曰秫稻已秀翠色染人時剖胸襟一洗荊棘此水過吾師丈人矣

又云陶淵明得太守送酒多以春秫水雜投之曰少延清歡

又云淵明日用銅鉢煮粥為二食具遇發火則再拜曰非有是火何以充腹 何孟春曰淵明別傳今無聞春謹按所載於散錄者如附傳後洪容齋嘗謂世傳雲仙散錄等書淺妄絕可笑而顧能疑誤後生趙與時賓退錄曰散錄引書百餘種而其造語書畫欺世誤若集諸家言語體悉一律寶本容齋之說

靖節先生集 三

以上何孟春附錄原採

顏之推家訓劉孝綽當時既有重名無所與讓唯服謝朓常以謝詩置几案間動靜輒諷味簡文愛陶淵明文亦復如此

文中子或問陶元亮子曰放人也歸去來有避地之心焉五柳先生傳則幾于閉關矣

李元中蓮社圖記遠公結社廬山時陳郡謝靈

頁十二

運以才自負少所推與及來社中見遠師心悅誠服乃為開池種白蓮求預淨社師以其心亂拒而不納陶潛時棄官居栗里每來社中或時終至便攢眉遁去遠師愛之欲留不可道士陸修靜居簡寂觀亦常來社中與遠相善遠自居東林足不越虎溪一日送陸道士忽行過溪相持而笑又常令人沽酒引淵明來故詩人有愛陶長官醉兀兀送陸道士行遲遲沽酒過溪俱破戒彼何人斯師如斯又云陶令醉多招不得謝公心亂去還來者皆其事也

靖節先生集 十三

江西通志淵明故居凡三處一在瑞州新昌縣東二十五里圖經云陶公始家宜豐後徙柴桑宜豐今新昌也一在南康府城西七里為玉京山亦名上京名勝志云陶詩矚晉家上京即此一在九江府西南九十里柴桑山名勝志云陶潛家于柴桑即今之楚城鄉也去宅北三里許有靖節墓唐白居易有訪陶公舊宅詩合三說攷之當以此為正也

桑喬廬山紀事上京山當大嶺一峰甚秀彭蠡東西數百里雲山煙水浩淼夢帶皆列几席

頁十三

間奇絕不可名狀陶淵明嘗居之淵明詩疇昔家上京注云南康志近城五里地名上京有淵明故居

王禕繹行記陶靖節故居其地栗里也地屬星子縣而星子在晉為彭澤縣按史靖節為彭澤令督郵行縣吏白當束帶見之靖節不肯折腰小兒遂解官賦歸去來辭而歸義熙三年也是時劉裕實殺殷仲文將移晉祚靖節氏世為晉臣義不事二姓故託為之辭以去耳梁昭明謂恥復屈身異代要為得其心夫豈以一督郵為此

靖節先生集 十四

悻悻乎

困學紀聞陶公栗里前賢題詠獨顏魯公一篇令人感慨今攷魯公詩云張良思報韓龔勝恥事新狙擊苦不就舍生悲縉紳嗚呼陶淵明奕葉為晉臣自以公相後每懷宗國屯題詩庚子歲自謂羲皇人手持山海經頭戴漉酒巾興與孤雲遠辨隨還鳥泯見廬山記集不載朱子跋云顏文忠公栗里詩見陳令舉廬山記而不得其全篇雖然讀之者亦足以識二公之心而著於君臣之義矣栗里在今南康軍西北五十里

頁十四

龍榆生註：觀勸相二字待查

谷中有巨石相傳是陶公醉眠處予嘗往遊而悲之為作歸去來館於其側歲時勸相聞一至焉倚仰林泉棗酒屬客蓋未嘗不賦是詩也

桑喬廬山紀事栗里者陶淵明故里也其地在虎爪崖下

潯陽記栗里今有平石如砥縱橫丈餘相傳靖節先生醉臥其上在廬山南

王禕繹行記過醉石觀陶靖節故居其地栗里也觀已廢惟有大石亘澗中石上隱然有人臥形相傳靖節醉臥此石上也

靖節先生集 十五

圖書集成南康府部醉石在星子縣濯纓池下谷中高三四尺亦謂之砥柱石元亮飲酒醉臥其上

陶默仰止錄栗里原當澗有石從廣丈餘其平如砥淵明每醉輒坐臥其上朱文公詩及此逢醉石謂言公所眠陳聖俞云是非分付千鐘酒日月消磨一醉中今其傍有醉石菴

太平寰宇記五柳館在栖隱寺側五柳先生之舊宅也

仰止錄五柳館先生門種五柳也湖口治西三

頁十五

十步元主簿馮克敏復搆五柳堂今夷爲民居
矣
明一統志湖口縣東三十里有翫月臺晉陶潛
爲彭澤令時築以翫月臺南有洗墨池潛所鑿
以滌硯者
圖書集成九江府部洗墨池在湖口縣南三十
里彭澤鄉陶元亮爲令時滌筆墨處一號亭綿
練亭翫月臺俱在彭澤鄉世傳陶元亮宰縣時
築
江西通志九江府城西南九十里有王宏餉郎
白衣人送酒地也

靖節先生集　十六

仰止錄菊所在東流縣治後淵明解印日常處
其中舊爲即舊彭澤地也書淵在豫章安福縣
南四十里怪石層疊其巔有平石名淵明讀書
臺又曰書閣也九曲池在湖口縣南三十里有
池云淵明所穿與陸修靜周續之三人聚講處
也今改爲三學寺
毛晉綠君亭陶集雜附靖節祠一在柴桑山下
一在南康府學東一在九江府治東一在彭澤
縣治東又一在縣南一在瑞州府城南一在新

頁十六

昌縣之南山一在湖口縣三學寺前或專祠或
合祠皆古今名賢遐徵道風流範來學故雖郡
邑之沿革非一而先生之祠則易代而彌新也
圖書集成九江府部靖節祠初在三學寺旁有
望月臺元時縣尹孫文叢至寺見望月臺遺蹟
乃靖節讀書地捐俸建祠於上後於三學寺後
建祠塑先生及陸修靜周續之遺像於中名三
賢祠後地　國朝順治中重建地有望月臺洗
墨池流觴曲水遺跡古松叢蔚爲湖口八景之
一

靖節先生集　十七

元吳澄湖口縣靖節先生祠堂記曰晉靖節陶
先生家潯陽之柴桑昔爲彭澤令後析彭澤創
湖口縣湖口亦彭澤也故其境內往往有靖節
遺蹟孫侯文叢宰湖口因有其鄉至三學寺民
間相傳以爲靖節讀書之地旁有望月臺舊基
猶存乃出私錢築於臺基之上且就縣學東偏
建祠堂三間以祀先生竊惟靖節先生高志遠
識超越古今而設施不少槩見其令彭澤也不
過一時牧伯辟舉相授俾得公田之利以自給
如古人不得已而爲祿者爾非受天子命而仕

頁十七

也晉祚何時不肯屈於督郵而去況此志節豈
時宋肯忍恥於二姓哉觀述酒荊軻等作殆欲
爲漢相孔明之事而無其資責子有詩與子有
疏志趣之同苦樂之安一家父子夫婦又如此
夫人道三綱爲首先生一身而三綱舉無愧焉
古言於眞意委運於大化則幾於聞道矣誰謂
漢魏以降而有斯人者乎嗚先生未易知也後
人於詩語文字間窺其彷彿而已然先生非
有名位顯於時非有功業著於後而千載之下
使人膋眷不忘其何以得此於人哉予於孫侯
之爲斯舉而不意談槃道之也侯燕人所至有
廉能聲

靖節先生集　十八

仰止錄湖口大嶽山在彭澤鄉東去縣二十里
舊漢彭澤舊治有靖節祠元吳澄作記南康星
子縣亦有祠城東一里祠前有碑運石石色深
黑旁有大指鏃文理宛然瑞州亦有祠宋文丞
相天祥建
新昌縣祠縣東二十里義鈞鄉鄉人多陶姓於
其南立祠
桑喬廬山紀事靖節墓在面陽山北麓鹿子坂

頁十八

在楚城鄉桃花尖山西去靖節墓三四里其地
有淵明故宅
圖書集成陶靖節墓在星子縣北二十五里明
正德七年提學李夢陽清出墓於面陽山置田
以備祭祀命其後瓊領之以陶時亨補郡學生
員至今代有祀生墓西南爲靖節書院
廬山志李夢陽曰初淵明墓失也越百餘年無
尋焉予既得其山并田遂遷諸竊據而葬者數
塚而封識之然仍疑焉夫淵明自祭文曰不封
不樹豈其時眞不封不樹以致竊據而葬者耶

靖節先生集　十九

又曰予既得墓山封識之矣又得其故屋祠址
田令其裔老人瓊領業焉然其山并田德化縣
屬而老人瓊星子民也會九江陶亨來言淵明
裔亨固少年粗知字義者於是使爲郡學生實
欲久陶墓云
以上新增

丁亥初秋女弟子蔡楚纕佩秋自滬還吳視于獅子口獄中以家藏此集見假用紅筆圈點一遍仰先哲之高致感斯世之頹流顧影悽然付綴數語　中秋前六日忍寒居士

丁亥初秋，女弟子蔡楚纕佩秋自滬還吳，視于獅子口獄中，以家藏此集見假，用紅筆圈點一遍，仰先哲之高致，感斯世之頹流，顧影悽然，付綴數語。
中秋前六日忍寒居士

頁十九

此趙鈍叟所謂墜經生刻畫苦海者也，諸如此類，原不必入注

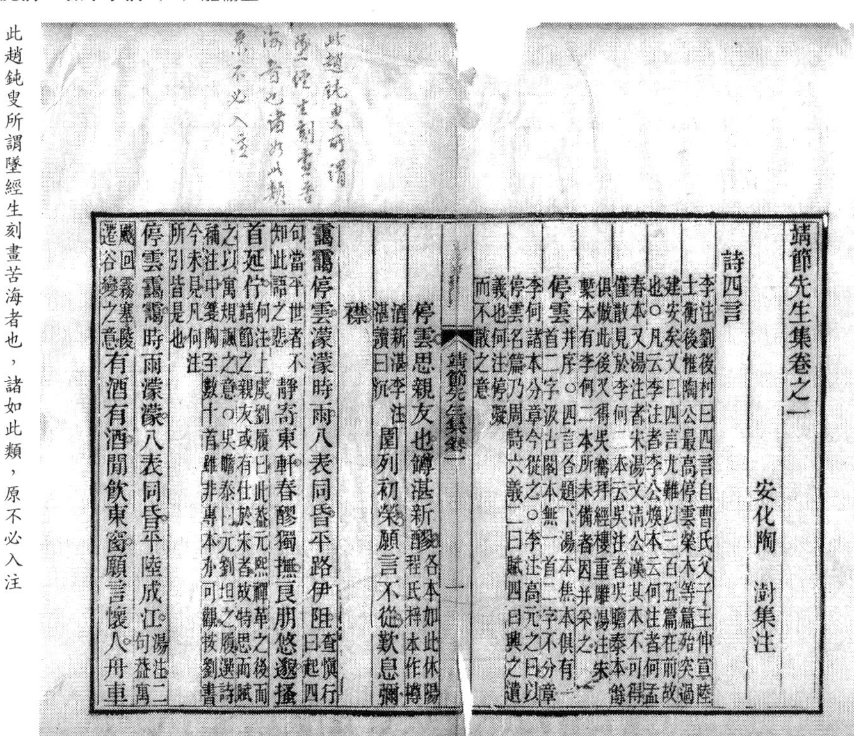
靖節先生集卷之一

安化陶　澍集注

詩四言

李注劉後村曰四言自曹氏父子王仲宣陸士衡後惟陶公最高停雲榮木等篇殆突過建安矣又曰四言尤難以三百五篇在前故也○凡云李注者李公煥本云何注者何孟春本又湯注者宋湯文清公漢其本不可得僅散見於李何二本云吳注者吳瞻泰本餘俱倣此後又得吳騫拜經樓重雕湯注宋槧本有李何二本所未備者因并采之

停雲 并序○四言各題下湯本焦本俱有一首二字汲古閣本無一首二字不分章李何諸本分章今從之○李注高元之曰以停雲名篇乃周詩六義二曰賦四曰興之遺義也何注停凝而不散之意

靖節先生集卷一　一

停雲思親友也罇湛新醪各本如此休陽程氏[illegible]本作樽酒新湛李注湛讀曰沉園列初榮願言不從歎息彌襟

靄靄停雲濛濛時雨八表同昏平路伊阻查慎行曰起四句當平世者不知此語之悲靜寄東軒春醪獨撫良朋悠邈搔首延佇何注上虞劉履曰此蓋元熙禪革之後而靖節之親友或有仕於宋者故特思而賦之以寓規諷之意○吳瞻泰曰元劉坦之履選詩補注中婁陶至數十首雖非專本亦可觀按劉書今未見凡何注所引皆是也

停雲靄靄時雨濛濛八表同昏平陸成江湯注二句蓋寓飈回霧塞陵遷谷變之意有酒有酒閒飲東窗願言懷人舟車

卷一 頁一

頁三

頁二

頁五

頁四

伊余云遘在長忘同 [illegible]

笑言未久逝焉西東遙遙三湘 [illegible]

滔滔九江山川阻遠行李時通 [illegible]

何以寫心貽此話言 [illegible] 進

簣雖微終焉為山敬哉離人臨路悽然款襟或遼

靖節先生集卷一　六

音問其先

吳仁傑年譜曰陶侃封長沙郡公贈大司馬有
子十七人洪瞻夏琦旗斌稱範岱九人附見侃
傳先生大父亦侃子也獨見於先生傳中侃薨
世子夏襲爵殺其弟斌庾亮奏加放黜表未至
而夏卒詔以瞻息宏襲侃爵宏卒子綽之嗣綽
之卒子延壽嗣宋受禪降為吳昌侯以世次考
之先生於延壽為諸父行今自謂於長沙公為
族祖意延壽入宋而卒見先生於潯陽者豈其
子耶延壽已降封吳昌仍以長沙稱之從晉爵

頁六

也詩題當云贈長沙公族孫而云族祖者字之
誤也一本因詩題之誤輒以意改字文云長沙
於余為族祖按侃子夏襲封長沙公於先生為
大父行其卒在庾亮前時先生未生也
李公煥注引西蜀張縯辨證曰年譜以此詩為
元嘉乙丑作按晉書載長沙公侃卒長子夏以
罪廢次子瞻之子宏襲爵宏卒子綽之嗣綽之
卒子延壽嗣宋受晉禪延壽降為吳昌侯若謂
詩作於元嘉則延壽已改封吳昌非長沙矣先
生詩云伊余云遘在長忘同蓋先生世次為長

靖節先生集卷一　七

觀延壽乃諸父行序云余於長沙公為族或云
長沙公為大宗之傳先生不欲以長自居故詩
稱於穆令族序稱於余為族或云我曰欽哉實
宗之光皆敬宗之義也如年譜以族祖族孫為
稱乃是延壽之子延壽已為吳昌侯其子又安
得稱長沙公哉要是此詩作於延壽未改封之
前
澍按吳以序中族祖連讀疑所贈乃延壽之子
其稱長沙公者從晉爵也張以族字斷句謂所
贈即延壽其稱長沙公在未改封之前二說皆

頁七

可通矣謂稱長沙公為從晉爵例以宋初以來
不紀宋號則吳說為長但謂序中余于長沙公
為族祖所贈乃延壽子族祖二字不必破句可
也惟題之族祖不及改為族孫竟作因序誤衍
為是至長沙降封宋高祖受禪詔降五公長沙
公降為醴陵侯見沈約宋書高祖紀晉書誤作
吳昌吳張皆沿其誤
又按以稱長沙公為從晉爵則謂贈延壽在降
封之後亦可惟族字須斷句耳先生於延壽為
從父行禮大夫降總故云禮服遂悠又云昭穆

靖節先生集卷一　八

既遠已為路人蓋定律五服之外以凡論也而
長沙公猶敦族誼經過潯陽肯造祖堂展親收
族故先生作詩美之既敘繾綣遂加勗勉親愛
之至詞意藹然而為立方之徒誤會感彼行路
之語横生議論亦可謂固哉高叟矣 [illegible]
[illegible]
書桓公傳桓彝之子亮起兵於羅縣自稱平南
將軍湘州刺史長沙相陶延壽以亮稱亂起兵
遣收之 [illegible]

頁八

[illegible]
高祖紀義熙五年慕容超率鐵騎來戰命咨議
參軍陶延壽擊之是延壽在晉頗立勳業無忝
厥祖先生固非虛為嘉許也

酬丁柴桑 [illegible]

有客有客爰來爰止 [illegible] 秉直司聰于惠百里
飡勝如歸聆善若始 [illegible]

靖節先生集卷一　九

匪惟諧也 [illegible] 屢有良遊 [illegible]
載言載眺以寫我憂放歡一遇
既醉還休實欣心期方從我遊

答龐參軍 并序

龐為衞軍參軍從江陵使上都過潯陽見
贈

衡門之下有琴有書載彈載詠爰得我娛豈無他
好樂是幽居朝為灌園夕偃蓬廬
人之所寶尚或未珍 [illegible]

頁九

[illegible] 不有同好 [illegible] 云胡以親我求良
友實覯懷人懽心孔洽棟宇惟鄰 [illegible]
伊余懷人欣德孜孜我有旨酒與汝樂之乃陳好
言乃著新詩一日不見如何不思 [illegible]
嘉遊未斁誓將離分送爾于路銜觴無欣依依舊
楚邈邈西雲之子之遠良話曷聞
昔我云別倉庚載鳴今也遇之霰雪飄零大藩有
命作使上京豈忘宴安王事靡寧
慘慘寒日肅肅其風翩彼方舟容與江中 [illegible]

靖節先生集卷一　十

[illegible] 勗哉征人在始思終敬茲良辰以保爾躬
何孟春注 [illegible] 本傳江州刺史王宏
欲識潛不能致潛嘗往廬山宏令其故人龐通之
齎酒具半道栗里邀之此龐參軍四言及後五
言皆云 [illegible] 未知是此人又名遵詩云龐主
簿者或即龐參軍也半道栗里亦可證移家之
事
澍按參軍主簿皆公府所辟 [illegible] 不相兼宜先
生詩有龐主簿有龐參軍主簿下注云龐遵與
宋書裴松之傳元嘉三年分遣大使巡行天下

頁十

司徒主簿龐遵使南兗州合參軍則佚其名當
別是一龐也先生答參軍詩并非素識因結鄰
始通殷勤冬春往復交為時尚淺故曰相知何
必舊傾蓋定前言且各 [illegible] 亦因參軍將使江陵
先有贈別之作不可無酬故因值 [illegible] 往復
之義且為別後相思之資若主簿則為怨詩
楚調示之 [illegible] 生平觀其至以 [illegible] 期相 [illegible] 非同
心莫逆肯以交 [illegible] 語若是乎益先生之於龐 [illegible]
新知各如其分未嘗一概兼施也近時金谿王
謨 [illegible] 事十代文獻略以龐通之即龐遵為主
簿者而龐參軍又是一人其說良然參軍為衞
軍使江陵又從江陵使上都其時衞軍將軍王
宏宜都王義隆鎮江陵使者 [illegible] 謀廢立之事先
生贈詩曰敬茲良辰以保爾躬豈有 [illegible] 見其 [illegible]
者歟 [illegible]

勸農

悠悠上古厥初生民傲然自足抱樸含真智巧既
萌資待靡因誰其贍之實賴哲人 [illegible]
哲人伊何時惟后稷贍之伊何實曰播殖舜既躬

靖節先生集卷一　十一

頁十一

吳注引黃維章句，以不勸為深於勸，結局最工

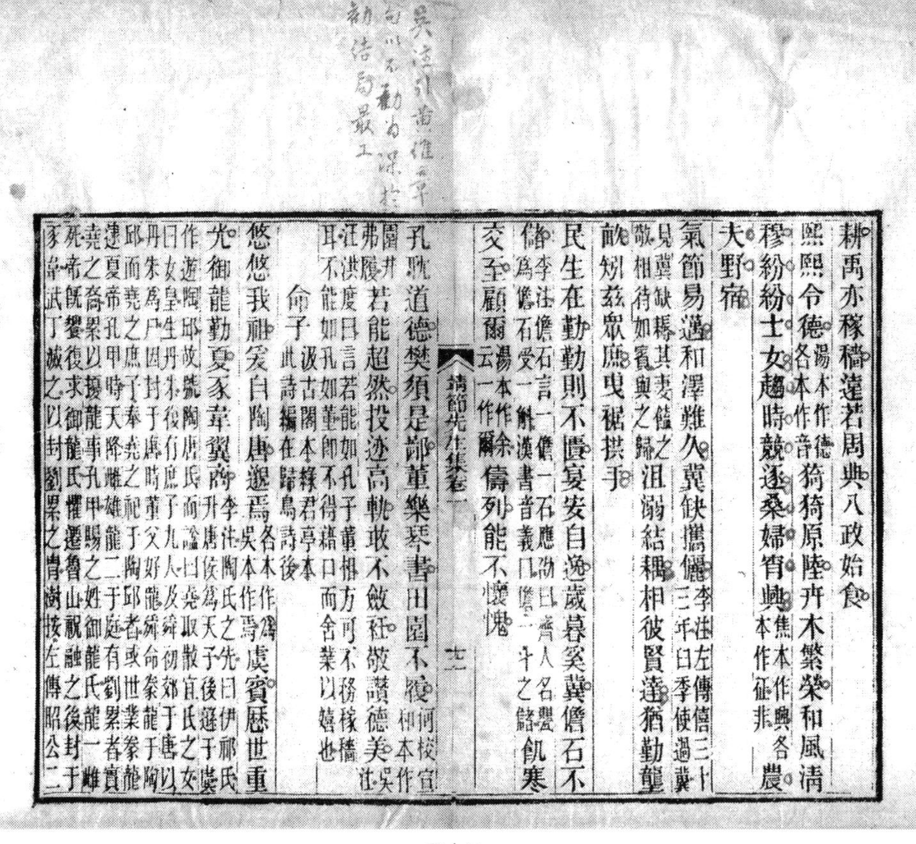
耕禹亦稼穡遠若周典八政始食
熙熙令德（湯本作德各本作音）猗猗原陸卉木繁榮和風清
穆紛紛士女趨時競逐桑婦宵興（焦本作興各本作征非）農
夫野宿
氣節易邁和澤難久冀缺攜儷（李注左傳僖三十三年曰季使過冀見冀缺耨其妻饁之敬相待如賓與之歸）沮溺結耦相彼賢達猶勤壟
畝矧茲眾庶曳裾拱手
民生在勤勤則不匱宴安自逸歲暮奚冀儋石不
儲（李注儋石言一儋一石應劭曰齊人名甖為儋石受一斛漢書音義曰儋一斗之儲）飢寒
交至顧爾（湯本作余云一作爾）儔列能不懷愧

靖節先生集卷一　十二

孔耽道德樊須是鄙董樂琴書田園不履（何校宣和本作園井弗履）若能超然投迹高軌敢不斂衽敬讚德美（吳注汪洪度曰言若能如孔子董相方可不務稼穡耳不能如孔如董即不得藉口而舍業以嬉也）

命子（汲古閣本移君亭本此詩編在歸鳥詩後）

悠悠我祖爰自陶唐邈焉（各本作為吳本作寫）虞賓歷世重
光御龍勤夏豕韋翼商（李注陶氏之先曰伊祁氏升唐侯為天子後遜于虞作遊陶邱故號陶唐氏而諡曰堯取散宜氏之女曰女皇生丹朱丹朱後有庶子九人及舜初郊于唐以丹朱為尸因封于虞時董父好龍舜命豢龍于陶邱而堯之庶子奉堯之祀于陶邱者或世業豢龍逮夏帝孔甲時天降雌雄龍二于庭有劉累者實堯之裔累以擾龍事孔甲賜之姓曰御龍氏龍一雌死帝既饗復求御龍氏懼遷魯山祝融之後封于豕韋武丁滅之以封劉累之胄樹拔左傳昭公二

頁十二

頁十四

頁十三

陶公玩世之意往往見於言表

陶公玩世之意往往見於言表

㝢孫於原係殘闕不全以代爲出鄭名世姓氏書詳年譜攷異祇於皇湯本作穆云一作皇

仁考淡焉虛止寄跡風雲冥各本作寘湯本云一作冥今从之茲

慍喜李注又姿城太守生五子史失載趙泉山曰靖節之父史逸其名惟載于陶茂麟家譜而其行事亦無從考見惟命子詩曰於皇仁考淡焉虛止寄跡風雲寘茲慍喜其父子風規蓋相類按姿城當作安城詳年譜考異

嗟余寡陋瞻望弗及顧慙華鬢負影隻立三千之

罪無後爲急我誠念哉呱聞爾泣

卜云嘉日占亦良時名汝曰儼字汝求思溫恭朝

夕念茲在茲尚想孔伋庶其企而湯漢注孔伋因求思而言韋元成詩誰謂華高企其齊而誰謂德難厲其庶而鍾惺曰人知陶公高逸讀榮木命子等篇乃是小心

靖節先生集卷一　十五

翼翼溫慎憂勤之人也

厲夜生子遽而求火李注莊子天地篇厲之人半夜生其子遽取火而視之汲

汲然惟恐其似己也凡百有心奚特于我既見其生實欲其

可人亦有言斯情無假

日居月諸漸免於孩福不虛至禍亦易來夙興夜

寐願爾斯才爾之不才亦已焉哉何注陸放翁曰鄭康成誡子書云若忽忘不識亦已焉哉此用其語

李公煥注引張縯曰先生高蹈獨善宅志超曠

視世事無一可芥其中者獨於諸子拳拳訓誨

有命子詩有責子詩有告儼等疏先生既厚積

頁十五

頁十七

頁十六

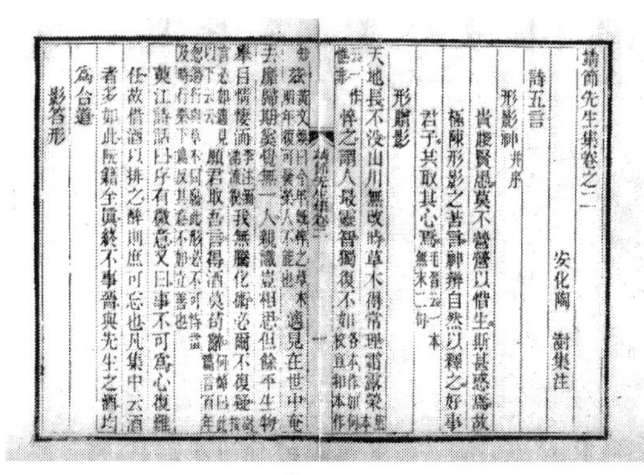
靖節先生集卷之二　安化陶澍集注

詩五言

形影神并序

貴賤賢愚莫不營營以惜生斯甚惑焉故極陳形影之苦言神辨自然以釋之好事君子共取其心焉

形贈影

天地長不沒山川無改時草木得常理霜露榮悴之謂人最靈智獨復不如茲……適見在世中奄去靡歸期奚覺無一人親識豈相思但餘平生物舉目情悽洏我無騰化術必爾不復疑願君取吾言得酒莫苟辭

東江詩話曰序有微意又曰事不可爲心復難任故借酒以排之醉則庶可忘也凡集中云酒者多如此……

影答形

卷二 頁一

曾滌生云，日醉兩句辨形贈影之言，立善二句辨影答形之言

存生不可言衛生每苦拙誠願遊崑華邈然茲道絕與子相遇來未嘗異悲悅……止日終不別此同既難常黯爾俱時滅身沒名亦盡念之五情熱立善有遺愛胡爲不自竭酒云能消憂方此詎不劣

東江詩話曰誠願二句亦是無如何之辭非眞欲仙也細味此首是正意先生所存豈六朝人所能望及以是知先生非眞好酒也

神釋

大鈞無私力萬理自森著人爲三才中豈不以我故與君雖異物生而相依附結託既喜同安得不相語三皇大聖人今復在何處彭祖愛永年欲留不得住老少同一死賢愚無復數日醉或能忘將非促齡具立善常所欣誰當爲汝譽甚念傷吾生正宜委運去縱浪大化中不喜亦不懼應盡便須盡無復獨多慮

頁二

頁四

頁三

曾滌生曰，淹留無成，騷人語也。今反之，謂事業則無所成，於道德豈無成耶？

榮皆因無酒而發正所謂持醪靡由也原注謂指易代之事失其指趣斂襟獨閒謠緬焉起深情棲遲固多娛淹留豈無成湯注淹留無成騷人語也今反之謂不得於彼則得於此矣後棲遲詎為拙亦同

歸園田居李注有六首二字今從湯焦毛黃吳諸本作五首其江淹擬作一首則附四卷之末

少無適俗韻性本愛邱山誤落塵網中一去三十年何注劉履曰三當作踰或在十字下按嶠節年譜太元十八年起為州祭酒時年二十九正合飲酒詩按未去學仕是時向立年之句以此推之至彭澤退歸才十三年此云三十年誤矣謝按吳仁傑以此詩為義熙二年彭澤歸後所作自初仕為州祭酒至去彭澤而歸纔歲星一周不應云三十年當作一去十三年劉說所本也又按三當作已不作踰三家渡河已之悞三舊矣羈鳥戀舊林池魚思故淵何注古詩胡馬嘶北風越鳥巢南枝張景陽雜詩流波戀舊浦行雲思故山陸士衡詩孤獸思故藪羈鳥悲舊林皆言不忘本也文子曰鳥飛之鄉依其所生也王正長詩人情依舊鄉客鳥思故林皆此意開荒南野際守拙歸園田方宅十餘畝草屋八九間榆柳蔭後簷焦本云一宋本作簷作厨非桃李羅堂前曖曖遠人村依依墟里煙狗吠深巷中雞鳴桑樹顛吳正傳詩話古雞鳴行雞鳴高樹顛狗吠深宮中陶公全用其語第二篇種豆南山下草盛豆苗稀本楊惲書意戶庭無塵雜虛室有餘閒久在樊籠裏復得返自然吳注沃儀仲曰返自然句如負重作釋四體皆暢查慎行曰返自然道盡歸田之樂可知塵網牽率事事俱違本性

野外罕人事窮巷寡輪鞅白日掩荊扉虛室絕塵

靖節先生集卷二　五

頁五

想時復墟曲中披草共來往焦本云虛室一作對酒曲中一作里人草一作衣毛吳同相見無雜言但道桑麻長桑麻日已長我土日已廣常恐霜霰至零落同草莽何注劉履曰是時朝廷將有傾危之禍故有是喻靖節雖處田野而不忘憂國于此亦可見矣

種豆南山下草盛豆苗稀李注漢書楊惲傳田彼南山蕪穢不治種一頃豆落而為萁人生行樂耳須富貴何時晨興湯本云一作侵晨理荒穢帶湯本云一作戴月荷鋤歸道狹草木長夕露霑我衣衣霑不足惜但使願無違湯注東坡曰以夕露霑衣之故而違其所願者多矣

久去山澤遊浪莽何注莽或作漭浪漭廣大貌林野娛試攜子姪輩披榛步荒墟徘徊邱隴間依依昔人居井竈有遺處桑竹殘朽株焦本云一作樹木殘根株借問採薪者此人皆焉如薪者向我言死沒無復餘一世異朝市此語真不虛人生似幻化終當歸空焦本云一作處無

悵恨獨策還崎嶇歷榛曲山澗清且淺可各本作遇焦本作可云一作遇非今从之以濯吾足漉我新熟酒謝按說文漉浚也一曰水下貌灑漉也一曰水下滴灑也封釋文滋液滲漉酒荅滴灑之意隻雞招近局各本作局毛晉云時本作屬日入室中闇荊薪代明燭歡來苦夕短已復至天旭

遊斜川并序

辛丑湯本云一作酉正月五日天氣澄和風物閒

靖節先生集卷二　六

頁六

曾滌生云，當是斜川有山名曾城，故愛其嘉名與崑崙同耳
溫汝能云，據名勝志：層城山即烏石山，在星子縣西五里，有落星寺。據此則層城是山名，非寺名，蓋是山有落星寺耳

按溫說最確，諸注不及也
曾滌生云，猶大謝詩之中欽

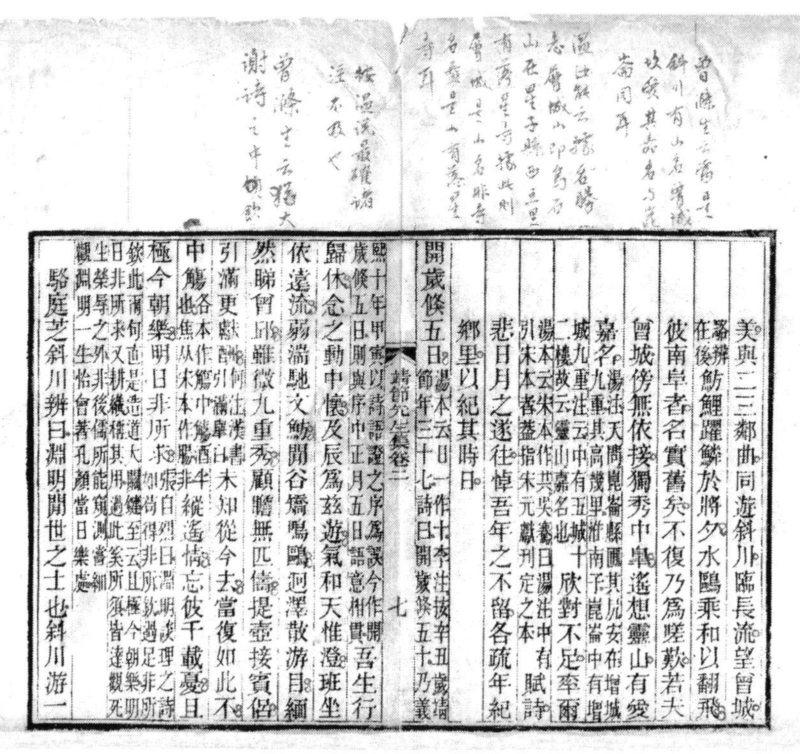
美與二三鄰曲同遊斜川臨長流望曾城
魴鯉躍鱗於將夕水鷗乘和以翻飛[illegible]辨在後
彼南皐者名實舊矣不復乃為嗟歎若夫
曾城傍無依接獨秀中皐遙想靈山有愛
嘉名湯注天問崑崙縣圃其尻安在增城九重其高幾里淮南子崑崙中有增
城九重注云中有五城十二樓故云靈山嘉名也欣對不足率爾
湯本云宋本作共奕蠡日湯注中有引宋本者蓋指宋元獻刊定之本賦詩
悲日月之遂往悼吾年之不留各疏年紀
鄉里以紀其時日
開歲倏五日湯本云日一作十李注按辛丑歲靖節年三十七詩曰開歲倏五十乃義
熙十年甲寅以詩語證之序為誤今作開歲倏五日則與序中正月五日語意相貫吾生行
歸休念之動中懷及辰為茲遊氣和天惟澄班坐
依遠流弱湍馳文魴閒谷矯鳴鷗迥澤散游目緬
然睇曾邱雖微九重秀顧瞻無匹儔提壺接賓侶
引滿更獻酬何注漢書引滿舉白未知從今去當復如此不
中觴各本作觴中觴酒半也焦从宋本作觴非縱遙情忘彼千載憂且
極今朝樂明日非所求張自烈曰淵明談理之詩如尚得非所就過足非所
錄此爾何直是造道大關鍵至云且極今朝樂明日非所求又耕織稽其用過此奚所須皆達觀死
生榮辱之外非後儒所能窺測嘗細觀淵明一生恰會著孔顏當日樂處
駱庭芝斜川辨曰淵明閒世之士也斜川游一
靖節先生集卷二　七

頁七

曾滌生云，獨秀中皋，則是指山非指寺矣

時之勝也讀其序誦其詩孰不悵然而遐想後
世失其所在世人念斜川若崑崙桃源比也庭
芝生長廬阜詢之故老訪之薦紳先生未有能
辨之者歲在戊午卜居星渚周覽物色詳味詩
句適與意會夫淵明柴桑人也所居在栗里今
歸家靈湯二寺之間有淵明醉石其旁有鄄亭
曰栗里鋪則淵明故居必在於是顧斜川之境
豈遠哉世人或以楚城是柴桑故縣遂指為淵
明所居非也質之歸去來或命巾車或棹孤舟
今楚城無泛舟之溪也又云舟搖搖以輕颺風
靖節先生集卷二　八
飄飄而吹衣問征夫以前路恨晨光之熹微乃
瞻衡宇載欣載奔僮僕歡迎稚子候門則知所
居去江濱為不遠矣斜川序云彼南阜者名實
舊矣不復乃為嗟歎若夫曾城傍無依接獨秀
中皐意其稱南阜者即廬阜也山有南北故稱
南阜飲酒詩所謂悠然見南山是也稱曾城者
落星寺也斜川詩云迥澤散遊目緬然睇曾邱
當正月五日春水未生落星寺宛在大澤中是
所謂迥澤也層城之名殆是晉所稱者栗里之
南有小溪名曰陂港貫穿落星湖入大江其水

頁八

冬夏不絶固可以泛舟矣夷考淵明晴昔問前路棹孤舟與夫臨長流望曾城正在此耳匡廬千萬仞煙雲出沒巖壑巉絶於其上彭蠡數百里湖光澒洞晨夕變態於其前清奇壯麗之觀俯仰無盡有如斯人忘形骸外聲利籃輿扁舟往來于其間吁可樂哉庭芝既嘗辨之於好事者咸曰唯唯不可以不書乃作斜川辨以遺山間之父老云

黃江詩話曰此篇年月在赴假之前曰忘彼千載憂又曰明日非所求皆有慨乎言之蓋七月之赴假亦見桓元之將亂不徒以不堪吏職也又此時元顯專權於內桓元覬覦於外晉之危亡已兆先生年才三十七雖及時行樂何遽汲汲若此良以名臣之後不得假手以救亂情實有不能已者以爲作達眞不知先生者矣

示周續之祖企謝景夷三郎（湯本作示周祖謝汲古閣本緣君亭本作示周掾祖謝湯注在前李抄湯仍當繫湯注三郎時三人皆講禮校書吳注宋書周續之字道祖雁門廣武人入廬山與劉遺民陶淵明謂之潯陽三隱江州刺史每相招請續之不尚峻節頗从之游高祖北討世子居守迎續之館于安樂寺講禮月餘高祖踐阼召之開館東郭外招集生徒乘輿降幸諸生問禮記辨析精奥稱爲該通）

靖節先生集卷二　九

頁九

試掩卷思之謂非天下之快事乎
為此奇文乃不欣賞而鑽入牛角何苦哉

負痾頹簷下終日無一欣藥石有時閑念我意中人相去不尋常道路邈何因周生述孔業祖謝響然臻（湯注萬麟孝士響然）道喪向千載（何注莊子世喪道矣道喪世矣世與道交相喪也）今朝復斯聞馬隊非講肆校書亦已勤（胡仔苕溪漁隱叢話陶潛傳云江州刺史檀韶苦請廬山周續之與學士祖企謝景夷三人在城北講禮加以讐校所住公廨近于馬隊故云爾）老夫有所愛思與爾爲鄰願言誨諸子從我潁水濱（李注趙泉山曰靖節不事覲謁惟至田舍及廬山遊觀舍是無他適續之自社主遠公順寂之後雖隱居廬山而州將每相招引頗從之遊世號通隱是以詩中引箕潁之事微譏之何焯曰曾爾生不肯起從漢高況見此季代篡奪乎故勸之從我爲箕潁之遊也）

乞食

飢（何校宣和本作飢各本作饑湯按說文飢饑義別穀不熟爲饑飢餓也當以作飢爲是）來驅我去不知竟何之行行至斯里叩門拙言辭主人解（各本作解湯本及何校宣和本作諧）余意遺贈豈虛來談諧終日夕觴至輒傾杯情欣新知歡（湯本作勸）言詠（湯本云一作）遂賦詩感子漂母惠愧我非韓才（汲古閣本緣君亭本作賢）銜戢知何謝冥報以相貽（黃文煥曰愧非韓才時代將易英雄無聊淮陰能輔漢滅項乃報漂母不然亦何由報哉板蕩陸沈之歎寄託于此生不能伸志亦何世上乃死欲伸志于地下尚可得乎果何物可貽于何哉東坡以爲眞欲報謝土人哀其口煩誤也何焯曰銜戢思謝胸中亦將以有爲也冥報相貽則不事二姓以遺逸終焉之志亦已久矣）

靖節先生集卷二　十

頁十

試掩卷思之謂非天下之快事乎

為此奇文，乃不欣賞而鑽入牛角，何苦哉（意指黃文煥云）

坡公淋漓大筆,了了淵明心事,故亦以戲謔出之
楊野王以下皆未知坡公之意

可發一笑

東坡曰淵明得一食至欲以冥謝主人哀哉哀
哉此大類丐者口頰也非獨余哀之舉世莫不
哀之也飢寒常在身前功名常在身後二者不
相待此士之所以窮也
楊野王曰坡公因公冥報一語咨嗟太息若重
哀其貧幾滅卻一隻眼矣瓶無儲粟煙火裁通
而延之送二萬錢悉付酒家公之乞丐公自欲
之耳達公方外之家强公入社公不肯遠公尚
不能會其意何況餘人公蓋洞見富不如貧貴
不如賤升生死亦以為戲縱浪大化中與之虛
而委蛇如是而已其恥屈身後代自公本懷然

靖節先生集卷二　十一

去就之際皆非公所屑也
王懋竑曰淵明當晉宋之際抗志不仕其云性
剛才拙與世多忤特不欲自明其意然觀淵明
不肯一束帶見鄉里小兒則其高風遠致亦必
非世俗所能羈紲矣詩云無言不讐無德不報
淵明蓋自度其身之必窮餓死而卒無以報也
其固窮之節守死不移已見於此詩矣坡翁哀
之似未盡其意
黄江詩話曰此詩寄慨遙深著眼在愧非韓才

頁十一

尤可笑
公自說夢,世間何處得此癡人
此亦玩世之意

一語借漂母以起興故題曰乞食不必眞有叩
門事也志不能遂而欲以死報精衛塡海之意
見矣
黄江詩話又曰此詩與述酒讀書諸篇皆故國
舊君之思不但乞食非眞即安貧守道亦非詩
中本義至東坡之哀冥報謂飢寒常在身前功
名常在身後亦借以自發牢騷耳豈眞以乞丐
類公哉癡人前不可說夢良然
諸人共游周家墓柏下
今日天氣佳清吹(李注吹尺偽切噓也)與鳴彈感彼柏下人
安得不為懽清歌散新聲綠酒開芳顏未知明日

靖節先生集卷二　十二

事余襟良以殫
澍按晉書周訪傳陶侃微時丁艱將葬家中忽
失牛遇一老父謂曰前岡見一牛眠山汙中其
地若葬位極人臣矣又指一山云此亦其次當
世出二千石言訖不見侃尋牛得之因葬其處
以所指別山與訪訪父死葬焉果為刺史自訪
以下三世為益州四十一年如其所言云周陶
世姻此所遊或即訪家墓也
怨詩楚調示龐主簿(遵○諸本或無遵字)鄧治中(吳注唐書)

頁十二

怨則怨所以為真也，無一毫造作也

怨則怨所以為真也無一毫造作也

樂志漢世三調有楚調房中樂也高帝樂楚聲故房中樂皆楚聲王僧虔技錄楚調曲有怨歌行

天道幽且遠鬼神茫昧然結髮念善事僶俛六九

年湯本云一作五十年吳注六九爲五十四歲正義熙十四年戊午去戊申十年也是年劉裕弑帝于東堂謝按陸機文賦在有無而僶俛李善注毛詩曰何有何無僶俛求之僶俛猶勉強也弱

冠逢世阻始室喪其偏李注公年二十喪偶繼娶翟氏炎火屢焚

如螟蜮恣中田李注蔡氏曰蜮蟲水中含沙射人非食苗葉蟲意此螟蜮當是螟螣

風雨縱橫至收斂不盈廛何焯曰毛傳一夫之居曰廛夏日長

抱飢寒夜無被眠造夕思雞鳴及晨願烏遷李注謂日

烏月兔飛走之速也何注以飢寒故願日夜之速也在已何怨天離憂悽目

靖節先生集卷二　十三

前吁嗟身後名于我若浮煙慷慨獨悲歌鍾期信

爲賢李注薛易簡正音集云琴之操弄約五百餘名多錄古人幽憤不得志而作也今引子期知音事而命篇曰怨詩楚調庸非度調爲辭欲被絃歌乎趙泉山曰集中惟此詩歷敘平素多艱如此而一言一字率直致而務紀實也

答龐參軍　并序

三復來貺欲罷不能自爾鄰曲冬春再交

欵然良對忽成舊遊俗諺各本作諺湯本云一作談何校宣和本作談今从之云數面成親舊湯本云或無舊字況情

過此者乎人事好乖便當語離楊公湯本云公一作翁李注楊公楊朱也所歎豈惟常悲吾抱疾多年

不復爲湯本云一作爵文本既不豐李注謂羸瘁也復老

病繼之輒依周禮各本作孔湯本云一作禮何校宣和本作禮今从之往復之義且爲別後相思之資

相知何必舊湯本云一作早傾蓋定前言有客賞我趣每

每顧林園談諧無俗調所說聖人篇或有數斗湯本云一作斟何按斗同作斟非酒閒飲自歡然我實幽居士無復

東西緣物新人惟舊弱毫多所宣情通何校宣和本作懷

萬里外形跡滯江山君其愛體素湯注曹子建詩王其愛玉體

來會在何年

五月旦作和戴主簿

靖節先生集卷二　十四

虛舟縱逸棹吳注莊子方舟濟河有虛船來觸舟雖有褊心之人不怒回復遂

無窮發歲始湯本云一作若彼古閣本緣君亭本作止俛仰何注莊子其疾也哉俛仰間也之星紀奄將中明兩萃時物湯本作南窗罕悴物此从焦本吳本何校宣和本吳注易明兩作李鼎祚曰夏火之候也北林榮且豐神淵寫

時雨晨色奏景風李注史記律書景風者居南方景者言陽道竟故曰景風吳注淮南子清明風至四十五日景風至注離卦之風也既來孰不去人理固不

終居常待其盡曲肱豈傷沖吳注玉篇沖虛也莊子道沖而用之淵乎若萬物之宗遷化或夷險肆志無夵隆即事如已湯本作以云一作已高何必升華嵩何注此用呼子先上華陰山及王子喬上嵩高山事

連雨獨飲湯本云一作連雨人絕獨飲

樂則樂所以為真也，無一毫矯飾也

運生會歸盡終古謂之然世間有松喬於今定何
間从何校宣和本作聞言松喬亦同歸于盡也湯焦何毛諸本作聞亦通言松喬知何在世間亦
不得聞也張自烈吳瞻泰本作闕非故老贈余酒乃言飲得仙試酌
百情遠重觴忽忘天天豈去此哉汲古閣本作天際去此幾任
眞無所先雲鶴有奇翼八表須臾還自我抱茲獨
僶俛四十年形骸久已化心在復何言李注趙泉山曰按晉
書靖節未嘗有喜慍之色唯遇酒則飲時或無酒亦雅詠不輟飲酒詩云不覺知有我安知物為貴
獨飲詩云試酌百情遠重觴忽忘天天豈去此哉任眞無所先此酒中實際理地也豈狂藥昏亂之
詩

移居 李注有二首字

靖節先生集卷二 十五

昔欲居南村李注即栗里也何注眉山楊格曰柴桑之南村江州志云本居山南之上
京後遇火徙此非為卜其宅聞多素心人樂與數晨夕何注
數音朔言相見之頻也懷此頗有年今日從茲役敝廬何必
廣取足蔽床席鄰曲時時來李注指顏延年殷景仁龐通之輩抗
言談在昔湯按商頌自古在昔何校宣相昔曾謂古日在昔奇文共本作互欣
賞湯注奇文見王襃傳疑義相與析羅大經曰自昔士之閒居野處者必有同道同
志之士相與往還故有以自樂靖節移居詩昔欲居南村云云則南村之鄰豈庸庸之士哉蔣薰曰
讀疑義相析知淵明非不求解但不求甚解以穿鑿耳
春秋多佳日登高賦新詩過門更相呼有酒斟酌
之農務各自歸閒暇輒相思相思則披衣言笑無

春醪不能解飢

厭時此理將不勝無為忽去茲李注勝音升任也湯注言此樂不可
勝無為舍而去之韓子亦云樂之終身不厭何暇外慕何焯曰將不勝正言勝絕惟此也謝接將乃
晉人發語則勝讀如字為是衣食當須紀湯本云一作幾力耕不吾欺
何校宣和本作吾不欺焦本同何注劉履曰靖節素願易足惟衣食當經紀者亦必力耕以自給焉
與世俗懷居之士擇取便安務求完美者異矣
萸江詩話曰先生每及治生不作放浪一流此
其紹長沙之勤慎異晉士之元虛歟

和劉柴桑李注遺民嘗作柴桑令按蓮社高賢傳劉程之字仲思彭城人漢楚
元王之後少孤事母以孝聞謝安劉裕嘉其賢相推薦之皆力辭裕以其不屈乃旌其門
日遺民又宋書周續之傳遺民遁迹廬山

靖節先生集卷二 十六

山澤久見招胡事乃躊躇直為親舊故未忍言索
居良辰入奇懷挈杖還西廬李注時遺民約靖節隱山結白蓮社靖節
雅不欲預其社列但時復往還于廬阜間何注西廬指上京之舊居荒塗無歸人時
時見廢墟茅茨已就治新疇復應畬李注爾雅田三歲曰畬
節自庚戌徙居南村已再稔矣今秋穫後復應畬也谷風轉淒薄李注爾雅釋天東風
謂之谷風春醪解飢劬弱女雖非男慰情良勝無李注趙泉
山曰谷風四句雖出于一時之諧謔亦可謂巧于處窮矣以弱女喻酒之醨薄飢則諸榮曰寒則若
娭繼曲盡貧女嗜酒之常態吳注上柴曰柴桑有女無男潛心自業酒亦不飲想必以無男為憾故
公以達者之言解之對接趙以弱女為此王則賦也說並通兩存之棲棲世中事歲
月共相疎何焯曰共相疎我棄世世亦棄我也耕織稱其用過此奚

所須去去百年外身名同翳如 何注百年後身與名且不得存況外物乎然則敝廬何必廣衣食當須紀耕織稱其用可也
袁桷曰靖節居柴桑劉遺民作柴桑令白香山宿西林寺詩云木落天晴山翠開愛山騎馬入山來心知不及柴桑令一宿西林便卻回注柴桑令劉遺民也

酬劉柴桑

窮居寡人用時忘四運周櫚 焦本作空云一作櫚非 庭多落葉慨然知已秋 知已一作已知 新葵鬱北牖嘉穟養 焦本作春云一作養非 南疇今我不為樂知有來歲不命室攜童

靖節先生集卷二　十七

弱良日發遠遊 吳注此詩是靖節樂天之學寡人用則與天為徒矣天之四運周舉相忘于天也落葉知秋始知時序正善寫忘字秋葵嘉穟皆秋景一結見及時行樂也
莫江詩話曰中有不能忘世故遇時而慨否則但見其樂矣此皆無可柰何之辭言外自有寄託

和郭主簿 李本有二首字

藹藹堂前林中夏貯清陰 黃文煥曰有林在前則清陰常貯堂中矣 凱風因時來回飈開我襟息交逝閒臥坐起弄書琴 各本作息交遊閒業臥起弄書琴此从湯本焦注蘇武傳臥起操持 園蔬有餘滋舊穀猶儲今營已良有極過足非所欽舂秫作美酒

頁十七

酒熟吾自斟弱子戲我側學語未成音此事眞復樂聊用忘華簪遙遙望白雲懷古一何深 何注劉履曰此詩直寫已懷但據見存不為過求而目前所接莫非眞樂世之榮利豈有可動其中者哉末言遙望白雲深懷古人之高遠其意遠矣何焯曰富貴非吾願帝鄉不可期所謂望雲懷古蓋西方之思也懷安止足皆遙詞自晦耳

和澤周三春清涼素秋節 何校宣和本作華華涼秋節 露凝無游氛天高肅 各本作風何校宣和本汲古閣本錄君亭本作肅今從之 景澈陵岑聳逸峰遙瞻皆奇絕芳菊開林耀青松冠巖列懷此貞秀姿卓為霜下傑銜觴念幽人千載撫爾訣檢素不獲展厭厭竟良月 湯按銜觴四句蓋謂千載幽人無不抱此

靖節先生集卷二　十八

松菊之操撫之而志節益堅以今準古亦猶是也自檢平素有懷莫展厭厭寡緒其誰知之乎

於王撫軍坐送客 李注按年譜此詩宋武帝永和二年辛酉秋作也

書王宏字元休為撫軍將軍江州刺史庾登之為西陽今黃州太守將赴郡王宏送至湓口今潯陽之湓赤三人于此賦詩敘別是必元休要蒨節預席餞行故文選載瞻即席集別詩首章紀座間四人謝按文選有謝宣遠王撫軍庾西陽集別時為豫章太守庾被徵還東一首李善注沈約宋書曰王宏為豫章之西陽新蔡諸軍事撫軍將軍江州刺史庾登之為西陽太守入為太子庶子集序曰謝還豫章庾被徵還都王撫軍送至湓口南樓作無首章紀坐間四人事不知李注所本所引年譜亦不知何人所撰

秋日淒且厲百卉具已腓爰以履霜節登高餞將歸寒氣冒山澤游雲倏無依洲渚四緬邈 湯本作思云一作

頁十八

吳注引黃維章曰，爾指松菊千載之內幽人不可見，但與此霜傑永訣矣

緬邈風水互乖違。瞻夕欣（一作欲非）良讌。離筵聿云悲。晨鳥暮來還。懸車（一作崖湯本作車注云淮南子曰至悲泉是謂懸車）斂餘暉。逝（湯本作遊云一作逝）止判殊路。旋駕悵遲遲。目送回舟遠。（湯本云一作往）情隨萬化遺。

與殷晉安別（并序景仁名鐵○湯本無景仁名鐵四字按南史劉湛傳劉敬文之父詣殷景仁求郡敬文謝湛曰老父悖耄遂就殷鐵干祿此景仁名鐵之證也詳年譜攷異）

殷先作晉安南府長史掾。因居潯陽。後作太尉參軍。（湯注太尉劉裕）移家東下。作此以贈。

遊好非少長。（何校宣和本作少長各本作久長李注顧眞子云遊好非久長一本作非少長其意云吾與子非少時長時遊從也但今一相遇故定交耳）一遇盡殷勤。信宿酬清話。益復知為親。去歲家南里。薄作少時鄰。負杖肆游從。淹留忘宵晨。語默自殊勢。亦知當乖分。未謂事已及。興言在茲春。飄飄西來風。悠悠東去雲。山川千里外。言笑難為因。良才（湯本云一作才華）不隱世。江湖多賤貧。脫有經過便。念來存故人。（馬永卿曰一本無第十韻故東坡和韻送張中詠亦止于貧字云不救歸裝貧）

陳祚明曰。殷先作晉臣。與公同時。後作宋臣。與公殊調。篇中語極低徊。朋好仍敦。而異趣難一也。

靖節先生集卷二　九

頁十九

陶公於宋武之平桓玄復北方失地意欣然欲用世及見其有帝制自為之志始廢然思返於使都經錢溪及此詩見之

何焯曰。方熊云。殷已為太尉參軍。而仍稱之曰晉安。蓋先作長史掾者。晉所命也。

吳菘曰。良才不隱世。幷不以殷之出為非。江湖多賤貧。亦不以已之處為是。各行其志。眞所謂肆志無汙隆也。

贈羊長史（松齡并序○諸本有松齡二字湯本無何校宣和本於序作此與之下注云羊名松齡）

左軍羊長史。銜使秦川。（李注關中）作此與之。（吳注劉履曰義熙十三年太尉劉裕伐秦破長安秦主姚泓詣建康受誅時左將軍朱齡石遣長史羊松齡往關中稱賀餞人昕日陶淵明贈羊長史詩序云左軍羊長史銜使秦川詩當作于義熙十四年滅姚泓後羊為左軍長史必朱齡石之長史矣惟史稱朱以右將軍領雍州而此云左軍小異攷宋書朱傳義熙十二年已遷左將軍左右將軍品秩雖同而左居右上朱鎮雍州必仍本號不應轉改為右則此云左軍者為可信）

愚生三季後。慨然念黃虞。得知千載上。（各本作外湯本云一作上）正賴古人書。（黃山谷曰正賴古人書正爾不能得正宜委運去皆當時語或者改作上賴古人書止爾不能得甚失語法）賢聖留餘跡。事事在中都。（李注洛陽西晉之故都長安乃秦漢所都）豈忘游心目。關河不可踰。九域甫已一。（李注謂宋公裕始平下燕秦也）逝將理舟輿。聞君當先邁。負痾不獲俱。（李注時松齡銜左將軍朱齡石之命詣裕行府賀平關洛原詩意靖節欲

靖節先生集卷二　二十

頁二十

陶公於宋武之平桓玄復北方失地，意欣然欲用世，及見其有帝制自為之志，始廢然思返，於使都經錢溪及此詩見之

陶公不樂仕，尤不肯仕宋耳，以四皓自比於宋武無貶辭

此等人視一九域平關中為無與己事，但耿耿於易司馬氏為劉氏耳

頁二十一

頁二十三

頁二十二

桃花源詩序有晉太元中語

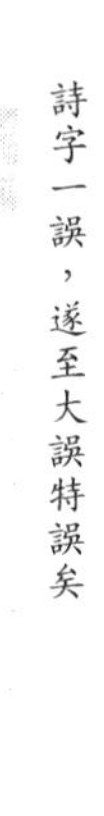
詩字一誤，遂至大誤特誤矣

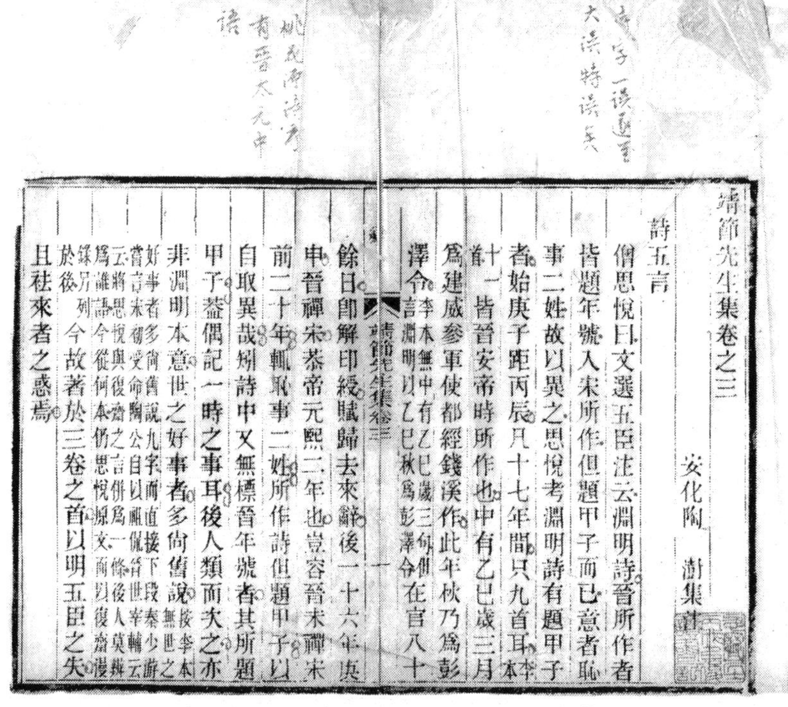
靖節先生集卷之三

安化陶　澍集注

詩五言

僧思悅曰文選五臣注云淵明詩晉所作者皆題年號入宋所作但題甲子而已意者恥事二姓故以異之思悅考淵明詩有題甲子者始庚子距丙辰凡十七年間只九首耳李本十一首皆晉安帝時所作也中有乙巳歲三月為建威參軍使都經錢溪作此年秋乃為彭澤令李本無中有乙巳歲三句但言淵明以乙巳秋為彭澤令在官八十餘日即解印綬賦歸去來辭後一十六年庚申晉禪宋恭帝元熙二年也豈容晉未禪宋前二十年輒恥事二姓所作詩但題甲子以自取異哉矧詩中又無標晉年號者其所題甲子蓋偶記一時之事耳後人類而次之亦非淵明本意世之好事者多尚舊說按李本無世之好事者多尚舊說九字而直接下段秦少游嘗言宋初受命陶公自以祖侃晉世宰輔云云將思悅與復齋之言併為一條後人莫辨為誰語今從何本仍思悅原文而以復齋漫錄另列今故著於三卷之首以明五臣之失且祛來者之惑焉

卷三 頁一

雖善辯亦強解矣

復齋漫錄曰思悅云云秦少游嘗言宋初受命陶公自以曾祖侃晉世宰輔恥復屈身投劾而歸耕於潯陽其所著書自義熙以前題晉年號永初以後但題甲子而已黃魯直詩亦有甲子不數義熙前之句然則少游魯直且尚惑於五臣之說他可知已

曾季貍曰陶淵明詩自宋義熙以後皆題甲子此說始於五臣注文選云爾後世遂仍其說治平中有虎邱寺僧思悅者獨辨其不然謂豈有宋未受禪恥事二姓哉思悅之言信而有徵矣謝枋得曰五臣注文選謂淵明詩自晉義熙以後皆題甲子後世仍其說獨治平中僧思悅論陶集不然曾裘父艇齋亦信其說以余攷之劉裕平桓元改元義熙自此天下大權盡歸於裕淵明賦歸去來辭義熙元年也至恭帝元熙二年禪宋觀帝之言曰桓氏之時晉氏已無天下重為劉公所延將二十載今日之事本所甘心詳味斯言則劉氏自義熙庚子得政至庚申革命凡二十年淵明自庚子以後題甲子者蓋逆知其末流

頁二

宋書南史皆云文章，而而五臣注乃云詩，此其誤也

必至於此忠之至義之盡也思悅裘父殆不足以知之

王應麟曰左傳引商書曰沈潛剛克高明柔克洪範言惟十有三祀箕子不忘商也故謂之商書淵明於義熙後但書甲子亦箕子之志也陳咸用漢臘亦然

吳師道曰予家淵明集十卷後有陽休之序錄宋丞相私記及曾紘說讀山海經誤句三條乾道五年林栗守州時所刊第三卷首有思悅序思悅者不知何人今未有攷但其所

言甚當而有未盡且宋書南史皆云自宋王業漸隆不復肯仕所著文章皆題其年月義熙以前明書晉氏年號自永初以來唯云甲子而已李善注文選亦引宋書云云蓋自沈約李延壽皆然李善亦引之不獨五臣誤也今攷陶文惟祭程氏妹文書義熙三年祭從弟敬遠則書歲在辛亥自祭文則曰歲在丁卯惟丁卯在宋元嘉四年辛亥亦在安帝時則所謂一時偶記者信乎得之矣

宋濂曰龍眠居士所畫淵明小像卷鉅公名

頁三

人題識于後發揮其出處者甚備故不必寘辭於其間有謂淵明恥事二姓在晉所作皆題年號入宋之時惟書甲子則惑於傳記之說而其事有不得不辨者今淵明集具在其詩題甲子者始于庚子而訖于丙辰凡十有七年皆晉安帝時所作初不聞隆安元興義熙之號若九日閒居詩有空視時運傾之句擬古第九章有忽值山河改之語雖未敢定為何年必宋受晉禪後所作不知何故反不書甲子耶其說蓋起于沈約宋書之誤而李

延壽南史五臣注文選皆因之雖有識如黃庭堅秦觀李燾真德秀亦踵其謬而弗之察獨蕭統撰本傳謂淵明以曾祖晉世宰輔恥復屈身後代見宋王業漸隆不復肯仕朱子通鑑綱目遂本其說書曰晉徵士陶潛卒可謂得其實矣嗚呼淵明之清節其亦待書甲子而後始見耶故參先儒之論而附著於左方云

郎瑛曰五臣注文選以淵明詩晉所作者皆題年號入宋但題甲子意謂恥事二姓故以

頁四

與謝疊山說同
駁得好

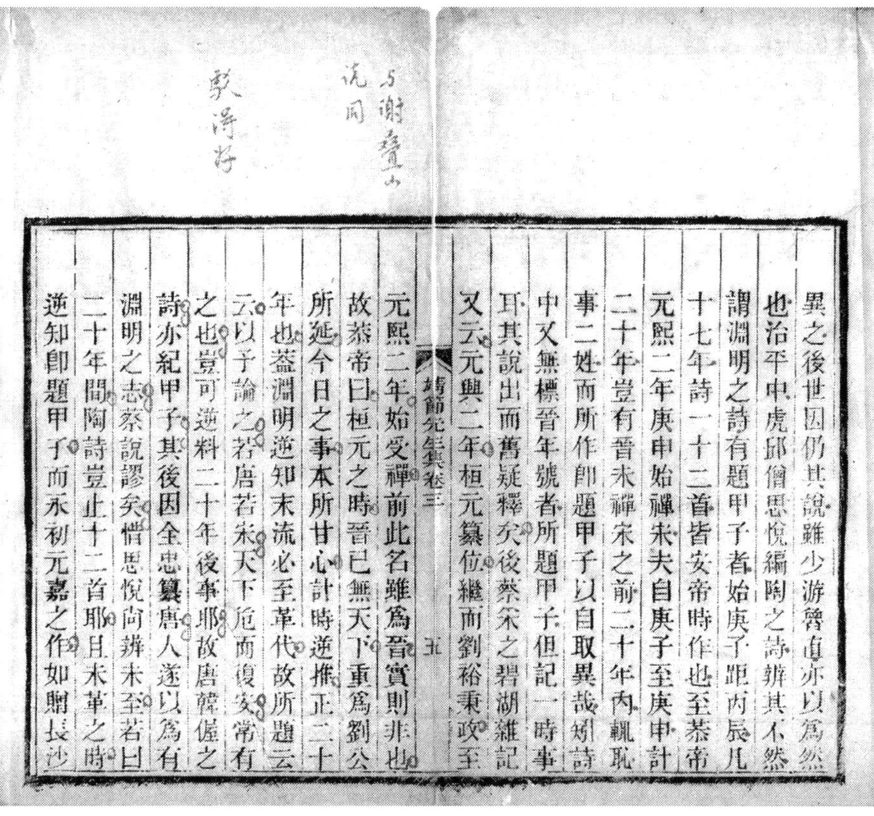

異之後世因仍其說雖少游齊直亦以為然也治平中虎邱僧思悅編陶之詩辨其不然謂淵明之詩有題甲子者始庚子距丙辰凡十七年詩一十二首皆安帝時作也至恭帝元熙二年庚申始禪宋夫自庚子至庚申計二十年豈有晉未禪宋之前二十年內輒恥事二姓而所作即題甲子以自取異哉矧詩中又無標晉年號者所題甲子但記一時事耳其說出而舊疑釋矣後蔡宋之碧湖雜記又云元興二年桓元纂位繼而劉裕秉政至

靖節先生集卷三　五

元熙二年始受禪前此名雖為晉實則非也故恭帝曰桓元之時晉已無天下重為劉公所延今日之事本所甘心計時逆推正二十年也蓋淵明逆知末流必至革代故所題云云以予論之若唐若宋天下危而復安常有之也豈可逆料二十年後事耶故唐韓偓之詩亦紀甲子其後因全忠篡唐人遂以為有淵明之志蔡說謬矣惜思悅尚辨未至若曰二十年間陶詩豈止十二首耶且未革之時逆知即題甲子而永初元嘉之作如贈長沙

頁五

族祖王撫軍座中送客者反不題甲子何耶至於述酒篇內豫章抗高門重華固靈墳流淚抱中歎平王去舊京正指宋迫恭帝之事又何不題甲子耶蓋偶爾題之後人偶爾類之豈陶公之意耶因復辨之以足思悅之義趙紹祖曰按汲古毛氏所刻摹蘇文忠手書淵明集近丹徒魯太守子山（銓）來守寧國重刻于郡齋余得一本其後有治平中思悅跋其第三卷首云云前明宣城梅禹金所刊六朝詩乘於淵明詩極推思悅之論為是又宋

靖節先生集卷三　六

景濂集中有淵明像跋亦見及此而王漁洋池北偶談引傳平叔辨其意亦同而漁洋盛稱以為前人所未發蓋未見思悅之論也余謂淵明文章晉標年號宋書甲子宋書始為此說南史亦同（自注惟晉書刪此語）而李善取以注文選五臣更引伸之即如思悅之論亦非五臣之失但沈約工詩既去淵明不遠李善最博未必耳食為言此二公當非不見淵明集者使淵明集中書甲子者僅此九首又皆在晉時而無標晉年號者此亦開卷可得而何作

頁六

此言余意集中所書甲子年號轉相傳寫必
爲後人所刪去而此數首特刪之未盡耳[illegible]
[illegible]
未可便以爲宋書文選注之失也若後
人習用舊說陳陳相因誠不免爲思悅所譏
而黃魯直謂甲子不數義熙論與注不合其
用意更晦至謝疊山謂劉裕自庚子得政淵
明書甲子始此蓋逆知其末流所必至此固
靖節先生集卷三　七
强爲之說而何義門欲改文選注以爲當云
自宋初以來不書甲子鑿空爲說尤可笑也
澍按晉標年號宋唯甲子之說自沈約著於
宋書而李延壽南史李善文選注相承無異
五臣云意者恥事二姓故以異之猶約說也
至宋僧思悅始創新論謂詩中並無標晉年
號者所題甲子蓋偶記一時之事豈容晉未
禪宋前二十年輒恥事二姓所作詩但題甲
子以取異哉由是王復齋李燾吳師道宋
景濂鄭仁寶諸人起而和之而先生之隱衷

頁七

與史氏之特筆幾爲所汨此所謂以不狂爲
狂也按北齊陽休之序錄言先生集先有兩
本行於世一本八卷無序一本六卷并序目
編比顛亂兼復闕少蕭統所撰八卷合序目
誄傳而少五孝傳及四八目然編錄有體次
第可尋是昭明之前先生集已行世五柳傳
云嘗著文章自娛頗示己志則其集必有自
定之本可知約去先生僅十餘年必親見先
生自定之本可知[illegible]自定之本其目以編
年爲序而所謂或書年號或僅書甲子者乃
靖節先生集卷三　八
皆見於目錄中故約作宋書特爲發其微趣
宋元獻私記云隋經籍志宋徵士陶潛集九
卷又云梁有五卷錄一卷唐志陶泉明集五
卷今官私所行本凡數種與二本不同有八
卷者即梁昭明太子所撰合序傳誄等在集
前爲一卷正集次之亡其錄錄者目錄也是
先生集必自有錄一卷而沈約云文章皆題
歲月者當是據錄之體例爲言至唐初其錄
尚存故李善等依以作注後乃亡之遂凌亂
失序無從校勘耳假令先生原集義熙以前

頁八

亦止書甲子永初以後或併紀年號休文無
端造爲此說則當時之人皆可取陶集核對
以斥其非豈有歷齊梁陳隋俱習焉不察李
延壽反采入南史李善又取爲選注哉休之
謂昭明編錄有體次第可尋竊意昭明自加
搜校必依先生自定之目一以編年爲序若
如今本孰能尋其次第思悅等但據題上所
有甲子爲說不知今集自庚子至丙辰十七
年詩止數首而壬寅甲辰丙午丁未辛亥壬
子癸丑甲寅乙卯等年俱無一篇辛丑遊斜
靖節先生集卷三　九
川詩轉不在編年之內其非舊次亦可見矣
余門人趙紹祖謂先生未必首首題年號甲
子不過于一年所作之前題之而阻風赴假
等詩蓋偶書甲子於題首後人刪其每歲所
標之甲子而此數首甲子以在題上故不刪
其說近是若宋景濂謂先生清節不待書甲
子而後見則似未審所爭書不書者非甲子
乃晉宋之年號也不書宋號正孤臣惓惓故
朝託空文以見志者王厚齋謂與箕子稱殷
祀陳咸用漢臘同意眞先生曠代知己異說

頁九

以前雖云鑿空，尚有理致，至此數句，則定論矣。

吳瞻泰本作宛轉

吳瞻泰本作宛轉

紛紛可以息其喙矣

始作鎮軍參軍經曲阿作文選曲阿下有作字各本無

吳仁傑年譜以此詩爲庚子年作其說曰曲阿令丹陽縣也本傳爲鎮軍建威參軍按晉官制鎮軍建威皆將軍官各置屬掾非兼官也以詩題考之先生參于此年作鎮軍參軍至乙巳作建威參軍史從省文耳文選此詩李善注云宋武帝行鎮軍將軍按裕元興元年爲建威將軍與此先後歲月不合先生亦豈從裕辟者善注引用未詳何據鎮軍未詳何人此詩在隆安四年五月以前所作本集編次多先後不倫今既以四言居首姑依舊序不復更定云謝按是時鎮京口者劉牢之也此詩作在庚子前說具年譜謝又按仁和孫志祖頤谷所輯文選李注補正云題注臧榮緒晉書曰宋武帝行鎮軍將軍補正曰趙云按本集此題上著始作二字則在爲建威參軍之前矣末篇從都還詩題著庚子歲三字則此爲隆安三年己亥矣鎮軍雖莫考爲何人然此年劉裕才參劉牢之軍事至元興三年始行鎮軍將軍事題注非也

靖節先生集卷三　十

弱齡寄事外委懷在琴書被褐欣自得屢空常晏如吳師道曰自何晏注論語以空爲虛無意本莊子前儒多從之朱子以回屢空貨殖對言故以空匱釋之今此以被褐對屢空又飲酒詩顏生稱爲仁榮公言有道屢空不獲年長飢至于老以屢空對長飢朱子之意正與之合

時來苟冥文選作宜會宛轡憩通衢各本作婉孌此從文選作宛轡李善注宛屈也言屈長往之駕息于通衢之中通衢喻仕路也投策命晨裝文選作旅暫與園田疏眇眇孤舟逝綿綿歸思紆我行豈不遙登降各本作陟此从文選千里餘目倦川文選作修途異心念山澤居望雲慚高鳥臨水愧游魚

頁十

陶注采吳注

陶注采吳注

李善注言魚鳥咸得其所而已獨違其性也眞想初在襟誰謂形迹拘聊且憑化遷終反班生廬李善注班固幽通賦終保己而貽則里止仁之所廬湯注班賦求幽貞之所廬吳注張伯起曰冥玄默也此理久在胷衿誰謂形迹能拘之哉憑化還遊謂與時推移即赴鎮軍參軍然終當返故廬耳言出非所樂也何孟春曰靖節初以家貧親老不得已而仕故其言如此

羅大經曰士豈能長守山林長親蓑笠但居市朝軒冕時要使山林之念不忘乃爲勝耳淵明望雲慚高鳥四句似此胷襟豈爲外榮所點染哉山谷曰佩玉而心若槁木立朝而意在東山亦此意

靖節先生集卷三　十一

庚子歲五月中從都還阻風于規林李本有二首二字

行行循歸路計日望舊居一欣侍溫顏各本作顏何校宣和本作情再喜見友于李注洪駒父云以兄弟爲友于歇後語也謝按曹子建求通親親表今之否隔友于同憂以友于爲兄弟不始靖節也鼓棹路崎曲指景限西隅何注潘安仁賦彌指景而西邁江山豈不險歸子念前途凱風負我心謝按此先生歸省母孟夫人也先生孟府君傳云淵明先親君之第四女凱風寒泉之思實鍾厥心漢衛方興感郡人之凱風悼參義之勤勉又漢明帝賜東平王詔曰令送光烈皇后衣中一篋可時奉時以慰凱風寒泉之思趙岐孟子注凱風言母心不悅也是親之過小也此皆用齊魯韓三家古義無不安其室之說先生詩亦三家義也戢枻守窮湖李注栧[illegible]

頁十一

高明博大

制明衛也高莽眇無界夏木獨森疎誰言客舟遠近瞻百里餘延目識南嶺空歎將焉如自古歎行役我今始知之山川一何曠巽坎難與期李注巽順也坎險也或曰巽風也坎水也言道路行役之艱難何曰坎巽以代風水避下連用風浪字也崩浪聒天響李注聒喧語也長風無息時久游戀所生如何淹在茲靜念園林好人間良可辭當年詎有幾縱心復何疑李注趙泉山曰二詩皆直敘一歸省意何注朱子嘗書此詩與士子云能參得此一詩透則今日所謂舉業與夫他日所謂功名富貴者皆不必經心可也

辛丑歲七月赴假還江陵夜行塗口各本作塗中此从文選李善注江圖曰自沙陽縣下流一百一十里至赤圻赤圻二十里至塗口也李公懷本下流一百十里作五十里

靖節先生集卷三　十二

閑居三十載遂與塵事冥李注是時淵明年三十七中間除癸巳為州祭酒乙未距庚子參鎮軍事三十載家居矣淵按先生始作參軍非乙未歲說具年譜攷異詩書敦宿好林園無世情各本作俗情此从文選如何舍此去遙遙至西荊李善注西荊州也時京都在東故謂荊州為西也各本作南非叩栧新秋月文選作栧船臨流別友生涼風起將夕夜景湛虛明昭昭天宇闊晶晶川上平李善注說文通自曰晶晶明也懷役不遑寐中宵尚孤征商歌非吾事依依在耦耕李善注淮南子甯戚商歌車下而桓公慨然而悟許慎曰甯戚衛人聞齊桓公興霸無因自達將車自往商秋聲也投冠旋舊墟不為好爵縈養真衡茅下庶以

頁十二

龍榆生註：冷似俱應作泠

善自名

癸卯歲始春懷古田舍李本有二首字

在昔聞南畝當年竟未踐屢空既有人春興豈自免夙晨裝吾駕啟塗情已緬鳥弄歡新節冷風送餘善焦毛諸本云一作鳥弄新節冷風送餘寒善○湖按呂氏春秋辨士篇正其行通其風夬必中央帥為冷風高誘注冷風和風所以成穀也夬決也必于苗中央帥師然肅冷風以搖長也又莊子逍遙遊列子御風而行泠然善也寒竹被荒蹊地為罕人遠是以植杖翁悠然不復返即理愧通識所保詎乃淺何焯曰自詭通識而至喪節乃吾所羞也正言若反黃文煥曰躬耕之內節義身名皆可以自全雖不能為顏子亦不失為丈人此其所保也

靖節先生集卷三　十三

先師有遺訓憂道不憂貧瞻望邈難逮轉欲心湯本焦本作患各本作志長勤秉耒歡時務解顏勸農人平疇交遠風良苗亦懷新李注東坡曰平疇二句非古之耦耕植杖者不能道此語非予之世農亦不識此語之妙何注道山清話子瞻一日在學士院閑坐命左右取紙書平疇二句大小楷行草凡七八紙連歎息稱好散于左右給事張表臣曰東坡云云僕居田中稼穡是力夏秋之交稍旱得雨雨餘徐步清風獵獵禾黍競秀濯塵埃而泛新綠乃悟淵明之句善體物也雖未量歲功即事多所欣何注劉履曰先生既能忘其勸勞且耕且種即事多欣如此何憂貧之有耕種有時息行者無問津日入相與歸壺漿勞近鄰長吟掩柴門聊為隴畝民何注劉履曰古人處畎畝之中躬耕樂道其若後世徒為豐積者此靖節自辛丑歲七月於鎮軍幕赴假還後日以耕稼自樂

頁十三

龍榆生註：伯字疑誤

伯字疑誤

及賦此詩以懷古命題意有在矣觀其日入而歸壺漿相勞之後而又長吟以掩柴門氣象悠然殆非言語可得而形容也

黃文煥曰長吟者非眞自棄於隴畝也不得不聊爲之耳中道德經濟之懷豈易向人道哉

沃儀仲曰寄託原不在農借此以保吾眞聊爲隴畝民即簡兮萬舞之意所謂醉翁意不在酒也

何焯曰瞻望雖遠謂道不可行聊爲農以沒世也雖未量歲功仍不一於憂貧故言近旨遠行者無問津蓋寓避世之意二篇發端皆自言躬耕非始志下半篇則申時不可爲不事伯朝之本趣

靖節先生集卷三　十四

吳瞻泰曰題曰懷古田舍故二首俱是懷古之論前首荷篠丈人亥首沮溺皆田舍之可懷者也古來唯孔顏安貧樂道不屑耕稼然而遯不可追則不如實踐隴畝之能保其眞也

癸卯歲十二月中作與從弟敬遠

寢跡衡門下邈與世相絕顧盼莫誰知荆扉晝長閉（李注閉必結切閩也按章淵稿簡贊筆曰頳延年贈王太常詩郊扉晝長閉音鼈此作閉字一異義）淒淒歲暮風翳翳經日（湯本云一作少）雪傾耳無希

頁十四

聲在目皓已潔（李本云潔或作絜羅大經曰此十字雪之輕虛潔白盡在是矣後世者莫能加也）勁氣侵襟袖簞瓢謝屢設蕭索空宇中了無一可悅歷覽千載書時時見遺烈高操非所攀謬（焦本云宋本作謬一作深非何校宜和本亦作謬）得固窮節平津苟不由（李注漢元朔中武帝詔封公孫宏爲平津侯）棲遲詎爲拙寄意一言外茲契誰能別

萸江詩話曰是年十一月桓元稱帝著眼年月方知文字之外所具甚多

乙巳歲三月爲建威參軍使都經錢溪（澍按宋書曰錢谿江岸最狹胡三省通鑑注新唐書地理志宣州南陵縣有梅根監錢官宋書陳慶軍至錢谿軍于梅根蓋今之梅根港也以有置錢監故謂之錢谿是時建威將軍劉敬宣說詳年譜）

靖節先生集卷三　十五

我不踐斯境歲月好已積（何注好如今人言好是意）晨夕看山川事事悉如昔微雨洗高林清飇矯雲翮眷彼品物存義風都未隔伊余（湯本云一作余亦）何爲者勉勵從茲役一形似有制素襟不可易園田日夢想安得久離析（湯本云一作拆）終懷在壑（从何校宜和本作壑各本作歸云一作壑）舟諒哉宜（湯本云一作負）霜柏

趙泉山曰此詩大旨慶遇安帝光復大業不失舊物也

頁十五

惟淵明詩有「大藩有命作使上京」云云，與此上京是一是二尚待考證

惟淵明詩有大藩有命作使上京云云與此上京是一是二尚待考證

還舊居

疇昔家上京（緣君亭本云一作上荆李注南康志近城五里地名上京亦有淵明故居何注或曰上京即栗里原公前有移家詩居不一處也朱子語錄廬山有淵明古迹處曰上京淵明集作京今土人作荆江中有一盤石石上有痕云淵明醉臥其上名淵明醉石按廬山記淵明所居栗里兩山間有大石可坐十數人淵明嘗醉眠其上名曰醉石上京栗里地蓋近在一處也湯按名勝志南康城西七里有玉京山亦名上京有淵明故居其詩曰疇昔家上京即此）六（湯本云一作十）載去還歸（李注韓子蒼云淵明自庚子始作建威參軍由參軍為彭澤遂棄官歸是歲乙巳故云六載趙泉山曰自乙未佐鎮軍幕迄今六載韓說蓋誤吳瞻泰曰鎮軍建威皆晉時治軍之官公庚子歲作鎮軍參軍非建威也子蒼誤注泉山亦未考賓樹按先生始作參軍蓄在己亥至甲辰正六年去還歸者謂以己亥出庚子假還辛丑再還甲辰服闋又爲本州建威參軍去而歸歸而復去故曰六載去還歸也此詩作于乙巳始還舊居故曰今日始復來斗南泉山均考之未審說具年譜）今日始復來惻愴多所悲阡陌不移舊邑屋或時非履歷周故居鄰老罕復遺步步尋往迹有處特依依流幻百年中寒暑日相推（湯本云一作追）常恐大化盡氣力不及衰（陳祚明曰人所處者衰孰知有不及衰者所感更深）撥（湯本云一作廢）置且莫念一觴聊可揮

查慎行曰朱子在南康與崔嘉彥書云前日出山在上京坡遇雨中被沾溼據此則上京乃坡名也王漁洋北歸志云往開先寺出建昌門數里過玉京山陶詩所云疇昔家上京即此

靖節先生集卷三　十六

頁十六

戊申歲六月中遇火

草廬寄窮巷甘以辭華軒正夏長風急（湯本云一作生）林室頓燒燔一宅無遺宇舫舟蔭門前迢迢新秋夕亭亭月將圓（李注亭亭高也）果菜（湯本云一作蔬）始復生驚鳥尚未還中宵竚遙念一盼周九天總髮抱孤介（何校宜和本作介焦本云宋本作介一作念非）奄出四十年形迹憑化往靈府長獨閑貞剛自有質玉石乃非堅（何焯曰形骸猶外而況華軒所以遺宇都盡而孤介一念烔烔獨存之死靡它也）仰想東戶時餘糧宿中田（何注子思子曰東戶季子之時道上鴈行而不拾遺餘糧宿諸畝首）鼓腹無所思朝起暮歸眠既已不遇茲且遂灌我園（各本作西園从湯本焦本何校宜和本作我園）

李注按靖節舊宅居于柴桑縣之柴桑里至是屬回祿之變越後年徙居于南里之南村

己酉歲九月九日

靡靡秋已夕淒淒風露交蔓草不復榮園木空自凋清氣澄餘滓杳然天界高哀蟬無留（焦本云宋本作留一作歸非）響叢（焦本云一作燕非）鴈鳴雲霄萬化相尋異（各本作繹从何校宜和本作異）人生豈不勞從古皆有沒念之中（湯本云一作令）心焦何以稱我情濁酒且自陶千載非所知聊以永今朝

靖節先生集卷三　十七

頁十七

歸愚居然有明識

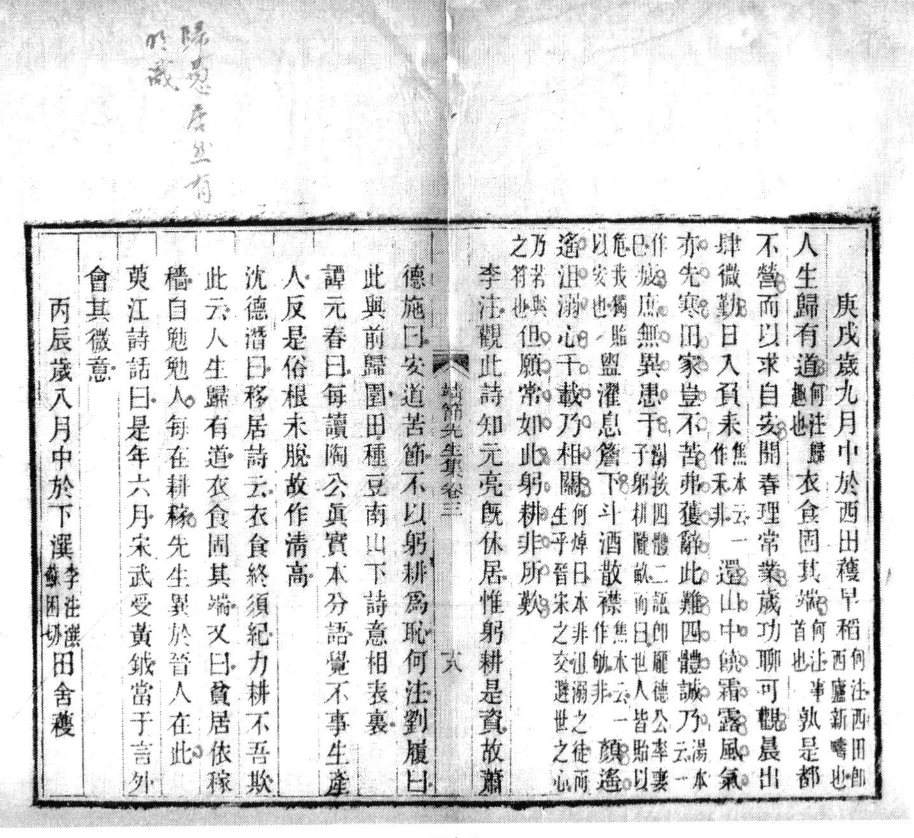

庚戌歲九月中於西田穫早稻（何注西田即西廬新疇也）

人生歸有道（何注歸趣也）衣食固其端（何注端首也）孰是都不營而以求自安開春理常業歲功聊可觀晨出肆微勤日入負耒（焦本云一作禾非）還山中饒霜露風氣亦先寒田家豈不苦弗獲辭此難四體誠乃（湯本云一作巳）疲庶無異患干（何注四體二語即龐德公率妻子躬耕隴畝而曰世人皆貽以危我獨貽以安也）盥濯息簷下斗酒散襟（焦本云一作劬非）顏遙遙沮溺心千載乃相關（何焯曰本非沮溺之徒而生乎晉宋之交避世之心乃若與之符也）但願常如此躬耕非所歎

李注觀此詩知元亮既休居惟躬耕是資故蕭德施曰安道苦節不以躬耕爲恥何注劉履曰此與前歸園田種豆南山下詩意相表裏譚元春曰每讀陶公眞實本分語覺不事生產人反是俗根未脫故作清高沈德潛曰移居詩云衣食終須紀力耕不吾欺此云人生歸有道衣食固其端又曰貧居依稼穡自勉勉人每在耕稼先生異於晉人在此蔗江詩話曰是年六月宋武受黃鉞當于言外會其微意

丙辰歲八月中於下潠（李注潠蘇困切）田舍穫

靖節先生集卷三　十八

頁十八

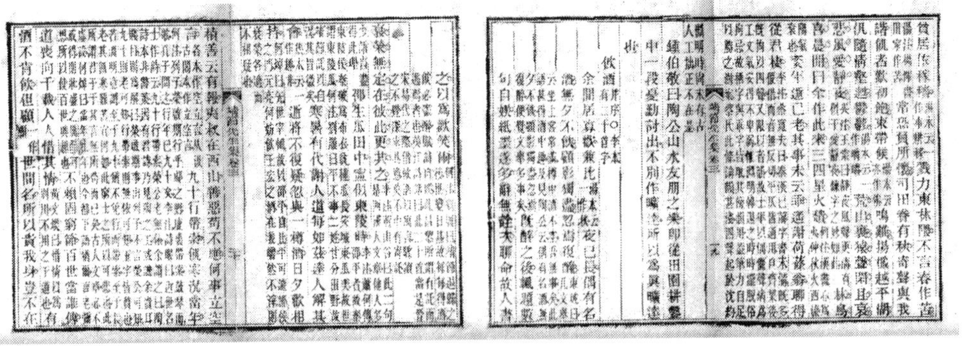

頁二十　　頁十九

陸樹聲《長水日抄》施彥執北窗炙輠錄論之最佳
趙泉山墜苦海

妙

一生復能幾倏如流電驚焦君亭本云一作倏忽若流星鼎
鼎一作訂訂百年內持此欲何成何注劉履曰人道久速人欲日滋不肯遠
性保眞而徒戀世榮一生能幾乃不速悟何所成
其名乎黃江詩話曰此首是何等見地幾曾六朝
人親易代如逆旅而務弋世俗之浮名不知類
耳欲成者全節以合道卷言之無適所以超也
栖栖失群鳥日暮猶獨飛徘徊無定止夜夜聲轉
悲厲響思清遠去來何依依焦本作厲響思清晨遠去何所依因
值孤生松斂翮遙來歸勁風無榮木此蔭獨不衰
託身已得所千載不相違李注趙泉山曰此詩譏切殷景仁顏延之輩附
麗于宋
結廬在人境而無車馬喧問君何能爾心遠地自

靖節先生集卷三

偏采菊東籬下悠然見南山文選見作望東坡曰采菊之次偶然見山
初不用意而景與意會故可喜也今皆作望南山
杜子美云白鷗沒浩蕩萬里誰能馴蓋泯滅于煙
波間耳而宋敏求謂余云鷗不能沒改作波字二
詩改此二字覺一篇神氣索然也胡仔苕溪漁隱
叢話雞肋集曰詩以一字論工拙記在廣陵日見
東坡云陶公意不在詩詩以寄其意耳采菊東籬
下悠然見南山俗本作望則既采菊又望山意盡
于山無餘蘊矣非淵明意也見南山者本是采菊
無意望山適舉首見之故悠然忘情趣閒而累遠
未可于文字精粗間求之李注王荊公曰淵明詩
有奇絕不可及之語如結廬在人境四句由詩人
以來無此句徵齋云前輩有佳句初未之知後人
尋繹出來始見其工如淵明悠然見南山方在籬
間把菊時安知其高老杜佳句最多尤不自知也
如是則撞破煙樓手段豈能有科耶蔡寬夫曰俗
本多以見為望字若爾便有褰裳濡足之態矣一
字之謬害理如此復齋漫錄曰東坡以元亮悠然
見南山無識者以見為望予觀樂天效淵明詩曰

頁二十一

時傾一壺酒坐望東南山然則流俗之失久矣唯
韋蘇州答裴稅詩採菊露未晞舉頭見秋山乃眞
得淵明詩意吳注曰見改為望神氣索然固已但
以樂天時傾一樽酒坐望東南山為流俗之失此
謂不然如淵明采菊之次原無意于山乃忽見山
所以為妙若對山飲酒何不可云望而必云見耶
且如其言剩說當局有何妙處山氣日夕佳飛鳥相與還此中有
眞意欲辨已忘言李注張九成曰此即淵明畎畝不忘君之意
行止千萬端誰知非與是是非苟相形雷同共譽
毀三季多此事湯注漢敘傳三季之後注云三代之末也達士湯本云一作人
似不爾咄咄俗中愚焦本云宋本作愚一作惡非且當從黃綺
湯注此篇言季世出處不齊士皆以乘時自奮為
賢吾知從黃綺而已世俗之是非譽毀非所計也
吳注汪洪度曰當時改節乘時者必任意為是非
毀譽自達人觀之無是非也直俗中愚耳故決意

靖節先生集卷三

從黃綺
秋菊有佳色裛露掇其英李善注文字集略曰裛坌衣香也然露坌花亦
謂之裛也毛萇詩傳曰掇拾也李注裛於汲切掇都奪切汎此忘憂物李善注潘岳秋
興賦汎流英於清醴似浮萍之隨波達我遺文選作達一作遠世情一觴雖
獨進杯盡壺自傾日入羣動息歸鳥趨林鳴嘯傲
東軒下聊復得此生李注定齋曰自南北朝以來菊詩多矣未有能及淵明之
妙如秋菊有佳色篇花不足當此一佳字然通篇
寓意高遠皆由菊而發耳艮齋曰秋菊有佳色一
評流盡古今塵俗氣東坡曰靖節以無事為得此
生則見役于物者非失此生耶韓子蒼曰余嘗謂
古人寄懷于物而無所好然後為達況淵明之與
其于黃花直寓意耳至言飲酒適意亦非淵明極
致向使無酒但悠然見南山其樂多矣遇酒輒醉
醉醒之後豈知有江州太守哉當以此論淵明

頁二十二

顧亭林所謂堯舜所以行出乎人者，以其耿介

青松在東園衆草沒其姿一作姿凝霜殄異類卓然
見高枝連林人不覺獨樹衆乃奇一作知提壺挂何本
云一作撫寒柯遠望時復爲對後此倒句言時復爲遠望也吾生夢幻
間何事紲塵羈吳注此借孤松爲已寫照
清晨聞叩門倒裳往自開湯注顚衣倒裳本太云問子爲誰
與田父有好懷壺漿遠見候疑我與時乖襤縷茅
簷下未足爲高棲一湯本云一作舉世皆尙同願君汨其
泥深感父老言稟氣寡所諧紆轡誠可學違己詎
非迷且共歡此飮吾駕不可回何注楚辭世人皆濁何不淈其泥而
揚其波李注趙泉山曰時輩多勉靖節以出仕故作此篇趙氏注杜甫宿羌村第二首云一篇之中

靖節先生集卷三　二三

賓主既具問答了然可以比淵明此首黃江詩話曰此必當時頗有以先生不仕宋而勸駕者故有
不足爲高棲云云結語斬然中有不忍言特不可明言耳
在昔曾遠遊直至東海隅何注劉履曰指曲阿而言蓋其地在宋爲南東
海郡治按宋書州郡志晉元帝分割吳郡海虞縣之北境爲東海郡立郯朐利城祝其三縣劉宋之
討孫恩濟浙江恩懼逃于海後恩浮海奄至京口牢之在山陰率大衆還恩走郁洲今海州之雲臺
山即郁洲乃朐縣地先生參牢之軍事蓋嘗從討恩至東海故追述之也道路迥且長
風波阻中塗此行誰使然似爲飢所驅傾身營一
飽少許便有餘恐此非名計息駕歸閒居李注趙泉山曰
此篇述其爲貧而仕黃江詩話曰賦歸而託言風波則不僅爲折腰明矣
顏生稱爲仁榮公言有道屢空不獲年長飢至于

頁二十三

陶公詩有孤懷弘識，度越千古者，亦有摭拾當時流行語者，當分別觀之，如百年一瞬，及身後名等等，皆當時爛熟語，不足尚也

張季鷹云：當時爛熟語也，稱心固為好，必如湯注始為得之，此安道善節與頹放自適之大別也

老雖留身後名一生亦枯槁死去何所知稱心固
爲好何注此淵明不慕身後名也張季鷹云使我有身後名不如即時一杯酒客養
千金軀臨化消其寶李注東坡曰寶不過軀軀化則寶亡矣人言靖節不知道
吾不信也裸葬何必惡李注前漢楊王孫臨終令其子曰吾欲裸葬以反吾眞死則爲
布囊盛尸入地七尺既下從足引脫其囊以身親土其子遂裸葬人當解意表湯注
顏榮皆非希身後名正以自遂其志耳保千金之軀者亦終歸于盡則裸葬亦未可非也或曰前人
句言名不足賴後四句言身不足惜謂明解處正在身名之外也
葛常之韻語陽秋曰東坡拈出淵明談理之詩
有三一曰采菊東籬下悠然見南山二曰嘯傲
東軒下聊復得此生三曰客養千金軀臨化消

靖節先生集卷三　二四

其寶皆以爲知道之言蓋摘章繪句嘲風弄月
雖工何補若知道者出語自然超詣非常人能
蹈其軌轍也
長公曾一仕壯節忽失時杜門不復出終身與世
辭李注張釋之子張摯字長公官至大夫免以不能取容當世終身不仕仲理歸大
澤高風始在焦本云一作如非茲何注後漢楊倫字仲理爲郡文學掾志乖于時
遂去職不復應州郡命講授大澤中弟子至千餘人一往便當已何爲復狐
疑去去當奚道世俗久相欺擺落悠悠談請從余
所之何注長公仲理皆勇退者公以自決如此黃江詩話曰此言義不當復出御不明言所以
不出結語可思世俗悠悠非榮則神岐路之惑多由此也

頁二十四

頁二十六

[illegible] 終以翳吾情 [illegible]

幽蘭生前庭 含薰待清風 清風脫然至 見別蕭艾中 [illegible]
行行失故路 任道或能通 覺悟當念還 鳥盡廢良弓 [illegible]

子雲性嗜酒 家貧無由得 時賴好事人 載醪祛所惑 是諮無不塞 [illegible]
有時不肯言 豈不在伐國 仁者用其心 何嘗失顯默 [illegible]

疇昔苦長飢 投耒去學仕 將養不得節 凍餒固纏己 是時向立年 志意多所恥 遂盡介然分 拂衣歸田里 [illegible]

頁二十五

有客常同止 取舍邈異境 一士常獨醉 一夫終年醒 醒醉還相笑 發言各不領 規規一何愚 兀傲差若穎 寄言酣中客 日沒燭當秉 [illegible]

何焯曰張睢陽有言未識人倫焉知天道 不明大義則醒者何必愈于醉也

故人賞我趣 挈壺相與至 班荊坐松下 數斟已復醉 父老雜亂言 觴酌失行次 不覺知有我 安知物為貴 悠悠迷所留 酒中有深味 [illegible]

貧居乏人工 灌木荒余宅 班班有翔鳥 寂寂無行迹 宇宙一何悠 人生少至百 歲月相催逼 鬢邊早已白 若不委窮達 素抱深可惜 [illegible]

少年罕人事 游好在六經 行行向不惑 淹留遂無成 竟抱固窮節 飢寒飽所更 弊廬交悲風 荒草沒前庭 披褐守長夜 晨雞不肯 [illegible]

此陶公自道其遯於酒也
從來玩世之人多由於悲天憫人也

懷介然之節 欲冉冉星氣流 亭亭復一紀 [illegible]
世路廓悠悠 楊朱所以止 [illegible]
雖無揮金事 濁酒聊可恃 [illegible]

羲農去我久 舉世少復真 汲汲魯中叟 彌縫使其淳 鳳鳥雖不至 [illegible]
禮樂暫得新 洙泗輟微響 漂流逮狂秦 詩書復何罪 一朝成灰塵 區區諸老翁 為事誠殷勤 如何絕世下 [illegible]
六籍無一親 終日馳車走 不見所問津 若復不快飲 空負頭上巾 但恨多謬誤 君當恕醉人 [illegible]

羅願曰魏晉諸人祖莊生餘論皆言湻漓朴散 [illegible]

頁二十七

[illegible]周孔禮訓使然 孰知齊東為此將以諂之耶
淵明之志及此 則其處已審矣
李光地曰元亮詩有杜韓不到處 其語氣似未說明 義蘊已包涵在內 如羲農去我久一首 識見超出尋常 自仲尼沒而微言絕 七十子亡而大義乖 老莊之學 果兆焚坑之禍 不知詩書所以明民 非愚民也 何辭而至此 漢之伏生殷勤辛苦存此六籍 如何至今又不以此為事 終日驅騖於名利之場 不見有問津於此者 下遂接飲酒上說 其接酒說者彼何等時 元亮尚敢講用論語 漢人以下 宋人以前 可推聖門弟子者 先生也

止酒

居止次城邑 逍遙自閒止 坐止高蔭下 步止蓽門裏 好味止園葵 大懽止稚子 平生不止酒 止酒情無喜 暮止不安寢 晨止不能起 日日欲止之 營衛止不理 徒知止不樂 未知止利己 始覺止為善 今朝真止矣 從此一止去 將止扶桑涘 清顏止宿容 奚止千萬祀 [illegible]

頁二十八

下流見解

下流見解

聖不在韓公下也此與阮籍輩柰何同日而語
其不曰樂聖而曰樂酒則其寓言固自有由當
晉宋易代之間士罕完節況公乃宰輔子孫無
所逃名乎稍以才華著便恐不免況以德名自
樹乎隱居放言而聖人有取焉惟其時也觀謝
靈運亦以元勳之裔縱其才氣殺身於無名則
公之所處合於聖人之道超然尚矣
沈德潛曰爲事誠殷勤五字道盡漢儒訓詁末
段忽然接入飲酒此正是古人神化處晉人詩
曠達者徵引老莊繁縟者徵引班揚而先生專

靖節先生集卷三　廿九

學立教自標榜耶但恨二句又謙謂吾之行事
謬誤于詩書禮樂者麴蘖之託而昏寘之逃非
得已也謝靈運鮑明遠之徒稍見才華無一免
者可以觀矣
何焯曰安溪先生云退之以陶公未能平其心
蓋有託而逃者且悲公之不遇聖人無以自樂
而徒麴蘖之託昏寘之逃也其論正矣然謂感
激而未能平其心則自古夷齊之侶何獨不然
謂其無得於聖人而以酒自樂則其視陶公已
淺矣觀飲酒詩第十六章第二十章恐公之希

頁二十九

此詩韓子蒼始見其微，湯東磵遂暢其指，誠可謂闡幽見隱，非穿鑿附會可比也

宋武有攘夷之功，而梟忍無殊操懿，其酖零陵，則曹丕所不屑為者，靖節絕之宜也

靖節先生集卷三　三十

重離照南陸鳴鳥聲相聞秋草雖未黃融風久已
分素礫晶修渚南嶽無餘雲

頁三十

而卒弒之四字誤

王字似誤

曾滌生云，安樂公益亦劉禪比恭帝，其說亦通

湯注遠不如陶注，此四句為最

章抗高門重華固靈墳流淚抱中歎傾耳聽司晨
湯注義熙元年裕以匡復功封豫章郡公重華謂
恭帝禪宋也裕既建國晉帝以天下讓而猶不免
于弒此所以流淚抱歎夜耿而達曙也又按義
熙十二年丙辰裕始改封宋公後以宋公受禪故
詩言其舊封而無所嫌也吳師道曰湯注重華謂
恭帝禪宋也愚謂恭帝封零陵王舜冢在零陵九
疑故云爾裕實纂弒陶公豈肯以禪目之神州獻嘉粟西靈何校宣和本作零
為我馴湯注義熙十四年鞏縣人獻嘉禾裕以獻帝帝以歸于裕西靈當作四靈裕受禪文
有四靈效徵之誥二句言裕假符瑞以姦大位也諸梁董師旅芊各本作羊李注
黃山谷云羊勝當是芊勝芊勝白公也今从之勝喪其身湯注沈諸梁葉公也殺白公勝
此言裕誅翦宗室之有才望者羊當作芊而梁孝
王亦有羊勝之事或故以二事相亂使人不覺也
黃文燠曰白公欲篡弒賴葉公誅之楚卒以存今之為葉公者何人乎山陽歸下國

靖節先生集卷三

成名猶不勤湯注魏降漢獻為山陽公而卒弒之謚法不勤成名曰靈古之人主不善
終者有靈若厲之號此正指零陵先廢而後弒也
日猶不勤哀怨之詞也王文燠曰魏降獻帝為山
陽公閔十餘年善終而零陵乃以次年掩弒裕之
祇不倍忍矣謝拔山陽即謂零陵山陽已歸下國
矣而猶不免於弒極憤裕之忍也卜生善斯牧安樂不為君湯注魏文
侯師事卜子夏此借之以言魏文帝也安樂公劉
禪也丕匹纂漢則安樂不得為君矣黃文燠曰此
用莊子牧乎君乎之詠為天子而不自保其身即
求為人牧亦何可得曰卜此生者蓋以牧為安樂
而不顧為君也平王湯注从韓子者本舊作生去舊京峽中納遺薰雙
陵湯本云一作陽甫云育三趾顯奇文湯注裕廢帝而遷之秣陵所謂去舊
京也峽中未詳雙陵當是言安恭二帝陵三趾似
謂鼎移于人四句難盡通吳注程元魯曰班固幽
通賦云黎宿耀于高辛兮芊彊大于南紀藏取威
于百儀兮姜本枝于三趾李善注姜齊姓趾禮也

頁三十一

曾滌生云卜生句，平王八句不甚可解，湯公之說，亦不可通

曾滌生似未見陶注

此條湯注卻勝陶注

曾滌生謂偃息邱山，天容自固，豈與尋常之壽夭並論哉

齊伯夷之後伯夷嘗典三禮竊意雙陵即二陵月
姜封嬴謂齊秦興于平王東遷之後猶知尊王而
東晉竟為裕所滅不復能寫東也語意隱而微王子愛清吹日中翔河汾
朱公練九齒閑居離世紛湯注王子晉好吹笙此託言晉也朱公者陶也
意古別有朱公修練之事此特托言陶耳晉運既
去故陶閒居以避世明言其志也河汾亦晉地吳
師道曰日中翔河汾日中午也裕以元熙二年六月廢帝故詩序夏徂秋亦寓意云峨峨西
嶺湯本云一作四顧內偃息常所親天容自永固彭殤非
等倫湯注西嶺當指恭帝所藏帝年三十六而弒此但言其藏之固而壽夭置不必論無可奈
何之辭也夫淵明之歸田本以避易代之事而未
嘗正言之至此則主弒國亡其痛疾深矣雖不敢
言而亦不可不言故若是乎辭之廋也嗚呼悲夫
吳師道曰愚嘗讀離騷見屈子閔宗國之阽危卷
身命之將賤而其賦遠遊之篇曰仍羽人于丹邱
留不死之舊鄉超無為以至清與泰初而為鄰乃

靖節先生集卷三

欲製形鍊魄排空御風浮游入極後天而終原[illegible]
死猶不死也陶公此詩憤其主弒國亡而末言游
仙修鍊之適且以天容永固彭殤非倫贊其君極
其尊愛之至以見亂臣賊子乍起倏滅于天地之
間者何足道哉陶公胸次沖澹和平而忠憤激烈
時發其端料無交識之畢乎洪慶善之論屈子有
曰屈原之憂憂國也其樂
樂天也吾子陶公亦云
李注黃山谷曰此篇有其辭而亡其義似是讀
異書所作其中多不可解韓子蒼曰余反覆之
見山陽歸下國之句蓋用山陽公事疑是義熙
以後有所感而作也故有流淚抱中歎平王去
舊京之語今人或謂淵明所題甲子不必皆義
熙後此亦豈足論淵明哉惟其高舉遠蹈不受

頁三十二

陶注此段最精彩

世紛而至於躬耕乞食其忠義亦足見矣趙泉山曰此晉恭帝元熙二年也六月十一日宋王裕迫帝禪位既而廢帝為零陵王明年九月潛行弒逆故靖節詩中引用漢獻事今推子蒼意考其退休所作詩類多悼國傷時感諷之語然不欲顯斥故命篇云雜詩或託以述酒飲酒擬古惟述酒間寓以他語使漫奧不可指摘今於各篇姑見其一二句警要者餘章自可意逆也如豫章抗高門重華固靈墳此豈述酒語耶三季多此事慷慨爭此場忽值山河改其微旨端

靖節先生集卷三 三三

有在矣類之風雅無媿該稱靖節道必懷邦劉艮注懷邦者不忘於國故無為子曰詩家視淵明猶孔門視伯夷也

澍按述酒詩自韓子蒼湯東礀發其端而詞意未悉至以芊勝為梁孝王羊勝之事以卜生善斯牧為魏文侯事卜子夏皆牽附無義不如黃文煥注為善至平王去舊京以下則注家無一得其意者蓋自篇首重離照南陸至重華固靈墳此述晉室南渡之後偏安江左浸以式微素礫皛修渚即子美所謂渚清沙白以喻偏安江左氣象蕭颯也至零陵而王氣

頁三十三

神州二句不如湯注

遂盡南嶽無餘雲謂零陵也零陵在衡湘間故以南嶽為言篡弒以成敘述明顯流淚抱中歎以下乃再三反覆以痛之神州嘉粟西靈我馴此用穆天子傳西王母諸國獻禾獻粉諸事謂西晉全盛時五胡未亂四夷賓服也今不可見矣次則芊勝亂楚而沈諸梁董師復之謂東晉初有王敦蘇峻之亂即有陶侃溫嶠之功國猶有人也今亦不可見矣又下則山陽禪魏猶獲令終不事急急薙除而今亦不可復見焉至以萬乘求為匹夫不得此牧人所以不願為君也平王去舊京以下謂晉自

靖節先生集卷三 三四

遷江左而中原沒於鮮卑劉裕平姚泓修復晉五陵置守衛國恥甫雪而篡弒已成也薰獯鬻史記五帝本紀作葷粥周本紀作薰育葷薰獯並通峽蓋郟鄏成王定鼎于郟鄏今洛陽峽郟通也晉五陵在洛陽不敢顯言五陵故曰雙陵蓋亦以崤之二陵亂其辭其實若除宣景文三王不數則武惠二帝正雙陵耳三趾乃曹魏受禪之祥左太冲魏都賦莫黑匪烏三趾而來儀注延康元年三趾烏見於郡國裕受禪時太史令亦陳符瑞天文數十事也王子愛清吹以下

平王去舊京四句，如此解釋最為精當

王子愛清吹四句，如此解釋亦可

頁三十四

如此則義義西嶺，內二句何所指哉？其說不可通，明矣

則以子晉棄位學仙願世世勿生天王家之歎也宋公練九齒閒居遺世紛乃遭亂世而思遐舉之心也天容自永固謂天老容成與下彭殤為對言富貴不如長生即楚辭思遠遊之旨也

責子 湯注舒儼宣俟雍份端佚通佟凡五人舒宣雍端通皆小名也或俟作俟佟作佟

白髮被兩鬢肌膚不復實雖有五男兒總不好紙筆阿舒已二八 湯本云一作十六 懶惰 湯本云一作放 故無匹阿宣行志學而不愛文術雍端年十三不識六與七通子垂九 湯本云一作六 齡但覓梨與栗天運苟如此且進杯中物

黃山谷曰觀靖節此詩想見其人慈祥戲謔可觀也俗人便謂淵明諸子皆不肖而愁歎見於詩耳又曰杜子美詩陶潛避俗翁未必能達道觀其著詩篇頗亦恨枯槁達生豈是足默識蓋不早有子賢與愚何其挂懷抱子美困頓于山川蓋為不知者詬病以為拙於生事又往往譏宗文宗武失學故聊解嘲耳其詩名遺興可知也俗人便謂譏淵明所謂痴人前不得說夢也馬大年曰五柳與子儼等疏曰汝等雖不同生

靖節先生集卷三　卅五

與爾之不才亦已焉哉，同為玩世

山谷可人

頁三十五

可笑

則知五子非一母或云以五柳之清高恐無庶出但前後嫡母耳僕以責子詩考之正自不然雍端皆年十三則其庶出可知也醒軒云安知雍端非雙生 僕謂按顏誄先生居無僕妾則醒軒說誠是

何焯曰老夫耄矣子又凡劣北山愚公竟何人哉此責子所為作也又曰人不學安知忠孝為何事陶士行後人遂為原伯魯之子此公所以俯仰家國而感歎於天運如此也又曰國亡主滅何暇復恤子孫為門戶計故歸之天運也

張廷玉曰杜子美遣興詩云陶潛避俗翁未必能達道有子賢與愚何其挂懷抱獨山谷云觀淵明此詩想見其人慈祥戲謔可觀也余謂淵明襟懷曠達高出塵壒之表大抵諸郎皆中人之資期望甚切稍不滿意故遂作戲詞耳況雍端甫十三通子方九齡過庭之訓尚淺可遽以不肖斷之耶如世俗所論則古人必皆作謷兒癡而後可也

靖節先生集卷三　卅六

有會而作 并序

舊穀既沒新穀未登頗為老農而值年災日月尚悠為患未已登歲之功既不可希

龍榆生註：頗疑當作願

頁三十六

以戲謔出之

朝夕所資煙火栽通句日已來始湯本云一作日
念飢乏歲云夕矣慨然永懷今我不述後
生何聞哉
弱年逢家乏老至更長飢菽麥實所羨孰敢慕甘
肥惄如亞九飯吳注詩惄如調飢說苑子思居衛三旬九遇食謝按言常飢亦三旬九飯亞也
之當暑厭寒衣歲月將欲暮如何辛苦湯本云一作足新
悲常善粥者心深念从何校宣和本作念各本作恨蒙袂非
嗟來何足吝徒沒空自遺斯濫豈攸从何校宣和本作攸各本作彼
志固窮夙所歸何焯日攸亦所也變文作對言蒙袂揚目者誠過然斯濫可戒當以固窮爲師也
餒也已矣夫在昔余多師李注趙泉山日此篇述其
簞食之悰尤爲酸楚老至更
長飢是終身未嘗足食也

靖節先生集卷三

蜡日李注蜡臘祭名伊耆氏始爲蜡蜡也者索也歲十二月合聚萬物而索饗之也
風雪送餘運無妨時已和梅柳夾門植一條有佳
花湯本云一作葩我唱爾言得酒中適何多未能湯本云一作邦
明多少章山有奇歌
此詩不知所謂未敢強解近時吳騫拜經樓詩
話以爲與述酒篇同意風雪送餘運無妨時已
和感惜爲歲之終喻與午運已告訖而宋祚方
隆臣民已多附從不必更滋妨忌故曰無妨也
梅柳夾門植梅喻君子柳喻小人夾門植謂參

頁三十七

錯朝亡君子不能厲冰霜之操小人則但知趨
炎附時望風而靡一條有佳花有者猶言無有
乎爾酒中適何多裕以毒酒一甖命張偉酖帝
偉自飲之而卒又令兵進藥而害之言酒中之
陰計何多我唱爾言得謂裕倡其謀而附姦黨
者衆也章山有奇歌山海經鮮山又東三十里
曰章山地理志章山在江夏竟陵縣東北古文
以爲內方山按竟陵零陵皆楚地故假竟陵之
山以寓意猶述酒詩之用舜冢事也淵明爲桓
公曾孫昔侃鎮荆楚屢平寇難勳在社稷未能

靖節先生集卷三

明多少謂若曹勿謂陰計之多以時無英雄耳
使我祖若在豈遂致神州陸沈乎有奇歌蓋欲
效宋薇之意也謝按吳說迂晦恐未必然姑識
于此以俟知者

頁三十八

頁二

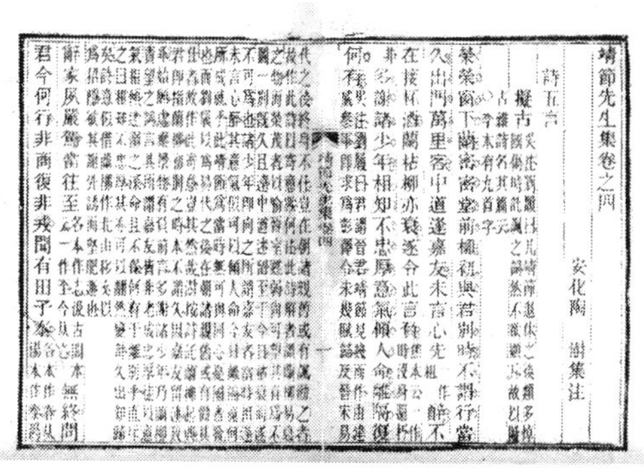
靖節先生集卷之四　安化陶　澍集注

詩五言

擬古九首

卷四 頁一

此首無甚深意，而音節特佳

溫注引東坡曰，此東方有一士，正淵明也，不知從之者誰乎。若了得此一段，我即淵明，淵明即我也

澤為鄭琊王晉灼曰田生字子春非也此詩上
文云辭家夙嚴駕當往至無終下文云生有高
世名既沒傳無窮其為田疇可知已若田生游
說取金之人何有高世之名而為靖節所慕乎
仲春遘時雨始雷發東隅衆蟄各潛駭草木從橫
舒翩翩新來燕雙雙入我廬先巢故尚在相將還
舊居自從分別來門庭日荒蕪我心固匪石君情
定何如（吳師道曰此篇託言不背棄之義）
迢迢百尺樓分明望四荒暮作歸雲宅朝為飛鳥
堂山河滿目中平原獨（焦本作轉）茫茫古時功名士慷

靖節先生集卷四　三

慨爭此場一旦百歲後相與還北邙松柏為人伐
高墳互低昂頹基無遺主遊魂在何方榮華誠足
貴亦復可憐傷（何注洛陽志北邙山漢魏晉君臣墳多在此）
澍按慷慨而爭同歸于盡後之視今將亦猶今
之視昔耳哀司馬師是哀劉裕意在言外當善
會之
東方有一士（湯注國語東方之士孰愈新序東方有士曰爰旌目）被服常不
完三旬九遇食（湯注說苑子思三旬九食）十年著一冠辛勤（湯注云一作苦）
無此比常有好容顏我欲觀其人晨去越河
關青松夾路生白雲宿簷端知我故來意取琴為

頁三

頁四

曾滌生云，兩晉立國本無苞桑之固，干寶論之詳矣。末二句似追咎謀國者之不臧，滌生此論，非諸子之所及

龍榆生註：此為自傷身世之詞，情至愴惻，何注鑿

古時邱路邊，兩高墳。伯牙與莊周。此士難再得，吾行欲何求。

種桑長江邊，三年望當採。枝條始欲茂，忽值山河改。柯葉自摧折，根株浮滄海。春蠶既無食，寒衣欲誰待。本不植高原，今日復何悔。

雜詩

人生無根蒂，飄如陌上塵。分散逐風轉，此已非常身。落地為兄弟，何必骨肉親。得歡當作樂，斗酒聚比鄰。盛年不重來，一日難再晨。及時當勉勵，歲月不待人。

頁五

白日淪西阿，素月出東嶺。遙遙萬里輝，蕩蕩空中景。風來入房戶，夜中枕席冷。氣變悟時易，不眠知夕永。欲言無予和，揮杯勸孤影。日月擲人去，有志不獲騁。念此懷悲悽，終曉不能靜。

榮華難久居，盛衰不可量。昔為三春蕖，今作秋蓮房。嚴霜結野草，枯悴未遽央。日月還復周，我去不再陽。眷眷往昔時，憶此斷人腸。

丈夫志四海，我願不知老。親戚共一處，子孫還相保。觴弦肆朝日，樽中酒不燥。緩帶盡歡娛，起晚眠常早。孰若當世士，冰炭滿懷抱。百年歸丘壟，用此空名道。

憶我少壯時，無樂自欣豫。猛志逸四海，騫翮思遠翥。荏苒歲月頹，此心稍已去。值歡無復娛，

頁六

細心領會

此等方是陶公得力處

細心領會

此等方是陶公得力處

樂自欣豫寫出少壯胸襟值歡無復娛寫出老人心境每每多憂慮氣力漸衰損轉覺日不如去聲何注壑舟無須臾引我不得住前塗當幾許朱知止泊處古人惜寸陰念此使人懼湯注太白詩云百歲落半塗前期浩漫漫中宵不成寐天明起長歎人生學無歸宿者例有此歎必聞道而後免此此淵明所以惜寸陰歟

澍按如讀去聲黃公紹韻會左傳不如從長陸德明讀去聲又東方朔七諫忽容容其安之兮超荒忽其焉如苦眾人之難信願離情而遠舉注曰舉去聲如與舉叶皆讀去聲之證

昔聞長者湯本云一作老言掩耳每不喜奈何五十年忽已親此事求我盛年歡李注男子自二十一至二十九則為盛年一毫無復意去去轉欲速此生豈再值傾家持焦本作時各本作作樂竟此歲月駛有子不留金何用身後置

日月不肯遲四時相催迫寒風拂枯條落葉掩長陌弱質與運頹玄鬢早已白李注靖節早年髮白素標插人頭前途漸就窄家為逆旅舍我如當去客去去欲何之南山有舊宅

葛常之曰日月不肯遲用字含蓄老杜客夜詩客睡何曾著秋天不肯明泛江詩山豁何時斷江平不肯流與此同意

靖節先生集卷四　七

頁七

頁九

頁八

何焯真筆伯耳

〔也陳蔡見圍仲尼不疑吾道之非況止于飢乏何為不追古人而從之乎〕

榮叟老帶索欣然方彈琴原生〔李注原憲〕納決履〔湯本李本作屨〕清歌暢商〔焦本云[illegible]本商一作高非〕音重華去我久貧士世

相尋弊襟〔初學記作微訣〕不掩肘藜羹常乏斟〔初學記作乏恆非〕

豈忘襲輕裘苟得非所欽賜也徒能辨乃不見吾

〔何注莊子曾子居衛捉衿肘見納履踵決曳縱[illegible]聲滿天地原憲居魯子貢曰先生何病仁義之慝輿馬之飾憲不忍為也此詩決履清歌俱以為原蓋因二人之事偶合用耳張自烈曰讀苟得非所欽乃知淵明乞食自非計無復之與俗人同寥落爾東坡代哀之何其後也何焯曰非獨遠于人情生不逢堯舜禪則宜以榮期原思自居求于無愧于仲尼而已如子貢所以告子者姑舍是可也莫江詩話曰三代下不為苟得者幾人先生以此自命眞聖人之徒也〕

靖節先生集卷四　十

安貧守賤者自古有黔婁〔李注劉向列女傳云〕好爵吾不榮〔焦本作榮一本作[illegible]〕厚饋吾不酬一旦壽命盡弊服仍〔焦本云一〕不周〔李注劉向列女傳魯黔婁妻者魯黔婁先生之妻也先生死曾子哭之畢曰何以為諡其妻曰以康為諡曾子曰先生在時食不充口衣不蓋形死則手足不斂何樂于此而諡為康乎其妻曰昔先君嘗欲授之政以為國相辭而不受是有餘貴也先生君嘗賜之粟三十鍾辭而不受是有餘富也彼先生者甘天下之淡味安天下之卑位不戚戚于貧賤不忻忻于富貴求仁得仁求義得義諡之曰康不亦宜乎〕豈不知其極非道故無憂從來將千載未復見斯儔朝與仁義生夕死復何求〔何焯曰此死生不改其操也貧賤不以道得者不去公誠造次顛沛必于是者矣〕

袁安門〔各本作[illegible]从何校宣和本作門〕積雪邈然不可干〔李注漢書洛陽〕

頁十

龍榆生註：昔在以下另為一首

昔在下別是一首

〔大雪丈餘縣令出見袁安門無行迹謂其已死令人見安僵臥問其故答曰大雪人乏食不宜干人令賢之舉孝廉〕阮公見錢入即日棄其官芻藁有常溫採莒足朝餐〔何焯曰莒號作稆後漢獻紀尚書郎以下自出採稆注云莒音呂與稆同〕豈不實辛苦所懼非飢寒〔何焯曰苟求富樂則身敗名辱有甚于飢寒者故不戚戚于貧賤但恐修名之不立也〕貧富常交戰道勝無戚顏〔焦本云一作厚非〕〔何注韓非子子夏曰吾入見先王之義出見富貴二者交戰于胸中故臞今見先王之義戰勝故肥也〕至德冠邦閭清節映西關

仲蔚愛窮居遶宅生蒿蓬翳然絕交遊賦詩頗能工舉世無知者止有一劉龔〔李注張仲蔚善屬文好詩賦常居窮素所處蓬蒿沒人閉門養性時人莫知惟劉龔知之〕此士胡獨然實由罕所同

靖節先生集卷四　十一

介焉安其業所樂非窮通〔湯注莊子古之得道者窮亦樂通亦樂所樂非窮通〕人事固以拙聊得長相從〔何焯曰自言其事詩外有不易[illegible]〕

〔[illegible]〕昔在〔湯本云一作有〕黃子廉〔[illegible]〕

〔[illegible]〕冠佐名州一朝辭吏歸清貧略難傳年饑感仁妻

頁十一

豈弟向我流丈夫雖有志固爲兒女憂惠孫一晤
歎腆贈竟莫酬誰云固窮難邈哉此前修 [illegible]

詠二疏 [illegible]

大象轉四時功成者自去 [illegible] 借問
衰 [illegible] 周來幾人得其趣遊目漢廷中二疏復
此舉高嘯返舊居長揖儲君傅餞送傾皇朝華軒
盈道路離別情所悲餘榮何足顧事勝感行人賢
哉豈常譽厭厭閭里歡所營非近務促席延故老
揮觴道平素問金終寄心清言曉未悟放意樂餘
年遑恤身後慮誰云其人亡久而道彌著 [illegible]

頁十二

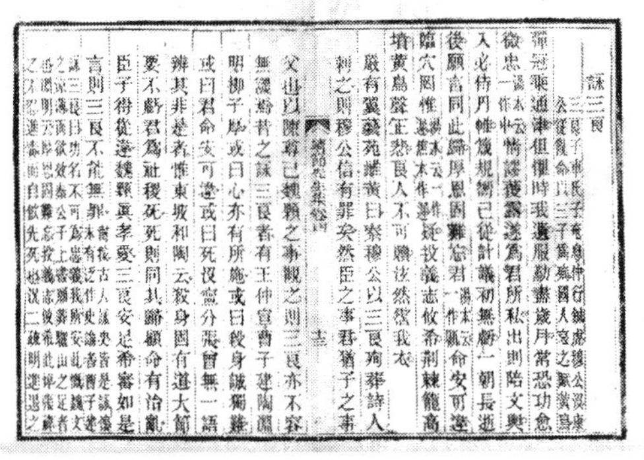

詠三良

彈冠乘通津但懼時我遺服勤盡歲月常恐功愈
微忠 [illegible] 情謬獲露遂爲君所私出則陪文輿
入必侍丹帷箴規嚮已從計議初無虧一朝長逝
後願言同此歸厚恩固難忘君命安可違
臨穴罔惟疑 [illegible] 投義志攸希荊棘籠高
墳黃鳥聲正悲良人不可贖泫然沾我衣
嚴有翼藝苑雌黃曰秦穆公以三良殉葬詩人
刺之則穆公信有罪矣然臣之事君猶子之事
父也以魏顆之事觀之則三良亦不容
無譏焉昔之詠三良者有王仲宣曹子建陶淵
明柳子厚或曰心亦有所施或曰殺身誠獨難
或曰君命安可違或曰死沒寧分張曾無一語
辨其非是者惟東坡和陶云殺身固有道大節
要不虧君爲社稷死死則同其歸顧命有治亂
臣子得從違魏顆眞孝愛三良安足希審如是
言則三良不能無罪 [illegible]

頁十三

[illegible] 家縱論三良之當死不當死失詩意何啻千里
葛立方曰三良以身殉秦穆之葬黃鳥之詩哀
之序詩者謂國人刺穆公以人從死則咎在秦
穆不在三良矣王仲宣云結髮事明君受恩良
不訾臨沒要之死焉得不相隨陶元亮云厚恩
固難忘君命安可違是皆不以三良之死爲非
也至李德裕則謂爲社稷死則死之不可許之
死與梁邱據安陵君同譏則是罪三良之死
非其所矣然君命之於前衆驅之於後爲三良
者將欲不死得乎惟柳子厚云疾病命固亂魏
氏言有章從邪陷厥父吾欲討彼狂使康公能
如魏顆不用亂命則豈至陷父於不義如此哉
東坡和陶亦云顧命有治亂臣子得從違魏顆
眞孝愛三良安足希似與柳子之論合然坡公
過秦穆公墓詩乃云穆公生不誅孟明豈有死
之日而忍用其良乃知三子殉公意亦如齊之
二子從田橫則又言三良之殉非穆公之意也
黃文煥曰詩意言從殉者三子忠君之夙懷非
一時勉強就死不肯說壞康公穆公別有深寄

頁十四

此自詠荊軻耳

臣子報君即從殉不爲過其可忘君而貪生事
他朝乎在三良願殉自當斷在國人惜才自當
悲各不相妨

詠荊軻

燕丹善養士志在報強嬴招集百夫良歲暮得荊
卿君湯本云一作之子死知己提劍出燕京素驥鳴廣陌
慷慨送我行雄髮指危冠猛氣衝長纓飲餞易水
上四座列羣英漸離擊悲筑宋意唱高聲湯注淮南子高
漸離宋意爲擊筑而歌于易水之上何注樂書筑似箏十三絃頸細而曲以竹鼓之如擊琴然蕭
蕭哀風逝湯本云一作起淡淡寒波生商音更流涕羽奏
壯士驚心知去不歸且有後世名登車何時顧飛
蓋入秦庭淩厲越萬里逶迤過千城圖窮事自至
豪主正怔營惜哉劍術疎湯注魯句踐聞荊軻之刺秦王曰惜哉其不講
于刺劍之術也奇功遂不成其人雖已沒千載有餘情何注
劉履曰此靖節憤宋武弑奪之變欲爲晉求得如荊軻者往報之故爲是詠觀其首尾句意可見矣
蔣薰曰詠荊軻出燕入秦悲壯淋漓乃知潯陽之隱未嘗不存子房博浪之志也
朱子語類淵明詩人皆說平淡余看他自豪放
但豪放得來不覺耳其露出本相者是詠荊軻
一篇平淡底人如何說得這樣言語出來
何孟春曰魏阮瑀有詠二疏三良荊軻詩淵明

頁十五

古今詩人，有博厚高明氣象者，唯陶公一人
陸放翁詩，雨後郊原已遍犁，陰陰簾幙燕分泥，閒眠不作華胥計，說與春鳩自在啼。何嘗不是好詩，然視此氣象不侔矣

古今詩人有博厚高明氣象者唯陶公一人
陸放翁詩雨後郊原已遍犁陰陰簾幙燕分泥閒眠不作華胥計說與春鳩自在啼何嘗不是好詩然視此氣象不侔矣

擬之厥意固有在矣
黃文煥曰詠二疏三良荊軻想屬一時所作大約在禪宋後也知止棄官本朝猶不肯久戀況事易代此淵明之以二疏自比也辨移君弒有死而報恩如三良者乎無人矣有生而報讐如荊軻者乎又無人矣此則以弔古之懷灑傷今之淚也

讀山海經 何注山海經劉歆校定載海內外絕域山川人物之異王充論衡吳越春秋皆以為禹治水無遠不至凡所見聞伯益疏而記之郭璞為注并圖讚李注按讀山海經穆天子傳此題讀山海

靖節先生集卷四 　　十六

孟夏草木長遶屋樹扶疏 李善注上林賦曰垂條扶疏湯注扶疏本太元吳師道曰燕刺王傳劉向封事皆有此語作揚雄前何注揚雄傳枝條扶疏師古曰分布也又呂氏春秋樹肥無使扶疏宋玉笛賦數紛茂盛扶疏四布王褒洞簫賦標敷紛以扶疏枚乘七發根扶疏以分離則此語從來久矣 衆鳥欣有託吾亦愛吾廬既耕亦已種時還讀我書 文選作且還 窮巷隔深轍頗迴故人車 李善注漢書張負隨陳平至其家乃負郭窮巷以席為門門外多長者車轍韓詩外傳楚狂接輿妻曰門外車轍何其深 歡言 各本作然文選作詩 酌春酒摘 文選作邇 我園中蔬微雨從東來好風與之俱汎覽周王傳 李注周穆天子傳者太康二年汲縣之民發古冢所獲書也 流觀山海圖俯仰終宇宙不樂復何如 何注劉履曰此詩十三首皆記二書所載事物之異而此發端一篇特以

頁十六

[illegible]

頁十八

[illegible]

頁十七

溫汝能云《山海經》形夭，畢注謂舊本俱作形夭，案唐等慈寺碑正作形夭依義夭長於天

按溫說是也，余有明吳中珩本山海經，亦作形夭

文多缺失也淵按張華博物志員邱山上有不死樹食之乃壽有赤泉飲之不老豈山海經之逸文與○何孟春曰東坡云淵明讀山海經十三首其七首若仙語所謂仙語者其第二首至此首與

夸父誕宏志乃與日競走俱至虞淵下似若無勝

負神力既殊妙傾河焉足有餘迹寄鄧林功竟在

身後湯注夸父不量力欲追日景逮之于禺谷渴欲得飲飲于河渭河渭不足北飲大澤未至道渴而死棄其杖化爲鄧林注夸父者神人之名也其能及日景而傾河渭豈以走飲哉何注禺谷郭璞注云禺淵也今作虞淵○何焯曰妙在縱其詞以夸之後人不窺此妙餘迹二句言其爲夸也至死不悔淵按此荅笑宋武垂暮舉事急圖禪代而志欲無厭究其款緒所貽不過一開之蘊而已乃反言若正也

精衛銜微木將以塡滄海刑天舞干戚元作形天無千歲

靖節先生集卷四　十九

猛志固常在同物既無慮化去不湯本云一作何復悔徒

設湯本云一作後在昔心良晨詎可待湯注精衛炎帝之少女名曰女娃遊于東海溺而不返故爲精衛常銜西山之木石以堙東海奇肱之國形天與帝爭神帝斷其首葬之常羊之山乃以乳爲目以臍爲口操干戚以舞

曾紘曰余嘗評陶公詩語造平淡而寓意深遠

外若枯槁中實敷腴眞詩人之冠冕也平生酷

愛此作每以世無善本爲恨因閱讀山海經詩

其間一篇云刑天無千歲猛志固常在疑上下

文義不甚相貫遂取山海經參校經中有云刑

天獸名也口中好銜干戚而舞乃知此句是刑

頁十九

不易之論也

依溫說則「無千歲」乃「舞干戚」之訛，而形夭則不必改

余以為至少則亦作形夭矣

天舞干戚故與下句猛志固長在意旨相應五

字皆訛蓋字畫相近無足怪者間以語友人岑

穰彥休晁詠之之道二公撫掌驚歎亟取所藏

本是正之因思宋宣獻言校書如拂几上塵旋

拂旋生豈欺我哉親友范元義寄示義陽太守

所開陶集想見好古博雅之意輒書以遺之宣

和六年七月中元臨漢曾紘書周必大曰江州

陶靖節集末載宣和六年臨漢曾紘說以刑天

無千歲爲刑天舞干戚岑穰晁詠之撫掌稱善

然靖節此題十三篇大槩篇指一事如前篇之

靖節先生集卷四　二十

所言夸父大槩同此篇恐專說精衛銜木塡海

無千歲之壽而猛志常在化去不悔若併指刑

天似不相續又況末句云徒設在昔心良晨詎

可待何預干戚之舞耶後見周紫芝竹坡詩話

復襲曾紘之意以爲已說皆誤矣

邢凱坦齋通編曰洪內翰謂靖節詩形天無千

歲當作刑天舞干戚字之誤也周益公辨其不

然按段成式雜俎天山有獸名刑天黃帝時與

帝爭神帝斷其首乃以乳爲目臍爲口操干戚

而舞不止則知洪說爲是

頁二十

確論

「向薌林家藏邵康節寫陶詩一冊，乃作形夭無千歲，周遂跋尾以康節手書為據」原文如此今從節畧遂不可通

朱子語錄或問形夭無千歲改作刑天舞干戚如何曰山海經分明如此說惟周丞相不信改本向薌林家藏邵康節手書爲據以爲後人妄改向家子弟攜來求跋某細看亦不是康節親筆因不欲破其前說遂還之（何孟春曰此疑已定于考亭矣）王應麟困學紀聞曰陶靖節之讀山海經猶屈子之賦遠遊也精衛刑天云云悲痛之深可爲流涕

澍按刑天舞干戚正誤始於曾端伯洪容齋朱子王伯厚皆從其說獨周益公以爲不然近世

靖節先生集卷四

猶有伸周紬曾者如何義門汪洪度皆是微論原作刑天字義難通卽依康節書作形夭既云天矣何又云無千歲天與千歲相去何啻彭殤恐古人無此屬文法也若謂每篇止詠一事則欽䲹窫窳固亦對舉若謂刑天爭神不得與精衛同論亦知斷章取義第憐其猛志常在耳以此說詩豈非固哉高叟乎

巨猾肆威暴欽䲹違帝旨窫窳彊能變祖江遂獨死明明上天鑒爲惡不可履長枯固已劇鵕鶚豈足恃（湯注鐘山神其子曰鼓是與欽䲹殺祖江於崑崙之陽帝乃戮之欽䲹化爲大鶚鼓亦化

頁二十一

妙哉以戲謔出之

爲鵕鳥見卽其邑大旱窫窳龍首居弱水中注云本蛇身人面爲貳負臣所殺復化而成此物澍按祖江今山海經作葆江郭璞注葆江或作祖江靖節所讀之本當卽郭氏之或本也張平子思元賦弔祖江之見劉李善注引山海經亦作祖江此篇爲宋武弑逆作也陳祚明曰不可如何以筆誅之今茲不然以古徵之人事既非以天臨之）

鵃鵝（湯本云當作鴟鴸）見城邑其國有放士念彼懷王世當時數來止（姚寬曰懷王世屈原見放之時也）青邱有奇鳥自言獨見爾（何校宣和本作云爾一作理）本爲迷者生不以喻君子（湯注柜山有鳥其狀如鴟其名曰鴸精見則其縣多放士注放逐也青邱之山有鳥狀如鳩名曰灌灌佩之不惑澍按詩意蓋言屈原被放由懷王之迷青邱奇鳥本爲迷者而生何但見鴟鴸不見此鳥遂終迷不悟乎）寄慨無窮

靖節先生集卷四

巖巖顯朝市帝者慎用才何以廢共鯀重華爲之來仲父獻誠言姜公乃見猜（湯注管仲請去三豎事何注易桓爲姜春避長按公謚之嫌耳）臨没告飢渴當復何及哉（黃文煥曰讀山海經結乃旁及論史當復何及哉一語大聲哀號蒼從晉室所由式微之故寄恨于此使後人尋繹知引援故實以慨世非修異聞也澍按靖節自王敦桓溫以至劉裕其懸相尋不闕疊退納既失大纂弑遂成此先生所爲託言荒渺姑寄物外之心而終推本禍原以致其隱痛也）

挽歌詩（諸本作擬挽歌辭文選作挽歌詩無擬字今从之李本有三首字）

有生必有死早終非命促昨暮同爲人今旦在（一作）鬼錄魂氣（湯本云一作魄）散何之枯形寄空木嬌兒索父啼良友撫我哭得失不復知是非安能覺千秋

頁二十二

如此始可稱為不怕死

萬歲後誰知榮與辱但恨在世時飲酒不得足
在昔無酒飲今但湯本云一作旦湛空觴春醪生浮蟻何
時更湯本云一作復能嘗殽案盈我前親朋哭我傍欲語
口無音欲視眼無光昔在高堂寢今宿荒草鄉湯本
云一本有荒草無人眠極視正茫茫二句極又作直一朝出門去歸來良未
央

荒草何茫茫白楊亦蕭蕭嚴霜九月中送我出湯本
云一作來遠郊四面無人居高墳正嶕嶢馬為仰天鳴
風為自蕭條綠君亭本云一作鳥為動哀鳴林為結風飆幽室一已閉
千年不復朝千年不復朝賢達無奈何向來相送
人各自還其家親戚或餘悲他人亦已歌死去何
所道託體同山阿

李公煥引祁寬曰昔人自作祭文挽詩者多矣
或寓意騁辭成於暇日寬考次靖節詩文乃絕
筆於祭挽三篇蓋出於屬纊之際者辭情俱達
尤為精麗其於晝夜之道了然如此古之聖賢
唯孔子曾子能之見於曳杖之歌易簣之言嗟
哉斯人沒七百年未聞有稱贊及此者因表而
出之附于卷末又引趙泉山曰嚴霜九月中送
我出遠郊與自祭文律中無射之月相符知挽

靖節先生集卷四 三

三首皆戲謔，臨終忽作正論，此陶公不可及處

頁二十三

得之矣

辭乃將逝之夕作是以梁昭明采此辭入選止
題曰陶淵明挽歌而編次本集者不悟乃題云
擬挽歌辭曾端伯曰秦少游將亡效淵明自作
哀挽王平甫亦云九月清霜送陶令此則挽辭
決非擬作從可知已又曰晉桓伊善挽歌庾晞
亦喜為挽歌每自搖大鈴為唱使左右齊和袁
山松遇出游則好令左右作挽歌類皆一時名
流達士習向如此非如今之人例以為悼亡之
語而惡言之也公煥曰按蘇劉皆不和豈畏死耶
王世貞曰陶徵士自祭預挽超脫人累默契禪
宗得蘊空解證無生忍者云但恨在世時飲酒
不得足非牽障語第乘諧去耳

靖節先生集卷四 四

聯句

鳴雁乘風飛去去當何極念彼窮居士如何不歎
息淵明雖欲騰九萬扶搖竟何力湯本云一作無力一違招
王子喬雲駕庶可飭愔之顧侶正徘徊離離翔天
側霜露豈不切務從忘愛翼循之高柯濯條幹遠
眺同天色思絕慶未看徒使生迷惑淵明何注愔之循之集內
不再見莫知其姓考晉宋書及南史亦無此人意
必晉書潛本傳所謂其鄉親張野及周旋人羊松
齡龐遵等
輩中人也

頁二十四

歸田園居 湯注此江淹擬作見文選其音節文親絕似至但願桑麻成蠶月得紡績則與陶公語判然矣

種苗在東皋苗生滿阡陌雖有荷鉏倦濁酒聊自適日暮巾柴車路暗光已夕歸人望煙火稚子候簷隙問君亦何為百年會有役但願桑麻成蠶月得紡績素心正如此開徑望三益 陳正敏曰文選有江文通擬古詩如擬休上人怨別詩曰日暮碧雲合佳人殊未來今人遂用為休上人詩故事又擬陶徵君田居詩種苗在東皋一首今此詩亦收在陶集中皆誤也韓子蒼曰田園六首末篇乃敘行役與前五首不類今俗本乃取江淹種苗在東皋為末篇東坡亦因其誤和之陳述古本止有五首余以為皆非也當如張相國本題為雜詠六首江淹雜擬詩亦頗似之但開徑望三益此一句為不類故人唐子西向余如此說余亦以為然推本淵明情致徒效其語耳乃取歸去來句以充入之固應不類也洪邁曰歸園田居末篇乃江文通雜體三十篇之一明言學陶徵君田居蓋陶三章云種豆南山下草盛豆苗稀晨興理荒穢帶月荷鋤歸故江云雖有荷鉏倦濁酒聊自適正擬其意也今陶集誤編入東坡據而和之又東方有一士十六句後重載於擬古九篇中東坡遂亦兩和之皆隨意而成不復細考耳何孟春曰陳善捫蝨新語云東坡和陶詩自謂不甚愧淵明然坡語微傷巧不若陶詩體合自然要知陶淵明詩觀江文通雜體詩中擬陶作者方是逼真今自諸公觀之亦未見其能逼真也淵按文通此詩載在文選其不當入陶集甚明惟子蒼以田園六首末首乃敘行役不知所指何篇張相國本今亦未見識以俟考

問來使 湯注此蓋晚唐人因太白感秋詩而偽為之

爾從山中來早晚發天目我屋南窗下今生幾叢

靖節先生集卷四

頁二十五

湯本尚有注云春水夏雲秋月盈天地之間而冬秀者孤松而已詩中蓋數以孤松為言按此注甚佳不知陶注何以遺之

菊薔薇葉已抽秋蘭氣當馥歸去來山中山中酒應熟 容齋隨筆問來使詩諸本皆不載惟晁文元家本有之天目疑非陶居處李太白感秋云陶令歸去來田家酒應熟乃用此耳王摩詰詩君從故鄉來應知故鄉事來日綺窗前寒梅著花未杜公送韋郎云為問南溪竹抽梢合過牆憶弟云故園花自發春日鳥還飛王介甫云道人北山來問松栽東岡舉手指屋脊云今如許長古今詩人懷想故居形之篇詠必以松竹梅菊為比興諸子句亦是世蔡絛西清詩話曰陶集屢經諸儒手校然有問來使一篇世蓋未見獨南唐與晁文元家二本有之李白尋陽感秋詩陶令歸去來山中酒應熟其取諸此云嚴羽滄浪詩話此篇體製氣象與陶不類得非太白逸詩後人漫取入陶集耳郎瑛曰此篇乃蘇子美所作好事者混入陶集中

四時

春水滿四澤夏雲多奇峰秋月揚明暉冬嶺秀孤 湯本云一作寒 松 湯注此顧凱之神情詩類文有全篇然顧詩首尾不類獨此警絕劉斯立云當是用此足成全篇篇中惟此警絕居然可知或顧作淵明摘出四句可謂善擇李注許彥周詩話曰此乃顧長康詩誤入彭澤集

靖節先生集卷四

頁二十六

湯本尚有注云，春水夏雲秋月盈天地之間，而冬秀者孤松而已，詩中蓋數以孤松為言，按此注甚佳，不知陶注何以遺之

靖節先生集卷之五

安化陶　澍集注

賦　辭

感士不遇賦并序

昔董仲舒作士不遇賦司馬子長又爲之 [illegible]
余嘗以三餘之日講習之暇讀其文慨然惆
悵夫履信思順生人之善行抱朴守靜君
子之篤素 [illegible] 自眞風告逝大僞斯
興閭閻懈廉退之節市朝驅易進之心懷
正志道之士或潛玉於當年潔己清操之
人或沒世以徒勤故夷皓有安歸之歎
[illegible] 三閭發已矣之哀悲夫寓形
百年而瞬息已盡立行之難而一城莫賞
此古人所以染翰慷慨屢伸而不能已者
也夫導達意氣其惟文乎撫卷躊躇遂感
而賦之

卷五 頁一

咨大塊之受氣何斯人之獨靈 [illegible]
稟神智以藏照秉三五而垂名或擊壤以
自歡 [illegible] 或大濟於蒼生靡
潛躍之非分常傲然以稱情世流浪而遂徂物羣
分以相形密網裁而魚駭宏羅制而鳥驚彼達人
之善覺乃逃祿而歸耕山嶷嶷而懷影川汪汪而
藏聲望軒唐而永歎甘貧賤以辭榮淳源汨
以長分美惡作以異途原百行之
攸貴莫爲善之可娛奉上天之
成命師聖人之遺書發忠孝於君親生信義於鄉
閭推誠心而獲顯不矯然而祈譽嗟乎雷同毀異
物惡其上妙算者謂迷直道者云妄坦至公而無
猜卒蒙恥以受謗雖懷瓊而握蘭徒芳潔而誰亮
哀哉士之不遇已不在炎帝帝魁之世 [illegible]
獨祗修以自勤豈三省之或廢 [illegible]
庶進德以及時時既至而不惠無爰生之晤言念張
季之終蔽 [illegible]
愍馮叟於郎署賴魏

頁二

守以納計 [illegible] 雖僅然於
必知亦苦心而曠歲審夫市之無虎眩三夫之獻
說 [illegible] 悼賈傅之
秀朗紆遠轡於促界悲董相之
淵致屢乘危而幸濟 [illegible]
感哲人之無偶淚淋浪以灑
袂承前王之清誨曰天道之無親澄得一以作鑒
恒輔善而佑仁夷投老以長飢回早夭而又貧傷
請車以備槨悲茹薇而殞身雖好學與行義何死
生之苦辛疑報德之若茲懼斯言之虛陳何曠世
之無才罕無路之不澀 [illegible] 伊古人之慷慨
病奇名之不立 [illegible] 廣
結髮以從政 [illegible] 不愧賓於萬邑屈雄志於戚豎
竟尺土之莫及留誠信於身後動一眾
人之悲泣 [illegible]

頁三

[illegible]
商盡規以拯
弊言始順而患入 [illegible]
奚良辰之易傾胡害勝其乃急蒼旻
遐緬人事無已有感有昧疇測其理寧固窮以濟
意不委曲而累己既軒冕之非榮豈縕袍之爲恥
誠謬會以取拙且欣然而歸止擁孤襟以畢歲謝
良價於朝市

張自烈曰師聖人之遺書不委曲而累已此二
語足以津逮吾人至於夷投老以長飢回早夭
而又貧語氣悲咽每讀至此不覺泫然流涕文
之感人如此

閑情賦并序

初張衡作定情賦蔡邕作靜情賦檢逸辭
而宗澹泊始則蕩以思慮而終歸閑正將
以抑流宕之邪心諒有助於諷諫綴文之
士奕代繼作並因觸類廣其辭義 [illegible]

頁四

[illegible] 余園閭多暇
復染翰爲之雖文妙不足庶不謬作者之
意乎

夫何瓌逸之令姿獨曠世以秀羣表傾
城之艷色期有德於傳聞佩鳴玉以比潔齊幽蘭
以爭芬淡柔情於俗內負雅志於高雲悲晨曦之
易夕感人生之長勤 [illegible] 同一盡
於百年何歡寡而愁殷褰朱幃而正坐泛清瑟以
自欣送纖指之餘好攘皓袖之繽紛瞬美目以流
眄含言笑而不分 [illegible] 曲調將半
景落西軒悲商叩林白雲依山仰睇天路俯促鳴
弦神儀嫵媚舉止詳妍激清音以感余願接膝以
交言欲自往以結誓懼冒禮之爲愆 [illegible]
待鳳鳥以致辭恐他人之我先 [illegible]
意惶惑而靡寧魂須臾而九遷 [illegible]
願在衣而爲領承華首之餘芳悲羅襟之宵離
怨秋夜之未央願在裳而爲帶束窈窕之纖身嗟
溫涼之異氣或脫故而服新願在髮而爲澤刷玄
鬢于頹肩悲佳人之屢沐從白水以枯煎願在眉
而爲黛隨瞻視以閑揚悲脂粉之尚鮮或取毀于

頁五

華妝願在莞而爲席安弱體于三秋悲文茵之代
御方經年而見求願在絲而爲履附素足以周旋
悲行止之有節空委棄于床前願在晝而爲影常
依形而西東悲高樹之多蔭慨有時而不同願在
夜而爲燭照玉容於兩楹悲扶桑之舒光奄滅景
而藏明願在竹而爲扇含淒飆於柔握悲白露之
晨零顧襟袖以緬邈願在木而爲桐作膝上之鳴
琴悲樂極以哀來終推我而輟音考所願而必違
徒契契以苦心擁勞情而罔訴步容與
於南林棲木蘭之遺露翳青松之
餘陰儻行行之有覿交欣懼於中襟竟寂寞
而無見獨悁想以空尋斂輕裾以復
路瞻夕陽而流歎步徙倚以忘趣色慘悽而矜顏
葉燮燮以去條氣淒淒而就寒日負影以偕沒月
媚景於雲端鳥悽聲以孤歸獸索偶而不還悼當
年之晚暮恨茲歲之欲殫 [illegible]
思宵夢以從之神飄颻而不安若憑舟之
失棹譬緣崖而無攀于時畢昴盈軒
北風淒淒 [illegible]
攝帶以伺晨繁霜粲於素階雞斂翅而未鳴笛流

頁六

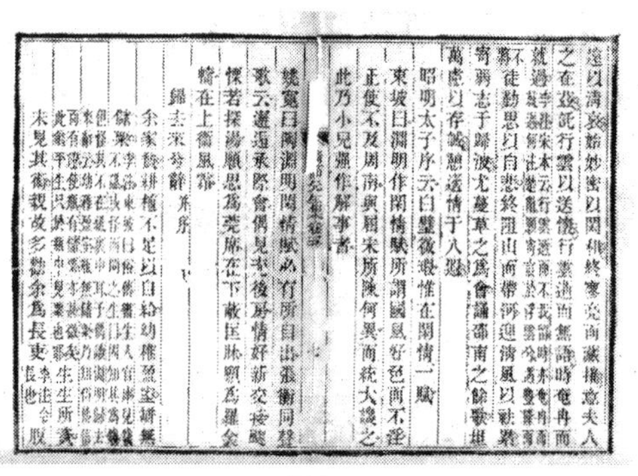

頁七

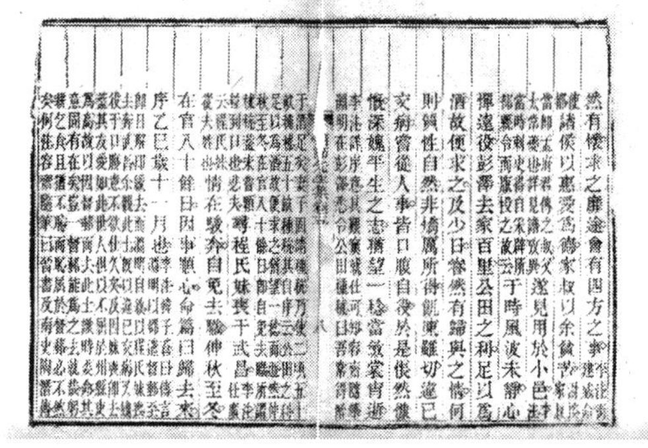

頁八

頁九

頁十

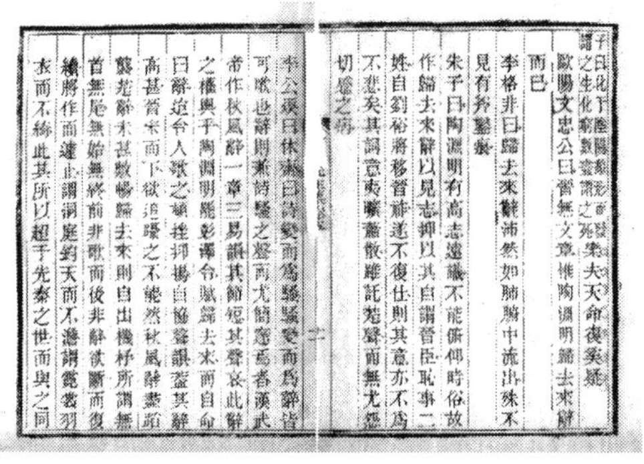

頁十一

龍榆生註：聖變二字疑有訛誤

範也
晁以道荅李持國書曰足下愛淵明所賦歸去來辭遂同東坡先生和之僕所未喻也建中靖國間東坡和歸去來辭初至京師其門下賓客從而和者數人皆自謂得意也陶淵明紛然一日滿人目前矣參寥忽以所和篇示余率同賦謝之曰童子無居位先生無並行與吾師其推東坡一人于淵明間可也參寥即索其文袖之出吳音曰罪過吾悔不先與公話今輒以厚于參寥者為予言昔大宋相公謂陶公歸去來是南北文章之絕唱五經之鼓吹近時繪畫歸去來者皆大聖變和其辭者如即事遺興小詩皆不得中正者也
王若虛曰東坡酷愛歸去來兮辭既次其韻又衍為長短句又裂為集字詩破碎甚矣陶文信美亦何必爾是亦未免近俗也
張子烈曰王維與魏居士書云近有陶潛不肯屈腰見督郵解印綬棄官去後貧乞食詩云叩門拙言辭是屢乞而多慙也當時一見督郵則安食公田數頃一慙之不忍而終身慙乎此亦

靖節先生集卷五　三

頁十二

人我攻中不難其後之累也嗟乎先生賦歸去來古今第一詠[illegible]期王維實疎識許何哉傷爾乞食情同采薇若有怨一慙之慼直是後世宦路上人展轉支子疑為屢乞到底不休又何以成靖節也[illegible]
林雲銘曰陶元亮作令彭澤不為五斗米折腰豈求仕之先曾不知束帶謁見之事直待郡遣督郵方較論禮之微為禮之卑屈耶蓋元亮仕於晉難將移之時世道人心皆不可問而氣節學問無所用之徒勞何益五斗折腰之說有託而逃猶張翰因秋風而思蓴鱸所謂見幾而作不俟終日也篇中曰獨悲曰自酌曰孤往益有世人不能少窺萬一者結曰乘化歸盡樂天知命則素位而行夭壽不貳矣此文為騷之變騷哀而曲此直而和蓋騷為于楚為宗臣先生于晉為遺老一為貴戚一為逸齊所處故不同也
謝枋先生之歸史言不肯折腰督郵序言因妹喪自免竊意先生何託而去初假督郵為名至

靖節先生集卷五　五

頁十三

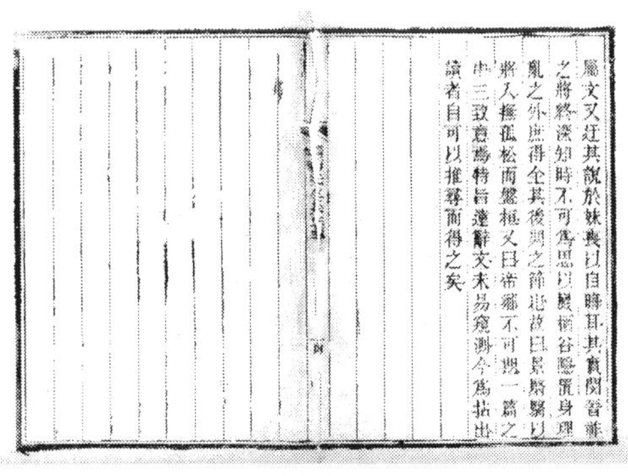
屬文又託其親於妹喪以自晦耳其實閔晉祚之將終深知時不可為思以巖穴谷隱全身理亂之外庶得全其後期之節也故曰景翳翳以將入撫孤松而盤桓又曰帝鄉不可期一篇之中三致意焉特旨遺辭文未易窺測今為拈出讀者自可以推尋而得之矣

頁十四

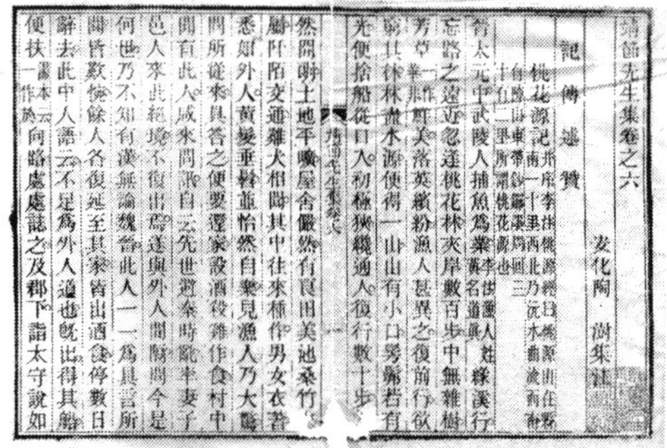

靖節先生集卷之六

記傳述贊

桃花源記

晉太元中武陵人捕魚為業緣溪行忘路之遠近忽逢桃花林夾岸數百步中無雜樹芳草鮮美落英繽紛漁人甚異之復前行欲窮其林林盡水源便得一山山有小口彷彿若有光便捨船從口入初極狹纔通人復行數十步豁然開朗土地平曠屋舍儼然有良田美池桑竹之屬阡陌交通雞犬相聞其中往來種作男女衣著悉如外人黃髮垂髫並怡然自樂見漁人乃大驚問所從來具答之便要還家設酒殺雞作食村中聞有此人咸來問訊自云先世避秦時亂率妻子邑人來此絕境不復出焉遂與外人間隔問今是何世乃不知有漢無論魏晉此人一一為具言所聞皆歎惋餘人各復延至其家皆出酒食停數日辭去此中人語云不足為外人道也既出得其船便扶向路處處誌之及郡下詣太守說如

卷六 頁一

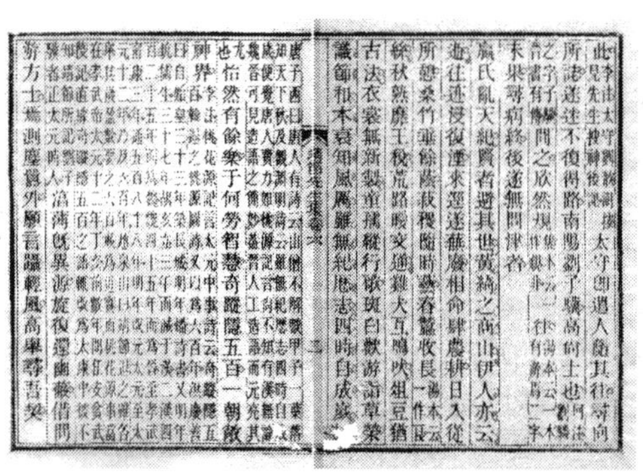

此太守即遣人隨其往尋向所誌遂迷不復得路南陽劉子驥高尚士也聞之欣然規往未果尋病終後遂無問津者

嬴氏亂天紀賢者避其世黃綺之商山伊人亦云逝往跡浸復湮來逕遂蕪廢相命肆農耕日入從所憩桑竹垂餘蔭菽稷隨時藝春蠶收長絲秋熟靡王稅荒路曖交通雞犬互鳴吠俎豆猶古法衣裳無新製童孺縱行歌斑白歡游詣草榮識節和木衰知風厲雖無紀歷志四時自成歲怡然有餘樂于何勞智慧奇蹤隱五百一朝敞神界淳薄既異源旋復還幽蔽借問游方士焉測塵囂外願言躡輕風高舉尋吾契

頁二

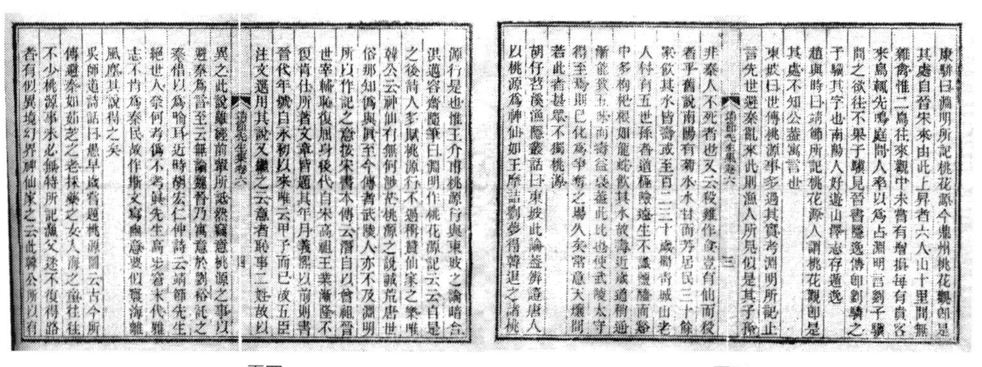

頁四　頁三

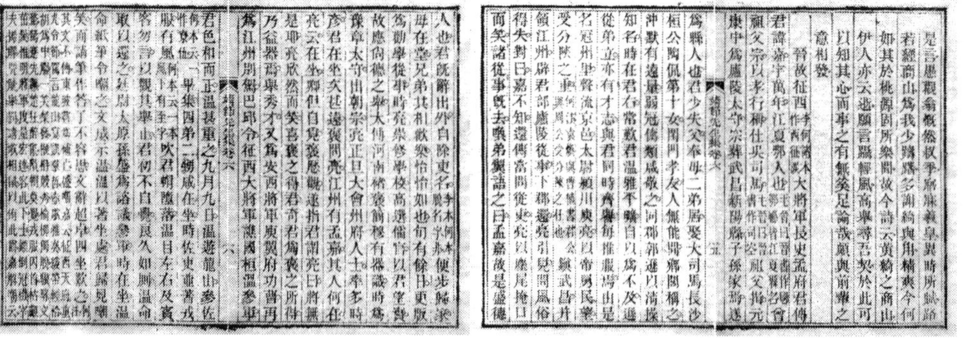

頁六　頁五

[illegible]宗穆皇帝聞其名賜見東堂君辭以腳疾不任拜
起詔使人扶入君嘗爲刺史謝永別駕永會稽人
喪亡君求赴義路由永興高陽許詢有雋才辭榮
不仕每縱心獨往客居縣界嘗乘船近行適逢君
過歎曰都邑美士吾盡識之獨不識此人唯聞中
州有孟嘉者將非是乎然亦何由來此使問君之

靖節先生集卷六　七

從者君謂其使曰本心相過今先赴義尋還就君
及歸遂止信宿雅相知得有若舊交還至轉從事
中郎俄遷長史在朝隤然仗正順而已門無雜賓
嘗會神情獨得便超然命駕逕之龍山顧景酣宴
造夕乃歸温從容謂君曰人不可無勢我乃能駕
御卿[illegible]後以疾終於家年五十一始自總髮至於知
命行不苟合言無夸矜未嘗有喜愠之容好酣飲
逾多不亂至於任懷得意融然遠寄傍若無人温

頁七

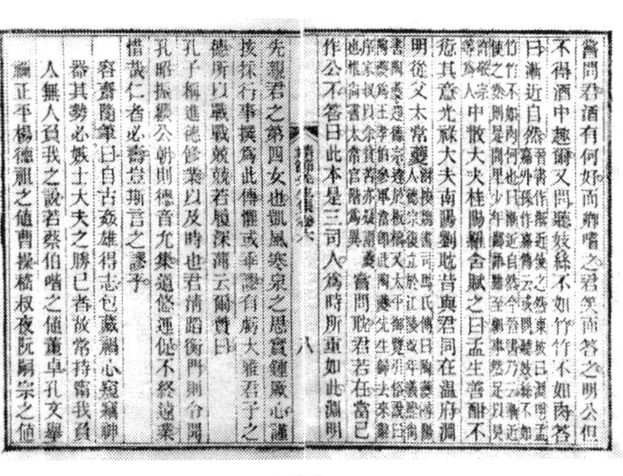
嘗問君酒有何好而卿嗜之君笑而答之明公但
不得酒中趣爾又問聽妓絲不如竹竹不如肉答
曰漸近自然[illegible]
中散大夫桂陽羅含賦之曰孟生善酬不
忝其意光祿大夫南陽劉耽昔與君同在温府淵
明從父太常夔[illegible]嘗問耽君若在當已
作公不答曰此本是三司人爲時所重如此淵明

靖節先生集卷六　八

先親君之第四女也凱風寒泉之思實鍾厥心謹
按採行事撰爲此傳懼或乖謬有虧大雅君子之
德所以戰戰兢兢若履深薄云爾贊曰
孔子稱進德修業以及時也君清蹈衢門則令聞
孔昭振纓公朝則德音允集道悠運促不終遠業
惜哉仁者必壽豈斯言之謬乎
容齋隨筆曰自古姦雄得志包藏禍心窺竊神
器其勢必嫉士大夫之勝己者故常持寧我負
人無人負我之說若蔡伯喈之值董卓孔文舉
禰正平楊德祖之值曹操嵇叔夜阮嗣宗之值

頁八

司馬師昭温太眞之值王處仲謝安石孟嘉之
值王温皆可謂不幸矣伯喈僅僅脫卓手終以
之陷命正平不轉死於黃祖文舉德祖被戮
叔夜罹東市之害嗣宗沈湎佯狂至爲勸進表
以逃大咎太眞以智挫錢鳳而免其危若蹈虎
尾惟謝公以高名達識表裏至誠故温敬之重
之不敢萌相窺之意然倘有爲性命須臾及
晉祚存亡在此一行之廣孟嘉爲人夷曠沖默
名冠州里稱盛德人仕於温府歷征西參軍從
事中郎長史在朝隤然仗正必不效郗超輩

靖節先生集卷六　九

與温合然自度終不得善其去故放志酒中如
龍山落帽豈眞不自覺哉温至云人不可無勢
我乃能駕馭卿老賊於是見其肺肝矣嘉雖得
全於晉亦終然才享年五十一蓋酒爲之
累也陶淵明實其外孫傷其道悠運促悲夫

五柳先生傳

先生不知何許人也亦不詳其[illegible]姓字宅
邊有五柳樹因以爲號焉閑靖少言不慕榮利好
讀書不求甚解每有會意便欣然忘食性嗜酒家
貧不能常得親舊知其如此或置酒而招之造飲

頁九

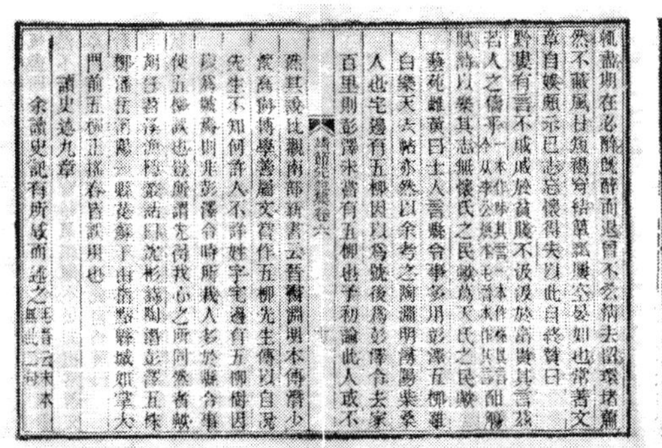
輒盡期在必醉既醉而退曾不吝情去留環堵蕭
然不蔽風日短褐穿結簞瓢屢空晏如也常著文
章自娛頗示己志忘懷得失以此自終贊曰
黔婁有言不戚戚於貧賤不汲汲於富貴其言茲
若人之儔乎[illegible]酣觴
賦詩以樂其志無懷氏之民歟葛天氏之民歟
藝苑雌黃曰士人言縣令事多用彭澤五柳雖
白樂天亦然以余考之陶淵明潯陽柴桑
人也宅邊有五柳因以爲號後爲彭澤令去家
百里則彭澤未嘗有五柳也予初論此人或不

靖節先生集卷六　十

然其後以觀南部新書云晉陶淵明本傳潛少
家貧博學善屬文嘗作五柳先生傳以自況
先生不知何許人不詳姓字宅邊有五柳樹因
以爲號焉則非彭澤令時所栽人多於縣令事
使五柳誤也然所謂先得我心之所同然者歟
謝[illegible]詩話曰況彬籍陶潛彭澤五株
柳潘岳河陽一縣花蘇子由詩將縣郭字大
門前五柳正搖春皆誤用也

讀史述九章

余讀史記有所感而述之[illegible]

頁十

此二詩陶公志事明白

悲絕

云胡能夷言雖欲逃之海外，而無所逃也，諸注失之遠矣

哀痛

夷齊

二子讓國相將海隅天人革命絕景（何注景影同）窮居采薇高歌（何注藝文類聚作高歌采薇）慨想黃虞貞風凌俗爰感懦夫（事見伯夷列傳）

箕子

去鄉之感猶有遲遲別伊代謝觸物皆非哀哀箕子云胡能夷狡童之歌悽矣其悲（事見殷本紀）

管鮑

知人未易相知實難淡美初交利乖歲寒管生稱心鮑叔必安奇情雙亮令名俱完（事見管晏列傳）

靖節先生集卷六　二

程杵

遺生良難士為知己望義如歸允伊二子程生揮劍懼茲餘恥令德允闡百代見紀（事見趙世家）

七十二弟子

恂恂舞雩莫曰匪賢俱映日月共飡至言慟由才難感為情牽回也早夭賜獨長年

屈賈

進德修業將以及時如彼稷契孰不願之嗟乎二賢逢世多疑候詹（何本作懷沙云一作候瞻非焦本作候詹謝拔詹謂太卜鄭詹尹也今从焦作詹）寫志感鵩獻辭（事見屈賈列傳）

頁十一

頁十三

頁十二

頁十四

藹然而慈，黯然而悲

靖節先生集卷之七

安化陶　澍集注

疏　祭文

與子儼等疏

告儼俟份佚佟天地賦命生必有死梁元帝金樓子作有生必終自古聖賢誰能獨免子夏有言死生有命富貴在天四友之人親受音旨何注孔叢子孔子四友回賜師由非子夏而此云然者特謂其同列耳發斯談者將非窮達不可外求壽夭永無外請故耶吾年過五十少而窮苦每以家弊東西遊走沈約宋書作吾年過五十而窮苦茶毒家貧弊東西遊走無少字及每以二字李注趙泉山曰五十當作三十靖節從乙未十一年間自潯陽至建業再返又至江陵再返故云東西遊走及四十一歲序其後遊於歸去來云心憚遠役四十八歲答罷參軍詩云我實幽居士無復東西緣若年過五十時投閑十年矣尚何遊宦之有澍按序云少而窮苦乃追述之辭豈謂東西遊走在五十後哉即依宋書無少字非追述遊走不定解作遊宦先生雖賦歸而與王撫軍殷晉安往來酬答亦無妨以東西遊走爲言也趙說似滯五十不必改三十性剛才拙與物多忤自量爲已必貽俗患僶俛辭世使汝等幼而飢寒余嘗感孺仲賢妻之言敗絮自擁何慙兒子此既一事矣李注東坡燕談曰孺仲當作儒仲後漢書王霸傳霸字儒仲又列女傳霸少立高節光武時連徵不仕霸與同郡令狐子伯爲友後子伯爲楚相而其子爲郡功曹子伯遣子奉書于霸客去爲久臥不起妻怪問其故曰向見令狐子容服甚光舉措有適而我兒蓬髮歷齒未

卷七 頁一

我亦如是

知禮則見客而有慚色父子恩深不覺自失耳妻曰君少修清節不顧榮祿今子伯之貴孰與君之高君躬勤苦子安得不耕以養既耕安得不黃頭歷齒奈何忘宿志而慚兒女子乎霸屈起而笑曰有是哉遂共終身隱遯但恨鄰靡二仲室無萊婦李注東坡燕談曰嵇康高士傳求仲羊仲皆治車爲業挫廉逃名蔣元卿之去兗州還杜陵荊棘塞門舍中有三徑不出惟二人從之游時人謂之二仲亦載三輔決錄又劉向列女傳楚老萊子逃世耕于蒙山之陽楚王欲使守楚國之政妻曰妾聞之可食以酒肉者可隨以鞭捶可授以官祿者可隨以鈇鉞今先生食人之酒肉受人之官祿此皆人之所制也居亂世而爲人所制能免於患乎老萊子遂隨其妻至於江南而止抱茲苦心良獨內愧金樓子作惘惘少學琴書偶愛閑靜開卷有得便欣然忘食見樹木交蔭時鳥變聲亦復歡然有喜常言五六月中北窗下臥遇涼風暫至自謂是羲皇上人意淺識罕謂斯言可保日月遂往機巧好疏緬求在昔眇然如何病患以來漸就衰損親舊不遺每以藥石見救自恐大分將有限也汝輩稚小家貧每役宋書作無役柴水之勞何時可免念之在心若何可言然汝等雖不从宋書作不焦本同諸本作曰非同生當思四海皆兄弟之義鮑叔管仲分財無猜歸生伍舉班荊道舊遂能以敗爲成因喪立功他人尚爾況同父之人哉何注靖節曰同父之人然則猶有庶子也責子詩云雍端年十三此兩人或異母潁川韓元長金樓子作陳元長王應麟曰謂韓融韶子見後漢韓韶傳漢末名士身處卿佐八十而

頁二

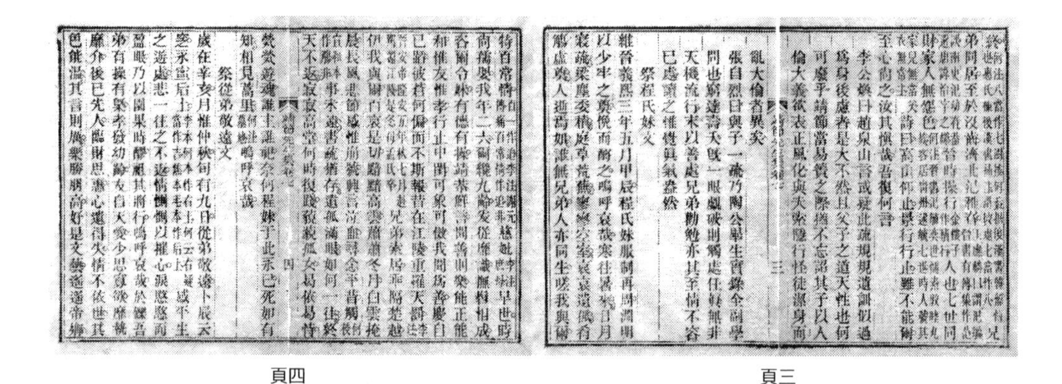

弟同居至於沒齒濟北氾稚春晉時操行人也七世同財家人無怨色詩曰高山仰止景行行止雖不能爾至心尚之汝其慎哉吾復何言

李公煥曰趙泉山曰識此疏規規遺訓假過爲身後慮者是大不然且父子之道天性也何可廢乎請節當易簀之際猶不忘詔其子以人倫大義欲表正風化與夫索隱行怪徒潔身而亂大倫者異矣

張自烈曰與子一疏乃陶公畢生實錄全副學問也窮達壽夭既一眼覷破則觸處任真無非天機流行末以善處兄弟勸勉亦其至情不容已處讀之惟覺真氣盎然

祭程氏妹文

維晉義熙三年五月甲辰程氏妹服制再周淵明以少牢之奠俛而酹之嗚呼哀哉寒往暑來日月寖疏梁塵委積庭草荒蕪寥寥空室哀哀遺孤肴觴虛奠人逝焉如誰無兄弟人亦同生嗟我與爾

頁三

特百常情慈妣早世時尚孺嬰我年二六爾纔九齡爰從靡識撫髫相成咨爾令妹有德有操靖恭鮮言聞善則樂能正能和惟友惟孝行止中閨可象可傚我聞爲善慶自己蹈彼蒼何偏而不斯報昔在江陵重罹天罰兄弟索居乖隔楚越伊我與爾百哀是切黯黯高雲蕭蕭冬月白雲掩晨長風悲節感惟崩號興言泣血尋念平昔觸事未遠書疏猶存遺孤滿眼如何一往終天不返寂寂高堂何時復踐藐藐孤女曷依曷恃煢煢遊魂誰主誰祀奈何程妹于此永已死如有知相見蒿里嗚呼哀哉

祭從弟敬遠文

歲在辛亥月惟仲秋旬有九日從弟敬遠卜辰云窆永寧后土感平生之遊處悲一往之不返情惻惻以摧心淚愍愍而盈眼乃以園果時醪祖其將行嗚呼哀哉於鑠吾弟有操有槩孝發幼齡友自天愛少思寡欲靡執靡介後己先人臨財思惠心遺得失情不依世其色能溫其言則厲樂勝朋高好是文藝遙遙帝鄉

頁四

爰感奇心絕粒委務考槃山陰淙淙懸溜曖曖荒林晨採上藥夕閑素琴曰仁者壽竊獨信之如何斯言徒能見欺年甫過立奄與世辭長歸蒿里邈無還期惟我與爾匪但親友父則同生母則從母相及齠齔並罹偏咎斯情實深斯愛實厚念彼昔日同房之歡冬無縕褐夏渴瓢簞相將以道相開以顏豈不多乏忽忘飢寒余嘗學仕纏綿人事流浪無成懼負素志斂策歸來爾知我意常願攜手寘彼眾議每憶有秋我將其刈與汝偕行舫舟同濟三宿水濱樂彼川界靜月澄高溫風始逝撫杯而言物久人脆奈何吾弟先我離世事不可尋思亦何極日徂月流寒暑代息死生異方存亡有域候晨永歸指塗載陟呱呱遺稚未能正言哀哀嫠人禮儀孔閑庭樹如故齋宇廓然孰云敬遠何時復見余惟人斯昧茲近情著龜有吉制我祖行望旐翩翩執筆涕盈神其有知昭余中誠嗚呼哀哉

頁五

自祭文

歲惟丁卯律中無射天寒夜長風氣蕭索鴻雁于征草木黃落陶子將辭逆旅之館永歸于本宅故人悽其相悲同祖行於今夕羞以嘉蔬薦以清酌候顏已冥聆音愈漠嗚呼哀哉茫茫大塊悠悠高旻是生萬物余得爲人自余爲人逢運之貧簞瓢屢罄絺綌冬陳含歡谷汲行歌負薪翳翳柴門事我宵晨春秋代謝有務中園載耘載耔迺育迺繁欣以素牘和以七弦冬曝其日夏濯其泉勤靡餘勞心有常閒樂天委分以至百年惟此百年夫人愛之懼彼無成愒日惜時存爲世珍沒亦見思嗟我獨邁曾是異茲寵非已榮涅豈吾緇捽兀窮廬酣飲賦詩識運知命疇能罔眷余今斯化可以無恨壽涉百齡身慕肥遯從老得終奚所復戀寒暑逾邁亡既異存外姻晨來良友宵奔葬之中野以安其魂窅窅我行蕭蕭墓門奢恥宋臣儉笑王孫

頁六

廓兮已滅慨焉已遐不封不樹日月遂過匪貴前譽孰重後歌人生實難死如之何嗚呼哀哉

東澗曰淵明自祭文出語妙於纊息之餘豈涉死生之流哉

張自烈曰今人畏死戀生一臨患難雖義當捐軀必希苟免且有纊息將絕眷眷妻孥田舍者弗能割者豈乎何其過哉淵明非止脫去世情真能認取故我如奚所復戀可以無恨此語非淵明不能道

頁七

靖節先生集卷之八

安化陶澍編輯

五孝傳

天子孝傳贊

虞舜　夏禹　殷高宗　周文王

虞舜父頑母嚚事之於畎畝之間以孝烝烝是以堯闢而授之富有天下貴為天子以為不順於父母若窮而無歸惟順親可以得意猗違朝夕若嬰兒之思戀故稱舜五十而慕書曰戛擊鳴球搏拊琴瑟以詠祖考來格言思其來而訓之靜辭愛敬盡於事親是以德教加於百姓刑於四海夏禹有天下以奉宗廟然躬自菲薄以厚其孝孔子曰禹吾無間然矣菲飲食而致孝乎鬼神惡衣服而致美乎黻冕禹之德於是稱聖人之德無以加於孝敬孝敬之道莫大於嚴殷高宗諒陰三年不言百官總己而聽於冢宰三年而後言天下咸歡德教大行殷道以興詩曰一人有慶兆民賴之其武之謂乎周文王之為世子也朝於王季日三雞鳴至於寢門問於內豎曰安文王乃喜不安則色憂行不能正履日中暮亦如之食上必視寒溫

卷八 頁一

之節食下必問所膳而後退文王孝道光大其化自近至遠刑於寡妻以御於家邦故得萬國之歡心以事其先王矣贊曰

至哉后德聖敬自天陶漁致養菲薄享先親疾色憂諒陰寢言一人有慶千載賴辯

諸侯孝傳贊

周公旦　魯孝公　河間惠王

周公旦武王之弟成王幼少周公攝政制禮作樂郊祀后稷以配天宗祀文王於明堂以配上帝是以四海之內各以其職來祭詩曰於穆清廟肅雍顯相言諸侯樂其位而敬其事也仲尼曰孝莫大於嚴父嚴父莫大於配天則周公其人也貴而不驕位高彌謙自承文武之休烈孝道通於神明光被四海武王封之於魯備其禮樂以奉宗廟魯魯孝公之為公子周宣王問公子能道訓諸侯者立之樊穆仲稱其孝曰肅恭明神而敬事耆老賦事行刑必問於遺訓而咨於故實不干所問不犯所咨王曰然則能訓理其民矣乃命之於夷宮是為孝公夫宗廟致敬不忘親也有國不亦宜乎漢河間惠王獻王之曾孫也西京藩臣多驕放之失其名

頁二

德者惟獻王而惠王繼之漢書稱其能修獻王之行母薨服喪盡禮哀帝下詔書褒揚以為宗室儀表增封萬戶體古之人皆然至於末俗寢薄閨已賢矣貴而率禮又難其見褒崇不亦宜乎贊曰

貴驕殊途不期而會周公勞謙乃成光大二侯承德遺儀大寄河間率禮嗣宗是紹

卿大夫孝傳贊

孔子　孟莊子　潁考叔

孔子魯人也入則事父兄出則事公卿喪事不敢不勉故稱曰孝乎惟孝友于兄弟是亦為政也君賜腥必熟而薦之嘗食而齊祭則在鄉人儺朝服立於阼階孝之至也至德要道莫大於孝是以曾參受而書之游夏之徒常咨稟焉許止不嘗藥書以殺父宰我替言喪貴以不仁言合訓典行合世範德義可尊作事可法遺文不朽揚名千載孟莊子魯人也孔子稱其孝其他可能也其不改父之臣與父之政是難能也夫孝子之事親也事亡如事存故當不義則爭之存所不事則亡亦不敢改三年無改（靖本無三年無改四字从何本增）父之道猶謂之孝況終身乎潁考叔鄭人也莊公以叔段之故

頁三

與母誓曰不及黃泉無相見也既而悔之考叔為封人聞之有獻於公公賜之食而舍肉公問之對曰小人有母未嘗君之羹請以遺之公曰汝有母遺緊我獨無考叔曰何謂也公語之故且告之悔考叔曰若掘地及泉隧而相見其誰曰不然公從之遂為母子如初君子曰潁考叔純孝也愛其母而施及莊公詩云孝子不匱永錫爾類其是之謂乎贊曰

仁惟本悌聖亦基孝恂恂尼父匪天攸造尊（一作二）子承親式禮遺誥永錫純懿無改遺操

士孝傳贊

高柴　樂正子春　孔奮　黃香

高柴衛人也喪親泣血三年未嘗見齒所謂哭不偯言不文也為武城宰而化行民有不服其親者聞之行喪期禮君子之德風也以身先之而民不違其教樂正子春魯人也下堂傷足既瘳數月不出猶有憂色曰吾聞之曾子父母全而生之己全而歸之可謂孝矣故君子一舉足一出言不敢忘父母不敢毀傷孝之始也夫能敬慎若斯而況患及將來之有也孔奮扶風人也少以孝行著名州

頁四

里俱器至遂在官惟母極甘美妻息菜食歷位以清（[illegible]）夫人情莫不欲厚其親然亦有分為奮（[illegible]）則雖能致儉以全養者鮮矣黃香江夏人也九歲失母思慕憔悴立事父竭力以致養冬無被袴而盡滋味暑則扇床枕寒則以身溫席漢和帝嘉之特加異賜歷位華勤寵辭榮親（[illegible]）太守可謂夙興夜寐無忝爾所生者也贊曰

駿允羣士行殊名鈞咸能夙夜以義榮親卒彼城邑用化厥民思以悟主其孝乃純

庶人孝傳贊

江革　廉範　汝郁　殷陶

江革齊人也漢章帝時避賊負母而逃賊賢之不害而告其生路遇力傭以致甘膬和顏悅色以盡歡心後親之喪臣押車以行鄉人歸之號曰江巨孝舍至五官中郎將天子嘉焉寵遇甚厚告歸[illegible]京兆人也少孤十五入蜀迎父喪遇舟湊覆沒範抱棺（[illegible]）一節而沒船人救之僅免於死遂以喪歸及仕郡孫太守於危難送故盡節章帝時為郡守百姓

頁五

歌詠之夫孝者人之本教之所由生也是以親之臨危也勇率民也惠能以義勵也汝郁陳郡人也五歲母病不食郁亦不食母憐之彊食郁能察色知病輒復不食族人號曰聖童年十五著於鄉里父母終思慕致毀推財與兄弟隱於草澤君子以為難況童齔孝於自然可謂天性也殷陶汝南人也年十二以孝稱遭父憂孝情合禮有長蛇帶其門舉家奔走陶以喪柩在焉獨居廬不動親戚扶持曉喻莫能移之吏號孝童由是顯名屢辭辟命（[illegible]）也夫智者不惑勇者不懼陶孝於其親而智勇兼全乎弱齡斯又難矣贊曰

事親盡歡其難在色敬養以禮我養以力義在一孝愛敬榮不假爵祿爾眾庶勉茲前式

頁六

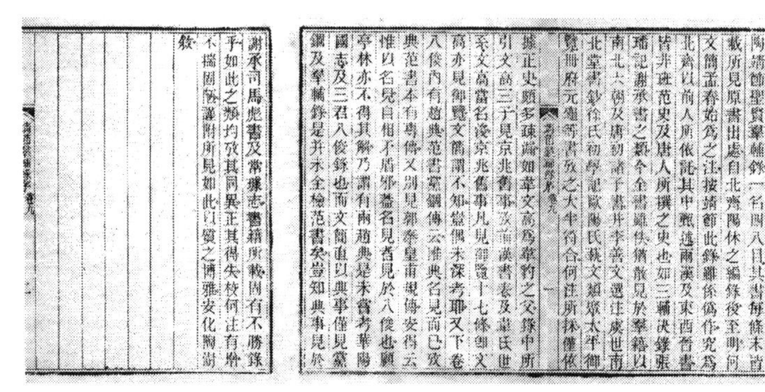

聖賢羣輔錄序

陶靖節聖賢羣輔錄一名四八目其書每條末皆載所見原書出處自北齊陽休之編錄後至晰何文簡孟春始爲之注按靖節此錄雖依僞作究爲北齊以前人所依託其中甄述兩漢及東西晉書皆非迹范史及唐人所撰之史也如三輔决錄張璠記謝承書之類今全書雖佚猶散見於羣籍以南北六朝及唐初諸子書并李善文選注虞世南北堂書鈔徐氏初學記歐陽氏藝文類聚太平御覽冊府元龜等書攷之大半符合何注所採僅依據正史頗多疎漏如韋文高爲韋豹之父錄中所引文高三子見京兆舊事及漢書表及裴氏世系文高當名滲京兆舊事凡見御覽十七條御文高亦見御覽文簡謂不知燃偶未深考耶又下卷八俊內有趙典范書黨錮傳云唯典名見而已攷典范書本有專傳又別見郭泰皇甫規傳安得云惟以名見自相不盾耶蕃名見者見於八俊也顧亭林亦不得其解乃謂有兩趙典是未嘗考華陽國志及三君八俊錄也而文簡直以典事僅見黨錮及羣輔錄是并未全檢范書矣豈知典事見於謝承司馬彪書及常璩志書籍所載固有不勝錄乎如此之類均攷其同異正其得失校何注有爲不攝固陋謹附所見如此以質之博雅安化陶澍敍

卷九 聖賢群輔錄序

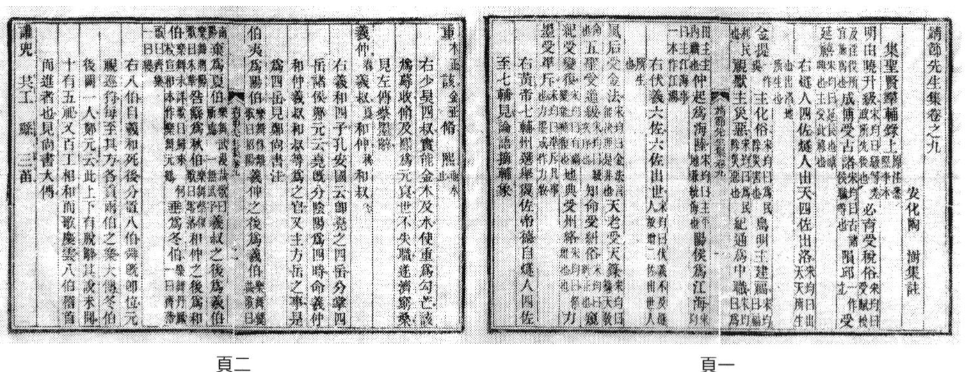

頁二　　頁一

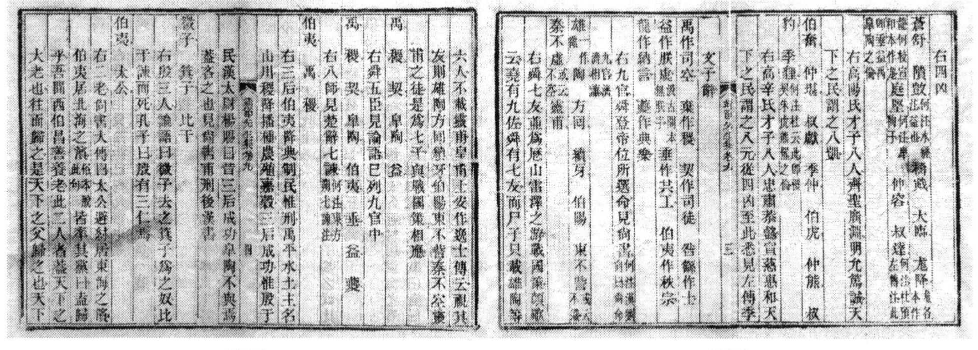

頁四　　頁三

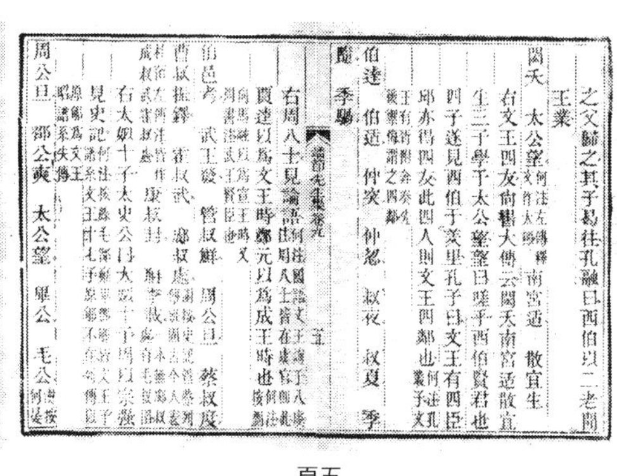

之文歸之其子易往孔融曰西伯以二老閒

王業

閎夭 太公望 南宮适 散宜生

右文王四友尚書大傳云閎夭南宮适散宜
生三子學于太公望望曰嗟乎西伯賢君也
四子遂見西伯于羑里孔子曰文王有四臣
邱亦得四友此四人則文王四鄰也

伯達 伯适 仲突 仲忽 叔夜 叔夏 季
隨 季騧

右周八士見論語
賈逵以為文王時鄭元以為成王時也

伯邑考 武王發 管叔鮮 周公旦 蔡叔度
曹叔振鐸 霍叔武 郕叔處 康叔封 聃季載

右太姒十子太史公曰大姒十子周以宗彊
見史記

周公旦 邵公奭 太公望 畢公 毛公

頁五

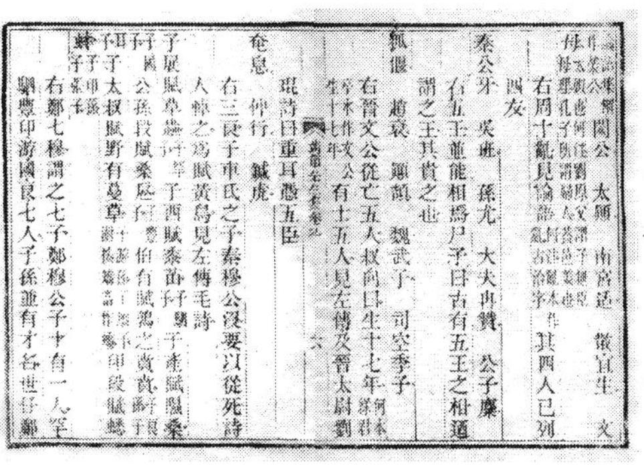

閎夭 太顛 南宮适 散宜生 文
毋

右周十亂見論語 其四人已列
四友

秦公子 奚斯 孫尤 大夫冉贊 公子麋

右五王董能相為尸子曰古有五王之相通
謂之王其貴之也

狐偃 趙衰 顛頡 魏武子 司空季子

右晉文公從亡五人叔向曰生十七年
有士五人見左傳及晉太尉劉
琨詩曰重耳憑五臣

奄息 仲行 鍼虎

右三良子車氏之子秦穆公殺以從死詩
人哀之為賦黃鳥見左傳毛詩

子展賦草蟲 子西賦黍苗 子產賦隰桑
公孫段賦桑扈 伯有賦鶉之賁賁
子太叔賦野有蔓草 印段賦蟋蟀

右鄭七穆謂之七子鄭穆公子十有一人罕
駟豐印游國良七人子孫並有才名世為鄉

頁六

國之政以免晉楚之難謂之七穆叔向曰鄭
七穆氏其後亡乎及諸侯為宋之盟鄭伯享
趙武于垂隴 七卿皆從文子曰
七卿從君以寵武也請皆賦詩以卒君貺亦
以觀七子之志見左傳又吳質書曰趙武過
鄭七子賦詩

仲孫蔑 文伯 叔孫得臣 莊叔
季孫行父 文子

右魯桓公之曾孫世秉魯政號曰三桓孔子
曰三桓之子孫微矣見論語左傳

趙無恤 襄子
范吉射 昭子
荀寅 文子
魏多 襄子

頁七

右六族世為晉卿並有功名此六人實弱晉
國落于越云卒有田常六卿之臣劉向亦曰
田常復見于今六卿必起於漢見左傳史記

漢書

儀封人 荷蕢 晨門 楚狂接輿 長沮 桀
溺 荷蓧丈人

右作者七人論語曰賢者避世其次避地其
次避色其次避言孔子曰作者七人見包氏
注蕭威詩曰洋洋乎盈耳哉而作者七人

德行 顏淵 閔子騫 冉伯牛 仲弓
言語 宰我 子貢
政事 冉有 季路
文學 子游 子夏

右四科見論語

顏回 子貢 子路 子張

右孔子四友文王有四附奔奏先後禦侮謂

頁八

之四鄰孟懿子曰夫子亦有四鄰乎孔子曰吾
有四友焉自吾得回也門人益親是非胥附乎
自吾得賜也遠方之士日至是非奔奏乎自吾
得師也前有光後有輝是非先後乎自吾得由
也惡言不至於門是非禦侮乎見孔叢子

顏回 冉伯牛 子路 宰我 子貢 公西華

右六侍仲尼志意不立子路侍儀服不修公
西華侍禮不習子貢侍辭不辯宰我侍亡忽
古今顏回侍節小物冉伯牛侍曰吾以夫六
子自厲也見尸子

檀子 盼子 黔夫 種首

右齊威王彊場四臣齊威王與魏惠王會田
于郊魏王問威王曰王亦有寶乎威王曰無有
惠王曰若寡人國雖小猶有徑寸之珠照前
後車各十二乘者十枚奈何以萬乘之國而
無寶乎威王曰寡人之所以為寶與王異吾
臣有檀子者使守南城則楚人不敢為寇東
取泗上十二諸侯皆來朝吾臣有盼子者使
守高唐則趙人不敢東漁于河吾臣有黔夫
者使守徐州則燕人祭北門趙人祭西門徙而

頁九

從之者七千餘家吾臣有種首者使備盜賊
則道不拾遺以此為寶將以照千里豈直十
二乘哉魏惠王慚不懌而去見史記及春秋
後語

齊孟嘗君田文 魏信陵君無忌 趙平原君趙
勝 楚春申君黃歇

右戰國四豪見史記

太子少傅留文成侯張良 相國酇文終侯沛
蕭何 楚王淮陰侯韓信

右三傑漢高祖曰此三人人之傑也見漢書

園公 綺里季 夏
黃公 角里先生

右商山四皓當秦之末俱隱上洛商山皇甫
士安云並河內軹人見漢書及皇甫謐高士
傳

頁十

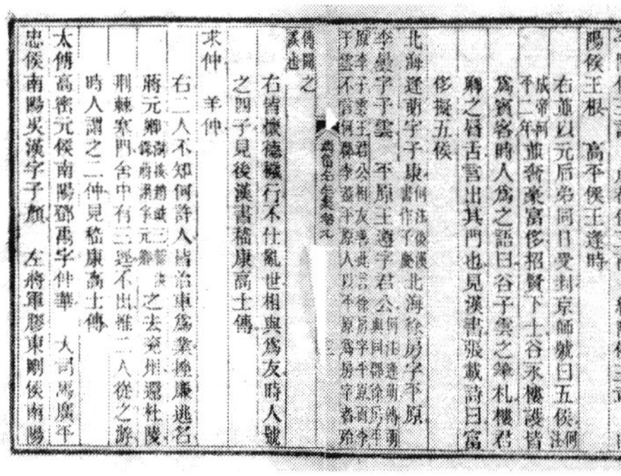

[illegible]

之

太子太傅疏廣字仲翁 [illegible]

[illegible] 太子少傅疏受字公子 廣兄子 [illegible]

右二疏東海人宣帝時並爲太子師傅每朝

太傅在前少傅在後朝廷以爲榮授太子論

語孝經各以老疾告退時人謂之二疏見漢

書

重合令子輿 居東里 櫟陽令子羽 居東里 東海太守子

仲 居西里 兗州刺史子明 居西里 潁陽令子良 居東里

右鄭決曹掾汝南周燕少卿之五子號曰五

龍各居一里子孫並以儒素退讓爲業天下

著姓見周氏譜及汝南先賢傳

龔勝字君賓　龔舍字君倩 或曰長倩

右並楚人皆治清節世號二龔見漢書

唐林字子高　唐尊字伯高

右並沛人亦以潔履著名於成哀之世號爲

二唐比楚二龔後皆仕王莽見漢書左思曰

二唐潔巳乃點乃汙 何校宣和本汲古閣本作反汙

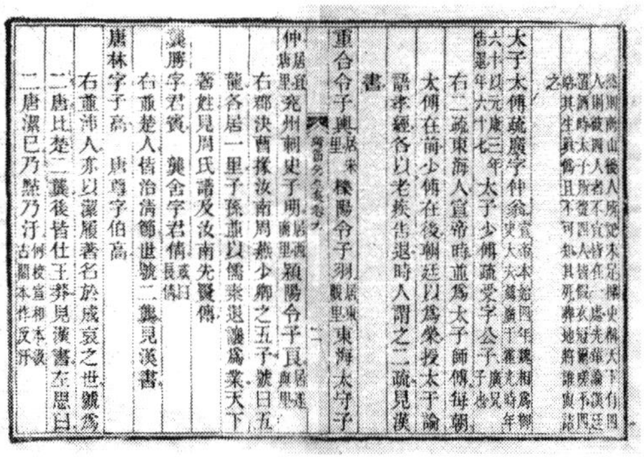

頁十一

平阿侯王譚　成都侯王商　紅陽侯王立　曲

陽侯王根　高平侯王逢時

右並以元后弟同日受封京師號曰五侯 [illegible]

並奢豪富侈招賢下士谷永樓護皆

爲賓客時人爲之語曰谷子雲之筆札樓君

卿之唇舌皆出其門也見漢書張載詩曰富

侈擬五侯

北海逢萌字子康 [illegible] 北海徐房字平原

李曇字子雲 [illegible] 平原王遵字君公 [illegible]

[illegible]

右皆懷德穢行不仕亂世相與爲友時人號

之四子見後漢書嵇康高士傳

求仲　羊仲

右二人不知何許人皆治車爲業挫廉逃名

蔣元卿 [illegible] 之去兗州還杜陵

荊棘塞門舍中有三逕不出惟二人從之游

時人謂之二仲見嵇康高士傳

太傅高密元侯南陽鄧禹字仲華　大司馬廣平

忠侯南陽吳漢字子顏　左將軍膠東剛侯南陽

頁十二

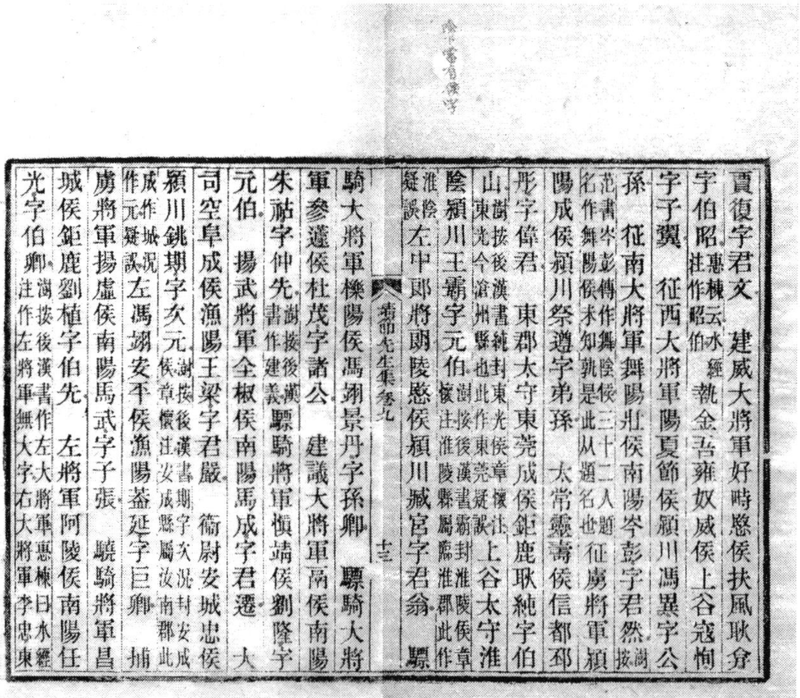

賈復字君文　建威大將軍好時愍侯扶風耿弇

字伯昭 惠棟云水經注作昭伯 執金吾雍奴威侯上谷寇恂

字子翼　征西大將軍陽夏節侯潁川馮異字公

孫　征南大將軍舞陽壯侯南陽岑彭字君然 謝按范書岑彭傳作舞陰侯三十二人題名作舞陽侯未知孰是此从題名也

征虜將軍潁陽成侯潁川祭遵字弟孫　太常靈壽侯信都邳

彤字偉君　東郡太守東莞成侯鉅鹿耿純字伯

山 謝按後漢書純封東光侯章懷注東光今滄州縣也此作東莞疑誤 上谷太守淮

陰 潁川王霸字元伯 謝按後漢書霸封淮陵侯章懷注淮陵縣屬臨淮郡此作淮陰疑誤

左中郎將郎陵愍侯潁川臧宮字君翁　驃

騎大將軍櫟陽侯馮翊景丹字孫卿　驃騎大將

軍參蘧侯杜茂字諸公　建議大將軍鬲侯南陽

朱祐字仲先 謝按後漢書作建義 驃騎將軍愼靖侯劉隆字

元伯　陽武將軍全椒侯南陽馬成字君遷　大

司空阜成侯漁陽王梁字君嚴　衛尉安城忠侯

潁川銚期字次元 謝按後漢書期字次況封安成侯章懷注安成縣屬汝南郡此成作城況作元疑誤

左馮翊安平侯漁陽蓋延字巨卿　捕

虜將軍揚虛侯南陽馬武字子張　驍騎將軍昌

城侯鉅鹿劉植字伯先　左將軍阿陵侯南陽任

光字伯卿 謝按後漢書作左大將軍惠棟曰水經注作左將軍無大字 右大將軍李忠東

蔡中郎先生集卷九　十七

陰下當有侯字

龍榆生註：陰下當有侯字

頁十三

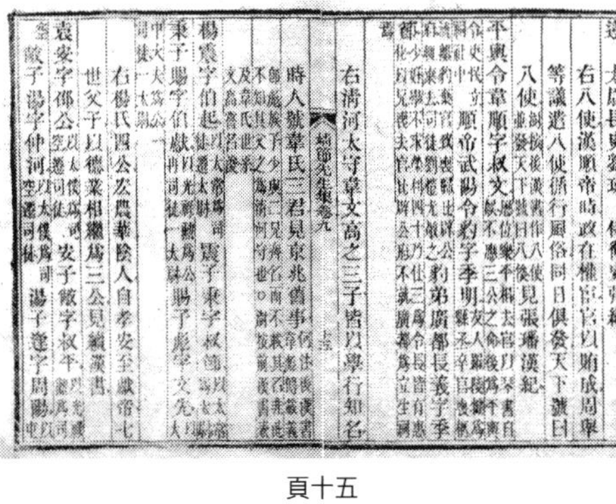

[illegible] 豫章太守中水侯東萊李忠字仲都 [illegible]

[illegible] 左將軍槐里侯扶風萬脩字君游　琅邪

太守祝阿侯南陽陳俊字子昭　積弩將軍昆陽

成侯潁川傅俊字子衛　揚化將軍合肥侯潁川

堅鐔字子伋

右河北二十八將光武所與定天下見後漢

書張衡東京賦云受鉞四七共工以除

武威太守梁統字仲寧　金城太守庫鈞字巨公

張掖太守史苞字叔文　酒泉太守竺曾字巨公

敦煌太守辛彤字次房

右河西五守是時更始已爲赤眉所害隗囂

據有異志統等五人共推竇融爲河西大將

軍內撫吏民外禦寇戎東伐隗囂歸心世祖

[illegible] 竟建功業見後漢書及善文

大鴻臚韋孟達 [illegible] 上黨太守公孫伯達　河陽長

魏仲達 [illegible]

右扶風平陵人同時齊名世號三達孟達名

[illegible] 彪丞相賢五世孫明帝時人見漢書及決錄

光祿大夫周舉　光祿大夫杜喬　光祿大夫周

栩　尚書欒巴　青州刺史馮羨　兗州刺史郭

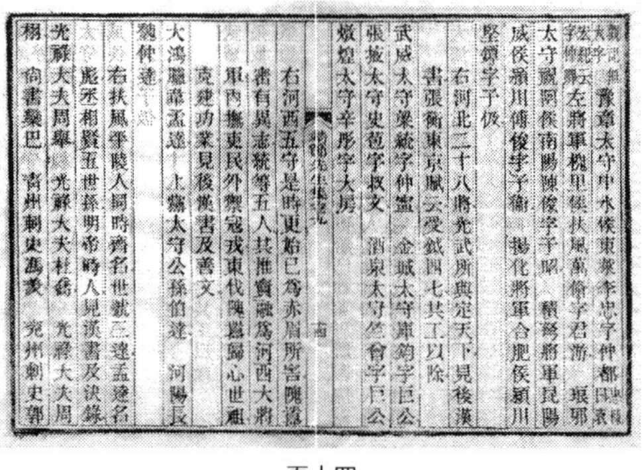

頁十四

遵　太尉長史劉班　侍御史張綱

右八使漢順帝時政在權官以賄成周舉

等議遣八使循行風俗同日俱發天下號曰

八使 [illegible] 見張璠漢紀

[illegible] 平輿令章順字叔文 [illegible]

[illegible] 順帝武陽令豹字季明 [illegible]

[illegible] 豹弟廣都長義字季 [illegible]

[illegible] 都 [illegible]

右清河太守章文高之三子皆以學行知名

時人號章氏三君見京兆舊事 [illegible]

[illegible]

楊震字伯起 [illegible] 震子秉字叔節 [illegible]

秉子賜字伯獻 [illegible] 賜子彪字文先 [illegible]

[illegible]

右楊氏四公宏農華陰人自孝安至獻帝七

世父子以德業相繼爲三公見續漢書

袁安字邵公 [illegible] 安子敞字叔平 [illegible]

[illegible] 敞子湯字仲河 [illegible] 湯子逢字周陽 [illegible]

頁十五

[illegible]

右袁氏四世五公見續漢書

處士陳章[illegible]稚字孺子　京兆韋著字休明　汝南袁閎字夏甫　彭城姜肱字伯淮　潁川李曇字子雲[illegible]

右太傅汝南陳公時爲尚書令與諸尚書悉名士也其薦此五人時號五處士見續漢書及善文

周子居　黃叔度　艾伯堅　鄭伯向　封武興　[illegible]孔叔

右汝南六孝廉太守李倀選此六人以應歲舉受脤本行假死子居等遂驅行喪服妻於柩側下雖見之猶以宜行子居歎曰不有行者莫宜公不有止者莫郷居於是與伯堅郎日辭行封黃四人留縣車見桂元凱文[illegible]

大將軍槐里侯扶風平陵竇武字游平[illegible]　太傅高陽鄉侯汝南平輿陳蕃字仲舉[illegible]　侍中河間欒成劉淑字仲承[illegible]

頁十六

右三君

少傅潁川襄城李膺字元禮[illegible]司空山陽高平王暢字叔茂[illegible]太僕潁川城陽杜密字周甫[illegible]司隸校尉沛國朱寓字季陵[illegible]尚書會稽上虞魏朗字少英[illegible]君沛國潁陰荀昱字伯條[illegible]大司農博陵安平劉祐字伯祖[illegible]太常騎郡成都趙典字仲[illegible]

右八俊

有道太原介休郭泰字林宗[illegible]太常陳留圉夏馥字子治[illegible]尚書令河南尹勳字伯元[illegible]河南尹太山羊陟字嗣祖[illegible]議郎東郡陽發劉儒字叔林[illegible]兗州刺史陳國項蔡衍[illegible]

頁十七

字孟喜[illegible]潁川太守勃海東城巴肅字恭祖[illegible]議郎南陽安衆宗慈字孝初[illegible]

右八顧[illegible]

御史中丞汝南召陵陳翔字子鱗[illegible]衛尉山陽高平張儉字元節[illegible]太尉掾汝南細陽范滂字孟博[illegible]蒙令山陽高平檀敷字文友[illegible]洛陽令魯國孔昱字世元[illegible]太山太守渤海重合范康字仲興[illegible]太尉掾南陽棘陽岑晊字公孝[illegible]鎮南將軍荊州牧武城侯山陽高平劉表字景升[illegible]

右八及[illegible]

少府東萊曲城王章字伯義[illegible]北海相陳留巴吾秦周字平王[illegible]

頁十八

御史太山奉高胡母班字季皮[illegible]太尉掾潁川陰劉翊字子相[illegible]冀州刺史東平壽張王考字文祖[illegible]陳留相東平壽張張邈字孟卓[illegible]荊州刺史山陽湖陸度尚字博平[illegible]

右皆傾財竭已解釋怨結拯救危急謂之八廚[illegible]從三君至此並見三君八俊錄

太邱長潁川陳寔字仲弓　寔子大鴻臚紀字元方　紀弟司空掾諶字季方

右事以高名號曰三君見甄表狀及鄉黨記碑

頁十九

頁二

卷十 頁一

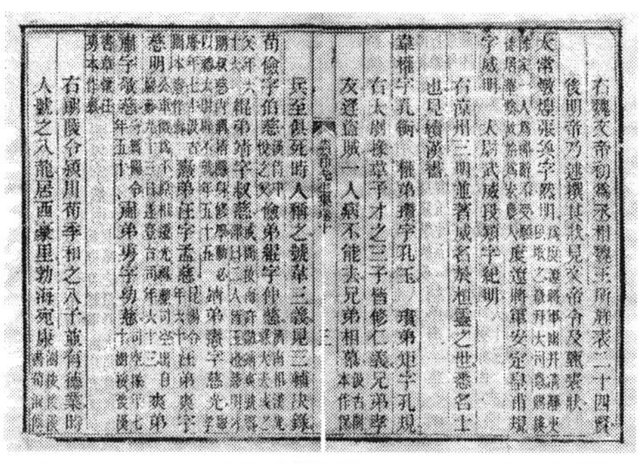

頁三

龍榆生註：孚當為字之訛

孚當為字之訛

（作苑苑通 作范則非也）知名士也時爲潁陰令美之
曰高陽氏才子八人遂改所居爲高陽里見
張璠漢紀及荀氏譜
公沙紹字子起　紹弟孚字允慈（北海耆舊傳稱孚與荀爽共約出不得事貴勢而爽當董卓時服中未自孚司空後相見以爽違約割席而坐）孚弟恪
字允讓　恪弟逵字義則　逵弟樊字義起
右北海公沙穆之五子並有令名京師號曰
公沙五龍天下無雙穆亦奇士也見魏明帝
甄表狀及後漢書（書惠棟後漢書補注袁山松書曰公沙六龍天下無雙）
范書公沙穆傳亦云六子皆知名與此異

靖節先生集卷十　四

膠東令盧汜昭字興先　樂城令剛戴祁字子陵（各本作戴祈何校宣和本作戴祁）
潁陰令剛徐晏字孟平　涇令
盧夏隱字叔世　州別駕蛇邱劉彬字文曜（一云世州）
右濟北五龍少並有異才皆稱神童當桓靈
之世時人號爲五龍見濟北英賢傳
孝廉杜陵金徹字元休（位至兗州刺史）上計掾長陵第五
巡字文休（典先之子興先名昭位至司空伯魚之孫上也不詳巡位所至時辟太尉掾）上
計掾杜陵韋端字甫休（位至涼州牧太尉按後漢書荀彧傳注端從涼州牧徵爲太僕此作太尉疑誤）
右同郡齊名時人號之京兆三休並以光和

頁四

元年察舉見三輔決錄
晉宣帝河南司馬懿字仲達　魏司空潁川陳羣
字長文　中領軍沛朱鑠字彥才　侍中南陽吳
質字季重
右魏文帝四友見晉紀
魏步兵校尉陳留阮籍字嗣宗　中散大夫譙嵇
康字叔夜　晉司徒河內山濤字巨源　建威參
軍沛劉伶字伯倫　始平太守陳留阮咸字仲容
散騎常侍河內向秀字子期　司徒琅邪王
戎字濬仲
右魏嘉平中並居河內山陽共爲竹林之游
世號竹林七賢見晉書魏晉春秋
孫統又爲讚
吳範相風　劉惇占氣　趙達算　皇象書
嚴子卿棊　宋壽占夢
曹不興畫
孤城鄭嫗相
右吳八絕見張勃吳錄
陳留蔡謨字仲道　琅邪王澄字平子

頁五

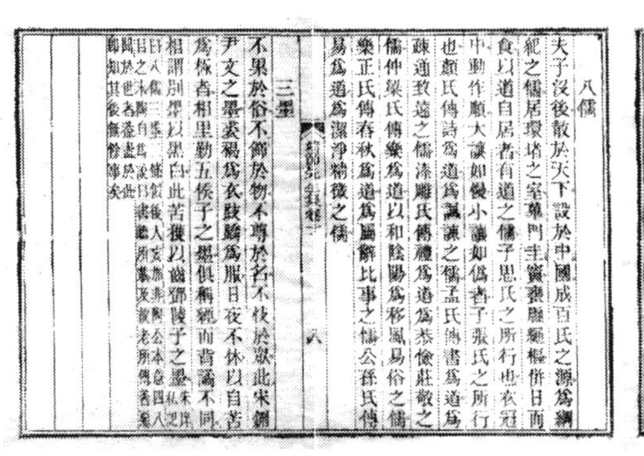
陳留阮瞻字千里
潁川庾敳字子嵩　陳留謝鯤字幼輿
太山胡母輔之字彥國　沙門于法龍　樂安光
逸字孟祖
右晉中朝八達近世聞之故老
裴徽字文秀
裴楷字叔則　裴綽字季舒
瓚字國寶　裴邈字景初
裴遐字叔道　裴頠字逸民
王祥字休徵　王戎字濬仲
澄字季子　王導字茂宏
王綏字萬子　王衍字夷甫
王敦字處仲　王玄字眉子
右河東八裴琅邪八王聞之於故老

頁六

魏司空王昶字文舒　昶子汝南太守湛字處仲
字安期　湛子東海內史承
于驃騎將軍述字懷祖　述子
安北將軍坦之字文度
魏尚書僕射杜畿字伯侯　畿子幽州刺史恕字
務伯　恕子鎮南將軍預字元凱　預子散騎常
侍錫字世嘏　錫子光祿
大夫乂字宏治
右太原王京兆杜各稱五世盛德聞之於故
老凡書籍所載及故老所傳善惡聞於世者
蓋盡於此矣漢稱田叔孟舒等十人及田橫
兩客魯二儒史並失其名夫操行之難而姓
名翳然所以撫卷長歎不能已已者也

頁七

八儒
夫子沒後散於天下設於中國成百氏之源爲綱
紀之儒居環堵之室蓽門圭竇甕牖繩樞併日而
食以道自居者有道之儒子思氏之所行也衣冠
中動作順大讓如僞小讓如僞者子張氏之所行
也顏氏傳詩爲道爲諷諫之儒孟氏傳書爲道爲
疏通致遠之儒漆雕氏傳禮爲道爲恭儉莊敬之
儒仲梁氏傳樂爲道以和陰陽爲移風易俗之儒
樂正氏傳春秋爲道爲屬辭比事之儒公孫氏傳
易爲道爲潔淨精微之儒
三墨
不果於俗不飾於物不尊於名不忮於衆此宋鈃
尹文之墨裘褐爲衣跂蹻爲服日夜不休以自苦
爲極者相里勤五侯子之墨俱稱經而背譎不同
相謂別墨以墨自此苦獲已齒鄧陵子之墨

頁八

讀陶詩

陶淵明詩高出古今，讀其詩者慕其人，因之於其出處亦加詳寫。以愚論之，淵明於劉裕初平桓玄之際，欣然有用世之志，《乙巳歲三月為建威參軍使都經錢溪》詩云：「晨夕看山川，事事悉如昔」；又云：「眷彼品物存，義風都未隔。趙泉山謂：「此詩大旨，在慶遇安帝克復大業，不失故物也」，斯言得之，及其見裕，充鄙夫之心，患得患失，無所不至，始決然棄去，抗節以終，讀史述〈夷齊〉、〈箕子〉兩首，心事最為明白，五臣以下所論皆知其一，未知其二。即全

諸本評陶彙集

自李公煥本靖節集前有總論諸本踵之遞有增錄今彙爲一卷删其重複又續采數條附於其後其已見本篇者則悉略焉

朱文公語錄曰晉宋人物雖曰尚清高然箇箇要官職這邊一面清談那邊一面招權納貨陶淵明眞个能不要此所以高於晉宋人物

又曰作詩須從陶柳門中來乃佳不如是無以發蕭散沖澹之趣不免於局促塵埃無由到古人佳處

諸本評陶彙集　一

又曰陶淵明詩平淡出於自然後人學他平淡便相去遠矣某後生見人做得詩好銳意要學遂將淵明詩平仄用字一一依他做到一月後便解自做不要他本子方得作詩之法

又曰韋蘇州詩直是自在其氣象近道陶卻是有力但詩健而意閒隱者多是帶性負氣之人爲之陶欲有爲而不能者也又好名韋則自在

楊龜山語錄曰淵明詩所不可及者沖澹深粹出於自然若曾用力學然後知淵明詩非著力所能成也

諸本評陶彙集 頁一

謝山之推崇宋武，亦有所偏也，因作此詩：

寄奴人中龍，崛起自布衣。伯仲視劉季，功更在攘夷。嗟哉大道隱，天下遂為私。坐令耿介士，棄之忽如遺。參軍始一作，彭澤終言歸。豈為恥折腰？恥與素心違。世無管夷吾，左衽良可悲！若無魯仲連，何以張國維？

癸未初夏
精衛

眞西山曰淵明之作宜自爲一編以附於三百篇楚辭之後爲詩之根本準則

魏鶴山曰世之辨證陶氏者曰前後名字之互變也死生歲月之不同也彭澤退休之年史與集所載之各異也然是所當考而非其要也其稱美陶公者曰榮利不足以易其守也聲味不足以累其眞也文辭不足以溺其志也然是亦近之而其所以悠然自得之趣則未之深識也風雅以降詩人之辭樂而不淫哀而不傷以物觀物而不牽於物吟詠性情而不累於情孰有能如公者乎有謝康

諸本評陶彙集　二

樂之忠而勇退過之有阮嗣宗之達而不至於放有元次山之漫而不著其迹此豈小小進退所能窺其際耶先儒所謂經道之餘因閑觀時因靜照物因時起志因物寓言因志發詠因言成詩因詠成聲因詩成音者陶公有焉

胡仔苕溪漁隱叢話曰東坡在潁州時因歐陽叔弼讀元載傳歎淵明之絕識遂作詩云淵明求縣令本緣食不足東帶向督郵小屈未爲辱翻然賦歸去豈不念窮獨重以五斗米折腰營口腹云何元相國萬鍾不滿欲胡椒銖兩多安用八百斛以

頁二

東坡自是淵明知己

山谷正如此

山谷似自知其短矣

此殺其身何翅抵鵲玉往者不可悔吾其反自燭淵明隱約栗里柴桑之間或飯不足也顏延年送錢二十萬即日送酒家與蓄積不知紀極至藏胡椒八百斛者相去遠近豈直睢陽蘇合彈與蜣螂糞丸比哉

東坡曰孔子不取微生高孟子不取於陵仲子惡其不情也淵明欲仕則仕不以求之爲嫌欲隱則隱不以去之爲高飢則扣門而乞食飽則雞黍以延客古今賢之貴其眞也

又曰淵明作詩不多然其詩質而實綺癯而實腴

諸本評陶彙集　三

自曹劉鮑謝李杜諸人皆莫及也

黃山谷跋淵明詩卷曰血氣方剛時讀此詩如嚼枯木及緜歷世事知決定無所用智又云謝康樂庾義城之詩鑪錘之功不遺餘力然未能窺彭澤數仞之牆者二子有意於俗人贊毀其工拙淵明直寄焉持是以論淵明亦可以知其關鍵也

又曰寧律不諧而不使句弱用字不工不使語俗此庾開府之所長也然有意於爲詩也至於淵明則所謂不煩繩削而自合者雖然巧於斧斤者多疑其拙窘於檢括者輒病其放孔子曰甯武子其

頁三

智可及也其愚不可及也淵明之拙與放豈可爲不知者道哉道人曰如我按指海印發光汝暫舉心塵勞先起說者曰若以法眼觀無俗不眞若以世眼觀無眞不俗淵明之詩當與一邱一壑者共之耳

又曰退之於詩本無解處以才高而好耳淵明不爲詩寫其胸中之妙耳無韓之才與陶之妙而學其詩終樂天耳

又曰鍾嶸評淵明詩爲古今隱逸詩人之宗余謂陋哉斯言豈足以盡之不若蕭統云淵明文章不

諸本評陶彙集　四

羣詞彩精拔跌宕昭彰獨超衆類抑揚爽朗莫之與京橫素波而傍流干青雲而直上語時事則指而可想論懷抱則曠而且眞加以貞志不休安道苦節不以躬耕爲恥不以無財爲病自非大賢篤志與道汙隆孰能如是乎此言盡之矣

葛常之韻語陽秋曰陶潛謝眺詩皆平淡有思致非後來詩人鉥心劌目雕琢者所爲也老杜云陶謝不枝梧風騷共推激紫燕自超詣翠駮誰剪剔是也大抵欲造平淡當自組麗中來落其紛華然後可造平淡之境如此則陶謝不足進矣今之人

頁四

后山此言鹵莽極矣

多作拙易詩而自以爲平澹識者未嘗不絕倒也
梅聖俞和晏相詩云因今適性情稍欲到平澹苦
詞未圓熟刺口劇菱芡言到平澹處甚難也李白
云清水出芙蓉天然去雕飾平澹而到天然處則
善矣
陳后山曰鮑照之詩華而不弱陶淵明之詩切於
事情但不文耳
蔡寬夫西清詩話曰淵明意趣眞古清淡之宗詩
家視淵明猶孔門視伯夷也
休齋曰人之爲詩要有野意語曰質勝文則野蓋
五
詩非文不腴非質不枯能始腴而終枯無中邊之
殊意味自長風人以來得野意者淵明而已
雪浪齋日記曰爲詩欲詞格清美當看鮑照謝靈
運欲渾成而有正始以來風氣當看淵明
劉後村曰士之生世鮮不以榮辱得喪撓敗其天
眞者淵明一生惟在彭澤八十餘日涉世故餘皆
高枕北窗之日無榮惡乎辱無得惡乎喪此其所
以爲絕唱而寡和也二蘇公則不然方其得意也
爲執政侍從及其失意也至下獄過嶺晚更憂患
於是始有和陶之作二公雖惓惓於淵明未知淵

易地皆然後村何足以知之

頁五

柳子厚詩：若為化作身千億，飛上峯頭望故鄉【若為化得身千億，散上峰頭望故鄉】，亦所謂情真、景真、意真，事真者也，後村何足以知之

明果印可否
又曰柳子厚之貶其憂悲憔悴之歎發於詩者特
爲酸楚卒以憤死未爲達理白樂天似能脫屣軒
冕者然榮辱得失之際銖銖校量而自矜其達每
詩未嘗不著此意是豈眞能忘之者哉亦力勝之
耳惟淵明則不然觀其貧士責子與其他所作當
憂則憂當喜則喜忽然憂樂兩忘則隨所寓而皆
適未嘗有擇於其間所謂超世遺物者要當如是
而後可觀三人之詩以意逆志人豈難見以是論
賢不肖之實何可欺乎
六
又曰所貴於枯淡者謂外枯而中膏似淡而實美
淵明子厚之流是也若中邊皆枯亦何足道佛言
譬如食蜜中邊皆甜人食五味知其甘苦皆是能
分別其中邊者百無一也
湯文清公曰按詩中言本志少說固窮多夫惟忍
於飢寒之苦而後能存節義之閑西山之所以有
餓夫也世士貪榮祿事豪侈而高談名義自方於
古之人余未之信也
又以上李公煥原採總論
朱子曰張子房五世相韓韓亡不愛萬金之產弟

東磵自是淵明第一知己

頁六

龍榆生註：此處疑有訛敚

此處疑有訛敚

死不辭爲韓報讐雖博浪之謀不遂衡陽之命不延然卒藉漢滅秦誅項以攄其憤然後棄人間事導引辟穀託意寓言將與古之形解銷化者相期於八紘九垓之外使千載之下聞其風者想像歎息不知其心胸面目爲何如人其志可謂壯哉陶元亮自以晉世宰輔子孫恥復屈身後代自劉裕篡奪勢成遂不肯仕雖功名事業不少槩見而其高情逸想播於聲詩者後世能言之士皆自以爲莫能及也蓋古之君子其於天命民彝君臣父子大倫大法所在惓惓如此是以大者旣立而後節

槩之高語言之妙乃有可得而言者如其不然則紀逡唐林之節非不若王維儲光羲之詩非不脩然清遠也然一失身於新莽祿山之朝則其平生之所辛勤而僅得以傳世者適足爲後人嗤笑之資耳

眞西山曰予聞近世之評詩者淵明之辭甚高而其旨則出於莊老康節之辭若卑而其旨則原於六經以余觀之淵明之學正自經術中來故形之於詩有不可掩如榮木之憂逝水之歎也貧士之詠簞瓢之樂也飲酒末章有曰羲農去我久舉世

頁七

少復眞汲汲魯中叟彌縫使其淳淵明之智及此豈虛玄之士可望耶雖其遺榮辱一得喪眞有曠達之風細玩其辭時亦悲涼感慨非無意世事者或者徒知義熙以後不著年號爲恥事二姓之驗而不知其惓惓王室蓋有乃祖長沙公之心獨以力不得爲故肥遯以自絕食薇飲水之言銜木塡海之喻至深痛切顧讀者弗之察耳淵明之志若是又豈毀彝倫而外名教者所可同日語乎

何孟春曰以靖節爲老莊語出朱子而眞氏爲之辨如此蓋朱語門人所錄未可信靖節人品未可

輕議吳臨川跋朱子書陶詩亦云朱子嘗言陶靖節見趣多是老子意此直晦庵一時所見如此耳非遂有所貶也

陳善捫蝨新語曰文章以氣韻爲主氣韻不足雖有辭藻要非佳作也昨讀淵明詩頗似枯淡久而有味東坡晚年極好之謂李杜不及也此無他韻而已

嚴滄浪詩話曰漢魏古詩氣象混沌難以句摘晉以還方有佳句如淵明採菊東籬下悠然見南山謝靈運池塘生春草之類謝所以不及陶者康樂

頁八

確哉

之詩構工淵明之詩質而自然耳
許彥周詩話曰陶彭澤詩顏謝潘陸皆不及者以
其平昔所行之事賦之於詩無一點愧辭所以能
爾
黃徹碧溪詩話曰淵明非畏枯槁其所以感歎時
化推遷者蓋傷時人之急於聲利也非畏亂離其
所以愁憤於干戈盜賊者蓋以王室元元爲懷也
俗士何足以識之
敖陶孫詩評曰陶彭澤詩如絳雲在霄舒卷自如
鄭厚藝圃折衷曰陶淵明詩如逸鶴任風閒鷗忘
讀陶評彙　九
海
劉後村詩話曰陶公如天地間之有醴泉慶雲是
惟無出出則爲祥瑞且饒坡公一人和陶可也
松石軒詩評曰陶潛之作如清瀾白鳥長林麋鹿
雖弗嬰籠絡可與其潔而隱顯未齊厭欣猶滯直
適乎此而不能忘臨乎彼者耶
何孟春曰陶公自三代而下爲第一流人物其詩
文自兩漢以還爲第一等作家惟其寄奚高故其
言語妙而後世慕彼風流未嘗不欽厥制作欽厥
制作未嘗不尙論其人之爲伯夷爲黔婁爲靈均

頁九

子房孔明也
以上何孟春陶集附錄及總論所增
鍾嶸詩品曰宋徵士陶潛詩其源出於應璩又協
左思風力文體省靜殆無長語篤意真古辭興婉
愜每觀其文想其人德世歎其質直至如歡言酌
春酒日暮天無雲風華淸靡豈直爲田家語耶古
今隱逸詩人之宗也
蘇東坡曰觀陶彭澤詩初若散緩不收反覆不已
乃識其奇趣每體中不佳輒取讀不過一篇惟恐
讀盡後無以自遣耳
讀陶評彙　十
李獻吉曰靖節高才豪逸人也而復善知幾厥遁
康時潛龍勿用然予讀其詩有惻仰悲慨玩世肆
志之心焉
李實之曰陶詩質厚近古愈讀而愈見其妙
王元美藝苑卮言曰淵明託旨沖澹其造語有極
工者乃大入思來琢之使無痕迹耳後人苦一切
深沈取其形似謂爲自然謬以千里
李鹿門曰讀陶先生所著歸去來辭併五柳先
生傳千年來其謂古之栖逸者流而以詩酒自放
者也已而予三復之及讀詠三良詠荊軻與感士

頁十

不遇賦其中多嗚咽感慨之旨予獨疑其晉室之
傾竊欲挨張子房故事以五世相韓故而行擊博
浪沙中者然子房則謀無不成猶藉漢人起豐沛
附風雲稍及依漢以亡秦也嗟乎先生獨不偶故
其言曰一朝長逝後願言同此歸又曰惜哉劍術
疎奇功遂不成其人雖云歿千載有餘情又曰伊
古人之慷慨病奇名之不立屈雄志於戚豎竟尺
土之無及然則先生豈盼盼然歎詠泉石沈冥麴
蘖者而已哉吾悲其心懸萬里之外九霄之上獨
愴然之襟而謝之澌故不得已以詩酒自溺躑躅
讀陶評彙　十一
徘徊待盡邱壑焉耳
劉朝箴曰靖節非儒非俗非狂非狷非風流非抗
執平淡自得無事修飾皆有天然自得之趣而飢
寒困窮不以累心但足其酒百慮皆空矣及感遇
而爲文辭則率意任真略無斧鑿痕煙火氣千載
之下誦其文想其人便愛慕向往不能已已
曾玉印曰靖節先生孤士也篇中曰孤松曰孤雲皆
自況謂人但知義熙以後先生恥事二姓孤懸於
醉石五柳間而不知義熙以前鬱鬱與鎮軍建威同
塵錯處而先生之孤自若故其詩云自我抱茲獨

頁十一

俯仰四十年又云此士胡獨然寔由罕所同慨不
生炎帝帝魁之世而賦感士不遇云擁孤襟以卒
歲謝良價於朝市舍晉宋而發慨也豈其參軍
幸令彭澤即云良價哉顏延年曰物尙孤生先生
眞孤生也
以上毛晉綠君亭本陶集總評所增
葉少蘊夢得石林詩話曰詩品論淵明以爲出於
應璩此語不知其所據應璩詩不多見惟文選載
其百一詩一篇所謂下流不可處君子愼厥初者
與陶詩了不相類五臣注引文章錄云曲爽用事
讀陶評彙　十二
多違法度璩作此詩以刺在位意若百分有補於
一者淵明正以脫略世故超然物外爲意顧區區
在位者何足累其心哉且此老何嘗有意欲以詩
自名而追取一人而模倣之此乃當時文士與世
進取競進而爭長者所爲何期此老之淺蓋嶸之
陋也
蘭莊詩話曰鍾嶸品陶潛詩文體省靜殆無長語
篤意眞古辭興婉愜古今隱逸詩人之宗也可謂
知言矣而寘之中品其上品十一人如王粲阮籍
輩顧右於潛耶論者稱嶸洞悉元理曲臻雅致標

頁十二

揚極界以示法程自應而上莫及也吾獨惑於處
潛焉
林君復逋曰陶淵明無功德及人而名與功臣
義士等何耶蓋顏子以退爲進甯武子愚不可及
之徒歟
東坡詩話曰古之詩人有擬古之作矣未有追和
古人者也追和古人則始於東坡吾於詩人無所
甚好獨好淵明之詩淵明作詩不多然其詩質而
實綺癯而實腴自曹劉鮑謝李杜諸人皆莫及也
吾前後和其詩凡百有九篇至其得意自謂不甚
讀陶評彙　十三
愧淵明然吾之於淵明豈獨好其詩也哉如其爲
人實有感焉淵明臨終疏告儼等吾少而窮苦每
以家弊東西遊走性剛才拙與物多忤自量爲已
必貽俗患僶俛辭世使汝等幼而飢寒淵明此語
蓋實錄也吾眞有其病而不蚤自知半世出仕以
犯大患此所以深愧淵明欲晚節師範其萬一也
范元實潛溪詩眼曰東坡稱[illegible]
高歌誦[illegible]彼何人能致綺與園古來辭也
士死灰或餘燼末路益可羞朱墨手自研淵明初
亦仕絃歌本誠言不樂乃徑歸視世羞獨賢此詩

頁十三

夷齊自信其去雖武王不能挽之使留因餓自信
其進雖產祿之勢亦爲之出蓋古人無心於功名
信道而進退故其名之傳如死灰之餘燼世後之
君子畏不能以道進退又不能忘世俗之毀譽多
作文以自名其出處故曰柴桑手自研若淵明初
亦仕爲祿本誠詩蓋無心於名雖晉末亦仕合於
稿圖之出其去也亦不待以微罪行不樂乃徑歸
合於夷齊之去其進退蓋相似使其易地未必不
追蹤二子也東坡作文工於命意必超然獨立於
眾人之上非如昔人稱淵明以退爲高耳
朱子文集曰淵明詩所以爲高正在不待安排胸
中自然流出東坡乃篇篇句句依韻而和之雖其
高才似不費力然已失其自然之趣矣
都元敬穆南濠詩話曰陳後山曰陶淵明之詩切
於事情但不文耳此言非也如歸園田居云曖曖
遠人村依依墟里煙狗吠深巷中雞鳴桑樹顛東
坡謂如大匠運斤無斧鑿痕與飲酒其一云衰榮
無定在彼此更共之山谷謂類西漢文字其五云
結廬在人境而無車馬喧問君何能爾心遠地自
偏王荊公謂詩人以來無此四句又如桃花源記

頁十四

云不知有漢無論魏晉唐子西謂造語簡妙復曰
晉人工造語而淵明其尤也後山非無識者其論
陶詩特見之偶偏故異於蘇黃諸公耳
姜白石詩說曰淵明天資既高趣詣又遠故其詩
散而莊澹而腴斷不容作邯鄲步也
蔡寬夫詩話曰淵明詩唐人絕無知其奧者唯韋
蘇州白樂天嘗有效其體之作而樂天去之亦自
遠甚太和後風格頹衰不特不知淵明而已然薛
能鄭谷乃皆自爲師淵明能詩云李白終無敵陶
公固不刊谷詩云愛日滿階看古集只應陶集是
吾師
釋惠洪冷齋夜話曰東坡嘗云淵明詩初視若散
緩熟視有奇趣如曰日暮巾柴車路暗光已夕歸
人望煙火稚子候簷隙又曰採菊東籬下悠然見
南山又曰靄靄遠人村依依墟里煙犬吠深巷中
雞鳴桑樹顛大率才高意遠則所寓得其妙遂能
如此如大匠運斤無斧鑿痕不知者疲精力至死
不悟如曰一千里色中秋月十萬軍聲半夜潮又
曰蝴蝶夢中家萬里子規枝上月三更又曰深秋
簾幕千家雨落日樓臺一笛風皆寒乞相一覽便

頁十五

盡初如秀整熟視無神氣以其字露也東坡作對
則不然如曰山中老宿依然在案上楞嚴已不看
之類更無齟齬之態細味之對偶親的而字不露
也此真得淵明之遺意耳
都元敬南濠詩話曰東坡拈出淵明談理之語有
三采菊東籬下悠然見南山笑傲東軒下聊復得
此生客養千金軀臨化消其寶皆以爲知道之言
予謂淵明不止於知道而其妙處亦不止是如云
縱浪大化中不喜亦不懼應盡便須盡無復獨多
慮望雲慚高鳥臨水愧游魚真想初在襟誰謂形
迹拘朝與仁義生夕死復何求及時當勉勵歲月
不待人衡從富貴許未知止泊處古人惜寸陰念
此使人懼蓋真有得於道者非常人能蹈其轍
也
陳善捫蝨新話曰山谷嘗云白樂天柳子厚俱效
淵明作詩而惟子厚詩爲近然以予觀之子厚語
近而氣不近樂天學近而語不近子厚氣懷愴樂
天辭散緩各得其一要於淵明詩未能盡似也東
坡亦嘗和陶詩百餘篇自謂不甚愧淵明然坡詩
語亦微傷巧不若陶語體合自然要知陶淵明詩

頁十六

觀江文通雜體詩中擬淵明作者乃是逼真
又曰余每論詩以陶淵明韓杜諸公皆爲韻勝一
日見林倅於徑山夜話及此林倅曰詩有格有韻
故自不同如淵明詩是其格高謝靈運池塘春草
之句乃其韻勝也格高似梅花韻勝似海棠花予
聽之矍然若有悟
楊廷秀萬里讀淵明詩有句云故文了無斁乃似
未見舊親同疊聯異舊玩出新妙
陳伯敷繹曾文章歐冶曰淵明心存忠義身處閒
逸情真景真事真幾於十九首矣至其工夫
精密而天然無斧鑿痕又有出於十九首之表者
盛唐諸家風韻皆出此
宋景濂曰陶元亮天分之高其先雖出於太沖景
陽究其所自得直超建安而上之高情遠韻殆有
太羹充鉶不假鹽醯而至味自存者也
王彝跋陸流賦詩圖曰陶淵明臨流則賦詩見山
則忘言殆不可謂見山不賦詩臨流不忘言又不
可謂見山必忘言臨流必賦詩蓋其胸中似與天
地同流其見山臨流皆其偶然賦詩忘言亦其適
然故當時人見其然淵明亦自言其然然而爲淵

頁十七

稿論

明者亦不知其所以然而然也又何以知其然哉
蓋得諸其胸中而已
李賓之懷麓堂詩話曰陶詩質厚近古愈讀而愈
見其妙韋應物稍失之平易柳子厚則過於精刻
世稱陶韋又稱韋柳特槩言之惟謂學陶者須自
韋柳而入乃爲正耳
趙鈍叟維寰曰淵明大節自足不朽要以興會所
到悠然得句意不在詩亦如琴不必絃書不甚解
云爾必以爲字字句句皆闕君父又烏知陶詩不
墮經生刻畫苦海乎

靖節先生集　十八

楊用修升菴詩話曰晉書云陶淵明讀書不求甚
解此語俗士之見後世不曉也余思其故自兩漢
來訓詁盛行說五經之文至於二三萬言陶心知
厭之故超然真見獨契古初而晚廢訓詁俗士不
達便謂其不求甚解矣又是時周續之與學士祖
企謝景夷從刺史檀韶聘講禮城北加以讎校所
住公廨近於馬肆淵明示以詩云周生述孔業祖
謝響然臻馬隊非講肆校書亦以勤益不屑之也
觀其詩云先師遺訓余豈云墜又曰詩書敦宿好
又云游好在六經又云汎覽周王傳流觀山海圖

頁十八

龍榆生註：廓
非亭林先生孰能為此論哉

其著聖賢羣輔錄五孝傳贊考索無遺又跋之云
書傳所載故老所傳盡於此矣豈世之鹵莽不到
心者耶予嘗言人不可不學但不可爲講師溺訓
詁見淵明傳語深有契耳
陸樹聲長水日抄曰陶淵明飲酒田園諸作見者
若疑其爲閑淡絕物散誕自居也而不知其雅操
堅持苦心獨復處觀其詩曰悽悽失羣鳥日暮猶
獨飛徘徊無定止夜夜聲轉悲厲響思清遠去來
何依依又云勁風無榮木此蔭獨不衰託身已得
所千載不相違其特立惕厲若此至其會意忘言

諸家評陶彙集　一九

處心境廓然此正獨復從道處亦所謂憂世樂天
並行不悖
江進之盈科雪濤詩評曰陶淵明超然塵外獨闢
一家蓋人非六朝之人故詩亦非六朝之詩
張爾公潔生曰淵明無之非寄凡穫稻飲酒乞食
讀書皆寄耳詩又寄之寄也豈必銖銖兩兩與餘
人較工拙論喜懼哉
顧炎武日知錄曰末世人情彌巧文而不慙固有
朝賦采薇之篇而夕有捧檄之喜者苟以其言取
之則車載魯連斗量王蠋矣曰是不然世有知言

頁十九

四字亦好

者出焉則其人之眞僞卽其言辨之而卒莫能逃
也黍離之大夫始而搖搖中而如噎既而如醉無
可奈何而付之蒼天者眞也汨羅之宗臣言之重
辭之復心煩意亂而其辭不能以次者眞也栗里
之徵士淡然若忘於世而感憤之懷有時不能自
止而微見其情者眞也其汲汲於自表暴而爲之
言者僞也
黃維章文煥陶詩析義序曰古今尊陶統歸平淡
以平淡槩陶陶不得見也析之以鍊字鍊章字字
奇奧分合隱現險峭多端斯陶之手眼出矣鍾嶸

諸家評陶彙集　二十

品陶徒曰隱逸之宗以隱逸蔽陶陶又不得見也
析之以憂時念亂思扶晉衰思抗晉禪經濟熱腸
語藏本末湧若海立屹若劍飛斯陶之心膽出矣
若夫理學標宗聖賢自任重華孔子耿耿不忘六
籍無親悠悠生歎漢魏諸詩誰及此解斯則靖節
之品位竟當俎豆於孔廡之間彌朽而彌高者也
開此三例懸之萬年佳詠本原方免埋沒否則摩
詰章孟羣附陶派誰察其害壞者
以上吳瞻泰陶詩彙注所增
鍾伯敬曰陶詩閒遠自其本色一段淵永淹潤之

頁二十

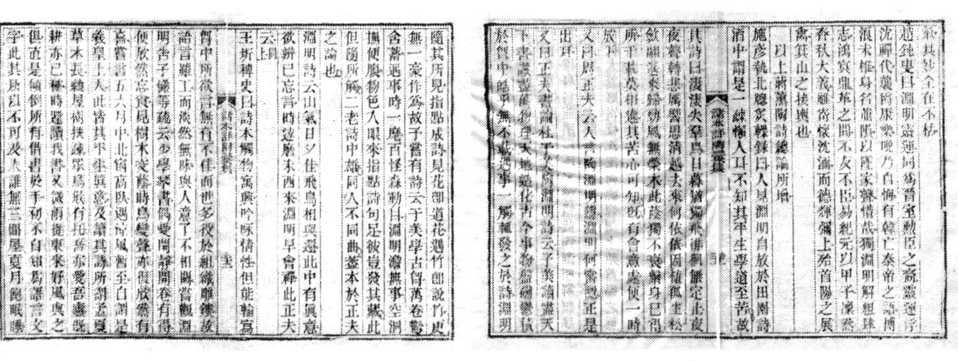

頁二十二

頁二十一

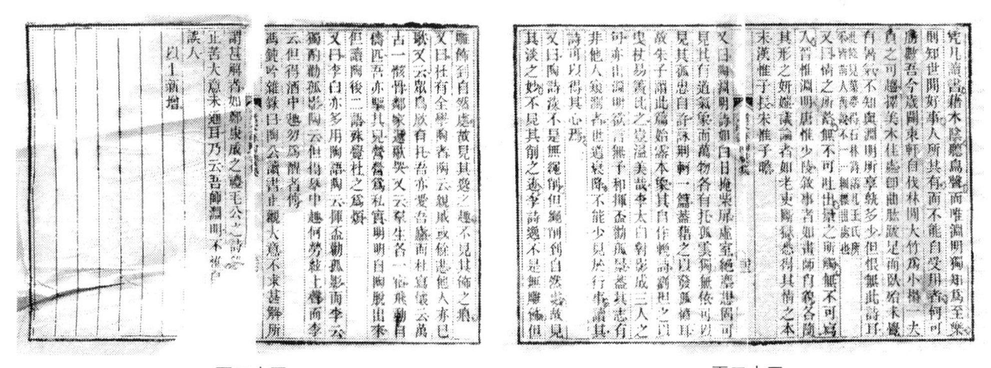

頁二十四

頁二十三

身後代自宋高祖王業漸隆不復肯仕惟先生大
節如此故義熙初元去彭澤末有著廷之命亦不
拜時晉猶未羸也先生雖曾臣宋曾一食宋粟然
其卒在元嘉中故晉書有本傳沈約宋書李延壽
南史又皆有傳後世因以先生爲宋人隋經籍志
稱宋聘士陶潛集吳氏西齋錄稱宋彭澤令陶潛
集者誤也今取晉故官表之篇端從先生本志云
澍按顏延之爲先生誄稱有晉徵士潯陽陶
淵明題示史筆沈約撰宋書收入隱逸傳特
著其恥事二姓之節亦以表微是在當時何
嘗以先生爲宋人哉惟顏誄直稱淵明沈傳
則云陶潛字淵明或云淵明字元亮蓋淵明
其本名後更名潛耳說具元嘉三年下
澍又按先生爲桓公曾孫見於命子詩而晉
宋諸史皆無異辭自元李公煥於謝長沙公
詩序[illegible]
[illegible]
時太原[illegible]氏父子遂據其說歷辨先生非桓
公之裔長洲何焯讀書記嘉定錢大昕讀陶
詩致力闢其謬妄然不知誤始於公煥也錢

頁二

靖節先生年譜攷異上
後學安化陶　澍撰
宋李巽巖燾撰靖節新傳三卷今其書已佚
陳振孫書錄解題有吳仁傑斗南年譜蜀人
張縯季長爲作辨證今吳譜獨傳而辨證僅
見李公煥注中先是王雪山質著紹陶錄亦
撰栗里年譜陶南村載入輟耕錄　國朝新
安吳東巖瞻泰撰陶詩彙注以二譜並冠卷
首今按二譜各有發明而攷覈之精王不如
吳余於先生出處之際嘗事搜討偶有一孔
之見竊倣李長辨證之例以王吳二譜並列
於前參攷宋元以來諸家所說爲攷異如右
王譜元亮高風發於晉宋去就之際君曾祖事晉
想著勳勞自宋武帝芟元復馬遂攜其末流卽不
出武帝牖收賢士以繫人心見要亦不屑陶謝皆
世臣君世廻色言但適而靈運爲武帝秉任最後
乃欲遁思義雜江海遂師送君遇虎爲而論靈運
不入蓮社秦心猶所監知譜具左方
吳譜先生晉大司馬長沙郡侃公之曾孫按梁昭
明太子著先生傳云自以曾祖晉世宰輔恥復屈

靖節先生年譜攷異上

頁一（鈐印：忍寒居士丙戌以後讀書記）

之跋曰靖節爲桓公曾孫載於晉宋之書千有餘年從無異議近有山陽閻詠乃據贈長沙公詩序昭穆既遠已爲路人二語辨其非侃後且謂元亮自有祖何必藉侃以重詠既名父子（詠爲百詩之子）說又新奇恐後來通人惑於其說故不可不辨靖節自述世系莫備於命子詩首溯得姓之始次述遠祖愍侯舍丞相青然後頌揚勳德卽以祖考承之此士行爲淵明曾大父之實證也六朝最重門第百家之譜皆上於吏部沈休文撰宋史在齊永明

靖節先生詩箋異之　三

之世親見譜牒故於本傳書之梁昭明太子作靖節傳不過承宋書舊文而閻乃云始於昭明誤讀命子詩其謬一也昭明傳云自以曾祖晉世宰輔恥於屈身異代此亦出宋書之文而閻以訾昭明則是宋書亦未寓目曾不知休文卒時昭明才十有三歲卽使傳有舛誤亦當先訾休文況傳本不誤乎其謬二也且使士行與元亮果屬疏遠如路人也者則命子篇中何用述其勳德攀援貴族鄉黨自好者不爲元亮千秋高士豈宜有此（澍按如果）

頁三

龍榆生註：溧

溧

（攀援貴族則司空漂陽宛陵康樂何以不並數）其謬三也閻所捃者惟有贈長沙公詩序而序固言同出大司馬矣大司馬之稱非侃而誰雖閻亦知其不可通也詞遁而窮因檢史漢表陶舍曾以右司馬從漢王遂謂序中大司馬當作右司馬謂舍非謂侃也不知漢初軍營有左右司馬品秩最卑不過中涓舍人之比舍位爲列侯不稱侯而稱右司馬在稍通官制者且知其不可豈得以誣靖節乎夫擅改古書以成曲說最爲後儒之陋況此大司馬又萬無可改之

靖節先生詩箋異之　四

理（澍按右司馬乃愍侯始官正與初入關時左司馬曹無傷等耳其封則以中尉從擊燕代百官公卿表中尉秦官掌徼循京師武帝太和元年改名執金吾秩中二千石縮不稱侯亦當稱中尉世未有稱人官爵不從其後歷之尊而從其始進之卑者況子孫之於祖宗乎）其謬四也惟是長沙公與靖節屬小功之親而云昭穆既遠已爲路人似有罅隙可指（澍按延壽爲桓公元孫先生爲曾孫緦服非小功也禮大夫絕緦謂大夫於旁親之服無緦服若依吳譜爲延壽之子則與先生直無服矣故云昭穆既遠已爲路人猶今律言五服之外同凡論也）今以晉書考之士行雖以功名終而諸子不協自相魚肉再傳之後視如路人（澍按諸子魚肉亦出庾亮之誣未可盡信）因其宜矣昭穆猶言

頁四

龍榆生註：疑衍一八字

兩世兩世未遠而情誼已疏故有慨然寤歎
念茲厥初之句澍按贈長沙公詩始因長沙公路過潯陽修理家廟而贈之詩故有允構斯堂之語以爲情誼已疏慨然寤歎未免以辭害意其云昭穆
既遠者隱痛家難不忍斥言之耳若以爲同
出於舍則自漢初分支已閱六百餘年人易
世疏又何足怪其謬五也閻又云侃廬江人
元亮潯陽人柴桑人其址貫不同攷潯陽郡
即廬江所分南渡後移於江南士行生於未
分之前元亮生於僑立郡之後史各據實書
之似異而實同也澍按晉書地理志永興元年分廬江之潯陽武昌之

靖節先生年譜攷異上　五

柴桑二縣置潯陽郡屬江州閻氏以地理自誤而云址貫不同何也顏延之作
靖節誄雖不敘先世而其詞曰韜此洪族蔑
彼名級苟非宰輔之胄焉得洪族之稱此亦
一證也按辛楣此論反復以箴閻氏之失最
爲明晰近時洪稚存作陶氏族譜序仍用閻
說正辛楣所云新奇易惑也
又按晉書陶桓公傳有子十七人惟洪瞻夏
琦旗斌稱範岱見舊史餘者並不顯先生傳
云祖茂武昌太守江西通志引豫章書亦云孟嘉以二女妻陶侃子茂之二子一生淵明一生敬遠父名爵則史未載李公煥命

頁五

子詩注引陶茂麟家譜以先生祖名岱爲散
騎員外父名逸爲安城太守生五子又引趙
泉山云靖節之父史軼其名惟見於茂麟家
譜今按茂麟家譜僅見於宋史藝文志其書
久不傳惟宋鄧名世古今姓氏書辨證云後
世陶氏望出丹陽晉太尉侃之祖父同始居
焉同生丹澍按丹見晉書侃母湛氏及宋何傳吳揚武將軍柴
桑侯遂居其地生侃字士衡娶十五妻生二
十三子二子少亡二十一子官至太守侃生
員外散騎岱岱生晉安城太守逸逸生彭澤

靖節先生年譜攷異上　六

令贈光祿大夫潛潛生族人熙之宋度支尚
書熙之生梁邵陵內史測測生吏部尚書旻
旻生隋散騎常侍元安元安生陳夔州都督
尚書令金陵縣公琮琮生唐韶州始興令處
寂黔江二州刺史銳澍按資治通鑑銳於天寶中爲大鴻臚似又是一人貴州錄事參軍文楨處寂生唐滕王府陪
戎副尉先斯先斯生光庭光庭生如革及江
州刺史祥如革生進金進金生淮南威毅第
二十將茂麟茂麟生左中衛將軍若思若思
生左驍衛將軍鑑公煥泉山所引當即名世

頁六

龍榆生註：濯

濯

此篇也但徑以爲茂麟家譜則似未然今吕邑陶氏族譜有宋仁宗至和元年江州從事贊皇李慶孫舊序茂麟孫鑑立石其文曰夫晉潮按此啓字疑當作陶自東晉太尉陶公迄於今日所謂本支百世也太尉之傳備於晉史又節史而爲錄載於建康有識皆知今僅六百年有孫曰鑑仕聖朝爲左班殿直公暇因出數紙示僕僕覽焉且見或中而斷或尾而續或行而闕或字而破雖羅蠱蠹瀆蝕然有可究其一二者第一行則有潯陽二字次行則闕

靖節先生年譜攷異上　七

其左只右有同字鄱書則云望出潯陽下云偘祖父同始居焉娶十五妻生二十此下無字不知二十者男耶只曰太守以上梁天監二年而已鄱書則云生二十三子二子少亡二十一子官至太守次行曰歷臺省官六百一十八人次行曰今潯陽郡西北山下迺吳朝太子舍人丹之墓即偘之父也次有九行郎大略唐朝以來名公紀頌祭弔之事十行曰祖妣江夏孟氏五男次行曰十代祖熙之南宋仕本州別駕除武陵內史次行曰大府度支尚書大中正鄱氏書則云潛生八熙之宋度支尚書次行

頁七

頁九

頁八

頁十一

頁十

文帝元嘉四年南史及梁昭明傳不載壽年
晉書隱逸傳及顏延之誄皆云年六十三以
歷推之生於晉哀帝興甯三年乙丑歲今攷
先生年六十三始見於沈約宋書昭明傳因
之晉書亦因之惟文選載顏延之誄作春秋
若干歲云昭明不載壽年顏誄年六十三當
是誤記顏誄爲當傳也
又按李公煥注引張縯云先生辛丑游斜川
詩開歲倏五十若以詩爲正則先生生於壬
子歲自壬子至辛丑爲年五十迄丁卯考終
靖節先生年譜攷異上　十二
是得年七十六弁記之按開歲倏五十一當從
湯東澗本作五日爲是若以先生爲生於壬
子則集中是時向立年等句合之時事皆不
可通近見餘姚黃璋著辨數則力主季
長以生壬子爲是然既據飲酒詩投耒去學
仕是時向立年之句謂先生爲州祭酒時年
二十九不思詩固又云冉冉星氣流亭亭復
一紀世路廓悠悠楊朱所以止是先生之止
止於四十也若生壬子則二十九爲州祭酒
歲當庚辰少日自解去中間州召主簿不就

頁十二

並未仕也何待歷十餘年至四十始賦止且
既止矣何又歷十餘年至五十復出爲參軍
乎惟生乙丑至彭澤解綬正四十一歲
澍又按宋書昭明傳皆云先生潯陽柴桑人
而晉書不載爲失之今攷先生故居舊說有
三處名勝志曰君舊宅在柴桑山晉史家於
柴桑即今之楚城鄉也去宅北三里有靖節
墓廬白居易有訪陶公舊宅詩明一統志曰
元亮故里在新昌縣東二十五里圖經云元
亮始家宜豐後徙柴桑暮年復歸故里宜豐
靖節先生年譜攷異上　十三
今新昌也輿圖備考曰新昌義鈞鄉之七里
山有元亮讀書室洗墨池藏書墩遺跡尚存
又江州志云先生始居上京山星子西七里
戊申六月火遷柴桑山九江西南九十
里古栗里今之楚城鄉也舊碑題晉陶靖節
先生故里澍按集中有移居詩及還舊居詩
其首句曰疇昔家上京則江州志所說爲信
當是始居上京因火而徙柴桑之南村後又
還居上京也圖經謂始家宜豐未知所本
海西公太和元年丙寅 二歲

頁十三

太和二年丁卯 三歲
太和三年戊辰 四歲
太和四年己巳 五歲
太和五年庚午 六歲
太和六年辛未 七歲
吳譜是年冬簡文即位改元咸安
簡文帝咸安二年壬申 八歲
澍按先生祭從弟敬遠文曰相及齠齔並罹
偏咎湯東澗注齠與齔義同毀齒也家語曰
男子八歲而齔靖節年三十七母孟氏卒是
靖節先生年譜攷異上　十四
偏咎爲失怙也按顏延之陶徵士誄有家貧
母老持檄致親云云則以偏咎爲失怙良是
惟齠乃髫之俗字玉篇髫小兒髮廣韻髫小
兒髮俗作齠不與齔通則先生失怙不定在
八歲時又按先生詩凡兩用偏字此云偏咎
又有始室喪偏之語蓋妻之喪稱喪一則偏
具慶失一故曰偏咎也
孝武帝甯康元年癸酉 九歲
甯康二年甲戌 十歲
甯康三年乙亥 十一歲

頁十四

太元元年丙子 十二歲
王譜君年十二失母祭妹文曰慈妣早世我年
二六
吳譜祭程氏妹文云慈妣早世我年二六先生
生於乙丑至是十有二歲丁母夫人孟氏夫
人晉故征西大將軍孟嘉第四女大司馬侃外
孫也事見集中孟府君傳 吳譜據秦本擬事下大字
澍按顏延之誄云母老子幼就養勤匱遠惟
田生致親之義追悟毛子捧檄之懷初爲州
祭酒以後母夫人尚在若十二歲即失母無
靖節先生年譜攷異上　十五
所爲田生毛子云云也延之與先生同時宜
所審知及攷湯東澗注祭妹文以慈妣爲庶
母於昔在江陵重罹天罰注云晉安帝隆安
五年秋七月赴江陵假還是冬母夫人孟氏
卒于是年之疑始釋然慈妣早世者蓋
程氏妹之生母而先生之庶母也又先生詩
久游戀所生蓋謂母孟夫人故有凱風負我
心之句即集中孟府君傳曰淵明先親君第
四女凱風寒泉之思實鍾厥心也乃吳王二
譜並以江陵之喪爲丁太公憂豈知凱風念

頁十五

母則是父先母亡故命子詩於皇仁考[illegible]
嗟予寡陋瞻望弗及若謂父五年太公始卒
則是年先生已三十七歲何得云弗及乎說
者亦知難通乃以顏誄之母老爲庶母曾不
思州府之時太公果在則當云親老乎幼爲
得舍父而獨稱母乎此云慈妣或是程氏
妹生母乃先生慈母喪服傳慈母如母歸非
謂孟夫人也
太元二年丁丑 十三歲
太元三年戊寅 十四歲
靖節先生年譜攷異上　十六
太元四年己卯 十五歲
太元五年庚辰 十六歲
太元六年辛巳 十七歲
太元七年壬午 十八歲
太元八年癸未 十九歲
太元九年甲申 二十歲
王譜君年二十失妻是謂詩云弱冠逢世阻始
室喪其偏妻翟氏皆志所謂大耕於前妻鋤於
後當是翟氏繼室[illegible]
[illegible]

頁十六

澍按此謂失妻非也湯東澗注云其年
二十喪耦繼娶翟氏故有無偶兩婦湯
說近是古人不當有未妻先妾之事況年僅
弱冠耶吳斗南亦以此爲悼亡而引杜元凱
春秋傳注偏喪曰寡以釋偏義其實本詩明
言始室古者男有室指妻而言若繼配則曰
繼室斷無則曰始室此云始室非元配而何又
斗南以喪偏爲三十歲事蓋以始室弱冠爲
偶句義亦可通
太元十年乙酉 二十一歲
靖節先生年譜攷異上　十七
吳譜云是王蕭郭治中詩云弱冠逢世阻按晉
紀及五行志太元八年春三月始興南康廬陵
大水南康平地五尺十年夏五月大水秋七月
旱饑先生時年方逢弱冠年旱饑故云
澍按是時秦兵入寇天下分裂所謂世阻固
不止於旱潦饑饉也
太元十一年丙戌 二十二歲
太元十二年丁亥 二十三歲
太元十三年戊子 二十四歲
太元十四年己丑 二十五歲

頁十七

太元十五年庚寅 二十六歲
太元十六年辛卯 二十七歲
吳譜有始春懷古田舍詩二首集本作癸卯字
之誤也此詩首章曰在昔聞南畝當年竟未踐
則是此年方有事於田疇故明年有投耒學仕
之語按本傳稱先生躬耕自資亦在爲鎮軍參
軍之前以此知始踐南畝決非癸卯歲集本誤
明矣
澍按先生躬耕自資史敘於辭州主簿之後
而詩云投耒去學仕是前此已躬耕矣癸卯
懷古田舍乃曰在昔聞南畝當年竟未踐豈
前此所謂躬耕不過隱於隴畝之辭實未嘗
沾體塗足耶吳說不爲無見然徑以懷古田
舍詩系於辛卯謂此年方有事於田疇則仍
不免於濫躬耕本無年可紀也
太元十七年壬辰 二十八歲
太元十八年癸巳 二十九歲
吳譜是歲爲江州祭酒未幾辭歸州復以主簿
召不就飲酒詩曰疇昔苦長飢投耒去學仕又
云是時向立年蓋先生以二十九歲始出仕實

頁十八

癸巳歲也本傳云親老家貧起爲州祭酒不堪
吏職少日自解歸此飲酒詩下句所謂拂衣歸
田里者也
澍按湯東澗赴假還江陵夜行塗口詩注亦
云癸巳爲州祭酒以飲酒詩是時向立年推
之則東澗于南之說爲然也王景文不能定
其爲何年但云當在壬辰癸巳之間然攷飲
酒詩云亭亭復一紀自癸巳數至乙巳適一
紀於年爲合
太元十九年甲午 三十歲
王譜君年三十有歸園田詩曰誤落塵網中一
去三十年初爲州祭酒當在其前不堪乃解歸
故云久在樊籠裏復得返自然尋亦御主簿
澍按景文之意以隱地爲塵網故繫此詩於
年三十說近釋氏先生胸中無此塵網當以
仕途言之劉坦之曰一去三十年三當作
踰或在十字下何燕泉孟春曰太元十八年
靖節起爲州祭酒時年二十九正合飲酒詩
投耒去學仕是時向立年之句以此推之至
彭澤退歸才十三年此云三十年誤矣按吳

頁十九

譜亦以歸園田詩爲義熙二年彭澤歸後所
作景文引本傳不堪吏職少日乃解歸二語
大少日亦不得云久在樊籠均未審也
吳譜是年先生三十矣有悼亡之感故示龐主
簿鄧治中詩云始室喪其偏禮三十曰壯有室
左傳齊崔子生成及彊而寡服虔註偏
喪曰寡先生與子儼等疏云汝等雖不同生當
思四海兄弟之義鮑叔敬仲況共父之人哉先
生蓋兩娶本傳稱其妻翟氏志趣亦同能安苦
節夫耕於前妻鋤於後則繼室實翟氏
澍按先生長子儼蓋前妻所生餘或翟出故
疏言雖不同生若份佚同歲以頻誅無疑
安證之當是孿生耳
太元二十年乙未 三十一歲
澍按湯東澗於先生還舊居詩注引趙泉山
曰自乙未佐鎮軍幕迄今六載又辛丑赴江
陵詩聞居三十載注云是年靖節年三十七
中間除癸巳爲州祭酒乙未至庚子參鎮軍
事三十載家居矣是皆以先生爲鎮軍參軍
在乙未歲景文斗南則以始作鎮軍參軍經

頁二十

曲阿詩作於庚子歲然不題庚子於此詩之
首而題於規林阻風詩首以乙巳爲建威參
軍題例之知曲阿詩非作於庚子始爲參軍
亦不在庚子也說具後
太元二十一年丙申 三十二歲
安帝隆安元年丁酉 三十三歲
隆安二年戊戌 三十四歲
隆安三年己亥 三十五歲
澍按始作鎮軍參軍當在是年說具後
隆安四年庚子 三十六歲
王譜君年三十六五月有從都還阻風規林詩
當是參鎮軍銜命自京都上江陵故在始作鎮
軍參軍經曲阿詩後又在柴桑故云一欣侍溫
顏又云久游戀所生父爲人度不肯適都當是
已舍軍行見還舊居詩軍僚差彊郡吏故云昨
來荷賓命婉戀通衢投策命晨裝暫與田園
疎
澍按先生垂髫失怙何得此時有父在柴桑
詩云久游戀所生如果庚子始作參事此詩
作於庚子五月亦不得云久游說具後

頁二十一

龍榆生註：耳疑當作年

吳譜始作鎮軍參軍經曲阿詩曲阿今丹陽
縣也本傳稱躬耕自資遂抱羸疾復爲鎮軍建
威參軍事按晉官制鎮軍建威皆將軍官各置
屬掾非兼官也以詩題攷之先生蓋於此年作
鎮軍參軍按當在己亥吳氏所攷爲差一耳至乙巳歲作建威
參軍史從省文耳文選經曲阿詩李善注云宋
武帝行鎮軍將軍按裕元興元年爲建威將軍
三年行鎮軍將軍與此先後歲月不合先生亦
豈從裕辟者善注引用非是此年五月又有從
都還阻風規林詩云一欣侍溫顏則先生就辟
至是乃挈家居京師故還舊居詩有疇昔家上
京之句葛文康云先生阻風規林詩落句云靜
念園林好人間良可辭是歲春秋三十六明年
夜行塗口詩云投冠旋舊廬不爲好爵縈卒踐
其言自彭澤歸優游里巷者二十二年
澍按挈家京師一語誤甚先生未嘗有居京
師之事上京乃山名非上都也說具後
隆安五年辛丑 三十七歲
王譜君年三十七正月有游斜川詩云開歲倏
五十方三十七作五日是當是故歲五月還潯

頁二十二

桓玄劉裕可等量齊觀耶

陽今歲七月適江陵有赴假還江陵夜行塗中
詩留潯陽踰年當是乎告在鄉至是往赴云閒
居三十載自未參鎭軍以前得三十六年當是
不堪勞役遂起歸意故云詩書敦宿好林園無
俗情如何舍此去遙遙至南荆失父祭妹文云
昔在江陵重罹天罰觸事未遠書疏猶存當是
妹自武昌報江陵時父在柴桑
矣譜有七月赴假還江陵夜行塗中詩文選此
詩遙遙至西荆李善注云時京都在東故謂荆
州爲西也今集本作南荆者非葉少蘊左丞云
靖節先生集　譜攷異上　三三
淵明隆安庚子從都還明年赴假還江陵荆州
刺史自隆安三年桓元襲殺殷仲堪卽代其任
至於篡未别授人淵明之行在五年豈嘗仕於
元耶傳云爲鎭軍參軍按劉裕以大亨三年逐
桓元行鎭軍將軍事豈又嘗仕於裕耶桓元劉
裕之際而淵明皆或從仕世多以爲疑此非知
淵明之深者無論實爲元裕否淵明在隆安之
前天下未有大故且不肯仕自庚子至乙巳正
君臣易位人道反覆之時淵明乃肯出仕乎蓋
潯陽上流用武之地元與裕所由交戰出入往

頁二十三

宋者也淵明知自足以全節而不傷生故迫之
仕則仕不以[illegible]歸則歸不以終[illegible]
其已豈區區一節之士可以議其間哉自去彭
澤劉裕大業以成天下亦少定遂不復出後十
四年召爲著作佐郎則淵明可以終辭矣仁傑
按先生爲鎭軍非從劉裕已具去歲譜中至仕
於江陵則又有不然者先生以庚子歲作鎭軍
參軍乙巳歲去彭澤不復仕故還舊居詩云疇
昔家上京六載去還歸自庚子至乙巳凡六年
既云家上京又有從都還阻風詩則是未嘗居
江陵使先生果仕於元不應居京師設居江陵
不應以爲上京故先生答龐參軍序云龐從江
陵使上都過潯陽凡言京都皆指建業則先生
未嘗居江陵明甚其祭程氏妹文云昔在江陵
重罹天罰兄弟索居乖隔楚越伊我與爾百哀
是切以先生與風雨推之一狀作溫顏再喜見
友于則先生蓋有兄弟至江陵丁外艱而兄弟
乖隔獨與女弟居喪者蓋先生兄弟在京師而
女弟居江陵譬先生親闈因過其女以疾留江
陵遂不起耶先生以七月還江陵而祭妹文有

頁二十四

蕭蕭冬月之祁則居憂在是歲之冬
澍按王譜以赴江陵爲赴官葉少蘊以安帝
隆安三年桓元襲殺荆州刺史殷仲堪卽代
其任疑赴江陵爲嘗仕元又以劉裕大亨三
年逐桓元行鎭軍將軍疑作鎭軍參軍爲嘗
仕裕吳譜謂裕元興元年爲建威將軍三年
行鎭軍將軍與此前後歲月不合先生亦豈
從裕辟者證葉之誤幷規李善文選注以鎭
軍爲劉裕之失其說當矣抑猶未盡按先生
歷仕之蹟初爲州祭酒自解歸州召主簿不
靖節先生集　譜攷異上　三五
就既乃爲鎭軍參軍又爲建威參軍終於彭
澤令賦歸去來未嘗更爲荆官其始作鎭軍
參軍詩編於庚子之前庚子有五月中從都
還阻風規林詩則作參軍在庚子前可知題
曰經曲阿今丹陽縣則鎭軍之爲何人
辟府何地[illegible]可推尋而得攷晉宋二書曾孝
武帝安帝宋武帝本紀王恭劉牢之桓元等
傳太元十五年庚寅二月以中書令王恭爲
都督青兗幽并冀五州諸軍事前將軍青兗
二州刺史假節鎭京口安帝隆安二年戊戌

頁二十五

七月王恭舉兵以討王愉司馬尚之兄弟爲
辭九月車騎將軍劉牢之背恭歸朝廷使子
敬宣擊敗恭恭死遂代恭爲都督鎭京口三
年己亥十一月妖賊孫恩作亂於會稽前將
軍劉牢之東討牢之以劉裕參府軍事四年
庚子十一月以前將軍劉牢之爲鎭北將軍
五年辛丑五月孫恩寇吳國殺內史袁山松
牢之使參軍劉裕討之元興元年壬寅正月
桓元舉兵犯京師三月牢之降於元元以爲
征東將軍會稽太守牢之自縊而死桓元從
靖節先生集　譜攷異上　三六
兄修以撫軍鎭丹徒三年甲辰二月劉裕舉
義兵討元元司徒王謐推裕行鎭軍將軍徐
州刺史都督揚徐兗豫青冀幽幷八州諸軍
事假節鎭石頭輔國將軍晉陵太守劉牢之
子敬宣與諸葛長民破桓歆於芍陂遷建威
將軍江州刺史鎭潯陽義熙元年乙巳三月
加鎭軍將軍劉裕爲侍中車騎將軍都督中
外諸軍事十月旋鎭丹徒東晉各鎭雖皆握
兵柄尤以北府爲盛其鎭在京口先生始作
鎭軍參軍詩題曰經曲阿鎭軍在京口故曲

頁二十六

阿有必經也自太元十五年庚寅至隆安二
年戊戌九月鎭京口者爲王恭湯東
澗謂先生以乙未作參軍則仕於恭者四年
自戊戌十年至元興元年壬寅三月鎭京口
者爲劉牢之王景文吳斗南謂先生以庚子
作參軍則仕於牢之者二年要其參牢之軍
閱有年可紀也若桓元未舉兵之前鎭在夏
口先生如參元軍不得逆經曲阿若謂至江
陵爲仕元則趨固云赴假還江陵與歸假休
沐也應劭漢官儀五日一假休沐晉書王尼
靖節先生集　譜攷異上　三七
傳護軍與尼長假豈得反以假還爲趨職官
必以事使江陵路出潯陽事畢便道請假歸
覲其辭歸曰赴假還自江陵云爾至劉裕
開府在方爲牢之參軍甲辰始行鎭軍將軍
先生以辛丑冬月居憂甲辰服闋次年乙巳
三月有爲建威參軍使都詩蓋因居憂潯陽
值敬宣爲建威將軍刺江州鎭潯陽先生舊
參牢之軍與敬宣世好故辟爲幕僚參其軍
若裕甲辰行鎭軍時鎭石頭至乙巳十月始
旋鎭丹徒先生正在彭澤賦歸去來矣何得

頁二十七

龍榆生註：卻愔疑郗愔之誤待查

有參裕軍事也惟東晉爲鎮軍將軍者卻愔
以後至裕始復見此號孝武帝太元元年春正月以領軍將軍卻
愔爲鎮軍大將軍六年十一月以鎮軍大將軍卻愔爲司空會稽人愔元之反鎮軍參軍
謝藹之討平之自愔故李善文選注引臧榮
後無以鎮軍爲號者
緒晉書曰宋武帝行鎮軍將軍辟公參其軍
事以鎮軍爲裕遂以臆謂公參其軍選注辟公參其
軍事非晉書原文也文選考劉裕起兵討桓元爲鎮軍將軍顯參其軍事即因李善
之誤注其謬而攷晉書百官志有左右前後軍將
軍左右前後四軍爲鎮衛軍王恭劉牢之皆
爲前將軍正鎮衛軍即省文曰鎮軍亦奚不
可先生贈龐參軍詩序曰龐爲衛軍參軍其
時衛將軍王宏省文曰衛軍即其例矣吳斗
南謂先生豈肯從裕辟者裕之辟否無可攷
若先生未參裕軍取詩與史互勘自明惟裕
爲牢之參軍先生亦爲牢之參軍晉書王恭傳恭
爲都督兗青冀幽并徐州晉陵諸軍事平北將軍兗青二州刺史假節鎮京口初都督以北
爲號者累有不祥故桓沖王坦之刁彝之徒不受鎮北之號恭表讓軍號以超受爲辭
而實惡其名於是改號前將軍牢之此則又牢之不稱鎮北而稱鎮軍[illegible]忌也
有參軍劉襲張暢之[illegible]
不可又會稽王道子傳元顯遣人宣陽門劉牢之參軍劉暢之率眾擊之晉制將

頁二十八

乙巳以前去來靡定從甲辰逆數至己亥正
六載而始作參軍詩編於庚子之前亦可知
爲己亥惟己亥佐牢之軍庚子五月假還辛
丑七月再還至甲辰又爲建威參軍去而歸
歸而還所謂六載去還歸也己亥十一月孫
恩陷會稽牢之率眾東討先生飲酒詩曰在
昔曾遠遊直至東海隅此行誰使然似爲飢
所驅正追賦其嘗從軍詩恩越海隅事也
是爲先生參牢之軍之明證特先生無汗馬
功故史但載劉裕從行不及先生耳其時牢
之威名甚盛幕府正可藉以進身非先生所
欲庚子五月即乞假歸省故曰恐此非名計
息駕歸閑居正追賦其乞假事也蓋牢之末
路不終先生早已窺見其機自辛丑假還繼
以居憂去職久矣不能相累所謂見幾之哲
非興緒計先生參軍不及三歲注家以爲六
年誤也又按吳譜謂先生未嘗居江陵據祭
妹文女弟在江陵疑親[illegible]過之先生因省親
赴之觀以挾留江陵遂不果故祭妹文有遘
黨冬月之語於情事亦近但詩中知何爲

頁三十

軍開府位從公爲持節都督者增參軍爲六
人先生與裕同僚[illegible]之事
又按王恭自隆安元年丁酉四月舉兵以討
王國寶王緒爲名二年戊戌又舉兵爲劉牢
之所敗誅死牢之因代其任先生若是乙未
即參恭軍豈容數年之間見恭包藏禍心而
不拂衣告去乃因循濡忍坐觀恭之舉兵以
至於死耶非從亂不亦有昧知幾乎况恭死
由牢之恭敗即轉仕牢之換諸故吏之義亦
有嫌於欒布之哭彭越矣是則泉由東澗以
先生參軍在乙未歲者未嘗細攷先生所參
誰軍與鎮軍之爲何人也今爲反復推尋先
生始作參軍實在己亥鎮軍實爲牢之[illegible]
[illegible]戊戌九月恭
死而牢之代其任開府京口即在此時先生
還舊居詩曰六載去還歸曰今日始復來明

頁二十九

流八九十里[illegible]
後因宜其制之有據矣然亦未有以見爲必
然始識所疑如此近日陽湖惲子居敬據本
傳州召主簿不就請此詩即是以疾乞假至
假滿則赴之而終以疾辭時桓元方兼領荊
江二州刺史駐南郡先生以辭主簿至江陵
云云不知先生此時方參鎮軍及服闋復參
建威軍皆在辭主簿之後有本傳及詩題歲
月可攷若此時方辭主簿則爲參軍又在何
年邪且既辭主簿稱疾不就則正宜家居不
赴乃反千里詣府天下有如是之稱疾辭官
者邪至吳譜力攢先生未嘗參佐桓元陶氏
反謂其誣先生佐桓元而著論以非之則是
未見吳氏原書近於道聽塗說矣
元興元年壬寅三十八歲
是歲桓元舉兵犯京師政自已出改元大亨是
年先生居憂
元興二年癸卯三十九歲
王謐君年三十九正月有始春懷古田舍詩當

頁三十二

此去遙遙至西荊懷役不遑寐中宵尚孤征
等語假因奉使胥往不見有特爲省親乞假
之意與規林詩之欣侍溫顏喜見友于者不
類嘗通攷先生出處前後始參鎮軍號辟京
口故有始作鎮軍參軍經曲阿詩鎮軍在京
口故經曲阿庚子五月請假回里途必由建
康故有從都還阻風規林詩懷所生而念友
于遂留潯陽輪年故明年辛丑正月有游斜
川詩疑旋入都免假至七月有江陵之役自
都往江陵必由潯陽故有赴假還江陵詩而
王事靡鹽只可便道乞假不能久留故其辭
意與豳風小雅行役告勞相似攷晉書是年
六月孫恩寇丹陽進圖建康中外戒嚴時桓
元以荊州刺史鎮江陵上表請入衛會恩退
朝廷以詔書止之恩退在六月先生江陵之
行在七月或即奉詔止元之役耶李善文選
注引江圖自沙陽縣下流一百五十里至赤
圻赤圻二十五里至塗口今武昌府之嘉魚
蒲圻二縣皆晉沙陽縣地嘉魚縣北尚有沙
陽故城遺址以里計之塗口當在九江府上

頁三十一

龍榆生註：窮湖之窮，似與窮巷之窮相等，不必實有其地

是自江陵歸柴桑復適京都宅憂居家思湓城
故有懷古田舍又云良苗亦懷新十二月有與
從弟敬遠詩云寢跡衡門下在都亦當是遠野
澍按先生未嘗有挈眷居京師事其庚子從
都還阻風規林詩曰行行循歸路計日望舊
居一欣侍溫顏再喜見友于是眷屬皆在舊
居明證規林地今無攷詩曰凱風負我心戢
枻守窮湖高莽渺無界夏木獨森疎誰言客
舟遠近瞻百里餘延目識南嶺空歎將焉如
則去舊居不過百里窮湖無界疑卽彭蠡宮

靖節先生集　諸譜攷異上

亭南嶺疑卽采菊東籬悠然所見之南山矣
若眷屬已在京師何歸而有侍溫顏見友于
之喜若謂至京師者妻子留舊居者母與兄
弟則舍老親而以妻子自隨尤非情事且先
生爲參軍未久庚子五月從都還辛丑正月
有斜川之游七月赴假還江陵卽以是冬居
憂壬寅癸卯皆在憂中王譜旣以從都還爲
還潯陽游斜川爲留潯陽踰年則固知舊居
之在潯陽矣又以癸卯懷古田舍之作爲自
江陵歸柴桑復適京都宅憂居家思湓城夫

龍榆生註：安知其母非憚遠行者，此說失之拘泥

頁三十三

在官則理迴於故里[illegible]又留戀於京師歟
之人情殊爲不近[illegible]曠[illegible]事多[illegible]
田家實錄[illegible]寢跡衡門邈與世絕亦豈在京
師語邪於是求其說而不得則謂在都亦當
是遠野總緣誤以還舊居詩之疇昔家上京
六載去還歸上京爲上都謂先生六載居京
師不知上京非上都也
又按懷古田舍古人文[illegible]語例當是于田舍
中懷古也觀詩中稱顏子丈人先師可見王
氏倒以舊居爲古則於文爲不辭

靖節先生集　諸譜攷異上

宋譜先生服闋閒居有飲酒詩二十首內一篇
上云是時向立年下云亭亭復一紀又[illegible]篇云
行行向不惑是年三十九矣十二月桓元篡晉
改元永始是月先生與從弟敬遠詩云寢跡衡
門下邈與世相絕又飲酒詩稱叔在西田且
[illegible]皆有激而云
澍按是年春二月辛丑建威將軍劉裕破
徐道覆于東陽乙卯桓元自稱大將軍八月
又自號相國楚王十二月壬午遷帝于永安
宮十一月壬辰篡位以帝爲平固王辛亥帝

頁三十四

蒙塵于潯陽
澍按行行向不惑謂飲酒詩作於是歲較王
說爲是蓋飲酒詩作於秋耳明年先生爲建
威參軍非閒居矣況明年桓元出奔乘輿已
反正亦不應復有爽叔西山等語也又詩中
悠然見南山汝南山卽指盧阜證以拂衣歸
田里何及與父老問答語決非在都可知益
見顧文之誤
元興三年甲辰　四十歲
王譜君年四十有連雨獨飲詩云僶俛四十年

靖節先生集　諸譜攷異上

有飲酒詩云是時向立年志意多所恥遂盡介
然分終死歸田里當是在壬辰癸巳爲州祭酒
之時所謂投耒去學仕又云冉冉星氣流亭亭
復一紀至是得十二年
吳譜先生四十歲有榮木及連雨獨飲詩是歲
桓元逼遷帝反正於江陵未幾桓振反
澍按是年二月帝在潯陽乙卯建武將
軍劉裕[illegible]殺東海何無忌等舉義兵
斬桓修于京口[illegible]於廣陵丁巳義師濟江
三月桓元戰而退[illegible]劉裕[illegible]留臺具百官

頁三十五

壬戌桓元司徒王謐推劉裕行鎮軍將軍徐
州刺史都督揚徐兗豫青冀幽并八州諸軍
事假節裕以謐領揚州刺史錄尚書事辛未
桓元逼帝西上四月己丑大將軍武陵王遵
承制總萬機庚寅帝至江陵何無忌等大破
[illegible]將桓亮復逼帝東下五月癸酉劉毅破元
於崢嶸洲己卯帝復幸江陵辛巳帝居於南郡
壬午督護馮遷斬元于貊盤洲乘輿反正于
江陵閏月桓振陷江陵劉毅何無忌退守潯
陵帝復蒙塵于江陵
義熙元年乙巳　四十一歲

靖節先生集　諸譜攷異上

王譜君年四十一有爲建威參軍使都經錢溪
詩當是故歲自都還里卽吉庚子始事[illegible]
乘建威中經罹憂至是得六年復銜命至都其
家尙未歸柴桑還舊居詩曰疇昔家上京六載
去還歸[illegible]
陌不移舊邑屋或時非履歷周故居鄰老罕復
遺至是始定居斷他適十一月有歸去來辭九
月家留柴桑身仕彭澤至是免歸當是不堪軍
役故求縣不堪縣役故歸家所謂風波未定心

頁三十六

憚遠役彭澤去家百里公田足以爲酒步曰眷
然有歸歟之情平生之志始決見序及辭甚詳
失妹所謂情在駿奔自免去職是歲劉將軍[illegible]
[illegible]
澍按義熙元年乙巳帝在江陵南陽太守魯
宗之起義兵襲破襄陽已而劉毅大破馮該
桓振以帝東歸江津宗之又[illegible]爲賊所敗
振武將軍劉道規擊桓謙破之乘輿反正帝
與琅琊王[illegible]戊戌下詔[illegible]將軍

靖節先生集　諸譜攷異上

裕大赦改元義熙又象李公煥還舊居詩注
引南康志云近城五里地名上京有淵明故
居又名勝志南康城西七里爲上京山亦名
上京有淵明舊居其詩曰疇昔家上京卽此
富湖之濱一峰最秀東西雲山煙水數百里
浩渺紫翠皆列几席湖又象子詩錄盧山有
淵明古跡曰上京淵明集作京今土人作嶺
江中有一盤石石上有痕云淵明醉臥其上
名淵明醉石又象子在南康與崔嘉彥書云
前日出山在上京[illegible]

頁三十七

道體部詩話上京在栗里原去郡一舍顯諸
說則上京之爲山名有先生舊居鑿然無疑
進答龐參軍詩作使上京是京師耳王景文
與斗南均誤舊居之上京爲京師故有翟妻
子入都之留柴桑諸臆說辨見前
又按歸去來辭序曰家叔以余貧苦家叔謂
郎孟府君傳所謂叔父太常夔也太平御覽
引俗說曰陶夔爲王孝伯參軍三日曲水集
陶在前行坐有一參軍督護在坐陶于坐作
詩隨得三五句後坐參軍督護輒寫取詩成
陶猶更思補綴後坐寫其詩者先呈陶詩經
日方呈大怪收陶參軍乃復寫人詩陶愧愕
不知所以王後知陶非濫遂彈去寫詩者又
魏書司馬氏傳曰德宗復立於江陵改年義
熙尚書陶夔迎德宗達於板橋大風暴起龍
舟沈溺死者十餘人當亦即此陶夔惟太常
與尚書應是前後所歷官不同耳
案譜三月建威將軍劉懷肅討振斬之天子乃
還京師是年懷肅以建威將軍爲江州刺史先
生實參建威軍事從討逆黨於江陵有使都經

頁三十八

錢溪詩蓋自江陵以使事如建業尋歸潯陽有
還舊居詩八月起爲彭澤令在官八十餘日解
印綬去有歸去來辭並序顏延之爲先生誄云
母老子幼就養勤匱遠惟田生致親之義追悟
毛子捧檄之懷幼辭州府三命後爲彭澤令按
先生十二歲失所恃今延之言其母老蓋繼母
也諱子蓋令人云以淵明傳及詩攷之自庚子
歲始作建威參軍爲彭澤遂棄官歸凡爲吏者
六歲故云六載去還歸然淵明乙巳歲尚爲參
軍十一月去彭澤而云家貧耕植不足以自給
何也仁傑以歸去來序攷之不言由參軍爲彭
澤蓋自使都之後去官還潯陽其云六載去還
蓋在京師居者六年已而歸潯陽舊居故有還
舊居詩既歸而耕植不給于是有彭澤之意所
謂脫然有懷求之靡途是也東坡先生嘗孔子
不取微生高孟子不取於陵仲子惡不情也陶
淵明欲仕則仕不以求之爲嫌欲隱則隱不以
去之爲高古今賢之貴其真也先生自庚子歲
作鎮軍參軍至辛丑秋居憂癸卯外除値桓氏
篡開居彌年此年春方在建威麻未幾復辭去

頁三十九

雖六載歸京其實爲吏之日少子蒼疑其違有
不給之歎顧第非深攷又以鎮軍爲建威亦誤
也先生之去彭澤也不知者以爲不能爲五斗
米折腰鄉里小兒其知者以爲爲女弟之喪也
乃若先生之意則有在矣方是時劉寄奴自以
復晉鼎於桓氏竊據之餘規模所建漸廣供其
臣事者皆故先生見幾而作耳其瀕延之曰
獨正者危至方則礙然則先生之不欲爲苟去
豈非得明哲保身之道也哉（此條吳譜繫本年通上年甲辰末繫桓振反下今從敬古譜本系於是耳）
澍按吳譜曰年譜是年劉懷肅爲建威將
軍江州刺史辟公參軍攷宋書懷肅傳其年
爲輔國將軍無建威之說惟晉書劉牢之傳
云劉敬宣與諸葛長民破桓歆於芍陂遷建
威將軍江州刺史鎮潯陽宋書劉敬宣傳所
載亦同實安帝元興三年甲辰則公爲敬宣
建威參軍未可知也年譜失考今按斗南謂
是年劉懷肅以建威將軍爲江州刺史先生
實參懷肅軍事從討逆黨於江陵蓋據晉書
義熙元年乙巳三月桓振襲江陵荊州刺史

頁四十

司馬休之奔于襄陽建威將軍劉懷肅討振
斬之而先生詩題云乙巳三月爲建威將軍
使都故遂以此事當之耳殊不知懷肅爲輔國
將軍無建威之說也惟懷肅雖亦無建威
將軍而時爲淮南歷陽二郡太守非江州刺
史江州刺史則敬宣以建威將軍爲之鎮潯
陽已先在甲辰三月先生爲江州柴桑人得
佐本州戎幕且素參牢之軍事敬宣爲牢之
子與先生世好其特辟先生有由也斗南謂
先生從討江陵亦與題云使都相戾使都何
能從討乎東澗又以乙巳年事繫於甲辰亦
誤今從汲古閣本敬列於此
澍又按是年乙巳正月帝在江陵改元義熙
二月留臺備法駕迎帝於江陵三月桓振復
襲江陵建威將軍劉懷肅討斬之帝至自江
陵乙未百官詣闕請罪詔劉裕及何無忌等抗
表遜位不許庚子以瑯琊王德文爲大司馬
武陵王遵爲太保加劉裕爲侍中車騎將軍
都督中外諸軍事夏四月劉裕旋鎮京口戊
辰假於東堂五月桓元故將桓亮苻宏寇湘

頁四十一

寇湘州守將擊走之
澍按通鑑元興三年甲辰三月劉裕等復京
師桓元挾帝西上劉敬宣來歸以爲晉陵太
守四月元兄子歆引氐帥入寇敬宣與諸葛
長民等共破之劉裕以長民都督淮北諸軍
鎮山陽以敬宣爲江州刺史五月劉毅等遇
元于崢嶸洲大敗之元故將劉統馮稚等聚
黨四百人襲破潯陽城毅遣建威將軍劉懷
肅討平之桓振敗之弟挾元帝單舸走
江陵元旋爲益州都護馮遷所殺傳首大桁
閏月桓振復陷江陵何無忌等進擊大敗退
還潯陽與劉毅等上牋請罪又曰劉敬宣在
潯陽聚糧繕船無忌等雖敗頓以復振元兄
子亮自稱江州刺史寇豫章敬宣擊破之劉
毅何無忌劉道規等復自潯陽西上十二月
劉毅等進克巴陵義熙元年正月諸軍至馬
頭桓振挾帝出屯江津桓謙留馮該守江陵
毅等擊破之入江陵振逃於溳川劉懷肅追
斬馮該於石城二月丁巳留臺備法駕迎帝
于江陵甲午帝至建康是月桓振襲江陵建

頁四十二

威將軍劉懷肅引兵與振戰于沙橋劉敬宣
將助之臨陣斬振復取江陵又曰劉毅嘗
爲敬宣甯朔將軍人或以爲傑許之敬宣謂
不然毅聞而恨之及敬宣爲江州辭以無功
不宜先毅等裕不許毅使人言於裕曰敬宣
不豫建義關已授郡實爲過優尋復爲江州
九用駭愕敬宣不自安自表解官乃召爲宣
城內史四月劉裕旋鎮京口
澍按桓亮苻宏寇湘州安帝本紀但言守將
擊走之未言何人按劉敬宣傳破桓歆于芍
陂遷建威將軍鎮潯陽又破桓亮苻宏於湘
中安帝反正徵拜冠軍將軍宣城內史領襄
城太守盧循反以敬宣督軍與藏熹西伐入
自白帝所向皆克云云則是湘中守將乃敬
宣也敬宣自義熙元年五月破桓亮等三年
八月以冠軍將軍持節監征蜀諸事也

頁四十三

靖節先生年譜攷異下

後學安化陶　澍撰

義熙二年丙午　四十二歲

吳譜有歸園田居詩五首其詩蓋自彭澤歸明年所作也首篇云誤落塵網中一去三十年按太元癸巳先生爲州祭酒至乙巳去彭澤而歸纔歲星一周不應云三十年當作一去十三年此詩今本有六首韓子蒼云陳述古本止五首俗取江淹種苗在東皋爲末篇乃序行役與前五首不類東坡亦因其誤和之按江淹擬先生田居詩見文選

澍按韓云田園六首末篇乃序行役與前五首不類今俗本乃取江淹種苗在東皋爲末篇云云南劉取不甚明晰但亦不知子蒼所見何本行役詩已逸尚存也

義熙三年丁未　四十三歲

王譜君年四十三有祭程氏妹文自乙巳至此所謂服制再期

吳譜晉史本傳云義熙二年解印去縣賦歸去來辭按先生自序去縣以乙巳歲實元年此史

靖節先生年譜攷異下 頁一

誤也五月有祭程氏妹文

義熙四年戊申　四十四歲

王譜君年四十四有六月遇火詩云奄出四十年

澍按李公煥箋注云先生舊居居于柴桑縣之柴桑里至是屬回祿之變越後乎徙居於南里之南村按從居年歲李氏不知何據

吳譜六月有遇火詩

義熙五年己酉　四十五歲

王譜君年四十五有九日詩

吳譜有九日詩

澍按是歲宋公滅燕九月加太尉[illegible]裕起布衣誠種德復器今伐燕所向皆克此殆天授非人力也遂稱于裕張邵稱帝宋公命世人像知此時宋公不臣之跡已形先生詩中哀蟬落陰及念之心焦等句蓋亦有爲而言與

義熙六年庚戌　四十六歲

王譜君年四十六有西田穫早稻詩

吳譜九月有西田穫早稻詩

頁二

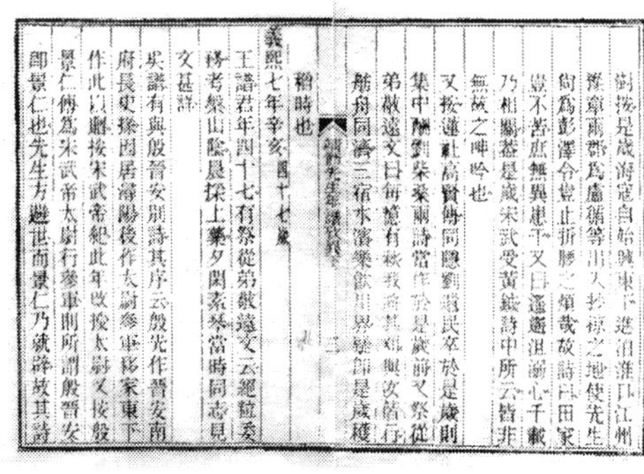

澍按是歲海寇自始興東下進泊淮口江州豫章郡爲盧循等出入抄掠之地使先生尚爲彭澤令豈止折腰之煩哉故詩曰田家豈不苦庶無異患干又曰遙遙沮溺心千載乃相關蓋是歲宋武受黃鉞詩中所云皆非無故之呻吟也

又按蓮社高賢傳同隱劉遺民卒於是歲則集中和劉柴桑酬劉柴桑二詩當作於是歲前又祭從弟敬遠文曰每憶有秋我將其刈與汝偕行舫舟同濟三宿水濱樂飲川界即是歲穫稻時也

義熙七年辛亥　四十七歲

王譜君年四十七有祭從弟敬遠文云絕粒委務考槃山陰晨採上藥夕閑素琴當時同志見文甚詳

吳譜有與殷晉安別詩其序云殷先作晉安南府長史掾因居潯陽後作太尉參軍移家東下作此以贈按宋武帝紀此年改授太尉又按殷景仁傳爲宋武帝太尉行參軍則所謂殷晉安即景仁也先生方避世而景仁乃就辟故其詩

頁三

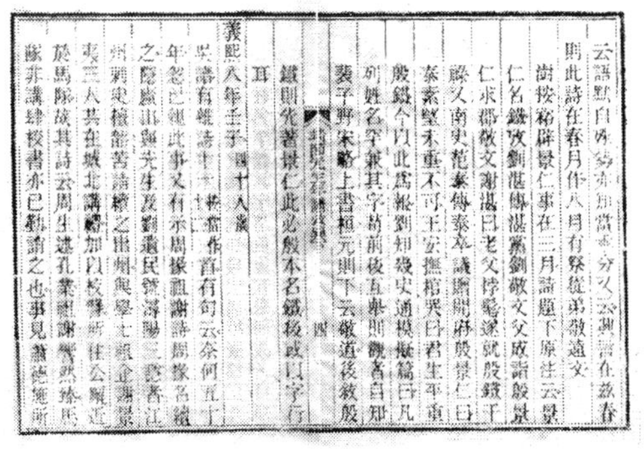

云語默自殊勢亦知當乖分又云興言在茲春則此詩在春月作八月有祭從弟敬遠文

澍按稱辟景仁事在三月詩題下原注云景仁名鐵攷劉湛傳湛素劉敬文父成諧殷景仁求郡敬文謝湛曰老父悖耄遂就殷鐵干祿又南史范泰傳泰卒議贈開府殷景仁曰泰素望不重不可王安撫稍哭曰君生平重殷鐵今以此爲報劉知幾史通模擬篇曰凡列姓名字兼其字者前後互舉則觀者自知裴子野宋略上書桓元則下云敬道後敘殷鐵則先著景仁此必殷本名鐵後改以字行耳

義熙八年壬子　四十八歲

吳譜有雜詩十一首按當作十二首有句云奈何五十年忽已親此事又有示周掾祖謝詩周掾名續之隱廬山與先生及劉遺民號潯陽三隱者江州刺史檀韶苦請續之出州與學士祖企謝景夷三人共在城北講禮加以校讐所住公廨近於馬隊故其詩云周生述孔業祖謝響然臻馬隊非講肆校書亦已勤謂之也事見蕭德施所

頁四

[illegible]大生傳按南史檀韶從征廣固及討盧循有功後拜江州刺史征廣固在義熙五年討盧循在六年則韶爲江州當在此年以後

澍按是歲先生年四十八詩言五十吳譜繫於是年誤也檀韶爲江州在義熙十二年秋說具後又與子儼疏李公煥引趙泉山說答龐參軍詩在四十八歲不知何據

義熙九年癸丑　四十九歲

吳譜有與子儼等疏云告儼俟份佚佟吾年過五十云云南史本傳載此文末云又爲命子詩以貽之今按命子詩是初得子儼時作與疏不合惟責子詩有五男兒然儼時方年十六俟年十四份佚皆年十三佟八歲耳先生悼亡在壯歲而前夫人有所出則責子詩當是四十後所作亦非與子儼等疏時也東坡云淵明臨終疏告儼等今按疏稱年過五十而先生享年六十有三則此文又非屬纊時語疏云疾患以來漸就衰損自恐大分將有限則是因多病早衰之故預作治命耳此後十三年先生方物故自祭文及擬挽歌辭乃絕筆也

頁五

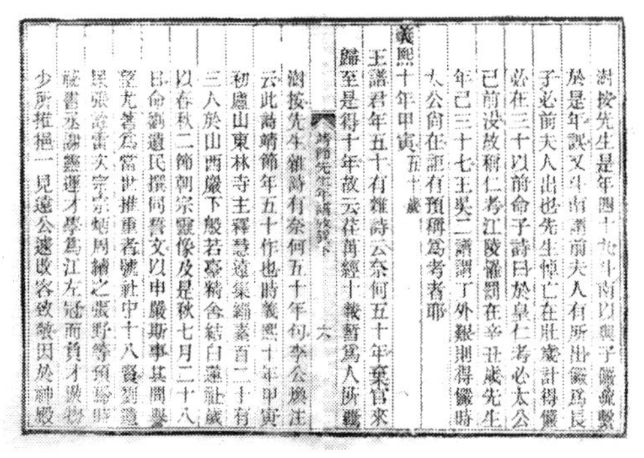

澍按先生是年四十九尚以與子儼疏繫於是年誤又云前夫人有所出儼爲長子必前夫人出也先生悼亡在壯歲計得儼必在三十以前命子詩曰於皇仁考必太公已前沒故稱仁考江陵羅潤在辛丑歲先生年已三十七王吳二譜謂丁外艱則得儼時太公尚在詎有預稱爲考者耶

義熙十年甲寅　五十歲

王譜君年五十有雜詩云奈何五十年棄官來歸至是得十年故云荏苒經十載暫爲人所羈

澍按先生雜詩有奈何五十年句李公煥注云此詩靖節年五十作也時義熙十年甲寅初廬山東林寺主釋慧遠集緇素百二十有三人於山西巖下般若臺精舍結白蓮社歲以春秋二節同宗靈像及是秋七月二十八日命劉遺民撰同誓文以申嚴斯事其間譽望尤著爲當世推重者號社中十八賢劉遺民張詮雷次宗宗炳周續之張野等預焉時祕書丞謝靈運才學爲江左冠而負才傲物少所推挹一見遠公遽改容致敬因於神殿

頁六

後聲二謝植自蓮社規遠入社遠公察其心
雜拒之謝運願師陳故不捨雖不說令終中
書侍郎范寗當道節立勳爲權貴所忌出守豫
章遠公移書邀入社寗辭不至蓋未能頓委
世緣也靖節與遠公雅素爲方外交而不願
齒社列遠公嘗作詩博酒邀靖節招致竟不可
謝按景儒豈敢爲偽傳遠公持律精苦豈敢
酒米汁及蜜水之微且蒸菜不犯乃欽靖節
風節顧我能致之者方爲之不暇邀靖節反
尾而謝之或與桓蕭田父等則道旁於何庸
流能窺其趣蓋靖節每來社中一日謁遠公
甫及事外聞鐘聲不覺顰容遽命還駕法眼
禪師嘗參示眾云今夜撞鐘聽後來有何事
若是陶淵明攢眉卻回去此靖節制酬宏多
雅法眼特爲儉務張商英有詩云虎溪回首
去陶令趣何深謂無遜詩云淵明從遠公了
此一大事下視區中賢略不可人意遠公居
山餘三十年影不出山跡不入俗送客遊履
常以虎溪爲界他日偶送陶靖節簡寂禪師陸
修靜語道不覺過虎溪數百步虎輒驟鳴因

頁七

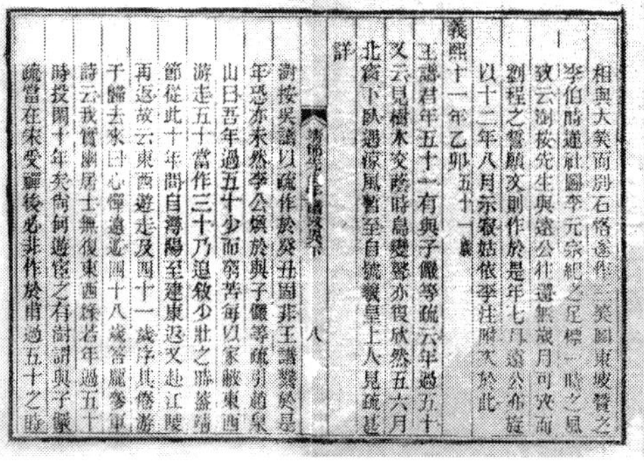
相與大笑而別石恪遂作三笑圖東坡贊之
一李伯時蓮社圖李元中紀之足標一時之風
致云謝按先生與遠公往還無歲月可考而
劉程之誓願文則作於是年七月遠公卒蓋
以十二年八月示寂姑依李注附次於此
義熙十一年乙卯 五十一歲
王譜君年五十一有與子儼等疏云年過五十
又云見樹木交蔭時鳥變聲亦復欣然五六月
北窗下臥遇涼風暫至自謂是羲皇上人見疏甚
詳
謝按吳譜以疏作於癸丑固非王譜繫於是
年恐亦未然李公煥於與子儼等疏引趙泉
山曰吾年過五十少而窮苦每以家弊東西
游走五十當作三十乃追敘少壯之時蓋靖
節從此十年間自潯陽至建康返又赴江陵
再返故云東西遊走及四十一歲序其倦游
于歸去來曰心憚遠役四十八歲答龐參軍
詩云我實幽居士無復東西緣若年過五十
時投閒十年矣何遊宦之有謝詳與子儼
疏當在宋受禪後必非作於甫過五十之時

頁八

疏末曰濟北范稚春晉時操行人也若五十
一歲尚在義熙年間何云今之操行人不當
謂晉時也年過五十以事追敘之趙氏追敘
之說亦長
義熙十二年丙辰 五十二歲
王譜君年五十二有下潠田舍穫詩云曰余作
此來三四星火頹當是得此在癸丑甲寅之間
吳譜八月有於下潠田舍穫詩又有怨詩楚調
示龐主簿鄧治中云僶俛六九年其年先生五
十四時顏延之爲江州刺史劉柳後軍功曹在
潯陽與先生情款以周續之傳攷之柳以是年
到官云
謝按六九年一本作五十年若以爲五十四
則當繫於後年戊午是年先生方五十二自
壬子至丙辰吳譜每早二年誤也劉柳爲江
州刺史晉書柳本傳不紀年月攷宋書孟懷
玉傳懷玉義熙十一年卒於江州之任晉書
安帝紀義熙十二年六月新除尚書令劉柳
卒南史劉湛傳父柳卒于江州是柳爲江州
實繼懷玉之後以義熙十一年到官十二年

頁九

除尚書令未去江州而卒延之來潯陽與先
生情款當在此兩年也又按南史周續之傳
曰武帝北討世子居守迎續之館於安樂寺
延入講禮月餘復還山江州刺史劉柳薦之
武帝柳卒在六月宋武北伐事在八月其薦
續之當在前南史周傳誤敘於北討後也北
討時檀韶爲江州刺史通鑑安帝紀十二年
八月丁巳劉裕伐秦發建康青州刺史檀祗
自廣陵率眾至涂中掩討亡命劉穆之恐祗
爲變議欲遣軍時檀韶爲江州刺史張邵曰
今韶據中流道濟爲軍首云云則柳卒之後
繼爲江州者韶本傳稱韶延續之及祖企等
城北校書當在是兩年間先生示周掾祖謝
詩亦當作於其時至後年戊午則王宏爲江
州矣
義熙十三年丁巳 五十三歲
吳譜有贈羊長史詩長史名松齡晉史不傳謂
與先生周旋者是歲劉裕平關中松齡以左軍
長史銜使秦川故有句云路若經商山爲我少
躊躇多謝綺與角精爽今何如與飲酒詩且當

頁十

從黃綺同意當世劉之世先生不出世如避秦
也
謝按錢大昕養新錄曰史稱朱齡石以右將
軍領雍州而先生詩序云左軍小異攷宋書
朱傳義熙十二年已遷左將軍左右將軍品
秩雖同而左常居右上朱領雍州必仍本號
不應輒改爲右則此云左軍者爲可信按冊
府元龜亦引朱以左將軍領雍州作右爲衍
寫之說
又按湯東澗以飲酒詩作於是歲恐未是說
具飲酒詩注
義熙十四年戊午 五十四歲
王譜君年五十四楚調云僶俛六九年召爲著
作佐郎不應是歲宋公爲相國
吳譜除著作佐郎稱疾不就見南史本傳
謝按宋書義熙末徵著作佐郎亦不必定其
十四年顏誄亦稱徵著作郎
又按何孟春於歲暮和張常侍詩注引劉坦
之曰晉史義熙十四年十二月宋公劉裕幽
安帝於東堂而立恭帝靖節和歲暮詩蓋亦

頁十一

遺當其時而寄此意焉按張常侍疑即本傳
所稱鄉親張野也蓮社高賢傳野字萊民南
陽人居潯陽柴桑與淵明有婚姻契州舉秀
才南中郎府功曹州治中徵拜散騎常侍俱
不就據此則以其嘗徵散騎常侍故稱張常
侍也野入廬山依遠公有遠法師塔銘序文
見廬山記及劉孝標世說注又隋書經籍志
有張野集十卷藝文類聚引張野廬山記今
並不傳蓮社傳野卒於義熙十四年詩意亦
似哀挽之詩蓋既傷國步之將更復感窮交
之永逝也但野既死不當云和攷蓮社傳又
有張詮野之族子亦徵散騎常侍不就入廬
山事遠公宋景平元年卒或此常侍詮也豈
詮有輓野之詩而先生和之耶
恭帝元熙元年己未 五十五歲
王譜君年五十五王休元爲江州自造不得見
遣其故人龐通之等齎酒於半道栗里要之卽
引酌野亭休元出與相歡極歡終日嘗九日把
菊無酒休元偏之有九日閒居詩所謂秋菊盈
園時醪靡至當是未獲所遺休元在江州凡六

頁十二

載未審的在何年自乙巳至丁卯訖死未嘗他
適獨暫爲休元入州
吳譜是歲王宏爲江州刺史本傳云宏欲識淵
明而不能致令人候知當往廬山乃遣其故人
龐通之等先齎酒具於半道栗里邀淵明有脚
疾使一門生二兒舁籃輿既至便欣然共飲宏
乃出與相問要之還州
澍按休元王宏字宋書義熙十四年王宏遷
撫軍將軍江州刺史斗南云是歲誤也宏領
江州最久至宋文帝元嘉三年始以司徒中
書徵入朝代其任者爲檀道濟陶此集殿當
陽暫爲建康雜加勳爵仍領江州在義熙十
九年景文云六載亦誤暫爲休元入州者據
本傳宏要先生還州也然集中又有王撫軍
座送客詩撫軍即休元事在宋武帝永初二
年則入州非不止一事
又按先生有答龐參軍四言及五言詩又有
怨詩楚調示龐主簿鄧治中傳詩話曰本傳
江州刺史王宏欲識淵明不能致潛遣廬山宏
令其故人龐通之齎酒具半道栗里要之此

頁十三

答龐參軍四言及後五言皆敘鄰曲契好明
是此人又有怨詩示龐主簿者豈即參軍邪
半道栗里亦可證移家之事按吳說以龐通
即龐通之是也晉書云周旋人龐遵字或有
酒要之又云王宏遣其故人龐通之等齎酒
要之明是一人古人之文上下名字互稱者
甚多如裴子野宋略上書桓元下稱敬道劉
知幾史通所謂姓名兼字前後互舉則觀者
自知是也宋書裴松之傳元嘉三年分遣大
使巡行天下司徒主簿龐遵使南兗州即此
龐主簿遵矣至疑使江陵之龐參軍即主簿
遵則似未然參軍主簿皆公府所辟屬掾不
相兼宦先生答參軍詩并非素識因結鄰始
通殷勤冬春僅再交爲時尚淺故曰相知何
必舊傾蓋定前言而於主簿遵則爲怨詩楚
調示之歷敘生平備訴艱苦至以鍾期相望
視參軍交情有淺深之別矣此可即兩詩對
勘而得也時衛軍將軍王宏鎭潯陽宋文帝
方爲宜都王以荊州刺史鎭江陵參軍奉宏
命使江陵又奉宜都之命使都故曰大藩有

頁十四

命作使上京非宜都不得稱大藩也四言五
言疑皆營陽王景平元年所作五言是參軍
奉使之時先賦詩爲別先生作此以答四言
則參軍自江陵回使建康先生又作詩以贈
也蓋王宏兄弟王曇首王華皆爲宜都參佐
後皆以定策功貴顯營陽之廢王宏亦至建
康興謀時衆欲立豫州而徐羨之以宜都有
符瑞宜承大統此必王宏兄弟先使參軍往
來京都與徐傅等深有議故江陵符瑞得
聞於中朝特其事秘外人莫知故史不載耳
其後文帝討徐傅謝三人之罪而宏獨蒙興
寵良有故矣觀四言末章云爾我征人在始
思終敬茲良辰以保爾躬此必先生陰察參
軍使都當有與圖故以慎終保躬爲之且序
稱龐爲衛軍參軍從江陵使上都詩言大藩
有命作使上京其私交之蹟謀國之情具見
篇詩而史失此詩當作於營陽王景平元年
景平元年即文帝元嘉元年[illegible]號衛軍將軍[illegible]附識於此
以俟好古君子審焉
又按世說注引續晉陽秋曰陶元亮九日無

頁十五

酒宅邊東籬下菊叢中摘盈把坐其側未幾
望見白衣人至乃王宏送酒也即便就酌醉
而後歸史傳但記送酒無白衣人事附錄於
此
元熙二年庚申五十六歲○是年宋武帝篡[illegible]改永初
王譜君年五十六同盟周續之召至都爲顏延
之連挫義熙間檀韶爲江州邀續之在城北講
禮讐書有示周掾祖謝詩云馬隊非講肆校書
亦已勤又云但願還諸中從我穎水濱江城倘
不欲周往何況京師劉遺民亦同隱有和劉柴
桑詩云挈杖還西廬又云春醪解飢劬其還以
春有酬劉柴桑云慕慕春雨暇又云慨然知已
秋其還至是及秋初自西廬移南村有移居詩
云聞多素心人樂與數晨夕又云過門更相呼
有酒斟酌之遷居始爲端民之徒尋還西廬更
相距亦不遠與遺民更相酬酢不收賞文析義
之時未審的在何年或恐劉柴桑假寐令劉或
嘗爲此縣存此呼或有命不爲傳續之嘗命爲
撫軍參軍不就因呼周掾皆不可知但非時爲
宰者諸皆冷交非熱官丁柴桑詩云秉直司聰

頁十六

龍榆生註：于

于惠百里此乃當官無　詩鍾情于劉厚過
子周遺民自隱之餘無聞續之在隱之中微婉
君與周劉號潯陽三隱校情義稍有深淺是歲
宋武帝踐阼
澍按蓮社高賢傳劉程之字仲思彭城人漢
楚元王之後妙善莊老旁通百氏少孤事母
以孝聞自負才不預時俗初解褐爲府參軍
謝安劉裕嘉其賢相推薦皆力辭性好佛理
乃之廬山傾心自託遠公曰官祿巍巍欲何
不爲答曰君臣相疑吾何爲之劉裕以其不
屈乃旌其號曰遺民及周續之等同來廬山
遠公曰諸君之來豈思淨土之游乎程之乃
鐫石爲誓文見廬山記義熙六年卒年五十九
豫章書作澄之又攷世說注引何法盛晉中
興書劉驎之一字遺民驎之即桃花源記中
南陽劉子驥晉書有傳是遺民之號不獨程
之二劉孰曾爲柴桑令無攷未審先生所酬
是程之抑子驥也隋書經籍志有柴桑令劉
遺民集五卷錄一卷老子元譜一卷
吳譜夏六月晉禪于宋宋高祖改元永初讀史

頁十七

述九章自注曰余讀史記有所感而述之首章述夷齊云天人革命絕景窮居采薇高歌慨想黃虞二章述箕子云去鄉之感猶有遲遲矧伊代謝觸物皆非當是革命時作近世有校集本者云文選五臣注辛丑歲七月赴假還江陵詩謂淵明詩晉所作者皆題年號入宋所作但題甲子而已意者恥事二姓故以異之思悅攷淵明之詩有題甲子者始庚子距丙辰凡十七年間只九首皆晉安帝時作中有乙巳歲三月經錢溪作此年秋乃爲彭澤令解印綬去後十六

靖節先生年譜攷異下　十八

年庚申晉禪宋淵明傳曰自宋高祖王業漸隆不復肯仕於淵明出處得其實矣甯容晉未禪宋前二十年輒恥事二姓所作詩題甲子而自取異哉矧詩中又無標晉年號者仁傑按沈約宋書潛自以曾祖晉世宰輔不復屈身後代自高祖王業漸隆不復肯仕所著文章皆題年月義熙以前則書晉氏年號自永初以來惟云甲子而已嘗攷集中諸文義熙以前書晉氏年號者如桃花源詩序云晉太元中又祭程氏妹文云惟晉義熙三年是也至游斜川詩序在宋永

頁十八

確論

確論

初二年作則但稱辛酉歲自祭文在元嘉四年作則但稱歲惟丁卯史氏之言亦不誣矣然其祭從弟敬遠文在義熙中亦止云歲在辛亥要之集中詩文於晉年號或書或否固不一槩卒無一字稱宋永初以來年號者此史氏所以著之也史論其所著文章不專爲詩而發而五臣輒更之曰淵明詩晉所作者皆題年號此所以啟後世之誤也詳味先生出處大節當桓靈寶僭竊位號與劉氏創業之後未嘗一日出仕而眷眷本朝之意自見於詩文者多矣東坡云讀

靖節先生年譜攷異下　十九

史述九章夷齊箕子蓋有感而云去之五百年吾猶識其意也韓子蒼亦曰余反復述酒詩見山陽舊國之句蓋用山陽公事疑是義熙以後有所感而作故有流淚抱中歎平王去舊京之語淵明忠義如此今人或謂淵明所題甲子不必皆義熙後此亦豈足論淵明哉惟其高舉遠蹈不受世紛而至於躬耕乞食其忠義亦足見矣

澍按晉標年號宋題甲子者於沈約宋書自倡思悅始爲異論最易惑人其實非也說詳

頁十九

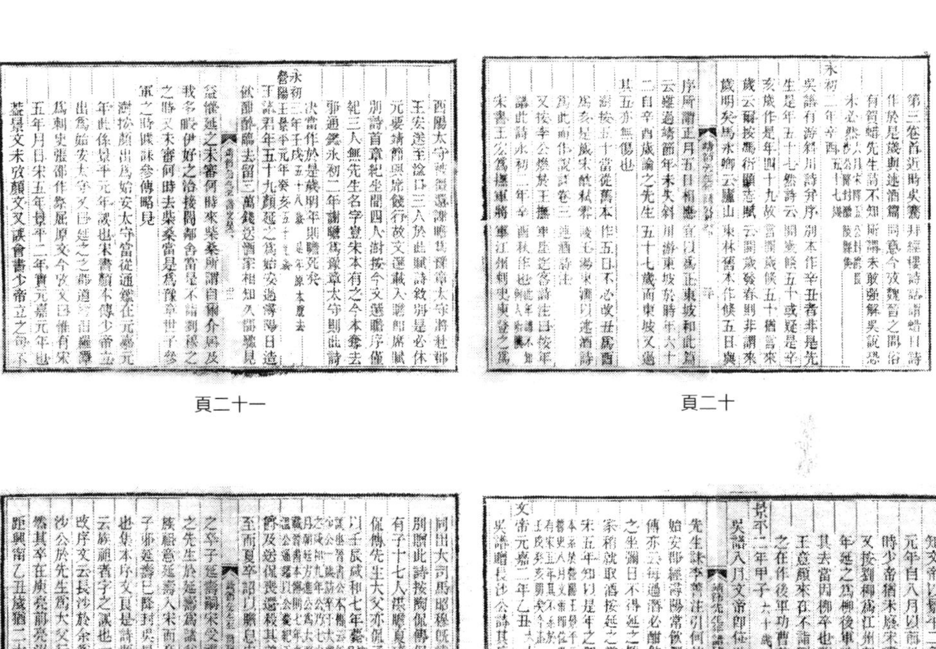

第三卷首近時吳騫拜經樓詩話謂蜡日詩
作於是歲與述酒篇同意今攷魏晉之間俗
有賀蜡先生詩不知所謂未敢強解吳說恐
未必然[illegible]
永初二年辛酉 五十七歲
吳譜有游斜川詩并序別本作辛丑者非是先
生是年五十七然詩云開歲倏五十或疑是辛
亥歲作是年四十九故當開歲倏五十猶言來
歲云爾按陶衍顯志賦云開歲發春則非謂來
歲明矣馬永卿云廬山東林舊本作倏五日與
序所謂正月五日相應宜以爲正東坡和此篇
云雖過靖節年未失斜川游東坡於時年六十
二自辛酉歲論之先生五十七歲而東坡又過
其五亦無傷也
謝按五十當從舊本作五日不必改丑爲酉
爲亥是歲宋弒零陵王湯東澗以述酒詩
爲此而作說詳卷三述酒詩注
又按李公煥本王撫軍座送客詩注曰按年
譜此詩永初二年辛酉秋作也[illegible]
宋書王弘爲撫軍將軍江州刺史庾登之爲

頁二十

西陽太守被徵還謝瞻爲豫章太守將赴郡
王弘送至湓口三人於此賦詩敘別是必休
元要靖節與席餞行故文選載入謝瞻所賦
別詩首章紀坐間四人謝按今文選瞻序僅
紀三人無先生名字豈宋本有之今本奪去
耶通鑑永初二年謝瞻爲豫章太守則此詩
決當作於是歲明年瞻死矣
永初三年壬戌 五十八歲 是年原本脫去
營陽王景平元年癸亥 五十九歲
王誄君年五十九顏延之爲始安過潯陽日造
飲每醉臨去留二萬錢送酒家相知久當盡見
謐繼延之未審何時來柴桑所謂自爾介居及
我多暇伊好之洽接閻鄰舍當是不論劉穆之
之時又未審何時去柴桑當是爲豫章世子參
軍之時誄未參傳略見
謝按顏出爲始安太守當從通鑑在元嘉元
年此係景平元年誤也宋書顏本傳少帝立
出爲始安太守又曰延之之郡道經汨羅潭
爲刺史張邵作祭屈原文今攷文曰惟有宋
五年月日宋五年即景平二年實元嘉元年也
蓋景文未攷顏文又誤會書少帝立之句下

頁二十一

知文帝以景平二年八月即位始改爲元嘉
元年自八月以前仍爲景平二年延之出守
時少帝猶未廢宋書本不誤也
又按劉柳爲江州刺史在義熙十一十二兩
年延之爲柳後軍功曹其來柴桑即在此時
其去當因柳卒也說詳義熙十二年丙辰下
王意顏來在不論劉穆之時誤延之不論穆
之在作後軍功曹前
景平二年甲子 六十歲
吳譜八月文帝即位改元元嘉文選顏延之爲
先生誄李善注引何法盛中興晉書曰延之爲
始安郡經潯陽常飲淵明舍自晨達昏南史本
傳亦云每過潛必酣飲致醉刺史王弘欲要延
之坐彌日不得延之臨去留二萬錢潛悉送酒
家稍就取酒按延之道過湘州祭屈原文云有
宋五年知以是年之郡[illegible]
文帝元嘉二年乙丑 六十一歲
吳譜贈長沙公詩其序云余于長沙公爲族祖

頁二十二

同出大司馬昭穆既遠已爲路人經過潯陽臨
別贈此詩按陶侃傳侃封長沙郡公贈大司馬
有子十七人洪瞻夏琦旗斌稱範岱九人附見
侃傳先生大父亦侃子也獨見於先生傳中侃
以壬辰咸和七年薨[illegible]
爵及遊侃喪還殺其弟斌庾亮奏弼放黜表未
至而夏卒詔以瞻息宏襲侃爵卒子綽之嗣綽
之卒子延壽嗣宋受禪降爲吳昌侯以世次攷
之先生於延壽爲諸父行今自謂於長沙公爲
族祖意延壽入宋而卒見先生於潯陽者豈其
子邪延壽已降封吳昌仍以長沙稱之從晉爵
也集本序文頁是詩題當云贈長沙公族孫而
云族祖者字之誤也一本因詩題之誤輒以意
改序文云長沙於余爲族祖按侃子夏襲封長
沙公於先生爲大父行史雖不言夏卒之歲月
然其卒在庾亮前亮沒以歲庚子實咸康六年
距興寧乙丑歲猶二十五年時先生未生也夏

頁二十三

固不與先生同時又按禮經高祖之昆弟六世
以外然後親屬竭故有從父有從祖有族祖蓋
同祖爲從父同曾祖爲從祖同高祖爲族祖始
侃諸子而在乃先生祖之昆弟服屬近矣安得
云昭穆既遠當曰從祖亦不得云族祖也至若
延壽之子則侃之六世孫與先生同高祖先生
視之爲族孫故以族祖自居其詩有云同源分
流人易世疏又有禮服既悠之語蓋昭穆至是
差遠然至以爲路人則長沙公於宗族之義亦
薄矣故又云慨然寤歎念茲厥初觀此則俗本
所改序文果非
謝按吳以贈長沙公詩作於是歲不知何據
楊時偉云長沙公於余爲族一句祖字屬上大
司馬一句中族祖二字乃後人誤序文之
句讀因而妄增也餘具前及卷一詩注
又按李公煥引趙泉山辨謂延壽已爲
吳昌侯其子又安得稱長沙公要是此詩作
於延壽未改封之前趙在規汲南之失其實
例以永初以來不紀宋號而謂稱長沙公爲
仍從晉爵可也惟吳以序文余於長沙公爲

頁二十四

族祖族祖二字連讀謂題當作族孫不如作
衍文爲安
又按宋書武帝紀永初元年六月詔曰晉氏
封爵旋隨運改降殺之儀一依前典可降始
興公封始興縣公廬陵公封柴桑縣公各千
戶始安公封荔浦縣侯長沙公封醴陵縣侯
康樂公可即封縣侯各五百戶以奉晉故丞
相王導太傅謝安大將軍溫嶠大司馬陶侃
車騎將軍謝玄之祀是長沙公降爲醴陵侯
晉書陶侃傳謂宋受禪延壽降封爲吳昌侯
者誤也吳譜亦沿其誤又王伯厚小學紺珠
謂宋並晉封爵獨留五公以奉導安嶠侃玄
之祀以五公爲宋留尤誤
元嘉三年丙寅 六十二歲
王譜君年六十二檀道濟爲江州時抱羸疾多
瘠餒在倚饋以粱肉不受
吳譜是歲五月檀道濟爲江州刺史本傳稱道
濟往候先生偃臥瘠餒有日矣道濟謂曰夫賢
者處世天下無道則隱有道則至今子生文
明之世奈何自苦如此對曰潛也何敢望賢志

頁二十五

不及也道濟餽以梁肉麾而去之然本傳載此
在爲鎮軍參軍之前以道濟傳攷其歲月知史
誤也葉左丞云陶淵明晉書南史皆有傳梁蕭
統亦有傳嘗以統傳及顏延之所作誄參之二
史大抵南史全取統傳而更其名字統傳云淵
明字元亮或云潛字淵明南史云潛字淵明或
云字淵明名元亮至晉書直言潛字元亮統去
淵明最近宜得其實旣兩見則淵明蓋嘗自更
其名字所謂或云潛字淵明者前所行也淵明
字元亮者後所更也統承其後故皆淵明爲正
而謂潛爲或誤矣淵明自別於晉宋之間而微
見其意焉顏延之作誄以[illegible]陶淵明稱之此
欲以其名見也延之與淵明同時且相善不應
有誤可以知其爲後名與統合不然或諱其名
自當稱元亮何以追書其舊字乎仁傑按石林
謂先生更名自別於晉宋之間得其微意矣至
謂潛與淵明爲前所行淵明與元亮爲後所更
以集與本傳攷之亦有可疑按先生之名淵明
見於集中者三其名潛見於本傳者一集載孟
府君傳及祭程氏妹文皆自名淵明又按蕭統

頁二十六

所作傳及晉書南史載先生對道濟之語則自
稱曰潛孟傳不著歲月祭妹文晉義熙三年所
作據此即先生在晉名淵明可見也此年對道
濟實宋元嘉則先生至是蓋更名潛矣山谷懷
陶令詩云潛魚願深渺淵明無由逃蓋言淵明
不如潛之爲晦此尤深得先生更名之意至云
歲晚以字行更始號元亮此則承南史之誤耳
延之作先生誄云有晉徵士陶淵明旣以先生
爲晉臣則用其舊名宜矣延之與先生厚善著
其爲晉徵士又書其在晉之名豈亦因是欲見
先生之意邪蕭統不悟其旨乃以淵明爲本名
而以潛爲或說傳中載對道濟之語則又云潛
自相牴牾其實先生在晉名淵明字元亮在宋
則更名潛而仍其舊字謂其以名爲字者初無
明據殆非也本傳當書曰陶淵明字元亮入宋
更名潛如此爲得其實其曰深明者唐人
避高祖諱故云
澍按何孟春陶集注引晁氏曰陶淵明一名
潛蕭統云淵明字元亮宋書云潛字淵明或
云淵明字元亮按集中孟嘉傳與祭妹文皆

頁二十七

自稱淵明當從之張縯曰梁昭明太子傳稱
淵明字元亮或云潛字淵明顏延之誄亦云
有晉徵士尋陽陶淵明以統及延之所書則
淵明固先生之名非字也先生作孟嘉傳稱
淵明先親君之第四女嘉於先生爲外大父
先生又及其先稱義以名自見豈得自稱
字哉統與延之所書可信不疑晉史謂潛字
元亮南史謂潛字淵明皆非也先生於義熙
中祭程氏妹亦稱淵明至元嘉中對檀道濟
之言則云潛也何敢棄疑年譜云在晉名淵
明在宋名潛元亮之字則未嘗易此言得之
矣
元嘉四年丁卯六十三歲
王譜君年六十三有自祭文云律中無射擬挽
歌詩云嚴霜九月中送我出遠郊當是秋下
世顏延之誄云視化如歸臨凶若吉藥劑弗嘗
禱祠非恤其[illegible]終詩[illegible]見詠甚詳君生不好談
歸盡蕭統以爲處百齡之內居一世之中倏忽
白駒寄寓逆旅與大塊而榮枯隨中和而放蕩
豈能勞於憂畏役於人間最卸深心形贈影答

頁二十八

神釋本趣略見所謂縱浪大化中不喜亦不懼
應盡便須盡無復獨多慮誰患不知旣已洞知
安坐待此大夜何[illegible]杜甫許避俗未許達道
者更詳之
吳譜將復召命會先生卒有自祭文及擬挽歌
辭祭文云律中無射挽歌云嚴霜九月中送我
出遠郊其卒當在九月顏延之誄云疾維痁疾
視化如歸則是以痁疾卒也又云藥劑弗嘗禱
祀非恤又紀其遺占之言曰存不願豐沒無求
贍省訃卻賻輕哀薄斂遭壤以穿旋葬而窆自
祭文亦曰奢恥宋臣儉笑王孫又有不封不樹
之語嗚呼死生之變亦大矣而先生病不藥禱
不藉祀至自爲祭文挽歌與夫遺占之言從容
閒暇如此則先生平生所養從可知矣顏延之
取諡法寬樂令終曰靖好廉自克曰節合二字
之美諡焉
澍按朱子綱目於元嘉四年特書晉徵士陶
潛卒書法曰潛卒於宋書晉何潛始終晉人
也綱目予節故通鑑不書綱目獨書之是故
晉亡潛心乎晉則卒書稱晉亡張承業心乎

頁二十九

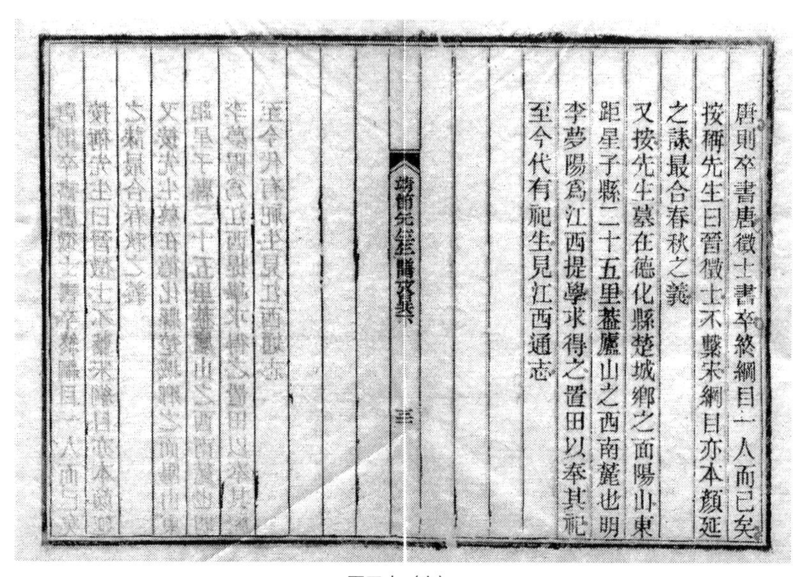
唐則卒書唐徵士書卒終綱目一人而已矣
按稱先生曰晉徵士不繫宋綱目亦本顏延
之誄最合春秋之義
又按先生墓在德化縣楚城鄉之面陽山東
距星子縣二十五里葢廬山之西南麓也明
李夢陽爲江西提學求得之置田以奉其祀
至今代有祀生見江西通志

頁三十（完）

鳴謝

《獅口虎橋獄中手稿》建基於因政治緣故入獄之眾人贈予我父親何孟恒的墨寶，他於1948年3月從老虎橋監獄獲釋後，即帶同這些手稿前往香港，並整理、修復《靖節先生集》，悉心保存，讓我們能於是次出版清晰展示。

我們很感謝本書近三十多位作者，他們的作品提供了一道獨特的窗口，引領我們了解現今只有少數人認識的歷史片段。

我們也感謝陳登武教授發人深省的序文，為我們提供了歷史背景；黎智豐博士特別為2024年版《獅口虎橋獄中手稿》增添詳細的導讀；朱安培組織、整理各種文獻，撰寫編輯前言、龍榆生簡介，並點出龍氏與外公汪精衛的親密關係；陳德漢老師整理釋文；梁基永博士、潘妙蘭老師、陳登武教授、鄧昭棋教授指正；鄭羽雙協助整理材料。

何重嘉

汪精衛紀念託管會

意見回饋

是次問卷旨在收集讀者對本會出版之意見，
所收集資料除研究用途外，或會用於宣傳。感謝參與，
有賴您們支持讓本會出版更好的書！